蔓蔓情陆

MANMANQINGLU

明珠还 著

重庆出版集团 重庆出版社

图书在版编目（CIP）数据

蔓蔓情陆 / 明珠还著. – 重庆：重庆出版社,2012.9

ISBN 978-7-229-05589-9

Ⅰ. ①蔓… Ⅱ. ①明… Ⅲ. ①言情小说 – 中国 – 当代 Ⅳ. ①I247.5

中国版本图书馆CIP数据核字(2012)第184053号

蔓蔓情陆

MANMANQINGLU

明珠还　著

出 版 人：罗小卫

丛书策划：李　子

责任编辑：李　子　李　梅

责任校对：杨　婧

装帧设计：嫁衣工舍

内封插图：eo

重庆出版集团
重 庆 出 版 社　出版

重庆长江二路205号　邮政编码：400016　http://www.cqph.com

重庆市国丰印务有限责任公司印刷

重庆出版集团图书发行有限公司发行

E-MAIL:fxchu@cqph.com　邮购电话：023-68809452

重庆出版社天猫旗舰店
cqcbs.tmall.com

全国新华书店经销

开本：710mm　×1000mm　1/16　印张：14.5　字数：293千

2012年9月第1版　2012年9月第1版第1次印刷

ISBN 978-7-229-05589-9

定价：28.00元

目录
CONTENTS

第一章　六年生死两茫茫

“时七雄中，唯有齐为大秦最后所灭。野史传闻，齐有公主，封号长安，秦王嬴政甚为慕之，缱绻情丝，斩之不断，故不肯以雷霆之军踏公主家园。然国之大敌，酣眠枕畔，终至朝野震动，齐君暴怒，指其祸水，误国殃民，公主啼泪整夜，以三尺白绫悬倾国容颜，以妙龄之年长赴永乐，尸骨无存……秦王闻之大恸，挥师而下，从此天下一统，而千古一帝独坐高位之上，再思长安，终不可得，长日郁郁，不得展颜，后于盛年崩卒。

“后人收敛公主生前衣冠葬于此地，这里就是那一位倾城倾国的长安公主的衣冠冢。”

“公主坟”陵园里最漂亮的女员工声音清脆而又动听，她说完这一席话，描画漂亮的眸子忍不住瞄向人群簇拥最前端的那个男人。

秦慕之长眉微拧，桃花眼波光粼粼望向那古色古香的公主衣冠冢，脑中却莫名想起那一张桃花一样的脸。

他曾经的一个女人，也叫长安。

那时他们两人还在一起，她算是他宠爱的一个情人。

闲暇的时候，她总爱趴在他的肩上，滔滔不绝地和他说个不停。

他看书看得累了，偶尔会迎合她几句，她就开心得眼睛弯起来，抱住他的脖子去吻他的唇。

他不太喜欢和女人接吻，大多数时候总会下意识地微微蹙起眉。

她的眼睛就有些暗淡，粉嫩的唇也嘟了起来，却还是大着胆子抱着他吻下去，那一双猫眼一样的眸子在得逞的那一刻勾魂夺魄一般的妩媚。他那会儿若是心情好，就会拉了她霸道地吻下去，刮过的胡茬硬硬扎住她的下颌，她就痒得咯咯笑，柔软的身子滚在他的怀里，就又是一场春色。

他后来结婚，还有过很多女人，可是没有一个再像她那样放肆，欢爱时会瞪着一双大眼睛看他，似要看穿他的心，柔软的身体像是拉满的弓，她会哑着嗓子，一遍一遍叫他，慕之，慕之……叫得他心都痒了，恨不得就那样死在她身上。

秦慕之皱皱眉，他有一年没想起这个女人了，若不是为岳父择选陵园到这里，他几乎都要忘记，那个叫谢长安的女人。

"因为这里风景极美而又安静，千年前的长安公主葬在此处，风水极佳，有许多名流贵族还有大明星都有在此处购下墓园，慕少，邓老先生若安息此处……"

漂亮的女职员见秦慕之一路沉默，心中不免惴惴，若不拿下这个大主顾……

"可不可以过去那里看一下？"秦慕之忽然一抬手臂，指向不远地方一处生满蝴蝶兰的平缓矮坡。

"这……当然可以。"女职员自然不敢拒绝他，只得带路过去。

长安说她最喜欢蝴蝶兰。

他心中忽然想起来，唇边就有了淡淡笑意，撇下众人走过去。

此刻阳光明媚，树荫下一条小路蜿蜒通向那里，到得小径尽头，就看到烂漫的蝴蝶兰，一蓬一蓬开得正盛，幽香四溢而来，说不出的妩媚动人。他在花丛前站定，阳光漫洒而下，他微微眯眼，然后，就看到了那里立着的小小墓碑。

谢长安之墓。

只有五个字，清秀隽永，除此之外，一片空白，连一帧照片或是立碑时间，都不曾有。

她什么时候死，他竟不知，以后，也再不可知，因他知道，在这世上，她除他之外，再无可依靠之人。

长久的怔忡之后，他才渐渐觉得自己心脏开始疼，疼得他胃都痉挛在一起。

"是哪个谢长安？"他忽然转过脸揪住女职员的衣领，下一秒却又狠狠放开她，几乎咬牙切齿一般吐出两个字，"挖开！"

"慕少？"女职员花容失色望着他。

"把墓挖开。"他又重复一遍，脸庞却已开始扭曲，眼底弥漫起浓重的雾霭。

陵园工人很快就将小小的墓地挖开，露出里面蒙了土、几乎朽掉的木盒。

秦慕之别过脸去，他不敢看，不敢想那小小的盒子里，装着他活色生香、俏丽妩媚的长安。

然而木盒很快被人打开，陵园工人霎时发出一声惊叹。

秦慕之缓缓转过脸来，就像是电视上刻意放慢的慢动作。

他看到小小一方黑色陶瓷骨灰盒，而骨灰盒旁边，紧挨着盒子安静躺着一枚绿莹莹祖母绿玉镯，在阳光下璀璨夺目，他一眼就认出来。

他曾对她绝情到发指的地步，可她死去那一刻，却还是忘不掉他。

是要到地下还留着做一份念想，还是临死的时候还在恨他的薄情？

秦慕之知道，他这辈子都得不到答案了。

阳光从他头顶的枝蔓之间洒落下来，就像是被一只手轻轻摇动着筛下了细碎的金屑。

他恍惚地觉得，有什么东西，彻底、永远地失去了。

秦慕之回去酒店的路上，天已经晚了，黄昏总是很短暂，太阳一忽儿还在地平线上，一忽儿却已经调皮地回了家。

这个小城是出名的旅游胜地，街道两边都密植着连天的法国梧桐，将天空切割成一条细细的缝隙，透出玫瑰蓝的光晕。

那些细细碎碎的光芒从枝叶之间摇曳下来，像是流动的细沙洒在车窗上，渐渐汇成连片的明亮光晕。

车子在什么时候停下来的，他不知道，司机是不敢惊动他的，悄然下了车去，将空间留给他。

待他恢复了平静，除却眼睛微红之外，脸上就再也看不到一丝哭过的痕迹，他方才拉开车门下车。

走下车子，他就又戴上了那张面具，高傲的、拒人于千里之外的矜贵，优雅的、客气却又让人靠不近的冷淡。

门童殷勤地鞠躬为他推门，那金色旋转的玻璃流光溢彩、华贵无比。这是他的世界，永远高高在上，永远金碧辉煌，永远热闹的充斥着逢迎和算计，悲凉得只剩下高处不胜寒。

他早已习惯，并游刃有余。

秦慕之抬腕看了看表，眉心忽然间紧紧地蹙了起来，步伐也不由得加快了许多。

穿过酒店金碧辉煌的大厅，微胖的酒店经理点头哈腰小心翼翼在他耳边说了什么，他脸色忽然间又阴沉了几分，但眼底却带了浓浓的焦灼和担忧，一路不停径直上了直达顶层的专属电梯，秦慕之才察觉自己一身都被冷汗湿透了。

白天在陵园看到的那一幕还在脑子里不停地回荡，他纵然此刻心急如焚地担忧着别的事情，却还是没有办法让自己停止去回想。

那五个字，就像是被一根钉子缓慢而又沉重地砸入他的血肉中，将那些陈年旧伤残忍

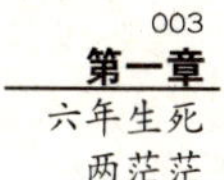

地挑开，无声却又疼痛地从他的身体里淌出温热的血来。

他靠在电梯壁上，高大挺拔的身躯一瞬间似被人抽去了脊梁，就连神情中都带了掩不住的老态。

只是这颓然的情绪并没有持续很久，顶层很快就到，电梯“叮咚”一声响然后就停了下来。

金色的电梯门缓缓开启，秦慕之还没走出去就一眼看到站在外面走廊里小小的女儿。

她留着齐颈的童花头，圆嘟嘟的脸上镶嵌着一双黑宝石一样的大眼睛，只是那眼睛有些无神，望着人的时候空荡荡的，好似没有焦距一般。

秦慕之望着这张脸，只觉整颗心都疼了一下，他快步出了电梯，蹲在小小的女儿面前，把她柔软的小身子抱在怀里，心疼地盯着她的脸：“囡囡，你怎么一个人站在这里，妈妈呢？”

囡囡一听到这熟悉的声音，眼眸立时就亮了起来，转而将抱着洋娃娃的手松开一只，摸索着去寻他的脸。秦慕之看到她笑，眉眼之中就缓缓盛满了温柔，他握住女儿的小手，然后轻轻贴在了自己的脸上。

囡囡伏在爸爸怀里乖巧开口：“囡囡要找爸爸，可是妈妈要睡觉，不愿陪囡囡，囡囡就自己出来啦。”

秦慕之一听，仿若一池清水化开的浓墨一般的眼眸里立时就有了恼意——邓华现在是越来越过分了，上次囡囡口渴她竟然大意地给囡囡喝冷水，害得囡囡闹肚子闹了一星期，他还以为只是一次意外！

不料这一次又是这样！囡囡这么小她就把她一个人放在外面，幸好这一层楼都被他订下来了，如果真出什么事，她拿命也赔不起！

抱起囡囡进了房间，秦慕之把女儿安置在幼儿房看动画片，又再三向她保证了十分钟后来陪她，囡囡才依依不舍地放他出去。

卧室的门虚掩着，秦慕之推开门就看到一幅旖旎的画面。

邓华还在睡觉，侧着身子躺在床上，屋子里只开了一盏橘色的睡眠灯，那光芒氤氲而来，笼罩在她曲线玲珑的身体上，丁香色的丝绸薄毯只搭在肩下，一条雪白的手臂随意慵懒地垂在床边，香艳无边。

秦慕之却似视而不见，他沉目敛容，几步走到床边，伸手猛地掀开了薄薄的毯子，握在手中的薄毯，就像是柔软的旗帜在空中滑过一道弧线。

邓华倏地从睡梦中惊醒，有些惶恐地坐了起来，待她看清面前站着的是秦慕之，方才舒一口气拍拍胸口嗔道：“是你呀慕之，吓死我了。”

秦慕之站在床边看了她许久，邓华着墨绿色的低胸丝缎睡衣，一头长卷发从一侧垂下来蜿蜒在胸前，似是好梦初醒，眼角眉梢还带着一抹娇憨的神色。

他却不为所动，那一双眸子就那样凉凉地盯着她，许久才低低地冷哼了一声。邓华觉察到他的异样，就有些胆怯地敛了笑意小心翼翼地凑过来伸手去攀他的手臂：“怎么了慕之？发生什么事情了吗？”

秦慕之推开她的身子，转身退开两步，他轻蔑地笑了一下，声音就像是从另一个世界传来的一样，低沉却又透着让人几乎发疯的压抑：“你从来都没有真心地把囡囡当亲生女儿看待吧！你没生了她，邓华，她不是你肚子里出来的亲骨肉！”

邓华一愣，转而却是不敢置信地望着秦慕之：“你说这话是什么意思？我没生了她，但却把她当成亲生女儿一般养大，事到如今，你一句不是我生的，就把我的功劳全抹平了？那她那个生了她就抛弃不要的亲妈算什么？”

秦慕之被邓华这席话说得愣住，他像是被人给钉住了手脚一般不能动弹，他像是被人给卡住了脖子一样呼吸都艰难起来……

他望着邓华那张扭曲的脸，那张陷在昏暗光线之中几乎看不出轮廓的脸，那张连五官都朦胧起来的脸，只有眼角上那一颗朱砂痣，突然红得耀眼！他觉得他的心都揪了起来，被一只手给死死地攥住，似乎是，似乎是有人要来索他的命！

他转身就想向外走，可那门口却站着一个小小的身影，卧室外的灯光照在她的头顶，她像是一个会发光的天使，她粉团儿一样洁白无瑕的脸却融在黑暗之中，但一双眼睛却是亮得吓人！

秦慕之只觉得整个世界轰然坍塌，他苦心维持了整整五年的谎言，竟是自己亲口在女儿的面前揭穿。

“爸爸。”

囡囡走过来，她的声音很平静，根本不像是一个五岁的小女孩发出。

秦慕之僵硬地蹲下来，僵硬地对她伸出手臂：“囡囡……”

囡囡黑亮却又空洞的眼眸就那样安安静静地看着他，她没有哭，更不会笑，只是缓缓地开口，用她稚气的声音询问他：

“爸爸，你知道生了我抛弃我的亲妈，在哪儿吗？”

秦慕之一时之间只觉万箭穿心，他伸出去的手臂僵硬在半空中，囡囡的脸渐渐看不清了，他眼前一片一片的白光在闪，却有破碎的画面缓缓清晰起来，是那一方孤寂的墓碑，那刻在上面孤零零的五个字，那藏在记忆中不敢回想的娇俏容颜，就像是千万把利剑一下子往他的身上戳刺而来。

他说不出话，他睁不开眼，他的身体仿佛都不是他自己的了，他呆呆地望着面前认真的女儿，恍恍惚惚地想起多年前她离开那一幕……

“慕之……我要走了。”

她拎着小小的包，倚门而站，是想要哭的，但终究还是忍了泪，笑着看他，只是笑得

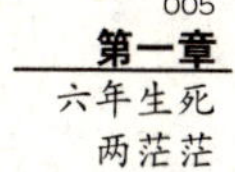

比哭还苦涩。

他说过，长安笑起来的样子最好看，就像是花都开了一样。

所以，她最难熬的时候，也没有哭过。

秦慕之恍恍惚惚地站起来，恍恍惚惚地向外走，走廊里一长溜的水晶吊灯被不知哪里的风吹得摇晃起来，那光芒也开始晃。

似将面前所有残酷的现实都撕成了碎片，然后就扔在他的脚边绽出破碎的光来。

他方才知道，这世上，有些东西，怎样都握不住，留不住。

可是长安。

我们再回过去看一眼，我们再回到初次相遇的那一天看一眼，你说，好不好？

第二章　相逢不相识

闹钟骤然响起，她一下子条件反射地从床上坐了起来。

屋子里还是灰蒙蒙的一片，从贴着斑驳报纸的窗子那里望出去，隐约看到暗蓝色熹微的晨光。

可是屋外却已经渐渐地嘈杂起来，哐啷哐啷开门关门的声音，小孩子趿拉着鞋子跑来跑去，书包里的文具盒哗啦哗啦地响着，时不时地还传来几声婴儿的哭声……

那一双漆黑如画一般的长眉不由得皱了皱，然后，她慢吞吞地爬下床，用手腕上套着的已经脱了线露出黄色胶圈的橡皮筋把乱糟糟的头发给扎了起来，就从窗台上的木隔板上拿了牙具和杯子推门出去。

刷完牙掬了几捧凉水洗了脸，她就默不做声地折转回去进了房间。

贴满了发黄旧报纸的墙上还粘了一块半人高的镜子，她站在镜子前用一条旧而柔软的毛巾仔仔细细地把脸擦干。

然后她看清楚镜中那个女人。

瘦得只剩下了一把骨头，细脚伶仃的脖子好像都要支撑不住脑袋了一样，女人长手长脚地站在那里，让她想起念小学时语文课本上画着的水中的鹭鸶。

她苦涩地笑了笑，又上前一步，这就看清楚了她的五官。

如果能够再稍微胖一点，两颊不要这样的凹陷，她完全可以称得上是个美人的。

不不不，还要把左边眼尾下方那一个一块钱硬币般大小的疤痕除去，才能真的称得

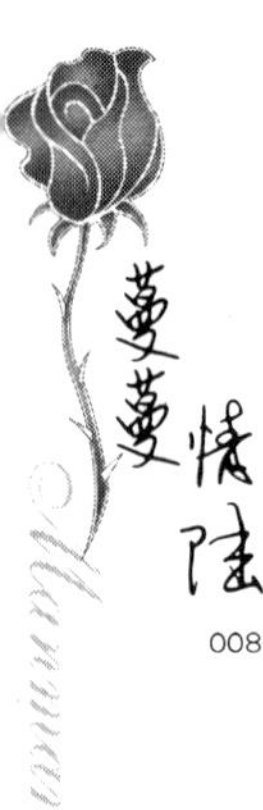

上。

还在发红的疤痕，让她脸那一处凹陷了下去，就像是凭空里被人削掉了一块皮肉，左右脸就有些不对称。

把一头乱乱的头发梳通顺，然后绾成了一个平稳的发髻，只是额前照例留着刘海，往左边梳，隐隐能遮住那疤痕。她又从眼镜盒里拿出一只大大的黑框平光镜，小巧的鼻梁架住眼镜，那原本还有几分看头的眼睛就被挡住了光辉。

换了衬衫和套裙，矮跟方口的黑色皮鞋，是在巷子外的夜市上买来的，擦干净的时候很亮，很能唬一唬人。

她又对着镜子看了看自己，觉得脸色实在是有些太差，就拿出一只带了浅浅粉色的唇膏涂在唇上。

整个人就看起来鲜亮了一点，像是一个二十来岁的女孩儿了。

她转了三四次车，才去到报上登载的招聘办公室文员的几家公司。

今天不知道是不是个黄道吉日，她的运气竟然不错，有家出口食品贸易公司正招公司总经理助理，也不过是忙前忙后跑腿儿端茶倒水伺候人的活，应聘的人却很多，多是刚毕业的大学生。

她低着头站在人堆里就不显眼了，除却打扮得有些老气横秋之外，她看着倒也像个刚毕业的大学生。

这家公司怪怪的，让应聘的分成五个一组，一批一批进来。

惯例的程序之后，却是让五个人分别给负责面试的五人各泡一杯茶。

刚毕业的学生做不来伺候人的活，多数人都是手忙脚乱的，有稍微沉稳点的也并不尽人意。

她站在茶水间里有点微愣，那个人最爱喝茶，所以当初跟他在一起的时候，她颇费了一番心思去下苦工琢磨茶道。

却不想，当初只为了他的喜欢而花的小心思，在这一日，却要成为谋生的手艺。

她倒是要感谢老天，对她还不算是太坏。

理所当然，她这一次脱颖而出，简历被留了下来，并让她下周就来报道。

坐上回程的公车的时候，是前所未有的轻松和愉快。

她记不得自己多久没有过这样的心情了，从那一夜一直到现在，她笑过的次数都屈指可数。

还好，还好，她在心里默默地对自己说，还好都熬过来了。

第二天她起了一个大早，收拾妥当以后，又从箱子里翻出来一件灰突突的罩衣，那还是妈妈以前穿过的旧衣服。

红绿灯悄然转变，她随着人流向马路对面走，匆匆忙忙的人群挟裹着她，到了对面又四散开来。

她在路边站了一会儿，忽然抬手摸了摸眼角的疤。

指尖缱绻拂过，她似乎想起了什么，眼底微微掠过潋滟的光芒，但只有短暂的片刻，就消失得无影无踪。

她贴着马路牙子的边缘缓缓地走，过了一个十字路口，又穿过一条长满了茂盛的法国梧桐的长街。

渐渐眼前开阔起来，却已经到了临近市郊的地方。

她深深吸一口气，向墓园中走去。

沿着蜿蜒的小径走了一会儿，就看到了一处平缓的矮坡，生着大片大片的蝴蝶兰。

但花已开到荼蘼，凋零也不过就是这几天。

她的步伐依旧是平稳的，但在走到那蝴蝶兰花丛前的时候，脚步忽然有了微微的踉跄。

墓碑换了，从最普通的石碑换成了几乎没有瑕疵的汉白玉。

她的身子晃了晃，挎在手臂上的小篮子掉在地上，篮子里的香烛纸钱纷纷扬扬洒了一地。

但她无暇顾及，飞快地走了几步，墓碑上的字依旧是那五个：谢长安之墓。

她眼珠呆滞地转了转，方才发现那墓碑上多出了一行小字，她的心脏陡地一下停止了跳动，竟是忙不迭地跪趴向前，仔细地去辨那字。

夫——子陆，立于20XX年十一月一日。

“子陆？”她生涩地重复这个名字，跪坐在那里许久，方才想起来，这是秦慕之的表字。

他有一个老学究的爷爷，给他取名都是一股子古董味，长到三岁开始念《论语》，还正儿八经的取了表字。

只是长大后就不经常用，知道的人也屈指可数，但她是记得的，他有一枚私章，就是刻的这个字，仅用在他珍惜的私藏上。

“呵。”她忽然笑出了声，笑得那瘦削立起的肩胛骨都耸动起来。她的头俯低，不停地诘诘笑着，那碑前的泥土上，却是渐渐有水渍滴落。

她笑够，忽然直起身子来，一双眼眸漆黑明亮，比那最亮的星子都似更加亮了三分。

一阵风吹来，将那纸钱吹得四处纷飞，她瞧也不瞧一眼，踢开那脚下的香烛，单薄的灰色身影，掩在烂漫的蝴蝶兰中，极其突兀。

但她的脊背挺得很直，她走得又稳又快，不过片刻，就消失在蜿蜒的小径尽头。

“你们别跟过来了。”秦慕之微一摆手，跟在他身后的几人立刻停下脚步，躬身应道：“是，慕少。”

他转过身去，目光如水滑过那一片平缓矮坡，幽深的眸子里就有浓浓的哀痛，缓慢流出。

他还未走到墓前，忽然愣住，转而却是飞快地转过身来，急急走到站在远处没跟过来的墓园负责人身边。

“刚刚谁来这里祭拜过？”秦慕之脸色有些发白，但那眼底却是透出几分掩不住的光芒。

长安的墓前有香烛和纸钱，凌乱了一地，但看着尚算干净，无人践踏的痕迹，明显就在不久前有人来过！

“这……我去让工作人员调视频出来……”

视频还算清晰，但画面上那人穿着宽大的罩衣，看不出身形，半张脸都遮在黑框眼镜后，她又一直低着头……

因此，只能辨出是个相貌普通的年轻女人，但却瞧不清楚她的脸容。

秦慕之坐在电脑后，一双眼睛死死地盯着那画面，那眼眸中的光芒就似燃烧的火焰，仿佛快要将那跪坐在地的女人从背后灼烧穿透，好看清楚她的脸。

视频很短暂，只有三分半钟，那女人就站了起来，两手抬起放在眉心，又从眉心分开向两边耳际滑下，就把微乱的头发抿在了耳后。

她这个动作做得极其好看，两只修长的小指尖尖翘起，沿着那漆黑的长发滑到胸前方才放下来。

秦慕之一瞬间愣住，却是飞快地拿了鼠标将这画面又回放回去。

身边几人有些摸不着头脑，却也不敢吭声。

他仔仔细细地把这几秒钟的动作回放了不下十遍，方才失魂落魄地站了起来。

这个动作不奇怪，留长发的女人几乎每天都要做上十几遍，但让他震惊的却是，视频中这个女人做这动作时那种感觉，和长安几乎一模一样。

秦慕之敢发誓他不会认错。

虽然一眨眼都五年了……

可是五年了，他竟然还清清楚楚地记得和她相处的点点滴滴，秦慕之不禁苦笑，他是要笑自己后知后觉，还是笑这天下男人都一样，得到又失去的，才是最难以忘怀的？

出墓园的时候，秦慕之缓缓对身边殷勤的经理说道：“前儿看下的那一块地，我很满意，就定下吧。”

那经理原本以为没戏了，孰料冷不防天上又掉下来一块大馅饼，不自禁地喜出望外，连连应是，又奉承了一堆。

秦慕之懒得听，弯腰上了车，闭目片刻之后，才沉吟对助理说道：“我要留下来，等到邓老妥善安葬之后再离开，你通知东子一声，让他这段时间多操点心。”

“是……可是慕少，太太已经订好了机票……”

“那就让她先回去，我和小姐留下。”秦慕之说完，就又闭上了眼睛不再开口。

那助理不敢扰他，心里却是连连叫苦，这话说给太太听，又要被骂个狗血淋头了……

不禁想到当初谢小姐在的时候，但凡慕少一生气，别人都没办法，偏偏谢小姐每次娇俏一笑都能温言软语三两句劝住，他们这些人不知道少挨了多少骂……

只可惜天妒红颜，这么好的一个人，相貌好，性子好，挑不出一点错儿的人，竟就因为那个身份，就成了冤魂……

助理悄然在心底叹息几声，这豪门里的事，他们这些人还是少掺和为妙。

来公司报道的时候，交了一张一寸彩照办员工证，填写名字的时候，她下意识地又想写谢长安，到最后却是笔迹一顿，一笔一画改成了林小蔓。

妈妈曾说起，这是外婆的名字，而今，却成了她的新名字。

她凝着卡片上那三个字，眼中光芒却是一点一点柔和了下来。

新公司的同事，倒是都挺和善，唯有一个叫向倩倩的女孩儿，长得美艳可人，行事也就颇有了几分跋扈。

只是不知道什么来头，大家多是让着她。

小蔓正在茶水间接热水，向倩倩甜润的嗓音又响了起来：“小蔓，茶泡好了吗？陈经理那边等着呢。”

向倩倩正对着镜子补妆，几个年轻女孩儿围着她唧唧喳喳说个不停：“倩倩，你消息最灵通了，今儿咱们来的贵客什么来头啊？”

“对啊对啊，老板几天前都吩咐了下来，这几天都叮嘱了无数遍了，什么人这么大的派头？”

向倩倩微微抿唇，将樱桃色的唇膏均匀晕开，她大大的酒窝里就盛满了笑：“我哪里知道？总要待会儿进去看过才能告诉你们。”

小蔓仔细地泡茶，是顶好的太平猴魁，她手上动作流畅，心思却是微微浮翩。

茶香袅袅，向倩倩端着托盘眼眸晶晶发亮，叩过门后，听到一声“进来”，她方才深吸一口气，推门进去。

偌大的办公室里，坐着四五个人，但只一眼，就能瞧到那人群中最耀眼的一个，他一派闲适地端坐在那里，昂贵的高级手工定制AMARNI西装，熨帖着他颀长却又不失强健的身躯，不需要什么夸张的言谈，也不用别人来刻意衬托，他周身就散发着那一种久居上位者的气场，将身边几人的锋芒尽数掩了下去。

向倩倩悄悄地吸了一口气，端着茶盘稳稳上前。

秦慕之起初只是扫了一眼，但转而却是伸出手端起那小小茶盏。

上好的太平猴魁，泡茶的手法和选用的茶具，都有一种莫名的熟悉，他不由得浅啜一口，动作却是微微顿住。

向倩倩整个人都紧绷了起来，秦慕之却是忽而眼底有了淡淡的温柔，这味道，和记忆中的味道，悄然有了重叠。

“茶泡得很好。”他赞了一声，却是轻轻放下了茶盏，这五年，他甚少品茶，也不想，再回忆那一份茶香了。

向倩倩倏然地松了一口气，含羞带怯地看了秦慕之一眼，柔柔地退到了一边。

陈经理感觉到，自从向倩倩把茶送进来之后，秦慕之的态度似乎温和了一点。

他好不容易通过关系和秦慕之搭上了线，要知道，如果能促成合作，以后盛威的前途必然无量。

但秦慕之在商界有今天的地位也不是只凭运气和家世得来的，他这几天颇费了心思，却是毫无进展。

没想到，突破口竟然在这里。

一行人又应酬片刻，秦慕之就起身告辞。

陈经理赔笑低声说道：“晚上请慕少赴宴……向小姐作陪……”

秦慕之却只是淡淡一笑，潋滟的桃花眼中毫无起伏：“不必了，我晚上要陪女儿。”

陈经理又想说什么，却是接触到秦慕之助理一个示意的眼神，慌地转了口风诺诺应是。

一行人簇拥着他往电梯前走，秦慕之单手插在裤兜中，脸上依旧是带着淡淡的冰冷。陈经理想要再说几句话拉拉关系，张了几次嘴，竟是发不出声音，这个秦慕之，真是比传说中还难缠几分。

叮咚一声，却是旁边的员工电梯缓缓停住开了门。

小蔓抱着高高一摞文件，顶端还摞着一个中等大小的空箱子，有些吃力地走出了电梯。

她的长发绾成了发髻，却依旧是留着刘海，只是刘海不知什么时候遮在了眼镜上，她两只手都抱着东西，就无暇顾及到。

秦慕之连眼角余光都没有斜一下，小蔓只顾着怀里的东西，低头小心地看着脚下。

她远远地走到他的面前，矮跟的鞋子发出轻微的咔嗒声。

他远远地向着她面前走近，却连一丝丝儿的余光都没有落在她身上。

靠近，平行，然后，就像是一条直线上，打了一个平缓的结，渐渐的，越行越远……

有人接了她手里的东西，小蔓松了一口气，活动了一下僵硬的手臂，然后习惯性地抿了抿鬓发。

秦慕之站在电梯前，只是随意地转了一下脸，收回目光时却忽然瞧到了她那一个动作，他怔了一下，正要再仔细地看，身边助理却已经小声开口：“慕少？”

电梯门已经开了，所有人都在等着他先进去。

他应了一声，走进电梯，电梯门在眼前缓缓合拢，他在心里轻轻问自己，秦慕之，你究竟，还在寻找什么？

不过是一个相似的动作，秦慕之也不由得自嘲一笑，这根本就是痴人做梦。

秦慕之又去了长安墓地几次，却再也没有见过那个女人来这里。

陈经理又邀请秦慕之来过几次公司参观考察，他却再也没有喝到味道那么熟悉的茶。

邓华养父的骨灰已然安葬，好似再也没了留在这个城市的借口。

临走之前，陈经理又千方百计打通了关节请到秦慕之要为他践行。

酒足饭饱之后，又特意去了一家高级的私人会所，随行的自然有向倩倩。

秦慕之见向倩倩上车，也只是略略扫了一眼，并没有拒绝，陈经理提着的一口气才稍稍放了下来。

到了预定的包厢，向倩倩就跪坐在一边开始泡茶，她的姿势很优美，泡茶的动作亦是行云流水一般流畅而又完美，但自始至终，秦慕之都没有看她一眼。

向倩倩将茶端过来之后，秦慕之更只是客气地意思了一下，并没有品尝一口。

陈经理额上的冷汗就微微地冒了出来，向倩倩的脸色也白了几分。

“可是……这茶的味道哪里不对？”陈经理小心询问着，又仔细地看秦慕之的脸色。

秦慕之倒没怎么不快，只是淡淡说了一句：“和那天喝到的不是一个味儿。”

向倩倩的心不由得咯噔一跳，陈经理却已经转脸询问：“倩倩，那天的茶是谁泡的？”

向倩倩有些不情愿，却还是老实答道：“是小蔓泡的。”

秦慕之抚弄着茶盏的手指忽地一顿。

那陈经理自然是个人精，立刻就看到了他这个细微的动作，他眼珠儿一转，对向倩倩说道：“给林小蔓打电话，要她来一趟。”

“不必了。”秦慕之忽然开口阻止，他犹如墨色晕染般的眼眸里微微透出几分苍凉，“不必这样麻烦。”

“不麻烦不麻烦，只要慕少喜欢。”陈经理赔笑几句，只给向倩倩使了个眼色，看她出去了，就岔开了话题。

接下来的时间，秦慕之就有些心不在焉，陈经理说了几句，闻弦音而知雅意，也就不再吭声。

包厢里一时之间沉默下来，只从那半开的窗子里听到窗外风过竹林的沙沙声，搁在屋角的碧纱灯氤氲出旖旎的光芒，将墙上装饰的名家中国风山水画映衬得仿佛活了一般……

秦慕之垂了眼帘，手指只是似有若无的在那茶盏清隽的花纹上微微地拂过。

时间就似湍急的河水，顷刻而逝。

包厢外忽然响起轻轻叩门声，秦慕之倏然抬起头来，目光飞快地投向门边，眼眸中却是隐隐有了希冀。

陈经理扬声说了“进来”，包厢的门就无声开启，向倩倩高挑窈窕的身躯出现在门边，而她的身后……

细瘦，单薄，苍白，柔弱，这些词完全堆砌在她的身上，也不足以形容这个女孩儿。

她瘦得仿佛没有一点点的血肉，脸小得他一个巴掌就可以完全覆盖，她怯生生地站在那里，仓皇着一双大眼望着他，长发披散着，却是从一侧垂下来搭在胸前。她穿着一件洗得有些发黄的白色开衫，牛仔裤里似乎只是包着骷髅，空荡荡的，个子倒是很修长，身高竟和长安不相上下。

“慕少，这就是秘书部的员工，林小蔓。”陈经理低低地出声，秦慕之方才从愣怔中清醒过来。

他点点头，又往她那边看去，走廊里的灯光很亮，打在她的背后，她的五官看不太清，朦胧中有些似曾相识，他不禁站了起来，缓缓地，向她的面前走去。

小蔓的手藏在宽大的衣袖中，已经是完全握紧了。

尖锐的指甲，似乎已经戳破了她自己的掌心，可她却丝毫感觉不到疼。

她所有的注意力都集中在那个男人的身上，她所有的心魂都在那里，无法转移。

他在向她走来，她心跳得如同擂鼓。

眼睛酸胀着痛，嗓子里像是被人塞了一把将熄的炭，胸口就像是被重锤击中，闷得喘不过气来。

她很想落泪，她很想哭，可是六年前的谢长安从来不哭，六年后林小蔓没有掉过泪。

她咬紧自己的嘴唇，几乎要咬出血来，她的眼眸晶亮，和他对视着毫不闪躲。

他站在她的面前一米远的地方，他身上熟悉的烟草味道瞬间席卷而来，小蔓差一点没有撑住……

但是……

“你叫林小蔓？”他的声音很平静，他的表情中带着探寻，他望着她，就像是望着一个陌生人，一个毫不相干的、第一次见的陌生人……

她忽然之间平静了下来，就像是有人在冒着火星的柴上浇了一瓢冷水，突地一下就逝去了全部的温度和火光。

他已经认不出她了。

小蔓在心中平静地想，她静静地笑了一下，她自己照镜子的时候，都几乎不认得自己了，更何况，是他呢？

小蔓无声地在心底嗤笑，干脆抬起头来，眼角的疤痕登时展露无遗，她大大方方地开口回答：“是，我叫林小蔓。”

她眼角下那一块硬币大小的疤痕骤然地显露出来，秦慕之面色一变，竟是愕怔地后退了一步。

小蔓唇角笑意更深，她伸手抿了抿头发，两手放在眉心，然后向两边分开滑到耳际，小指尖尖翘起……

秦慕之就如同被施了定身术一般，他睁大了眼睛看着面前这个女人的动作，和长安是那么的像，那么那么的像！

“秦先生怎么了？”小蔓见他久久不动，不由狐疑询问，她抿了头发，那疤痕就毫无遮拦地显露了出来。

殷红的一片，像是翻倒的朱砂，像是泼洒的胭脂，晕开在她的眼角，微有些不对称的脸，在不太明亮的光线中艳丽如鬼魅……却好似要和心中那一张脸重叠起来……

秦慕之感觉自己的脊背都要湿透了，胸腔里似有个声音在不停地喊，他却张不开嘴。

“慕少？”陈经理微有些惶恐地扬高了声调，秦慕之一下子惊醒了过来，再看向小蔓，却是心渐渐沉入谷底。

这不是长安，长安那么爱美，绝不肯顶着这样一张脸大喇喇地出现在人前。

他摇摇头，只觉头痛欲裂，转身回到沙发上坐下来，小蔓却也跟了过来，陈经理使了个眼色示意她泡茶。

小蔓也不拒绝，就在一边矮几那里跪坐下来，衣袖微微挽起，低眉垂目开始静静泡茶。

熟悉的茶香袅娜在空气里，秦慕之只看到她一个侧影，秀挺的鼻梁，娴静的目光，唇微微地抿着，嘴角就微微地有些上翘，他一时有些恍惚，看得竟是痴了。

她泡一杯，他喝一杯，自始至终，没有再说一句话。

离开的时候，已是深夜，出了会所，陈经理打趣说：“慕少送小蔓回去？”

秦慕之看了站在一边的女孩儿一眼，寂寥的一个背影，单薄瘦长，一头长发被风吹得卷在空中，卷得他的心都软了……

小蔓却是缓缓开了口：“不必麻烦秦先生了，我自己坐车回去。”

她说完，也不等秦慕之开口，就走下了路基，向着对面走去。

“哎……这个林小蔓真是不识抬举！”

陈经理瞧得秦慕之的脸色阴沉了下来，立时愠怒说道。

秦慕之闻言却是一抬手制止了他：“回去吧。”

第二天上班的时候，小蔓听到了一个八卦消息：公司殷勤招待的那一个贵客——秦慕之，有意向和公司合作，而且态度十分诚恳，竟为了合作的事宜拖延了回A市的行程……

小蔓那时正在冲咖啡，手一抖，热水溅在了手背上，立时就红了一片，她没有感觉到疼，只觉眼前一片茫然。

他……为什么，要留下来？

“不过是多喝了两杯你泡的茶，就开始春心荡漾了？”向倩倩的声音酸溜溜地在身后响起。

小蔓飞快地敛了思绪，将杯子端起来转过身对她淡淡一笑：“我不懂你在说什么。”

“哼。你别装了，你敢说你没对慕少抱什么想法？”向倩倩气鼓鼓地说着，就像是一个没有得到想要的礼物的娇滴滴的小女孩，却没有歹毒的恶意。

小蔓想着，就抬手抚了抚自己脸上的疤痕，轻声说道：“我又不是没有自知之明。”

向倩倩看着她脸上殷红的疤，眉毛皱了起来：“你也真是的，现在整容手术这么普及，你攒点钱去把疤痕去掉啊，年纪轻轻的，总要结婚找对象……”

小蔓却只是对她笑了笑：“谢谢你的好意，我也差不多习惯了。”

说着，又对她扬了一下手中的杯子：“我送咖啡过去，陈经理在等着。”

向倩倩扭身走了，小蔓端了托盘敲门进去，陈经理一看到她，就笑得一张胖脸成了菊花：“蔓蔓啊，来来来，过来坐下来……”

小蔓有些不习惯他的过度热情，却还是慢吞吞地走了过去：“陈经理，有什么事吗？”

“当然是有事啦，大好事！”陈经理红光满面的按着她在沙发上坐下来，“慕少介绍来几个大客户，今晚有重要宴会，你跟我一起去。”

小蔓腾地抬起头来，黑框眼镜都掩不住她眼底骇然的光：“我？”

“对，就是你，这可是慕少点名要你去的！”陈经理喜滋滋地说着，又上下打量小蔓，却不由得开始发愁起来，这脸上疤痕有头发勉强挡着，但是这身上都瘦成这样子了，带出去人家还以为他虐待员工呢！

“得了，就先这样吧，待会儿你提前下班，让倩倩带你去买几件衣服，买衣服的钱就从公司财务室支领。”

陈经理一挥手，就这样定了下来。

向倩倩虽然气鼓鼓的不满意，一路上都在给小蔓摆脸色，但真开始挑衣服的时候，却是一点私心都没存。

小蔓太瘦了，一般的晚礼服她根本连撑都撑不起来，有勉强可以穿的吧，效果又实在太惊悚。

向倩倩拉着她把那几间名店都逛了个遍，才勉强挑了一件娃娃衫样式的礼服。

这样的礼服不显身材，看起来人就稍稍胖了点，向倩倩很满意，两人就刷卡包了衣服离开，挑完配裙子的鞋子回去，一路上她都在抱怨小蔓太瘦，简直就是一副骷髅架子。

小蔓却只是好脾气地轻轻笑着，她也想让自己稍微胖一点啊，她也想让自己看起来不这么可怕啊。

但是那一场噩梦留下的后遗症太多了。

已经是十一月中旬了，天气早已转凉，小蔓在裙子外罩上了自己薄薄的旧大衣，跟着陈经理进了电梯，出了公司大楼，却一眼瞧到了他的车子。

小蔓藏在风衣袖子中的手指不由得攥紧了一些，她下意识地顿了顿脚步，陈经理却是喜滋滋地拉她："哎哟喂，蔓蔓，还不赶紧过去，慕少都亲自来接你了！"

小蔓被陈经理拉得趺趺撞撞，待到车子跟前他方才松开了她的手。

后车门已经打开，秦慕之一身黑衣坐在里侧，正扭头看着小蔓，黄昏的阳光照不进去，他的侧脸影影绰绰的，有几分瞧不清楚。

陈经理殷勤地和他打招呼，他也只是轻轻点点头，陈经理就有眼色地去拿自己的车子。

余下小蔓一人站在那里，微红的夕阳将她的脸也映衬得有了几分血色，再加上她化了淡妆，气色看起来好了一些。

秦慕之却是失落地微微叹息，长安她，从来都不用化妆。

她生就肌肤白皙，而五官却是格外分明，眉毛漆黑修长，就像是描画过的一样，还带着几分英气，嘴唇是天然的樱红，不用涂任何口红，总是水当当的像是鲜嫩的樱桃。

秦慕之收回了思绪，淡淡对她开口："林小姐，上车吧。"

小蔓听得他的口中轻柔地喊出林小姐这三个字，只觉一时间恍然如梦。他们第一次见面，他也是这样清清冷冷的声音，客气而又疏冷地对她说："谢小姐，我送你吧。"

小蔓眼前有些微微的恍惚，她假意理头发，偏了偏头，眨眨眼，将快要逼出眼眶的泪水忍了回去。

弯腰上车，他坐在最里侧，她就坐在最外侧，中间隔着远远的距离，就像是跨不过去的迢迢星河。

一路上他没有和她说话，小蔓就一直望着窗外，那些街景一闪而过，流光飞舞，灼痛了她的眼睛。

车子跑得很快，从黄昏行到了夜幕降临方才缓缓地停下来。

一直都保持着那样的姿势，小蔓觉得自己的脖子都扭得痛了，她微微地动了动僵硬的手臂，拉开车门下车。

将近六年的时间都没有穿过高跟鞋，不，多年前的长安也是不穿的，她个子本来就高，偶尔穿一次高跟鞋就被灵灵狂骂别跟她站在一起……久而久之，就穿惯了平底鞋。

而此刻她脚下是10cm高的细跟，下车的时候，脚下没踩稳，身子不由得向左侧一晃，小蔓下意识地伸手去攀车门，却抓住了一只结实的手臂……

人的本能是在危险的时候先保护自己，她等自己站稳，才松开手扭过头去。

夜晚，别墅花园里灯光都是迷离的，远远的似有喷泉，喷泉过去是明亮而又刺眼的光芒——那就是宴会的中心了。

小蔓在想，这园子里种了什么花呢？这味道闻起来真好闻，让夜色都变得柔软暧昧了。

而那隐在黑暗中的人，长着一张绝顶好看的脸，他的目光，划过浓浓的夜色，就那样毫无遮拦地落在她的脸上。

“小心点。”他忽然开了口，将这寂静的遐想打破。

小蔓转过脸低下头：“哦。”握住他手臂的那一只手，掌心里已是一片湿黏。

他迈步向前走，声音被夜风送来：“是洋水仙。”

小蔓一怔，好一会儿才明白过来他说的是什么，但是她不知道怎么应声，也就没有接话。

进了宴会大厅，陈经理跟在他身后应酬不停，她就像是一抹淡淡的影子，识相地站在角落里，没有跟在他的身后。

大厅里的光芒太刺眼，她下意识地把刘海往疤痕那里拉了拉，女人的心思总是这样的，这么紧张的心情下，却还担忧着被人看到自己的不完美。

有侍者过来招呼她，她慌忙随便取了一杯颜色漂亮的饮料，一个人端着走到了不起眼的地方坐下来。

她咬住吸管，如同黑琉璃一样的眼眸越过人群去找他的身影。

他淡淡地微笑，却是礼貌得体，与人说话时，神情专注，微微侧耳倾听的样子十分诚挚。

他真是和以前不一样了，小蔓的心尖轻轻抽搐起来，那时候他遇到这样的应酬总会板着一张脸，她就笑话他是小说里的面瘫男主，可是现在，谁能挑出他一丁点的错来？

他绅士儒雅，周身散发着逼人的气场，轻易就盖过这满场的精英，都说，一个优质的男人，背后少不了一个将他打造成这般模样的贤惠女人……

他而今这样完美，却不属于她。

小蔓低着头淡淡地笑了一下，是从来，也都没有属于过她。

晚宴开始了，秦慕之从人群之中穿过，直直地向她走来。

她还是会紧张，比起六年前和他在一起的第一个晚上，还要紧张，她感觉到周围的目光都向她投来，眼角下的疤痕也抽搐着痛起来。

她脸都红了，他的手掌却是轻轻握住了她的腰，触到那几乎两只手就可以合拢的纤腰时，秦慕之的眉倏然皱紧了。

她那么纤细的腰，被他的手掌握住那一刻，轻轻颤抖，渐渐滚烫地熨帖住了他的掌心。

两人并肩行来，在璀璨夺目的灯光之下，那脸容起初是晕在光圈中模糊不清的，渐渐地越行越近，霍彦东一眼瞧去，不由挑眉微怔，握住酒杯的修长手指，就渐渐拢紧起来……

他还未来得及出声，急性子的乔策就一拍桌子站了起来，指着秦慕之和小蔓的方向喊："是长安！她怎么瘦成这样了！"

小蔓脚下一个趔趄，差点崴了，秦慕之不露声色地轻轻扶紧她的腰，低了下颌轻声询问："怎么了？"

小蔓脸色发白，喉间微苦，却是轻轻摇头："没事，鞋跟太高了不太习惯。"

秦慕之浅浅一笑，薄唇抿出好看的弧度来，他搂着她，他们的距离就变得非常近，他的气息微烫，拂过她的颈间："那以后就不要穿这样高的鞋子，你又不矮。"

小蔓不由得回头看他，却不知怎么的，发觉他此刻眉眼温柔，笑意浅浅，她愣了一下，乔策却已经冲到了她的跟前来，狐疑地上下打量半天，目光中却又渐渐淌出疑惑的神色："你是不是长安？"

小蔓一口气提到了嗓子眼，手都微微地抖了起来。

乔策心中狐疑，怎么瞧着又不像了……刚才猛然间一眼看过去，这个女人像极了长安，这会儿细细地看，却又是截然不同的两个人。

长安就像是水灵灵娇艳艳的玫瑰花，而这个女人充其量就是蒙了一层灰尘的塑料花。

秦慕之皱眉，眼底缓缓淌出哀痛来："阿策，这位是林小蔓林小姐。"

小蔓感觉自己卡在嗓子里的一口气骤然呼了出来，她有些如释重负地轻轻松了一口气，然后，听到霍彦东沉稳响起的声音："阿策，你又不是不知道……怎么还乱讲……"

乔策一脸懊丧抓了抓头发，转过身去嘟哝一声："我没忘……就是……如果不是知道了长安已经……我还真以为她是……唉，算了不说了。"

霍彦东一双深邃的眼眸似乎若有所思一般从小蔓脸上飞快滑过，但他什么都没说，只是默默坐了下来。

晚宴很不错，宾主尽欢，陈经理更是不知道喝了多少杯，妙语连珠惹得众人不停哄堂大笑，小蔓却是坐立难安，乔策的目光快要把她烧出来两个洞了，霍彦东虽没有频繁地看她，但偶尔一眼，却也像是探照灯一般……

还有秦慕之，他夹给她的每一道菜，都是谢长安当初最喜欢的。

只是，她略尝了一下就皱眉不喜，反而刻意挑了以前最讨厌的菜色，装作吃得津津有味的样子。

乔策就有些垂头丧气，霍彦东一如既往，而秦慕之好似渐渐没了兴致，脸上神色一点一点沉了下来。

他们三人这般，余下的人就也渐渐止了喧哗，待到晚宴结束时，秦慕之只是嘱咐了一句陈经理送小蔓回去，就先上了车子离开。

霍彦东没有开车，却上了秦慕之的车子，一路行来，两人都没有说话，待快到酒店的时候，秦慕之忽然停了车子，他拿了烟，扔过去一支给霍彦东，两人默默抽了一会儿烟，他才缓缓开口："东子，你怎么看？"

霍彦东扯了扯领带，又随意解开两颗扣子，他靠在车座上，深眸半眯，坚毅的下颌透出几分桀骜："我怎么看不重要，关键是你怎么看，她是你的女人，和我有什么关系？"

秦慕之微愠，却是因为知道霍彦东的性子，并未生气，他低着头又抽了一支烟，忽然将烟蒂狠狠摁灭在烟灰缸中，面色冷凝，声音急促："可我都看到她的骨灰了，还有那镯子，那是我亲手给她的……"

霍彦东修长的手指微微一弹，一截烟灰倏然掉落，他慢悠悠说了一句："我不知道你怎么想，反正要是我的萧潇……我不看到她尸体，我就俩字，不信。"

秦慕之一时怔住，半天没有说话，霍彦东扭头看他，哧然冷笑："我说，慕之，你又不爱她，折腾自己干什么呢？"

少顷，复又说道："当然，你要是对那什么林小蔓感兴趣，泡过来不就结了。如果她是谢长安，那你正好不用纠结了；如果她不是，你白玩个女人又不少半两肉……"

"东子你别乱说。"秦慕之抬手制止了她，他缓缓发动引擎，漂亮的眼眸盯着前方浓黑的夜色，"不管我爱不爱她，或者说在乎不在乎她，至少，我以前亏欠过她，如果她没有死……"

"你别忘了你结婚了，而且你太太……"霍彦东唇角勾起，修长的手指虚空摇了摇："可不是好打发的。"

秦慕之握紧方向盘，抿紧了唇不说话。

霍彦东就低低地笑起来："其实也就是不甘心吧，看到一个女人死了也忘不掉你，就是铁石心肠的男人都不免动容。再或者说，一个女人宁愿以死彻底地摆脱你，站在你面前都装陌生人，对你这样骄傲的人来说，总归是意难平。"

秦慕之又沉默，好一会儿，他才忽然开了口："东子，我们当年，也不过是正常的分手，就算是那时候不分手，我也没办法娶她，你也知道我弟弟那事……"说着，他顿了顿，似乎眉毛皱得更紧了，"如果照你后面的说法看，根本也是没道理的，她没道理这样恨我……她当年和我说过，她都懂，她知道和我没结果，她根本没有想过永远在我身边……"

霍彦东一句话抓到重点："你的意思是说，长安的事另有隐情？"

秦慕之转脸看他一眼："不管她是真死还是假死，她的事，必然不会是表面上这么简单。"

霍彦东倒是爽快："成，我明天回去就查这件事，你也想办法从她哥哥……她是不是还有个哥？从她哥那里弄点线索去。"

秦慕之轻轻点头，车子已到酒店外，他在霍彦东下车时又嘱咐了一句："别在邓华面前露了口风。"

霍彦东扶着车门笑得妖孽，细长的眼眸挑起来："累不累你？行，谁让你是我兄弟。"

第二天早晨小蔓到了公司，还未来得及喘口气，就有人跑来告诉她，陈经理叫她去办公室一趟。

小蔓不由得紧张了一下，昨晚她自认自己没有什么漏洞，而且，秦慕之后来明显的意兴阑珊，陈经理送她回去的路上还在一直埋怨她，担心秦慕之不高兴，合作的事情泡汤。

想到这里，小蔓有些害怕起来，该不会是合作真泡汤了，陈经理要炒她鱿鱼？

走到办公室外，深吸了一口气，小蔓推门进去，陈经理正在办公桌后忙碌着什么，听到她进来，连头都没抬，只是随手递过去一沓厚厚资料，极快地交代她："把这东西送到这里去。"说着，又拉开抽屉拿出一张精致的烫金名片，"照这个地址去送。"

小蔓下意识地接过来，一眼看到那上面清晰的三个字——秦慕之。

她先是松了口气——合作没有结束，她没有被炒，但转而就又紧张了起来，是陈经理自作主张要她去送，还是秦慕之的"刻意点名"？

按照名片上的地址打了车过去，却是市中心寸土寸金位置的一处高档写字楼，小蔓习惯性地理了理刘海，就抱着一沓资料走了进去。

在前台小姐那里将名片出示出去，又报上了她公司的名称，立刻就有人引着她往电梯那边走："慕少正等着呢。"

说话时，竟颇有几分客气，小蔓不由得有些诧异，却还是点点头笑了笑就不再多说。

一直走到一间办公室外，引着她上来的人过去敲敲门，隐约听得一声"进来"，那人就推开了门，小蔓也来不及多想，就走了进去。

"坐那儿等一会儿，我这里有一点急事要处理，十分钟就好。"

他的声音温和传来，莫名地透着几分亲昵，他穿着一件烟灰色的衬衫坐在巨大的办公桌后，正微微低头在电脑上敲打着什么，似是知道是她来了，没有抬头就这般说道。

小蔓脚步微顿，目光在他的身上滞留了几秒，远远的，还能看到他俊逸硬朗的面容，在晨光熹微中给人一种不真实的错觉，似乎伸出手去碰一碰，那个人就会变成破碎的泡沫消失一样。

还是那个样子，工作的时候，衣袖凌乱地卷在肘上，眉心微微地皱出一个"川"字，菲薄的唇有些严肃地抿着，绷成一条性感的直线，一杯茶搁在一边，是早已冷了。

小蔓就在离他最远的沙发上坐了下来。

办公室里安静得很，只能听到他时不时敲击一下键盘的声音，小蔓低着头，看着自己素白的手，那些筋脉和血管突兀地鼓出来，青青紫紫地在手背上蜿蜒，她把指尖贴上去，似乎能感觉到血液在里面呼啸而过。

有那么一个瞬间，她很想问问他，墓碑上的字是什么意思？他到底爱没爱过她？

可是也只是一个瞬间她就清醒了，女儿死去那个夜晚，她就失去了爱和恨的能力，从此以后，那些过往，不管多么残忍和不堪，她都不会再去过问。

她犹在低着头发呆，冷不丁的面前出现两条修长的腿，然后他的声音从她的头顶传来：“想什么呢这么出神。”

小蔓倏地抬起头来，仿若白水银里养着两丸黑水银一样的眼眸如秋水、如寒星一般霎时撞进他的眼底。

这样近距离地看她的模样，几乎连那纤长如小蒲扇一样浓密卷翘的睫毛有几根都能数得清，他的心猛地一阵跳，脑间滑过微微的眩晕，而手却已经伸出去，轻轻托住了小蔓的下颌。

小蔓吓了一跳，立时就要避开，秦慕之手上力道却忽然一紧，小蔓痛得脸色发白，大眼中霎时蕴了泪水：“秦先生，请放手！”

她的声音不大，却是让他一下子敛了眉目之间的神采，他颀长的身躯微微俯低了一点，俊逸的五官一点一点在她的面前放大，小蔓能清晰看到他蜜色的肌肤，利落有型的短发，还有那光滑高挺的鼻梁，薄如刀裁的唇……

小蔓不自主地身子往后仰，他也就跟着俯过去，到最后……她的身子靠在沙发上已然半躺的姿势，而他的身子，就像是要覆盖在她的身上……

她的呼吸渐渐粗重，胸口开始剧烈地上下起伏，而他的眼眸就如漆黑的墨一样，几乎要将人淹没在那浓黑中……

然后，小蔓感觉到他热烫的呼吸拂在她的颈间，然后，小蔓听到他的声音，清清冷冷，却是一字一句清晰无比：“我最讨厌的事情，就是别人欺骗我。”

她不明白他为什么会不明不白说了这样一句话，但是在他说完这句话、又深深地凝住她看了一会儿之后，他又将她拉起来，然后就那样优雅地站着，恢复了一贯的模样。

“林小姐是来送文件的吧，给我就好。”

他伸出手去，递在她的面前。

小蔓僵直地坐在沙发上，她周身都开始弥漫着冷意，说不出的，形容不出的，冷意……

阳光被百叶窗切割成了金色的长条平整均匀地铺在地板上，那些温暖的颜色此刻却让她感觉到越发刺目的冷。

她渐渐平息下了狂乱的心跳，她低着头，手指几乎要把那些纸张揉碎——无论如何，她不会承认她是谢长安，永远都不会。

不知就这样沉默了多久，小蔓低低应了一声，然后把文件递了出去。

光滑的纸摩擦过冰凉的指腹，小蔓松开手，任他拿过去，然后她就轻轻开口："秦先生，没事的话，我先走了。"

她说完，就转过身去，盘起的发髻下露出一截白皙的脖颈，瘦得似乎一只手就可以拢住，她一直低着头，那线条就细弱地延展着，然后缓缓地滑入衣领中看不到了……

秦慕之感觉到那片白有点刺眼，刺得他半眯了眼睛，他感觉自己像是魔障了，几年都不曾想起的那个人，忽然之间绊住了他的脚步和心魂，他自己都简直不相信！

小蔓从他的面前走过去，立时就轻轻舒了一口气，她正要拉开门，办公室的门却忽然被人从外面撞开……

小蔓慌忙身子后倾想要躲开，脚下却一个不稳，绊住了铺在地上的长绒地毯，眼看就要摔在地上，秦慕之却是眼疾手快地从后面接住了她，邓华抱着囡囡一进来，看到的就是这样一幕——

秦慕之一脸焦灼地抱着一个瘦削的女人，他的双手还环在那个女人的身上，而那个女人靠在秦慕之的怀中，脸色微微有些发白，眼角下方一块疤痕赫然明显。

邓华的目光只是不屑地从小蔓的脸上掠过，就望向了秦慕之，她漂亮的眸中投射出隐隐压不住的郁色，却还是尽力用了和缓的声调："慕之！上次说得好好的，爸爸的骨灰安葬之后我们就回去，怎么你又将回去的日期延缓了下来？囡囡今天哭着闹着要回去，偏打你的电话又关机……"

邓华说着，眼角余光瞥了小蔓一眼，见她瑟缩靠在秦慕之身上，眼底飞出淡淡的妒色来："原来是被这些上不得台面的人给绊住了……"

小蔓身形一僵，然后她感觉到秦慕之的手缓缓松开了，她不露痕迹地离开秦慕之身边，抬眸飞快地看了一眼邓华，她比起六年前看起来略略老了一点，但还是个不折不扣的美人儿，只是……小蔓在心里轻轻笑，六年前的那个缩手缩脚的女孩儿，现今已经完全是个上流社会的贵妇了，这一身的气度，谁又瞧得出来她的过去是什么模样？

她慢慢地向外走，低着头，鬓发微乱，却别有一种怯生生让人怜惜的娇弱。邓华莫名地心头火起，细白的牙齿咬住艳红的唇，脸上就带了冷笑，在她走到自己跟前的时候，她抱着囡囡的手忽然腾出一只来，然后一巴掌就打了出去。

清脆的一声响，小蔓的脚步立时趔趄，她下意识地去捂脸，却触到被硕大钻戒划破的伤处，她瞪大了眼睛，那一双眼中渐渐地燃出火来……

邓华冷不丁地对上她这般目光，竟是腿软了一下，这个眼神，她怎会忘掉。

她抱紧囡囡，那样软软的小人儿，眼睛看不到，耳朵却是分外的灵敏，她趴在邓华怀里循着声音往小蔓那边望去……

空洞的眼睛，那如银霜一般凉意森森的目光一下子让小蔓冷静下来，她的女儿不死，也是这般大了……

她的眼睛忽然疼起来，然后控制不住地眼皮眨了眨，泪珠儿就往下滚，沿着脸颊，沿着捂在脸上的手掌，止不住地往下滚……

秦慕之先是呆愣，却在看到小蔓眼泪那一刻忽然震怒，他脸色铁青，牙关咬紧，太阳穴那里青筋突突地跳着："邓华！你太放肆了！"

邓华眼瞅着秦慕之就要爆发，眼珠惶惑地转了转，她忽然抱住囡囡往秦慕之怀里塞，而囡囡却在这个时刻突然哇的一声适时哭了出来……

秦慕之原本还阴云密布的脸立刻就柔和了下来，他慌忙接过女儿娴熟地抱在怀中，轻柔地给她擦泪，又温声哄着，邓华也红了眼圈凑过去爱怜地摩挲着囡囡的头发："瞧这眼睛都哭得肿了，到底怎么了宝贝儿，和妈妈说，不哭，不哭了啊。"

囡囡却还是哭，又可怜巴巴地摸索到秦慕之的脖子紧紧地勾住："爸爸不要和妈妈吵，爸爸刚才的样子好可怕……"

邓华适时地轻轻抽泣起来，看着囡囡的眼神几乎柔得要滴出水来："囡囡……爸爸没有和妈妈吵，爸爸妈妈闹着玩呢……"

秦慕之也柔和地轻哄："囡囡不怕，爸爸怎么会和妈妈吵呢，囡囡乖啊……"

"爸爸……"囡囡却又开了口，小脸还一本正经地板了下来，"爸爸，你和囡囡还有妈妈才是一家人，囡囡不要别的姨姨。"

小小的孩子说着，黑亮的大眼四处找寻着乱看，秦慕之一愣，却是下意识地看向小蔓……

她脸上的表情很奇怪，她在落泪，可是嘴角微微地翘着，又像是在笑。

秦慕之抱着囡囡的手一下缩紧，这样的神情，就像是一根锋利的银针，倏然地扎进了他的心脏里去，让他无法自控地抖了一下。

怀中的囡囡这时更紧地抱住他，连连撒娇："爸爸，好不好？你答应囡囡啊……"

小女儿娇滴滴的声音清晰地响在耳畔，就像是让人心都沉静的梵音。

他收回目光，笑容温暖望住囡囡，一字一句说得艰难却无比认真："当然，爸爸和囡囡还有妈妈是一家人，没有别的姨姨……"

囡囡虽然看起来活泼开朗，可是医生也说过，囡囡受不得刺激，她不是个正常健康的孩子，不能像是对待普通孩子一样。她黏着邓华，和邓华感情深厚，渐渐地忘却那个"抛弃她不要她的亲妈"，这才是最好的结果。

也许有一天囡囡长大了，足够坚强了，他才能告诉她，她的妈妈是谁。

囡囡欢呼起来，邓华破涕而笑抱住秦慕之的手臂，一家三口，和和美美地站在一起，当真美好幸福得让人心都是暖的。

小蔓笑容越发地浓深，那一双眼眸却是渐渐沉寂如死灰一般，她转过身去，细瘦的身影一点一点消失在门口。

这是属于他们一家的繁华和热闹，和她，完全无关。

小蔓沿着长长的走廊走到电梯那里，从电梯里下来后穿过大厅，下了台阶站在初冬的阳光下。

她冰冷颤抖的指尖轻轻触了触眼角的伤疤，然后手指遮挡在眼睛上，望向挂在天上的太阳。

她站在太阳下，可是阳光照不到她的心里去。

她曾经用生命爱过的男人就在她的身边，可是他却根本认不出她来。

第三章　就像从没有爱过

第二天回去上班，伤处犹带着红肿，小蔓走到自己桌子前坐下来，一拉抽屉，却看到一个精致的锦盒。

她的手一顿，漆黑修长的眉就顿时蹙紧了。

小蔓打开盒子，先看到了一张乳白色别致的卡片，她拿起卡片，珠宝的光芒就闪耀起来，她甚至伸手挡了挡眼。

卡片上的内容很简单，他代表太太向她表示诚挚的歉意，希望她能收下礼物原谅他太太的鲁莽，云云。

小蔓拿着那张薄薄的卡片愣住了。

她保持着那个僵硬的姿势坐着，不知过了多久，她忽然站起来，全身都在颤抖，瘦削的肩胛骨耸立起来，苍白的指尖哆嗦个不停，她抓起那个锦盒，用尽全身力气砸在墙上！

一串华贵的钻石项链掉在地上，盒子摔裂成两半。

她犹觉得不解气，就像是吞了一只苍蝇一样，她觉得恶心，觉得难受得快要发疯了！

这还真真是像他的手段，这还真真是秦慕之的作风！

得体，冷酷，刻薄，大方，矛盾却又和谐，偏生让人挑不出一丁点的错来！还要感恩戴德一番才算你懂事！

办公室外渐渐响起了纷沓的脚步声，小蔓强忍着，蹲下去把东西捡起来，然后她一把推开办公室的门就向外走。

向倩倩被她这样突然冲出来吓了一跳，又看她一阵风一样冲向陈经理的办公室，不由得张了张嘴却没说出话，她旁边的女孩儿揉揉眼睛：“我没看错吧，蔓蔓也有这样风风火火的时候？”

小蔓却已经砰的一声推开了陈经理的办公室。

“小蔓，这么早？有事么？”胖狐狸笑得十分惬意，就像是一只薄皮大馅的热包子！

小蔓懒得和这个秦慕之的狗腿子废话，她直接走到桌前，将那项链和摔成两半的盒子啪的一下拍在他的桌上，然后冷冷地瞪了陈经理一眼：“你去告诉那个姓秦的，别把我想得那么贱！”

陈经理一口茶含在口中，半天方才咽下去，他正要说什么，小蔓却已经转身飞快地出去了。

陈经理是一名合格的马屁党，事情发生之后不到半分钟，他已经联络上了秦慕之。

他拐弯抹角费尽心机用最婉转的语言把小蔓的拒绝告诉了秦慕之，然后有些肝颤儿地等着大少爷的判决——瞒是瞒不住的，难不成他把项链收了然后转送给他亲爱的darling啊！

“她是这样说的？”秦慕之好像一点都没有生气，声音中反而带了淡淡的愉悦。

陈经理大松一口气点头：“是，小蔓这丫头就是这么口无遮拦……”

“小丫头脾气不好，你以后多担待点。”秦慕之沉吟片刻，却是温和地说了这样一句。

陈经理一向以脑袋瓜子机灵著称，这下却也当机了。

“我帮她请一天假，我一会儿过去。”秦慕之又说了一句，就挂了电话。

半小时后，小蔓被陈经理骗下了楼，正好看到秦慕之的车子开过来，她当时就黑了脸转身欲走，那车子却一个漂亮的转向，堪堪停在她的面前。

车窗缓缓降下来，一只骨节分明的手摘了墨镜，那个人转过脸来，眼如墨玉，鼻若悬胆，唇角似扬非扬，抿出一道迷人的弧度，他望着她，眼眸里的笑意像是碎玉温和的光，然后他开口：“小蔓，上车。”

小蔓瞪住他，眼眸中渐渐淌出淬火一样璀璨的亮光来：“秦先生又要干什么？嫌我脸上的伤还少吗？”

秦慕之修长如玉的手指在方向盘上轻轻敲了一下，然后他忽地拉开了车门下去。

小蔓下意识地后退一步，目光中带着戒备望向他，初冬的暖阳下，他穿驼色的短风衣，修身玉立，阳光将他的身影拉长和她的影子融在了一起。

他好笑地趋前了一步，小蔓后退，他更快地一伸手按住她的肩，目光审视她犹然有些微肿的脸，钻戒划破的那一道细小的伤口已经涂了药，他的指尖抚上去：“昨天的事儿很抱歉，对不起。”

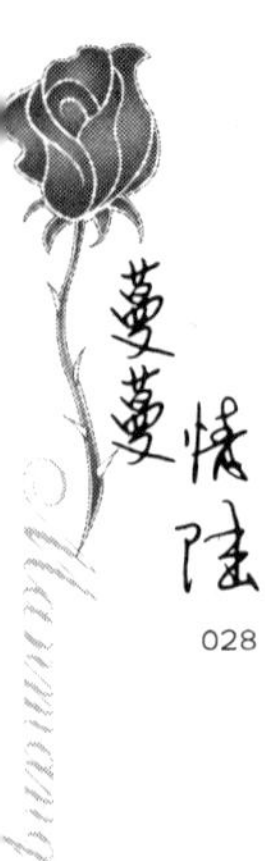

“秦先生不用客气。”小蔓冷淡笑着，从他的掌心下挣开，毕恭毕敬，“我还要上班，先上去了，再会。”

她说着就走，秦慕之却是不紧不慢开了口：“我已经帮你请了一天假，你今天的工作是和我在一起。”

小蔓立时转过身，眼中愤怒再也止不住：“你到底要干什么！”

秦慕之忽然笑了起来，眼中光芒璀璨：“你还装。”

小蔓陡地一颤，声音抖了抖：“我不明白你在说什么。”

秦慕之扬扬眉，一伸手拉了她，三两下把她塞到了副驾驶座上：“你总会明白的。”

他上车，发动了车子，就再也不搭理她，小蔓气得浑身发抖，却又无可奈何，她就像是砧板上的鱼，只有被他任意宰割的份！

秦慕之一路把车子开得飞快，过减速带的时候这人都不减速，小蔓被颠得几次都要吐出来了。等到车子停下来被秦慕之拎出来时，她已经脸色发白双腿发软几乎站立不住，若不是秦慕之拽着她的胳膊，她都要趴在地上了……

“瞧你没用的，也不知道你们女人怎么想的，就知道减肥，瘦得只剩下一堆排骨还自以为美……”

秦慕之放开她，任她抱着一棵小树不停干呕，他站在一边神清气爽地瞧着，看她狼狈的样子，竟是莫名的心情大好。

小蔓好一会儿才缓过劲来，听他在一边阴阳怪气，只觉得怒火在胸腔里窜来窜去，终是忍不住劈头问过去：“秦先生，你到底要干什么？你是高高在上的大老板大少爷，我不过是个小职员，你为什么总和我过不去？”

秦慕之好看的眉毛扬起来，唇边似笑非笑，他不但没生气，还悠然自得地摸出来一支烟点上，眯起眼睛深深抽了一口，吐出漂亮的烟圈来：“还想说什么都一起说出来吧，给你两分钟时间发泄！”

“你——”小蔓双拳握紧，她真是恨不得一拳打掉他脸上那该死好看的笑容！

怎么过去五六年了，当初漂亮的邓华都见老了，他丫的却开始逆生长了？！

小蔓气得暗暗磨牙，但这六年来，她什么都没学会，唯独得心应手的就是装木头和忍者神龟。

干脆地扭过脸去，才发现这是在郊外，原该是青山绿水的，因是冬季，漫山遍野都是枯黄的颜色，但阳光普照下来，到处暖融融的，远远的，隐约听得几声鸟鸣，却不见尘世的喧嚣，小蔓只觉一颗心渐渐静了下来。

秦慕之抽完烟，抱住双臂微抬了下颌看着她的背影看了一会儿，方才慵懒开口：“好了，时间到了，这下可得好好说话，不能像个刺猬一样扎人了。”

他说话的语气甚是亲昵，若是旁边有不相干的人听到了，还以为他们是斗嘴的情侣呢。

小蔓心里不屑地撇撇嘴，依旧是不吭声，她懒得和他吵，斗也斗不过他，还把自己给气得个半死，为今之计，只好装哑巴，反正她又不是谢长安，没有爱他爱得死去活来，一点温柔都要她活要她死的……

秦慕之走过去和她并肩而站，他身上的烟味依旧是和以前一样熟悉，小蔓微微地蹙眉，稍稍和他拉开一点距离来。

阳光照在两人的身上，远远只看得一对剪影，高大和娇小，英挺和单薄，偏生说不出的和谐。

“那天阿策问你是不是谢长安，你还记不记得？”秦慕之忽然开口。

小蔓转过脸来：“记得。”然后她顿了顿，狐疑问道，“我们真的长得很像吗？”

她的模样，疑惑中透着几分的好奇，眼底澄澈的一片，丝毫不是说谎的样子，秦慕之眼底光芒黯淡了一些，却还是点头：“很像，但又不像。”

“哦，那她现在在哪里？”小蔓只是下意识地问出声，秦慕之的脸色却白了白，他静静望着远处几乎不会流动一般的小河，声音暗哑：“她死了，我们分手六年，没有一点联络，我怎么都没想到。”

小蔓适时地露出惊讶、错愕，然后是抱歉和同情的表情：“不好意思啊，我不知道会是这样的……”

秦慕之摇头：“我也不知道。”他说完耸耸肩，一摊手心，“很好笑吧，我连她什么时候不在的都不知道。”

小蔓感觉心跳渐渐地加快，她拼命地掐住手心，小心翼翼问他：“你一定很难过吧？”

秦慕之点点头：“她是个很好很好的女孩儿，我辜负了她。”

“你爱她吗？”小蔓忽然脱口而出。

空气好似都凝固了一样的安静，极远处的天幕湛蓝湛蓝，偶尔有落群的孤雁哀鸣飞过，树叶掉光的枝头，快要枯竭的河流，还有那定格在彼此脸上，久久不曾挪动的阳光，冬季，总是莫名地让人感觉孤独，寂寥。

小蔓的心一点一点沉下去，就像是趴在一口老井边的小孩儿，好奇地丢下去一颗石子，但那石子一直在往下落，往下落，黑暗和痛苦，永远没有尽头。

可她的心是平静的，她淡淡笑了一下：“那女孩儿真可怜。”

秦慕之闭了闭眼睛，冬日的暖阳并不刺眼，可他却伸出手来遮在眼帘上，过了一会儿，她以为他不会再开口的时候，他却忽然转过身来望住她。

他的眼眸就像是黑色的曜石，深邃地漫出旋涡似乎想要把她吞没，她被他看得怔怔后退一步，他却一伸手按在了她的肩上，目光落在她的脸上，可是却又像穿透了她的眼睛望

到她的心里去，他用只有她才能听到的声音一字一句地说："如果一切还能再来一次，我也许会爱她。"

小蔓眼睫微颤，她想要冷笑，想要尖利地控诉，可是到最后，所有的一切，都只是变成了一个无声的笑靥："真为那女孩儿不值，也许一切还能再来一次的话，她一定会选择从来没有爱过你。"

小蔓说着，定定看住他的眼眸，毫不躲闪。

秦慕之握住她肩膀的手骤然收紧，又忽然狠狠把她推开，他转身大步向车子那里走，走动间风衣下摆猎猎飞扬。小蔓微微眯起眼眸，恍惚之间，只觉那前半生，不过是一场镜花水月的梦。

原来她念念不忘的，却不过是别人的逢场做戏。

秦慕之怒气冲冲地上了车，发动引擎后，车子轰的一声就向前开去。小蔓也不在意，只是淡漠地看了那远去的车子一眼，然后她转过身去，伸手在路边折了一枝枯草，拈在手里，像是小时候那样，甩来甩去地缓缓向前走。

没走几步，却忽然又听得车响，小蔓下意识地一回头，却看到他的车子怒气冲冲开过来，她慌忙躲到路边，车子却恰好在她跟前停住，然后车窗降下来，秦慕之阴沉沉的脸就露了出来："上车！"

小蔓歪头看看他，嘴角翘了翘，转身就往相反的方向走。

秦慕之一张脸陡地又垮了几分，他啪的一巴掌拍在方向盘上，喇叭声猝然响起，小蔓头都没回，依旧是摇着手里那一根枯草，优哉游哉地继续向前。

他的怒火，就像是打在了海绵上，软趴趴地没有回应，让人心里越发不爽。

后视镜里，还能看到那一抹纤纤巧巧的身影，似乎很是悠闲地渐渐远去。

秦慕之眸中渐渐燃起淬火一样的光芒，林小蔓——

他低低地念了一遍这个名字，忽然唇角一扬，有淡淡讥诮讽刺的笑意弥漫出来，这事儿，还真是越来越有意思了。

"妈，我们明天就回去了，你不要担心我们，爸爸的事情，慕之都办得很妥当，囡囡也很好，只是每天都要念叨您好多次。"邓华握着手机正和秦夫人通电话，一眼瞧到秦慕之推门进来，她莞尔一笑，食指竖在唇边示意他噤声，复又笑吟吟和秦夫人说笑起来。

秦慕之见她如此这般，脸上神情就松弛柔和了几分，他脱了外衣刚坐下，邓华就收了电话倒了一杯温水过来递给他："怎么了？瞧着脸色不太好。"

说着就起身在他一边沙发扶手那里坐下，修长手指娴熟按在他太阳穴上轻轻按摩起来。

秦慕之半闭了眼睛："没事儿，妈说什么了？"

邓华身子微微倾下来一些，气息拂在他的耳畔："妈说让我们赶紧回去，她想囡囡想得不得了。"

秦慕之没有作答，只是"唔"了一声，邓华有些失落，眼珠一转，就又问道："那个林小姐那里……都是我太莽撞了……慕之，你不会怪我吧……"

秦慕之好一会儿才开口："你也知道你莽撞了，幸而林小姐是个好脾气的不计较，万一闹出去，你我面上都不好看。"

邓华脸色微黯，贝齿紧咬住下唇："我知道了慕之。"

两人正说着话，秦慕之手机却是忽然响了起来，秦慕之一边接起来一边向外走，出门那一刻，邓华隐约听得他说了一个名字——长福。

她微微挑眉，转身进了囡囡房间，看她还在熟睡，不由低下头温柔地亲吻囡囡，眼睛里光芒璀璨："囡囡，宝贝囡囡，你真是妈妈的福星啊……"

秦慕之接了电话就出去了，一直到深夜才回来，囡囡早就睡熟了，邓华却在听到他上楼的脚步声后，打开了卧室的灯。

秦慕之一进房间，邓华就掀被下床，温柔迎过去："慕之，怎么回来这么晚？我去给你放水洗澡吧。"

秦慕之有些疲惫地扯松领带，点了点头："你怎么还没睡呢。"

邓华接过他的外衣挂好，方才淡淡一笑："你这么晚不回来，我担心啊。"

秦慕之低着头解扣子，只是轻轻"唔"了一声。

邓华笑容微敛，转身去了浴室放水。

秦慕之洗完澡出来，邓华依旧靠在床上等他，他像往常一样，只当作没有看到她眼底的希冀，淡淡说了一句："我去书房处理点事。"

说完也不等邓华开口，径自推开了一边书房的门。

邓华看着那扇门在自己眼前关上，她忽然抓起枕头狠狠掷在了地上，纤细的十指紧紧攥住，压在柔软的床上，邓华强忍着，忍了许久，方才舒出一口气，躺下来拉上了被子把自己没入黑暗之中。

秦慕之一个人坐在书房，他没有开灯，房间里的一切就都隐在昏暗的光线下。

他靠在沙发上闭了眼睛，修长的手指撑在眉梢，下午和长福说的那些话，又似在耳边回荡。

但他却只想冷笑，长福他不是没打过交道，一句囫囵话都说不出来的人，会忽然伶牙俐齿，他不信没人教他。

黑暗之中，他不知道坐了多久，而突然的，手机忽然尖锐地响了起来，划破了这一片寂静……

他拿起一看是霍彦东打来的，就接起来径直向阳台那里走去。

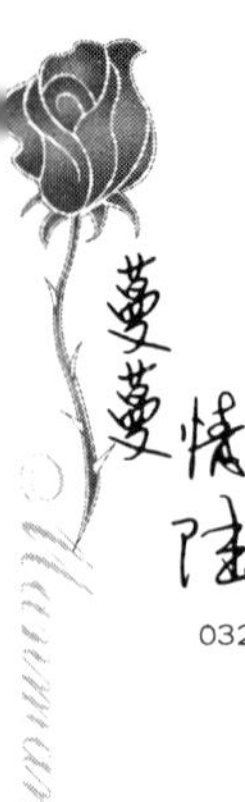

“慕之，事情好像有点棘手。”

“你说。”

“好像是有人把当年的事都抹平了，一点蛛丝马迹都查不到。”

“邓华做的？”秦慕之敛眉，声音沉了下来。

“她？她没这个能耐。”霍彦东顿了顿又说，“有高人相助啊，秦太太真是不简单。”

秦慕之好一会儿才缓缓开口：“你觉得长安‘死’这件事，和邓华有没有关系？”

霍彦东慵懒地靠在沙发上，一抬眸看到不远处躺在床上那个娇小的身影，声音也温柔了下来：“囡囡在她手里，不是么？你又不是不知道，女人的嫉妒心多可怕。”

“可你也应该知道，当年我和长安已经分手了，她没道理做这样的事……”

“如果是她做的，那就说明，长安的存在对她来说是一枚随时都会引爆的定时炸弹。”霍彦东换了个姿势，倒了杯清水，“你或者可以想想，为什么她非要置长安于死地？”

秦慕之不语，霍彦东低低笑起来：“你也不要太纠结了，你不是也怀疑那个女人就是长安吗？不如你亲自问问她。”

秦慕之沉下眼睑，嘴角处浮出坚毅的暗纹：“东子，我恨别人欺骗我，不管是出于什么目的，总之，这是我的底线。”

翌日，秦慕之刚在一份文件上签完字，却接到了陈经理的电话。

“病了？”他眉毛纠起来，想起那天他把她一个人丢在荒郊野外，难道吹了会儿冷风就倒下了？

“我也就是和慕少说一声，这几天小蔓没法上班，合作的事我会带别的助理秘书了……”

秦慕之制止了他的滔滔不绝：“她住哪里？”

这小城不大，虽然她住得很偏，但秦慕之开车到了小蔓所居住的那一片时，也不过用了二十来分钟，车子在街边上就不得不停了下来，那条巷子很窄，秦慕之干脆下车步行过去。

陈经理给了他很确切的地址，所以他直接走到了她租房子的大门外。

秦慕之敲过门之后，就随便环视了一下四周，然后他的眼底有了些许的嫌恶——又脏又臭的，她也真住得下去。

开门的是个大婶，很好奇又大胆地不停打量他，他说找林小蔓，那大婶给他指了指二楼的一个房间，秦慕之道谢后转身上楼，那大婶却中气十足地对着二楼大吼一声：“小蔓，有男人找你！”

秦慕之感觉自己脑门上冷汗都掉下来了，院子里，楼上，哗啦伸出一堆脑袋往他那里看去，秦慕之立刻加快了脚步。

小蔓刚从床上爬起来打开门，秦慕之就伸手按着她的头把她推进了屋子里，然后随手重重关上了门。

院子里的几个中老年妇女八卦地交换了一个眼神，俱是满脸看好戏的兴奋。

“你，你怎么来了？”小蔓扯着厚厚的睡衣把自己包起来，她鼻头红红的，说完话就打了个喷嚏。

秦慕之一脸嫌弃地看了看她的房间，伸手戳了戳她摆在桌子上的一个小玩偶：“你看你住的这破地方，鬼才能找得到。”

秦慕之在狭窄的房间里转了三四步，从扯着挂毛巾的绳子下一低头钻过来，把大衣脱下来挂在一边，继续嫌弃。

小蔓干脆不想搭理他了，沉默了一会儿却还是没忍住呛声：“秦大少爷是锦衣玉食的有钱少爷，自然不知道民间疾苦，像我们这样的小员工，只能租得起这样的房子。”

“你不是生病了么？怎么中气十足，红光满面的样子，我看你一点都不像生病了，你不会是为了偷懒……或是，躲我吧？”

秦慕之俯低了身子，笑得妖孽看着她，小蔓被他这眼神瞧得浑身都不自在，正要起身躲开，那人却一下子直起了身子，悠哉地伸出长腿，勾了一只小椅子拖过来放在小蔓的面前，然后施施然坐了下来。

面前那人，英俊如斯，唇角噙了一抹邪气的笑，漂亮的眼睛盯着她一眨不眨，那里面却含着促狭的笑意，小蔓恨得只磨牙，偏偏不能发作出来，只得忍了又忍，站起来去倒水。

“我这里只有白开水，大少爷将就一下。”小蔓没好气地倒了一杯水递给他，顺势坐得离他远远的。

秦慕之捧住了杯子，暖暖的水灌入胃中，他觉得自己浑身都熨帖了很多，其实小蔓这冷冰冰湿黏黏的房子，待着一点都不舒服，可是他却不想走。

一杯水喝完，秦慕之得寸进尺，眯着狐狸眼打量小蔓：“给我泡杯茶吧。”

小蔓眼皮都不抬，拉了被子披在身上缩着脖子袖着手“哼”了一声：“没茶叶，没钱买。”

秦慕之低了头不做声了，过了一会儿，小蔓扭头看他，他也正看过来：“中午吃什么？”

小蔓一怔，旋即瞪大眼：“你……你要在这里吃？”

秦慕之站起来，把杯子放在一边，也坐在床上，伸手抢了她的被子过来盖住自己，唇角轻扬：“废话，起来给我做饭去！”

小蔓被他抢走被子，阿嚏阿嚏地打了两个喷嚏，她鼻头发红，眼睛蒙了水雾瞪住他，恨不得扑过去狠狠咬他一口。

“喂，我是客人，有这样招呼客人的吗？我要吃饭，我饿了！你快点。”秦慕之说着，竟然还用膝盖撞了撞她，颇是不耐烦的样子……

小蔓从床上跳下来，再也没办法淡定了：“秦先生，我在生病，你可不可以高抬贵脚离开这里去酒店吃？”

秦慕之往她的床上一躺，双手枕在脑后，他漂亮的脸上带着淡淡柔和的笑意，望着她的目光也含了笑：“你随便做点什么，比如煮碗面就行的，我不挑。”

小蔓原地转了两圈，她真怕自己控制不住扑过去咬他，可是终究还是忍了下来。

她现在是林小蔓，一个挣扎在底层的小人物，她不能再像当初那样了。

“我去煮面。”终究还是没有办法让自己故作巴结谄媚的样子，丢下四个字，转身出了房间。

秦慕之看着她的背影，在开门的那一个刹那氤氲成小小的光圈，初冬的中午，阳光竟是刺眼的，他不由得微微眯起眼睛，唇角泛起小小的笑纹。

小蔓蹲在狭窄的走廊里，从袋子里拿出一小把青菜来，她一边择菜，一边还时不时地打喷嚏，幸而阳光这会儿很暖，照在她身上挺舒服的，她才觉得没那么难受。

香喷喷的鸡蛋挂面，放了一些青菜，又用芝麻油拌了小香葱，在起锅的那刻撒进去，霎时间香味扑鼻而来，连因生病没有胃口的她，都忍不住抽了抽鼻子。

小蔓把小小的汤锅端进屋子里来，又拿了两只小碗，她盛了一碗端到床边，正要开口叫他，却看到秦慕之靠在床上，手里拿着一个小小记事本，似乎是看着看着就睡着了。

小蔓轻轻地把煮好的面放在床头的桌子上，然后站在那里望着睡着的他。

在过去的那些岁月里，她看过很多次他熟睡的模样，那时的心情，或是忧伤，或是喜悦，或是痛苦，或是欢愉，可是没有一刻，像这次这样，不喜不悲，心底平静得就像是银色月光下的地面，只有一片千里寒霜。

小蔓浅浅地笑着，怎么能想到呢？还有这样的时刻，他躺在她的床上，盖着她的被子，静静地安睡。

她眨眨眼睛，收回思绪，想要转过身去，却忽然听得他似梦中低喃了一句什么，她停住动作，屏住了呼吸，隐隐约约听他唤着长安的名字，但后面的字眼就听不清楚了，小蔓不由得微微俯低了身子，屏息凝神地听去，但却没了声音，她有些失望地预备起身，秦慕之却忽然睁开眼，小蔓瞬时睁大了眼睛，却因为太惊讶，而愣在了那里……

他看着她，眉眼深深，有好看的玉石色的温暖光芒倾泻而出，他的睫毛很长，鼻子很挺很高，五官深邃却又俊逸，他们的脸，挨得那么近，甚至他的气息就拂在她的鼻端……

屋子里静悄悄的，什么声音都没有，小蔓感觉自己的面前好似是一个旋涡，卷着她往里面拉去，她挣不开。

而下一刻，她的唇就被一张薄凉的唇覆住，然后在她呆愣住的那一刻，她感觉到他温柔无比的亲吻，他的唇裹住她的，柔软的唇瓣吮吸着她的唇珠，舌尖探过去轻轻舔舐，有电流，从她的身体内，呼啸而过……

他的舌尖像是钢琴家的手指，游移在她的唇上描绘过那里每一处纹路，她的脑子里似炸开了一样，轰鸣嘈杂之中，眼前是一片空白……

他的舌纠缠住了她的，用似要将她吞下去的力道吮吸着她的柔软，他有些贪婪，又有些渴盼，他捧住她脸的手指，渐渐往下滑去，一路滑到她纤细的腰肢，然后忽然用力向他的怀中带去……

两人的身子骤然贴在一起，小蔓却是一下子惊醒了过来，她忙乱中张嘴咬在他的舌尖上，秦慕之“嘶”一声倒抽冷气，却已经下意识地推开了她。

小蔓飞快地起身，转身就要向外跑去，秦慕之却忽然从后面握住她的手腕，他声音低沉，似还带着未曾满足的沙哑：“告诉我，脸上的那个疤，是怎么一回事？”

小蔓死死地咬住牙关，她简直能听到自己咬住牙齿时发出的咯吱的声响，她不说话，确切地说，她不知道她该怎么说。

那天晚上，她连那些人是谁都没有看清楚，剧痛之后一脸的鲜血，睁开眼的那刻，天地倾覆，她失去容颜，女儿变成小小骨灰盒里的一捧灰，可是要她怎么说？

说只是因为她和邓华眼角都有一粒胭脂痣，所以她怀疑是邓华做的？

谁会信呢？秦家上上下下都知道，她才是个冒牌货，既然她是个冒牌货，那么正牌还有必要来多此一举吗？

更何况，时隔五年半，证据呢？

在那个夜晚，谢长安已经死了，她只是想一个人静静地活下去，她不想再卷入是非中。

因为爱他，她失去这么多，现在她不敢了，也不行吗？

“这个地方，原来是不是长着一粒胭脂痣？”

秦慕之攥紧她的手腕，将她转过身子来，他托住她的脸，抚摸着那一块疤痕。

小蔓感觉到眼泪在眼眶里打转，她咧了咧嘴，她知道自己一定笑得比哭还难看：“什么胭脂痣？”

秦慕之骤然抬头看她，黑亮幽深的眼眸就像是一潭静水悄然地弥漫着旋涡，要把她整个人都卷进去……

“这是小时候调皮造成的意外。”小蔓笑得愈发灿烂了几分，她挣开他的手，眼睛亮晶晶的干净，“面都要凉了，秦先生不是饿了么？”

小蔓捧了碗，递到他的面前来：“快吃吧！”

她的声音带着点轻松："秦先生刚才是把我当成那个谢小姐了吧？您放心，这事就当没有发生过，我不会说出去，也不会给您添麻烦的！"

秦慕之脸上所有的温柔都已经隐去，他望着她，目光渐渐寒凉，却是伸出手去接过那小小的碗。

面还是温的，有些坨了，他拿起筷子挑了挑，葱花鸡蛋的香味很诱人……很熟悉。

秦慕之低头默默地吃，他把青菜也吃光了，甚至汤也喝干净，然后满足地望着她："还有吗？味道真不错，和长安煮的面味道一模一样。"

小蔓笑吟吟接过来，转身又去给他盛面："这是最简单的鸡蛋挂面，谁做出来都是这样的味道。"

秦慕之勾起嘴角，笑容冷冽。

他连着吃了三碗面，小蔓本来煮的还有自己的份，结果也被他给吃掉了。

饿着肚子把锅碗洗干净，小蔓对着他笑得讪讪的，潜台词很明显，秦少您吃饱喝足了，该走了吧？

秦慕之却是弯腰脱了鞋子，复又躺在她的床上："我困了，午睡会儿，一个小时后叫我。"

他说完，就拉了她的被子盖上，自顾自地闭上了眼。

小蔓站在床边目瞪口呆半天，预备开口时，那人忽然又睁开眼来："你如果敢不听话，我今晚就留下不走了，说到做到。"

小蔓被他这句话噎得死去活来，好一会儿，她狠狠地瞪了他一眼，转身"噔噔噔"的出了房间，"砰"的一声甩上了门。

她错了，错得离谱，她忘记了秦慕之在她面前就是个无赖，最擅长的就是出尔反尔。

他睡好了午觉不走，赖到晚上，又赖她一顿饭，还吃得这么多，小蔓红着鼻子站在走廊里煮饭，气得恨不得抓只虫子放在菜里炖了端给他吃。

吃过晚饭，这人又说偷得浮生半日闲，她这里怪清净的，好久都没睡过这么好的觉了，他准备晚上留宿一晚，还好心地说，她如果不想同床共枕的话，可以打地铺……

小蔓到最后已经被折腾得根本没了脾气，她感冒了难受，浑身一点劲儿都没有，想要离家出走吧，恐怕没走出去几步就要"暴尸荒野"了……后来，她干脆也不搭理他，也不看他，自顾自地伸了一张小折叠床，然后抱了两床被子放上去，她拿了本书，又把小台灯放到床头椅子上，就躺在床上看书。

秦慕之没话找话了半天，小蔓连个"嗯啊哦"的单音节都没有，他觉得有些没趣，就也躺下来在她桌子上随便摸了本书。

枕巾上绣了一圈的合欢花，被子上柔软温馨的天蓝色，鼻端蔓延的都是小蔓的味道，而这个味道又带着说不出的熟悉，秦慕之还没翻两页书就睡着了。

不知是几点钟，他被剧烈的咳嗽声吵醒，迷迷糊糊的，他拉开床头的灯，橘色的光芒一瞬间铺满小小的房间。

那张小小的床上，那个藏在被子下的单薄的身影，蜷缩成小小的一团，不停地颤抖着。

秦慕之掀开被子下床，走到她的床边，她咳嗽得很厉害，声音都嘶哑了，秦慕之轻轻掀开她的被子低声地唤："长安……"

灯光下，她的脸红扑扑的，就像是搽了胭脂一样，似是听到他喊，她迷迷糊糊地睁开眼来，长长的睫毛颤啊颤的，眸子亮晶晶的带着一点点的水光。

她望着他，像是一个傻乎乎的孩子，秦慕之感觉自己心软得厉害，他弯下腰去摸她的额头，有点烫，但还不碍事。

"吃点药再睡好不好，你咳嗽得很厉害。"他把声音放得柔柔的，小蔓轻轻眨眨眼，看着他的脸微微皱起眉，她有点分不清，分不清这是现实还是梦境……

那张脸，熟悉的脸，怎么会入她的梦中来了呢？

她翻了翻身，侧躺在那里，红扑扑的脸贴在枕上，大眼中带着孩子气，嘟了嘴轻轻咕哝："慕之……我不要吃药，药最苦了……"

她多久没有撒过娇了？这些年没人纵容她撒娇，哥哥会，可是为了那个封存的谢长安的秘密，她连见哥哥的次数都屈指可数……

女孩子谁不喜欢撒娇？她也喜欢，那么就在梦里让自己放纵一次吧。

秦慕之高大的身躯定格在那里，灯光把他的身影拉长，影子贴在墙上，放大了好几倍，他的眼底渐渐有光芒淌出，唇也扬起，抿出柔和的线条。

他伸出手来把她抱起来，声音中带着宠溺的轻哄："好，我们长安不吃药。"

她弯了眼睛伸出手勾住他的脖子，脸上带着笑贴在他的怀里："慕之抱着我睡，我明天早上就好了。"

他把她放在他的被窝里，然后他也躺进去，把她小小的身子完完全全地揽在怀中，他身上很热很暖，小蔓觉得自己脑袋晕乎乎的，身上好像也开始冒汗了，混沌中她想要挣扎着掀被子，但总有一双大手按着她，把她紧紧地按在那热源上……

她就像是抱着一个火炉睡了一夜，等到早晨一睁开眼，竟发现头脑清醒了许多，咳嗽好像也止住了，身体轻松了，心情跟着就好了，小蔓预备坐起来，却觉得有些不对劲儿……

她的背后，好像是贴着一个人，确切地说，是男人……

"啊啊啊啊啊啊！"小蔓一下子掀开被子，想也不想，一拳就打了出去……

"昨晚刚度了春宵，今早就要谋杀情郎？"他轻松地捏住她的拳头，躺在那里半睁了眼，声音带着饱睡的慵懒，脸上是妖孽的神情，眉梢似扬非扬，一双似嗔还嗔的含情桃花

目！

小蔓气得俏脸通红，使劲把自己的拳头从他手掌心里抽出来，想也没想就使尽了吃奶的力气一脚踹了出去："你去死吧混蛋！"

秦慕之没有料到她的战斗力这样强，其实主要还是床太窄了，他于是就很不幸地被小蔓从床上踹在了地上，还是以一个很不雅观的姿势……

小蔓显然也没有想到自己竟然会有这样大的力气，眼见秦慕之当真被她踹了下去，像是一个巨大的虫子一样裹着被子圆润地滚在地上，她怎么都忍不住，双手握拳，一下子捶在床上，哈哈哈地大笑了起来……

秦慕之的怒火就这样硬生生地被压了下来，他坐在地上，看着那个笑声灿烂笑容明媚的女孩儿，竟然也勾起了唇角。

如果他这般狼狈一次，换来她开怀大笑，他总也是心甘的吧。

"开心了？"秦慕之优雅地从地上爬起来，站在那里的高大身形挡住了熹微的晨光，小蔓笑得眼泪都掉下来了，却还是不怕死地使劲点头："是啊是啊，我没想到秦大少这么不中用，真是好抱歉。"

她眼睛弯弯，笑容明媚，这般模样，倒是和以往那个俏丽鲜活的影子有了几分的相似。

秦慕之也不恼她的调侃，将被子丢在一边，坐在了小蔓身边，他伸手摸了摸她的头发："搬出去吧。"

小蔓的笑容一下子收住："秦少说什么？"

"叫我慕之，或者子陆，都可以。"他的笑意渐渐地从唇角开始蔓延，笑纹扩展开来，一如既往的秦氏招牌笑。

"我听不懂你在说什么。"小蔓的脸白了白，她低下头，挪动身子预备下床……

秦慕之却是伸手攥住了她细弱的手腕："长安，搬出去，我给你准备一套好点的房子你先暂时住下来。"

"你认错人了……"

"你昨晚烧得迷迷糊糊，对着我叫慕之。"秦慕之一句话，让小蔓的心顿时跌入谷底。

她牵强地笑，声音苦涩："你也说我是烧得迷糊了……"

"谢长安，再这样装模作样的，有意思吗？"秦慕之手下用力，将她往怀中一拉，他眼眸微眯，浅浅寒光绽出，"还是说，这样耍弄我很好玩？弄一个假墓地糊弄我，站在我面前装作不认识，谢长安，你真行！"

小蔓忽然笑了起来，她反手重重推开他，眼底却是透着浓浓的冰冷和疏离："秦少这话说的实在是有意思，就算我是谢长安，就算我是，那么我问你，你是我什么人？而我，又是你什么人？我做什么事，与你何干？”

“你……”秦慕之一时语塞，她说的很对，他们都不算对方什么人，不过是有过一段过去的分手情侣。

小蔓见他不答，翻身利索地下床，她胡乱理了理头发，淡淡说道：“秦少还是快些回去吧，这地方不是你这种身份的人该来的，不管怎样，过去的事情都已经过去了，我是林小蔓，这个事实，永远都不会再改变。”

她的冷漠，却更是让他放不下，沉默许久，秦慕之转移话题：“告诉我你到底发生了什么事，为什么会变成现在这样。”

“和你无关。”小蔓只是缓缓地说出四个字，就转过身去不再理他。

“你不说也没事儿，我有嘴有手，我自己也能查清楚，我记得你还有个哥哥吧……”

秦慕之站起来，慵懒地扣着衣扣，垂眸缓缓说道。

小蔓却并无太大反应，只是冷漠看他一眼：“你如果敢伤害他，秦慕之……”

“怎样？”秦慕之抬起头来，一边唇角不屑地牵起，“你能把我怎样，长安？”

他说着，见她脸上神色不好，终是放缓了声调：“乖，我知道你这些年委屈了，你放心，以后让我补偿你……”

“出去！”小蔓一脚踹翻一边的椅子，伸手指向门外，她气得眉毛都似乎要竖起来了，大眼圆瞪，嘴唇都在哆嗦。

“长安！”秦慕之的耐性也被磨光了，这些天来，他陪着她来演戏，昨晚发生的事情，终究让她装不下去，他以为事情总要转圜了，可是她竟然还是这样倔！

“你到底在闹什么？就算是你遭遇了什么，可是我没有做过什么过分的事情对不对？你对我发什么脾气！”

“滚出去，滚——”小蔓的声音开始抖了，她转身疾步奔向门边，手脚颤抖地打开门，冷风瞬时灌进来，她冻得打了个哆嗦然后剧烈地咳嗽。

秦慕之看着她难受的样子，强压了怒火，他走过去，将门又关上，轻轻抓住她的双手：“安安，别这样子，你这样我心里也难受……”

“秦慕之，你赶紧走吧，已经过去六年了，你就当我，当谢长安真的死了，好不好？”

小蔓心神俱疲，她不想再这样和他纠缠下去，尤其是现在，她的身体太难受了，她连一句话都不想多说，她只想蒙着被子大睡一场。

“可是你没有死。”秦慕之抓着她的手，眼神中微微带着急迫，“你知不知道我看到那个墓碑的时候，我心里有多难过吗？长安，我不是不在乎，让我照顾你好不好？”

“照顾？做情人？二奶？秦慕之你以为我还是六年前的我？”

小蔓使劲推他，声音都咳嗽得沙哑起来：“你走吧，求你了，走吧，走吧！”

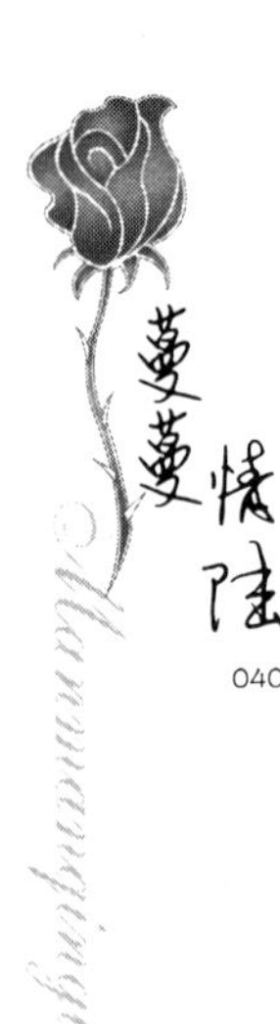

“我……我会有办法的……”秦慕之面上有些尴尬，几乎是咬着牙才说出这句话来。

小蔓虚弱地笑着摆手：“我不想了慕之，就算是你能娶我，我也不想和你在一起了，不，是我们不能在一起了。”

她可怜的死去的孩子，是她永远的心结，解不开，就回不去。

“为什么不能？只要我想，就一定可能！”他说得信誓旦旦，却完全忘记了六年前他不也是无可奈何地娶了邓华。

小蔓闭上眼睛不再说话，不管秦慕之再说什么，她终究就是不说话。

到最后，他奈何不了她，只得将她抱到床上去，小蔓拉上被子蒙住自己，一点声音都不发出。

秦慕之站在那里看了她一会儿，丢下一句话来：“明天你就搬出去，再住在这里你小命真要丢了！”

他说完，转身缓缓地出了她的房间。

小蔓听到门响的声音，她轻轻地将被子拉下来，漆黑空洞的眼眸望着头顶的天花板，她一点一点笑出来，我若是再在你身上跌跟头，秦慕之我跟你姓！

有钱有势的高干子弟办事效率就是高，别说这里尚在人家的势力范围内，就算这里不是人家的地盘，大少爷一发令，王屋太行也给你移成平地。

休养了一天的小蔓，觉得自己已经恢复了七八成，就一大早爬起来预备去上班。

蓬乱着头发拿了刷牙杯子迷糊着拉开门正要去洗漱的时候，立马就吓得不会动弹了。

黑压压地站了两排人在外面，西装革履身材高大魁梧，领头的两个还能看到微敞的胸口有清晰的刺青。

小蔓手里的杯子呼啦一下掉在地上，想都没想转身就跑。

孰料身后的声音却是恭恭敬敬：“林小姐，秦先生让我们来帮您搬家，请问林小姐收拾好了吗？现在可以搬了吗？”

门被一只手按住，小蔓怎么都关不上，只是，听了这话后，她就不怕了。

镇定地转过身来，镇定地看了看外面的人，目测有十个之众。

小蔓吞吞口水，放弃了突围出去的念头。

“那个，你们先等着，我还没洗漱。”

小蔓丢下一句话，那些人倒是十分客气，立刻主动让开，小蔓飞快地洗漱完毕，又进去换了衣服鞋子梳好头发，然后翻箱倒柜地扒拉出来一只大铁锁。

她拿好自己的包包，大步出门，飞快地将锁啪嗒一锁，然后转脸对那目瞪口呆的几人冷笑一声：“回去告诉你们秦先生，再让人来骚扰我，我一定报警！还有，你们谁敢开我的锁，我就告诉秦慕之，说你们对我性骚扰！”

小蔓说完，冰冷如刀的眸光对着那几人挨个看过去，再配上她尚算狰狞的神色和那一块疤，竟然一下子HOLD住了在场众人，然后她就气势汹汹地穿过几人“噔噔噔”下楼扬长而去。

那把锁……其实对以阿财为首的人来说，根本比捏死一只蚂蚁都要容易，可是，他们真的十分不愿意沾染上性骚扰的罪名……

尤其是，那还是他们老大的……呃，算是老大的女人吧。

等到中午，小蔓干脆就没有回来，那些人不知道怎么办，只好打电话请示顶头上司。

秦慕之今天原本是要亲自来一趟的，只是前天一夜未归，爱女今天就哭闹着要他带着出去玩，秦慕之抱着囡囡，邓华跟在一边，三人正走出商场准备去吃饭时，电话响了。

一听她昨儿生病，今天就跑去上班，还这么拗地不肯搬家，秦慕之眉毛就紧皱了起来，他挂了电话，把囡囡递给邓华，安慰了女儿几句，复又对邓华说道：“有点事要去处理，你带囡囡回酒店吃吧。”

“什么事儿这么急啊，也不好好陪陪女儿。”邓华随口抱怨了一句，却见秦慕之有些心不在焉的样子，她忽地脑子里一转，就想到了那天晚上他一夜未归的事。

电话关机，一整天一整夜没消息，身边助理都不知道他去哪里了，身为女人，很自然的就会乱想，邓华也不例外。

她目光微微凝了片刻，转了口：“快去吧，不耽误你的正事了。”

秦慕之一笑，低头亲亲女儿，转身大步地向车子那里走去，他甫一转身上车，邓华就把囡囡递给一边跟着的佣人：“带小姐回去。”说着也不顾囡囡哇的一声哭出来，几步走到另一辆车子那里，邓华开了车门，冷着脸喝了一声：“给我悄悄地跟过去！”

司机不敢做声，只得乖乖地发动了车子。

秦慕之的车子转过前方的路口，却是直往小蔓的公司而去。

只是小蔓并不在公司，听其他职员说，没到下班时间就请假先走了……

秦慕之一直等了很久，也不见她回来，他有些气闷，索性开了车子去了那天去的郊外。

邓华看着他的车子远去，她坐在车子里沉默许久，忽然开口问司机：“谢长福住在哪里，你是知道的吧，现在带我过去！”

下午下班后，小蔓特意拖延到最后一个离开，临走时还专门给房东阿姨打了个电话，方才知道那些人已经走了。

她这才松了一口气，收拾了一下东西离开。

快到家的时候，天色已经晚了，走到楼梯转角处，忽然斜里有一只手伸过来拉住了她的手臂，然后她的脸就撞在了一堵结实的胸膛上。

小蔓吓了一跳，震惊中甚至忘记了尖叫，可是却有温柔的气息拂在她的耳畔，然后，她听到那个熟悉的，就像是梦魇一般的声音：“我以为你今晚不会回来了呢。”

她努力地让自己一点一点镇定下来，如果是在很早以前，他这样主动来找她，她一定会扑到他的怀中，高兴地围着他蹦来蹦去，可是现在，她却可以平静地把他推开。

“放开。”小蔓在黑暗中摸到他的手指，一根一根掰开，然后飞快地离开他的怀抱。

孰料，秦慕之却在她刚跨出去一步的时候，复又迅疾地一下子按住她的肩膀，然后手上力道一转，将她逼到楼梯边，他一手箍住她的腰，一手撑在楼梯上，形成了一个小小的合拢圈。

“你究竟要干什么！”小蔓的声音里透出几分压抑的咬牙切齿。

“他是谁？你的新欢？什么时候谢长安的眼光变的这么差了？”秦慕之凝住她，夜色里，他的双眸闪闪发光，璀璨得就像是耀眼的宝石，那光芒，铺天盖地地笼着她，要她躲都无处可躲。

“关你屁事！”小蔓干脆扭过脸去，气得胸口一阵发疼。

他却忽然低低笑出来，箍在她腰上的手一路上移，暧昧地滑过她的胸口都没有丝毫闪躲的意思。

小蔓拼命地趔着身子，却还是在他这样密不透风的禁锢下，任他的手攀附上她的下颌。

他的手指微凉，不知道是不是站在这里太久冻的，他的指腹带着微薄的茧，抚在她的皮肤上，要她全身都激灵了一下。

“长安，你的性子，一点都没有变。”他这话说出来，就带了几分的惘然。

小蔓只是不理他，冷冷地扭着头。

“长安，我们好好说说话好不好？”

“小蔓。”小蔓忽然偏过头来，她的目光，就像是澄澈的月色，干净，却又透着骄傲的倔犟。

“长安……”

“小蔓！”她又重重地强调，她恨那个名字，她不想听他喊出这两个字，然后一遍一遍让自己回忆自己当年的不堪！

“好吧……”他无奈妥协，可是一开口，“蔓蔓……我总要和别人不一样的。”

他这话说的有些霸道，鲜明的秦氏风格。

“告诉我你和今天那人毫无关系。”他并没有被她一打岔忘掉正事，很快就利索地回到正题。

“恐怕要让您失望了。”小蔓弯出一抹淡淡的笑，毫不在意地看着他。

她曾经那样爱他，曾经将他的喜怒琢磨得清清楚楚，可是此刻，她却用当初的了解，来轻易地激怒他。

果不其然，她立刻感觉到下颌上传来剧痛，她蹙了蹙眉尖，忍住了没让自己发出呼痛声音。

“不要用这样拙劣的方式激怒我，你最了解我，知道我厌恶什么。”他的声音忽然沉了几分，在漆黑的楼道里，他们就像是对峙的兽，寸步不让。

“是，曾经我千方百计地了解你的一切，只是想要讨好你，而现在，我是想彻底躲开你。”

小蔓的声音漠漠的，带着一点点淡的平静，她笑着，仿佛说着很无所谓的事。

他不喜欢她这样的态度，不喜欢她无所谓的样子，就像是，她从来都没有这样爱过一场，就像是，她早已不爱了一样。

他不允许，他忽然害怕。

“安，蔓蔓……”秦慕之放松了扼住她下颌的手指，他轻轻抱住了她，“别这样……”

“那么，怎样呢？”小蔓感觉自己的心跳都没有变快，曾经，不要说拥抱，只要听到秦慕之三个字，她就会像是初恋的小女生一样，羞得满脸通红，心跳扑通扑通。

“让我照顾你蔓蔓。”

“我不需要。”

“那就让我补偿……”

“你是在施舍我吗？还是只是因为我现在这样落魄你要大发善心？”小蔓忽然激动起来，她的语速很快，“秦慕之，如果日子过得很无聊，不如就去多做慈善，或者干脆回家陪老婆女儿……”

她一说到女儿，秦慕之忽然陡地一怔，旋即脱口而出：“对，蔓蔓，女儿……”

“你不要提。”小蔓的声音忽然间似哑住了一般，她低下头，手掌紧紧握成拳，尖锐的疼痛，就像是潮水一样，一波一波从她的四肢开始弥漫，直到最后，忽然之间，就似约好了一样齐齐攻向心脏。

她不知该要怎么克制，她很想哭着控诉，为什么我的女儿死了，你们的女儿却这样好端端地活着？

“蔓蔓……你怎么了？”她的异样，被他敏锐觉察，慌忙关切询问。

“秦慕之，从今以后，不要对我提这些。”她痛到麻木，就平静了。

楼上隐隐传来脚步声和咳嗽声，小蔓推开他：“我很累，先回房间了，你走吧。”

小蔓转过身上楼，她神思恍惚，刚上了两层楼梯，忽然不知道踩了什么，重重崴了一下，静静的夜里，传来清晰的咔嚓声，似乎扭伤了骨头。

她扶了下栏杆，却还是踉跄地往楼梯上摔去。

秦慕之眼疾手快地在后面一下子接住了她，小蔓没动，就像是一个轻飘飘的木偶落在他怀里。

秦慕之抱着她，看到她眼睛里默默地淌下泪来，两行清凌凌的泪，像是一下子戳中他的心房，他感觉心口里弥漫的都是酸。

他把她抱在怀里，浓眉皱紧成川字，转身大步下楼："我送你去医院。"

她依旧是无声地哭，眼泪汹涌不停，湿透他的衣襟，他抱着她的手臂更紧了紧，在冬夜中，他身上温暖的气息把她给包围起来，泪腺似乎一下子被打通了一样，她的泪怎么都止不住。

他抱着她上车，小心地把她安置在副驾驶座上，又仔细地给她扣好安全带，她闭着眼面对着车窗，在忽明忽灭的光影中，隐隐的，会有一星半声的哭泣传来。

秦慕之不知道她为什么这样的伤心，他也不知道当年她为什么会放弃女儿，他和她，就像是置身在一个黑黢黢的谜团中，谁都解不开。

他很想告诉她，囡囡没有死，囡囡就在他身边，她那天还见到了……

可是……若是她知道了，她必然会生出把女儿带到身边的心思，但囡囡不是普通的孩子，她现在这样的状态……

秦慕之不由得有些头疼，囡囡好几次都大半夜哭醒来，说不要离开妈妈，她说的妈妈，自然是邓华……

她的脚踝伤得很重，医生给她正了骨开了外敷内服的药后，秦慕之才抱了她回去。

在车上秦慕之给乔策打了个电话，要他去酒店订一个新房间，还要最好的！这小子这些天没人拘束，喝酒泡妞玩得不亦乐乎，不知道又勾搭走了多少少女的芳心，秦慕之电话打过去的时候，人正在温柔乡里泡着没醒呢！

乔策接到老大电话，窝火地从床上滚下来，屁滚尿流地爬起来去办事儿，要知道这可算是个旅游名市，游客不少，而五星酒店也就那两家。

费了老大劲儿才订好房间，乔策抹了把冷汗在酒店外翘首等着秦慕之，等半天看到他车子停下来，乔策还没迎过去，就看到秦慕之抱了个女人从车上下来。

秦慕之径直进了电梯，对着目瞪口呆的乔策硬邦邦丢下一句话："嘴巴不闭紧点，我就让你替西晨去非洲出差！"

乔策立刻闭了嘴，他宁愿死，宁愿爱男人，都不要去非洲泡在一堆黑黢黢的女人堆儿里！

进了房间，秦慕之刚把小蔓放在沙发上，她就站起来，单腿蹦着向门口走。

秦慕之长眉一皱，伸手把她扯回来，声音里也染了怒气："你干什么？老实给我坐着！"

"我不在这！"小蔓愤怒地和他对视，刚才乔策的话她可都听到了，这算是什么？过了今晚，她就坐实了小三二奶的罪名吧！

"你哪都不许去！从今晚开始，你必须老老实实待在这里！"秦慕之俊逸的五官都含了怒，声音不自禁地拔高了一截。

“你是我什么人？你凭什么管我？我今天偏走，死也要走！”小蔓不知道为什么自己一面对秦慕之，就犟得像是一头驴！可是看到他这样故作关切的嘴脸，她就是恨不得把他伪装的面具给撕下来！

小蔓梗着脖子嚷，嚷完就推开他，站起来不管不顾地向门口走，秦慕之见她这般，不由怒极，又想起白天看到她和那个男人在一起说说笑笑的模样，更是心头火起！

他怒极反笑，那笑却透着冷：“林小蔓！你能耐了啊！”

小蔓不理他，强忍了疼往外走，孰料秦慕之一把扯住她将她丢在沙发上，然后他竟然栖身压了下去，一下子撕开了她的大衣，他伏在她身上冷笑，笑得眉毛飞扬起来，薄唇透着几分诱惑，眼眸更是如桃花春水一般，他低头吻下去，狠狠咬在她的唇上：“治不了你，我就不是秦慕之！”

他咬得很重，根本没有一丁点的怜惜，小蔓疼得当时眼泪就滚了出来，她愤愤地用力推他：“你放开啊秦慕之，疼死了！”

看到她痛得直哭，他这才慢悠悠地放开她，却依旧是趴在她身上不起来，只是略略地把身子撑起来一点，然后就那样似笑非笑地看着她：“就是这倔脾气改不掉，非得给你吃点苦头才老实！”

他话音刚落，小蔓却是瞅准机会，一抬头张嘴发狠咬在他下巴上，她比他用的力气还大，甚至恨不得咬掉他一口肉来！

秦慕之疼得眉毛都皱巴在了一起，好半天才手忙脚乱地把她拉开，下巴上却已经是两排清晰无比的青紫淤血的牙印，他恨得磨牙，抽着冷气骂她：“你他妈的属狗的啊林小蔓！”

“你他妈才属狗！”小蔓最烦他这样说话，立时眉毛就竖了起来，可是这样恶狠狠地咬了一口，好似憋了一肚子的怒气一下子就散了出来，瞧着他下巴上那两排牙印，她心情一下子敞亮了起来！

小蔓话音刚落，秦慕之脸立马板了下来：“说什么呢你？像个姑娘说的话吗？”

“跟你学的！”小蔓丝毫都不怕他，躺在沙发上气定神闲地看着他。

秦慕之莫名地没了脾气，但这样偃旗息鼓明显不甘心，他漂亮的眼珠一转，唇边挑出一抹笑来，随手解了风衣扣子，将大衣脱掉丢在一边，他低了头，修长的手指一粒一粒地解着衬衫上精致的木质纽扣，小蔓瞳孔一下子缩紧：“你，你干什么？”

她惊慌失措爬起来，单脚蹦着就要逃走，秦慕之却是轻轻松松地拦着她，随即衬衫也被他扔在了地上，他看也不看，随意踩过去，又把她拎在沙发上放好，这才妖里妖气一笑贴近她的脸：“怎么，没见过光身子的男人？”

“你无耻！”小蔓恨得咬牙切齿，她拼命扭着脖子不愿和他对视，脑子里转着圈想该

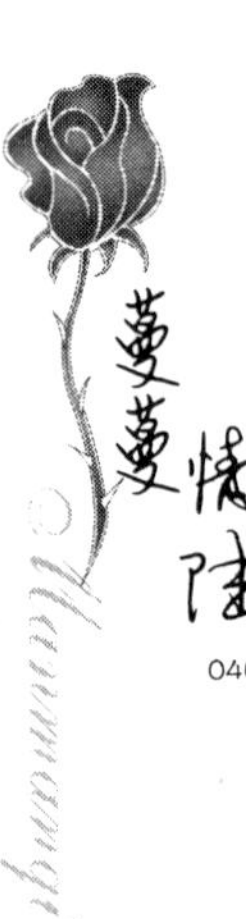

怎么离开……

“我无耻又不是三两天，你早知道的吧。”他慢悠悠地说着，像戏文里挑逗良家妇女的恶少一样，托着她的下巴色迷迷地打量，又很大方地说道，“随便看，我不收费的。”

“呸！”小蔓气得全身都哆嗦，狠狠地剜了他一眼，秦慕之见她这般模样，反倒是哈哈大笑起来：“就喜欢你这辣脾气！”

“秦慕之你够了没啊！”小蔓真是不知道该怎么办了，软的硬的，人家都不吃，她这会儿真是没辙了！

“长安……”秦慕之敛了笑意，这才正经起来，“你伤得不轻，这几天先住在这里好好养伤。”

“不可能！”

“我知道你顾及什么，但你总是需要人照顾的，你看，这里有两间卧室，我住另外的一间，怎样？”

小蔓轻轻咬住下唇，好一会儿，她才转过脸来，静静看着他：“慕之，别这样了好不好？你好好过你的日子，我也好好过我的日子，就这样了，好不好？”

她漆黑的眼眸，就像是湃在井水中的黑葡萄一样，澄净而又幽深，她望着他，声音中有恳求，又有着一点点的绝望，他真的差一点脱口而出，好，我答应你，就这样吧……

可是话到嘴边，他终究又顿住，他转过脸去，不看她的眼睛：“长安我做不到。”

“为什么？”小蔓的嘴角微微嗫嚅，她想不通，六年前她不过是他的一个玩物，分手时他从没有过留恋，现在这样是为什么？

他沉默，过了很久，他才缓缓开口：“我不知道长安，我就是没办法不管你。”

“可我真的不需要，真的真的不需要，我求你了，你就让我一个人自生自灭好不好？我这辈子也就这样过了，我也不打算嫁人，也不打算成家，我只想一个人吃饱全家不饿，我就这点志气，我也不想再招惹你们这些富家子弟了。秦慕之，你放过我吧，再这样下去，我这条小命真的要全赔在你身上了！”

小蔓双手合十连连哀求，秦慕之脸上却是流淌出古怪的神色来：“长安你这话是什么意思？”

小蔓一下子捂住嘴，眼睛不自觉地睁大，想了半天，才支支吾吾地努力去圆：“我是说，你都结婚了，我要是再和你有什么不清不楚的，别人的唾沫星子也把我淹死了，大少爷，你就放我一条生路吧……”

“你还爱我吗长安？”秦慕之忽然打断她的话，他定定地看着她，那一双漆黑幽深的眼眸，在明亮的光线下，就像是无波的古井，一点一点地卷着她陷进去……

“不，不爱了。”她却只是平静地摇摇头，轻松地笑一笑摊手，“你该看得出来啊，我要是还想着你，你一出现我不就巴巴地扑上去了干吗躲着你啊……”

他一下子站了起来，小蔓倏然停住，睁大了眼睛看着他，他高大的身躯几乎把光线都遮挡住了，而那张脸却是陷在半明半灭的光影中，小蔓看到他的胸膛在微微地起伏，结实漂亮的蜜色肌肉线条光滑而又流畅地一路蜿蜒到劲腰处，小蔓此刻竟然还有心思去感叹，这丫真是尤物啊尤物！

“你说谎谢长安。”他伸手掐住她的下巴逼她看着他，小蔓皱皱眉，她的下巴都要被捏得脱臼了。

眨眨眼，她笑得有点狗腿：“大少爷，喜欢你的人多了去了，真不差我一个。”

“可我偏偏就缺你一个！”他说话已经有点咬牙切齿了，桃花眼像是云山雾罩一样，愣是把她给铺天盖地卷了进去。

“你……别这样嘛……”小蔓这会儿，莫名地觉得他有点可怜了。

“六年前你跑了，这次你别想跑，我偏偏就要你！听清楚了谢长安，你是我的，我这次绝不放手！”

他说完，松开手放开她，长眉一挑，眼眸里却是含了一点笑，但那笑是极冷的，又透着几分的狠：“长安，你也知道，我一向卑鄙无耻，怎么不要脸怎么来，你就认倒霉吧！”

他说这话时，声音透着几分的阴冷，而他的眼眸愈发地漆黑起来，就像是化开在清水中上等的墨，氤氲得无边无际。

“到底要怎样才肯放过我？”小蔓听得他话说到这里，脸上的神情渐渐变得平静却又强硬。

秦慕之就也望着她，深深地望入她的眼眸之中去，他唇角微绷，声音就似从地狱里发出一般：“无论如何，绝无可能。”

小蔓不屑地挑了挑眉，慢慢垂下眼帘，修长手指攀附上胸前衣扣，然后，她忽然狠狠用力一扯，风衣上的扣子绷散开来，衣襟敞开，露出里面黑色毛衣包裹的纤弱身躯。

秦慕之倏然一惊：“你……”

他话犹未出口，小蔓却已经从沙发上站起来，她从容不迫脱掉大衣，然后就那样平静地看着他，平静地笑着，平静地将毛衣脱掉，再然后，是黑色的内衣……

她的手臂绕在身后，轻轻一挑就将内衣的搭扣解开，黑色的胸衣随即滑落在地，她洁白却又消瘦到极致的身躯就那样完全暴露在了他的面前。

秦慕之惊愕地后退一步，指尖却已经轻轻颤抖起来，他眼底淌出仓皇的神色，声音也变得沙哑急促：“长安你干什么！”

“如果你想要的是这具身子，那么你现在就可以拿走。如果你想要谢长安的心，秦慕之，五年前的那个冬夜里，谢长安已经死去了，爱你的那个谢长安，早已不在人世，而今活着的是林小蔓，永远，都不可能爱上你的林小蔓。”

小蔓一字一句地说着，她的气息很平稳，自始至终都没有一丁点的波澜起伏，她说着，又上前一步，逼近他。

秦慕之的目光落在她的身上，渐渐地有恐惧和不敢置信的神色弥漫而出，他的声音开始发抖，就连身体，都开始哆嗦起来："你……你怎么……成这样子……"

她曾经是活色生香的谢长安，一个眼神、一个笑靥就美丽动人的谢长安，她曾经在他们的大床上旖旎美艳，她曾经有最迷人的身体和最洁白的皮肤，她曾经躺在他的身下，把他迷得神魂颠倒，她平坦洁白的小腹，不堪一握的腰肢，小巧柔软的臀，修长勾魂的长腿……每一处他都吻遍，他都熟识。

可是此刻，还是她，还是她站在他的面前，脱去衣服，这样赤裸裸地站在他的眼前，可是却又不是她。

面前的这个人，瘦得身上没有一点肉，胸前的肋骨都清晰明显，胸口上却有错综的暗红色伤痕，鼓出手指粗的凸痕，而那小小的胸，似他半只手掌都拢得住，他感觉自己在看一具骷髅，一具没有生命力的骷髅。

"看完这样子的我，你就再也不想碰了吧。"小蔓轻轻地笑，她淡漠地勾了勾唇角，却是伸出手来握住他的手。

他的手掌一片冰凉，完全不似当年，每每在她身边，他都滚烫似火。

看来，男人的体温，女人是可以操控的，如果你是个尤物，那么面前的冰山都能变成火山，而如果你此刻像长安这样，那么火山都能偃旗息鼓。

"长安……"他的声音里似乎隐隐含着哀求，小蔓却是握了他的手，轻轻贴在她的胸口："慕之……"

她望着他，眼泪在眼眶里打转，像是他手指上闪烁的婚戒。

"慕之……你就当可怜我，不要再缠着我了，你看看我，看看现在的我，如果你曾喜欢过长安，如果你也怜惜过她，那么，放她一条生路好不好？"

她说完，那一颗泪就恰恰滴落在他手背，她几乎是无声地，又轻轻重复一遍："好不好？"

秦慕之一下子挣开她的手，他转身踉跄地奔到窗边一把推开了窗子，冷风灌进来，他大口大口地喘气，他感觉胸前压着巨石，他怎么都挣不开，她凉凉的手，凉凉的胸，纤弱的骨骼，在他的手指上一直萦绕不散……

小蔓看着他几乎是落荒而逃的样子，终究还是笑了，她一把抹掉眼泪，然后胡乱地把衣服套好，忍着脚踝上的疼向外走。

她拉开门，走廊里扑进来的却是暖暖的气息，竟比房间里还要暖，小蔓只觉得几乎冻僵的脸上顿时暖和了起来，她抿了抿唇，强忍了脚踝处的剧痛，扶了墙壁缓缓向外走。

"沈少，您慢点，哎哟喂我的小祖宗，这边，这边才是上天台的道儿……"

醉醺醺的男人，喝得东倒西歪，身上的西服也扯得歪歪扭扭，跟在他身后的两人小心翼翼地劝着哄着，那人却只是胡乱地一甩手将两人推开，横眉竖眼地骄声喝道：“去！远着点，别扫本大爷的雅兴，讨人嫌的两个老东西……”

“小祖宗……不是上天台给莉莉小姐摘星星嘛，是走这边……”

沈从佳混不搭理，只是大喇喇横冲过来，孰料走着走着一个趔趄，绊着脚下地毯就直直往前栽去……

刚才被甩开的两人吓得脸都白了，呆若木鸡一般愣在原处，而小蔓刚出门就被这迎面过来一个醉汉扑在了身上……

原就受伤的脚踝自然支撑不住，立时就被那人压在了地上……

小蔓痛得来不及呼叫，压在她身上的人却忽然腾地弹了起来，一脸嫌恶开口就骂：“我操！哪来的丑八怪，你他妈要吓死小爷啊！”

倒地的那一刹那，她额前的刘海散开，露出了眼角朱红色的伤疤。

“沈少，我的祖宗，快起来……别闹了……”那两人这才反应过来，一起过来手忙脚乱地把人拉开，只看了小蔓一眼就闪开眼去只顾着哄沈从佳，偏生那少爷却还挣着身子骂骂咧咧地要去打小蔓……

小蔓躺在那里，却并没有觉得太难堪，丑八怪，这样的词已经很和善了吧……

“小爷魂都吓飞了，非得揍这怪物不行……”沈从佳骄横地说着，菲薄的唇怒冲冲地绷紧，闹腾着被那两人拉扯着劝慰着，好一会儿拗不过才耍横道，“那我今晚要丫丫，原原，阿彩，朵朵都留下来侍寝！”

两人苦笑，却是忙不迭地连声答应：“行行，王母娘娘她老人家只要肯来，我们也不拦着！”

沈从佳一听这话，却是陡地一竖眉，愤愤：“那老女人留给你们两个老东西还差不多！”

小蔓听得这里，竟是没忍住，一声笑了出来，只是刚笑出声，她的笑意就僵住了。

秦慕之不知什么时候出来的，小蔓只看到他的脸冷得就像是冰山，他生硬地一下子把她从地上扯了起来，眼角余光只是微微扫过沈从佳，就讥诮地一勾唇，扯了小蔓就把她塞进了房间去。

跟在沈从佳身边的两人瞧到秦慕之，不禁都是一愣，下意识地去瞧小蔓，眼底满满都是不敢置信。

还欲再看过去，秦慕之却已经进了房间，“砰”的一声关上了门。

沈大少还在闹腾，那两人就劝着哄着把人拉了回去，不得已又许了一堆的好处，这少爷才心满意足地跟着两人回去。

“既然刚才脱也脱了，摸也摸了，看来你也没什么顾及的，那就给我老老实实地留下

来，什么时候伤好了，什么时候我就让你走！”

秦慕之扫她一眼，淡淡说了一句，转身进了另外的卧室。

小蔓冷笑，唇角微微一挑，抓起面前的一个杯盏就朝他那边砸了过去。

她气得厉害了，手上就失了准头，茶杯正好砸在他身侧墙壁上，玻璃立刻碎裂开来，他只感觉脸上一凉，旋即是一阵刺痛。

下意识地抬手摸过去，指尖触到温热的湿黏，他只觉胸口立时沤出一阵火来，手指不由握紧，青筋毕露。

但消片刻，脑中又浮出方才看到那具身体，只觉那火，就像是泄了气的气球一般，倏然消散了。

他顿了顿，伸手推门：“别白费心机，你今晚走不掉。”

小蔓只不理他，转身一瘸一拐向房间门口走，孰料这门却是怎么都拉不开了，一时之间，只觉又气又恨，但却终究无奈，只得转身进了另外一间卧室，关上门，又反锁上，这才长长地舒出一口气来。

第四章　回不去的旧时光

A城，市中心临旧护城河寸土寸金的好地方，百来坪的房子都动辄几百万，却偏生闹中取静地建了个小小别墅群，三五座错落有致，有钱也难得买到，而其中看着外观和其他没什么大差别的一栋，正是秦家的老宅。

秦家这位太太年轻时是红遍半边天的青衣名角，当年江南燕家班的青衣燕如和武生燕声，是不知道多少人追捧的名角，据当年的老人说，那热乎劲儿不亚于今天年轻人追什么东方神起和四大天王。

待她这边慢悠悠地唱完几句戏词，不远处站着的一名穿戴不俗的老妇这才上前，递了蜂蜜水和温热毛巾过去，秦太太就接过去一饮而尽，又仔细擦了手，这才一抬眼帘看向那老妇："谨之那孩子昨儿又是一夜没回？"

那老妇就恭声应道："二少爷是说了有应酬的，陈市长的三千金二十岁生日，千方百计地邀了他去。"

秦太太就抿嘴儿一笑，乌黑的眼珠亮晶晶的："也难为他了，以前他最不耐烦这些的……"说着微微皱眉，口中似乎带了丝丝悔意。

"罢了罢了，都是陈年往事了，不提了……谨之回来，让他来见我，还有，给慕之和阿华他们打个电话过去，让他们立刻回来吧，我也想囡囡的紧。"

那老妇就应着去了，秦太太以手撑着眉梢闭了眼睛，心中却终究是不自在起来。

这两个儿子，竟是在婚姻方面俱是这样不顺，谨之一向放浪，却不料喜欢上个那样的

女人，当年闹得沸沸扬扬，还出了人命，虽说这么久过去了，他面上瞧不出来什么，可只有她知道，这孩子是为着那个女人和那个野种，不肯再和她亲近了。

还有慕之，他自来沉稳，虽说也和谨之一样，男女之事上有些放纵，但毕竟大事上杀伐决断懂得轻重，她一向放心的紧。当初阿华从香港回来，她逼了他娶了阿华，虽知道他不喜欢被人逼迫，但想着时日久了两人就好了，却没想到这一晃结婚都五年了，他也二十八了，却连个孩子都不曾有。

她和师哥燕声，自小相依为命，早已许诺两家要结秦晋之好，孩子千里迢迢拿着鸳鸯佩回来，她但凡还有点良心，就不能违了当年的誓约。

秦太太想起这些久远的往事，不由得心中戚戚然，当年的那些人，俱已一个一个的不在了，燕家班早已灰飞烟灭，那些富丽喧嚣、书生小姐、青衣花旦、武生脸谱、精美戏服、珍贵头面，不知凋零在何方。但幸而，她终究没有辜负师哥和她几十年的感情，得以让阿华这孩子，一辈子享尽荣华。

这次慕之他们回来，就算拼着他心里不舒服，她也得施施压，不能放任他这样辜负那孩子下去，师哥就这么一点骨血，容不得人来糟践。

不管是谁，都是不成！秦太太想着，眼神陡地一利，却到最后，还是长长地叹了一声。

不由得想到那个孩子，是真的和她很投缘……

秦太太闭上眼，耳边似乎又响起当年那个略微有些稚嫩的唱腔：他胸中似海洋岂可斗量？笔尖儿横扫那半万儿郎！

那丫头俏生生站着，手指捏成兰花，学着她的样子一板一眼唱西厢记，大眼亮晶晶的，比那日头还灿上几分，似足了她年轻时的那股子劲儿！

秦太太不免又轻轻叹了一口气，日头升起来了几分，园子里就少了方才的冷清，远远的听到车响，不一会儿方才那老妇的声音遥遥传来，带了几分的促急："二少爷……太太让您过去……"

"还是别冲撞了太太，我先回房了。"这声音就有些清清淡淡的，哪里有一点母子的情分在，秦太太只觉心间被什么堵住，越发烦躁了起来，尖着嗓子喊了一声："琴姐！"

秦谨之远远听得这一声有些失控的喊，不由得一哂，旋即跌撞上楼，琴姐犹想拦他，却被他一脚踢出去正在肋下，当场就趔趄着退到一边，白了脸说不出话来。

秦谨之俊容冷凝，眼底带着浓浓讽刺："你算个什么东西？来挡我的道儿！"

琴姐死咬了牙关忍住那剧痛，犹在苦劝："二少爷心里不舒服我知道，但这么久过去，太太心中也有悔意，二少心中难过，但太太毕竟是生养了二少一场，何苦如今还不顾惜母子之间的情分？"

"这会儿给我说什么母子情分？湘湘肚子里的孩子和我难道就没有父子情分？她既然

做得出这样下作的事，那就别怪如今得个这样的报应！时间还长着呢，我倒是要看看她的下场！”

秦谨之说着放声冷笑，眼前却渐渐模糊，已经七年了，湘湘和孩子早就化成了灰，可是他提到那个名字还是锥心的痛！要他原谅，除非湘湘和孩子死而复生！

琴姐见他说话时声音狠辣，脸上表情更是扭曲了几分，只觉一颗心直往下沉，她又待说什么，却听得楼下一声低喝：“我就当没生这个孽种！为着一个不三不四的女人，要把秦家的脸面都丢尽了不成？他不要脸，他老子还要！”

“不三不四？别说湘湘自来清清白白并不是那种欢场里的女子，就算她是，太太你又高贵到哪里去？谁不知以前的戏子是下九流！当初太太你嫁入秦家时，也没少被骂不三不四吧……”

秦谨之说话刻薄，丝毫没有一丁点的顾忌，琴姐听得毛骨悚然，秦太太却是已经赫然变了脸色，全身都抖了起来，琴姐惊慌地下楼，秦太太却已经软软向地上歪去，秦谨之肃身站在楼梯高处，眼底却只是一片冷漠，只在秦太太倒在地上那刻，似有微微松动，但一闪即逝。

“既是太太要我滚，那以后就别借着什么不着调的由头要我回来！好歹家里还有大哥支撑着，全只当我秦谨之死了！”

秦谨之说着，吊儿郎当地下楼，薄薄两片唇讥诮地微扬：“太太年纪大了，好生保养才是，大哥一辈子幸福被你毁了，我如今也不过是个活死人，太太好慈悲的心肠！”

秦太太倒在琴姐怀里，大口大口地倒着气，听得秦谨之这几句话，眼珠子一翻，干脆昏了过去！

琴姐心急得直掉泪，也不管什么尊卑对秦谨之喝道：“二少但凡少说几句，也不至于把太太气得犯病，难道真要要了太太的性命不成？”

秦谨之看着秦太太苍白如纸的脸，一肚子冷硬讽刺的话终究还是吞了下去，他冷哼一声，转身踹开站在一边瑟瑟发抖的佣人，径自扬长而去。

琴姐又是掐人中，又是揉胸口，好一会儿秦太太才幽幽醒来，环顾四周，房子里空荡荡的，她不由得一闭眼，一行眼泪滚落下来：“让慕之和阿华带着囡囡快些回来……再这般折腾，连我这孙女都不得见几次了……”

琴姐听她说的这般可怜，也忍不住潸然泪下：“二少毕竟年纪小，过些日子就好了……”

秦太太只是摇头，琴姐只得吩咐佣人去打电话，她这才勉力支撑着秦太太去了一边沙发上坐下来。

秦太太靠坐在这里，偌大的房子，空荡荡的，她瞧到一边高几上摆着半枯的花，不由想起十几年前，他们都还小，在这里跑来跑去地闹腾不知疲倦，而今一转眼，她仿佛是过

了一场梦境，什么都不曾握在手中。

小蔓这几日其实过得着实逍遥的，如果那个人没有时不时地在她眼前晃荡的话。

她本来就胃口差，对着那张挂了彩的门神脸更是吃不下，这天中午，又是吃了两口青菜小半碗米饭就要撂筷子，秦慕之却是一下子按住了她。

“吃这么点，怪不得瘦成那样子，你不要命了？女人以瘦为美，可也不能瘦成排骨！”他的声音有些急，就似在训自己家不听话的孩子一样。

小蔓看也不看他转身就走：“管天管地，还管我吃多吃少？”

“你也别和我拗谢长安，这身子是你自个儿的，你就算不打算嫁人，可你也得管你哥吧，他那样个人，老了怎么办？”

秦慕之冷冷说着，扯了她坐下，又盛了满满一碗浓汤推过去：“喝掉！”

“吃不下！”小蔓蹙眉，也不想和他吵，这样吵来吵去真是一点意思都没！

“吃不下也得吃！”秦慕之看住她，眉目灼灼，“你如果不自己来，我代劳也不是不可以。”

小蔓犹自坐着不动，秦慕之却已经端起碗拿了勺子……小蔓狠狠剜了他一眼，伸手接了碗。

她又勉强吃了半碗，实在是吃不下，胃里已经开始翻涌了，虽然这汤很养人，她其实也是乐意把自己身体养得好一点的，但是，她是真的不能再吃了！

碗刚要放下，秦慕之又冷喝：“喝光，不许剩！”

小蔓咬咬牙关，好，这可是你逼我的，待会儿出什么事，可不赖我！

干脆弃了勺子，一口气喝掉，秦慕之刚要松口气，却不料小蔓脸色一下子变得铁青，她扔了碗，转身就要往洗手间跑，却是来不及，胃里翻涌得厉害，“哇”的一声就吐了出来……

秦慕之都骇住了！吓得差点掀了桌子，他一步跨过去，脸色却已经发白，声音也抖得厉害：“怎么喝点汤就吐成这样？”

“以前生过一场病，留下的后遗症。”小蔓淡淡地扔下一句，看到他眼底闪过淡淡的一抹心疼，她知道自己没有看错，可是她真的没有一丁点的动容，有时候她的心也挺狠的，她微微地笑了笑。

“看医生没有？”他扶住她的肩，声音里带了一点点的心疼。

小蔓摇摇头：“多好啊，正好减肥了。”

扣住她肩的手陡地一紧，他的声音贴着她的耳膜传来：“你胖一点很好看。”

“哦，是么？可是我现在比较喜欢瘦一点。”她不露痕迹地从他掌中挣开，对他挑出一抹笑来。

“你不要这样折磨自己。”他的表情中含了痛惜。

小蔓一怔，旋即摇头："我没有，我很爱惜自己的，我不想死，我努力地活着，我也想活得更好……当然，如果你不出现的话，我的生活会越过越好。"

"长安……"

小蔓摆摆手："别叫我长安了，我听着都心颤，还是叫我现在的名字吧。"

秦慕之有些挫败："蔓蔓……我觉得我从来没有这样失败过。"

"那是因为，你以前在我身上，赢的次数太多了，慕之，上帝是公平的。"

她对着他轻轻地笑了笑："我挺好的，真的，你别再想着过去的事了，对人家好点，还有你女儿……她好像，眼睛看不到吧，你要多疼疼她……"

秦慕之看着她，那个瞬间，他看到她眼中的真诚和平和，他突然真的觉得，生命中有些东西正悄然地滑过，几乎要捉不住了。

嗓子里有些堵，那句话怎么都说不出来，潜意识中，还是他太自私吧，不想打破这样岌岌可危的平衡，不想，再让自己卷进无休止的是非中。

他先是沉默，然后点头看着镜子里的她，似乎是对自己说，也似乎是对她说："她很乖，又很听话，认识她的人都很疼她，除却眼睛生来看不到，她没有一丁点的不如意。"

小蔓缓缓地垂下眼帘，将手指一根一根握紧，她深吸一口气，努力让自己平静了下来，然后才对他轻笑一下："嗯，那就好，希望她可以早些康复。"

"蔓蔓，和我说说你的事吧，你眼角的伤，还有身上这些……到底是怎么回事？"秦慕之轻声地询问，莫名地有点小心翼翼。

小蔓不知道怎么回答，恰恰看到身上弄脏了一块污痕，赶忙岔开了话题："也先让我洗澡换换衣服吧，脏得很。"

"你脚伤了恐怕行动不方便…"

"没事儿，我小心点就成。"小蔓摆摆手，示意他出去，秦慕之这次倒是听话，乖乖地避了出去。

一辆银灰色的车子缓缓地停下来，前面出来一人恭谨地打开了后车门，就有一名身姿修长，仪态万方的年轻女子弯腰下车，她穿一身墨黑长风衣，领口系得严严实实，熨烫得板正的衣领支着一个小巧雪白的下颌，一张唇微微地抿着，眼睛却是藏在墨镜下，要人看不清楚她的表情。

她出来后，又弯腰接过车子里一个小小女童抱在怀中，这才冷冷睨了旁边那个站立不安的男人一眼，声音却是柔柔地道："阿策，带路吧。"

乔策只觉全身都被冷汗湿透了，他这段时间流年也太不利了吧，什么倒霉事都让他碰上了，早知道跟着东子回A城了，也不至于事到如今两头为难。

"怎么？不方便么？"邓华淡淡地笑了笑，她摘了墨镜，低头亲亲女儿："囡囡，你乔叔叔不肯带我们找爸爸怎么办？"

囡囡早已哭得眼睛红肿，闻言更是小嘴一瘪大哭起来：“我就知道爸爸不要我了……我是个瞎子，爸爸不要我，爸爸要和别的阿姨生宝宝……”

乔策只觉头痛欲裂：“嫂子，您甭用这招，我带您去就是了，横竖这是老大和您的事，我今儿豁出去了，认罚认打！”

说完，竟是一甩手，转身大步抢先进了酒店。

邓华淡淡地一笑，眉眼之间带着几分阴森，又抱了抱囡囡，轻声劝哄：“别哭，待会儿见了爸爸，囡囡再好好地哭……”

囡囡抽抽搭搭地止了哭声，却是小脸发白，使劲地揪住邓华衣袖，一双漆黑黑的眼眸空洞含泪，煞是可怜：“妈妈，爸爸当真不要我们了吗？当真和别的阿姨在一起了吗？”

“囡囡，妈妈问你！”邓华忽然停住脚步，声音中含了几分的急促，“如果，如果你亲妈妈回来找你，你跟不跟她走？”

她抓紧了囡囡的小手，眼底满是仓皇，囡囡却好像忽然烦躁了起来，尖着嗓子嚷：“没有亲妈妈，囡囡没有亲妈妈，囡囡只有妈妈你一个！囡囡别的谁都不要！不要！”

邓华眼泪一忽儿就落了下来，她抱住囡囡，使劲亲亲她：“咱们母女，谁都别想拆散！”

电梯停住，电梯门打开，长长的走廊，就像是可怖的张大的兽口，邓华不由得深吸了一口气，乔策靠在墙边，双手环抱，表情里带了点讥诮：“嫂子想必是胸有成竹，乔策就不在这里碍手碍脚了，嫂子得偿所愿的话帮乔策给老大说一声，就说我去非洲报道了。”

说完，竟是看也没看那邓华一眼，抬脚走了。

邓华也不在乎，抱了囡囡径直过去敲门，叩门三下她就停住，尽力让脸上表情保持平静。

秦慕之正半靠在沙发上抽烟，方抽一口他就想起小蔓，不由微微一笑，将烟蒂摁灭在烟灰缸中，恰恰门响，他不由循声望去，知道他在这里的只有乔策，这时候不会是他来，但旋即想到可能是服务生来整理房间，就转了脚步过去开门。

门一打开，秦慕之却是怔忡愣住，邓华面色平静地牵着囡囡站在门外，见他出来，她唇边牵出一抹笑，眼眸里神色淡淡，柔声地询问：“慕之，你多久不回来了？囡囡想你想得厉害呢……”

秦慕之未料到是她会来，脸上神色不由得闪过一抹尴尬，又看向站在地上小小的女儿，不由得心间涌上愧疚来：“囡囡……”他望着女儿，满目疼惜和愧疚……

邓华牵着囡囡的手，绕过秦慕之走进房间，她目光扫视一圈，忽然看到浴室的门轻轻打开，小蔓正一边擦着湿漉漉的头发，一边缓缓地小心翼翼走出来，口中犹在询问：“慕之，电吹风呢，你用完搁哪了？”

陡然寂静的房间，她的声音，清脆悦耳，莫名的，却生出了几分说不出的亲昵味道，那话中流露的点点暧昧，像是小小的虫子，一点一点地啃噬着邓华的心脏，她唇角不由得轻撇，握着囡囡的手一下子收得死紧，少顷，邓华的唇角缓缓勾起了一点，她笑得眼睛晶亮，却含着浓浓的绝望："慕之，这算是怎么回事？"

小蔓听得一个陌生的女声响起，下意识地撩开湿发抬起头来，四目相对，她霎时脸色惨白，而邓华，目光先是异样，转而却是意料之中的若有所思。

秦慕之在片刻的沉默之后，立刻反应过来，他下意识地上前一步挡了挡邓华的视线，敛眉沉目，声音也低了一截："阿华，你怎么来了？"

"我来不得？"邓华微微抬起下颌，面容上带着强撑的骄傲，她冷笑一声，伸手把秦慕之推开，牵着囡囡小手，挺直了脊背大步走进去，一路走到小蔓跟前站定，然后环顾四周，方才淡淡望着她说道："条件不错啊，看来慕之很疼你呢，有一段时间没见他对外面的女人这样大方了，贴钱贴人还贴宝贵的时间。"

她说一句，小蔓的心就往下沉一分，只是，她说的再刺耳刻薄，她对此刻的她也恨不起来，这是她自找的，如果她干脆一点，早点把秦慕之甩开，早一点！她也不至于把自己放在一个这样龌龊尴尬的位置上来！她就知道，只要她留下，那么，这个小三的罪名，她是坐定了！

不管什么苦衷不苦衷，不管有什么曲折前情，邓华是秦慕之的妻子，这个事实摆在这里，她走遍全世界，也说不清这个道理。

小蔓忽然觉得很无力，心尖上一阵的绝望，她连争辩的力气都没有，只是木然地站在那里不动。

"你先带囡囡回去！"秦慕之有了几分的怒火，声音也拔高了一截，小蔓细微地颤抖，还有湿发下那惨白的脸，他敏锐地看在了眼中。

不怪她，她没有错，她不该承担这个结果，不管怎样，是他把她留下来的，如果要说有错，那么错的人也只是他秦慕之而已，这个责任，该他来承担。

邓华半转身，目光中带了一点不敢置信望向秦慕之，她似在笑的，可是一开口声音就抖了："慕之……女儿你也不管了么？你在外面养多少女人，我都不在乎，眼不见，心不烦，可是这一次，你就要这样不顾我的脸面么？好，你不顾我的脸面，你护着这个女人，那女儿呢？女儿你也不要了？"

她说到最后一句，声音陡地拔高尖利，囡囡眼睛看不到，只是骤然听得这样一声，不由得哆嗦了一下，眸子慌乱地四处去看，小声地叫了声"妈妈"，邓华一脸怒意却浑然不觉，秦慕之紧蹙双眉也似也未曾听到，小蔓却是听得心口一酸，她看向囡囡，她圆润可爱的小脸，乌溜溜却空洞的眼瞳，还有那哭得红肿的眼帘，一时之间，她只感觉像是数不清的银针一下子刺遍她的全身，有一种说不出的难过和酸楚缓慢的滋生，从她心口里蔓延出来……地算了吧长安。

小蔓轻轻转过脸去，都算了吧，那些过往，那些难堪的命运，都遗忘掉，遗忘掉。

“你现在太激动了邓华，我没有办法和你说，你先冷静下来。”秦慕之站在那里，颀长的身躯透出一股浓浓的压迫感，他秀挺的长眉皱起来，眼底明显闪过一抹不耐。

“要我怎么冷静？你说——要我怎么去冷静秦慕之！我嫁给你五年，我得到了什么？而今你这般欺负到我的脸上，要一个这样的女人骑到我头上，还要我忍？是不是有一天我被扫地出门还要对你笑着说谢谢？你知不知道你多残忍，你多狠的心！秦慕之！秦慕之！我为什么要这样爱你？”

邓华气怒地吼出来，话到最后，却是眼泪簌簌而落……

小蔓慢慢地放下了手中湿透的毛巾，她看了一眼秦慕之，这个一向骄傲的，泰山崩于前也不变色的男人，那么的尴尬，那么的可怜。

她握紧了手指，轻轻吐出一口气来，轻缓开口：“不管你信不信秦夫人，我都要说，我和他什么都没有发生，我这就离开，永远消失，你不要担心我介入你们家庭……”

她话未说完，邓华却是忽然大笑起来。

她像是听到了什么好笑的笑话一样，一下子笑得前仰后合：“你当我是三岁稚童？”

邓华优雅地擦去笑出来的泪，却是对秦慕之开口道：“慕之，我给你一个机会，让她滚，现在，立刻！”

秦慕之却只是略一沉吟，上前一步按住她手臂，放缓了声音，一字一字却是分外坚定：“阿华，你先带囡囡回去。”

邓华明显地全身一颤，就那一个恍惚的瞬间，却仿佛时光残忍地在她脸上滑去千年，她好似骤然苍老了，那一张原该娇艳的脸上，是春花朝露谢去的凄凉，她望着他，连那瞳仁都黯淡了：“慕之，你说什么？”

秦慕之却是丝毫不曾犹疑，他看一眼站在一边的小蔓，那一眼，却似包含了万千说不出的承诺，小蔓只觉脑中轰隆一片，她低下头去，木然地等着这戏收场。

“你先带囡囡回去，在酒店等我，一个小时后我回去，我们再好好谈。”

“秦慕之！你欺人太甚！”邓华忽然失了控，她哆嗦着指住他，声音尖利，“你可曾把我放在眼里过？我是你妻子，是你的老婆，你知不知道什么是廉耻！”

小蔓脸上血色尽失，却并不生气，如果她是邓华，她恐怕会更加愤怒，她早就知道，她留下来，不管她和秦慕之发生什么没有，她都坐实了这个罪名！

“我说了，这一切等我回去再说！我现在不想和你吵……”

“都是你，都是你！贱人！贱人！”邓华像是疯了一样，反手两耳光扇在小蔓的脸上，她双眼通红，还欲继续，秦慕之却是眼底寒光骤现，一伸手狠狠扼住她的手腕复又将她重重推开在一边：“够了！我说了不关她的事！”

邓华踉跄地后退几步，身子撞在酒柜上，只觉一阵剧痛袭来，她靠在那里，脸色变得煞白，她望着秦慕之，口中喃喃：“你就这样护着她？”

小蔓捂着脸站在一边，脸上火辣辣疼着，她却在心里恨恨地骂自己一声：林小蔓你活该！

秦慕之俊逸的脸上俱是怒意，漆黑的眼眸深不可测，他唇角微微下沉，浮出坚毅的纹路，他看着邓华，目光中已经是深潭一样的寂冷：“我说了，和她无关，是我招惹的她，你有什么不满，冲我来，我秦慕之不会说一个不字！但你若再想动她，邓华，我不准！”

“好，好一个你不准。”邓华连连点头，她缓缓站直身子，目光变得有些呆滞，她不再看向秦慕之，却望着那呆愣在一边的小小女儿：“囡囡……”

她这一声唤，煞是凄楚，囡囡哭着循声往邓华那边望去……

“囡囡，你爸爸变了心，不要妈妈了，囡囡……妈妈以后，不能再照顾你了……”邓华轻轻地说着，眼泪一行一行地滚落……

小蔓再也站不下去，她深吸一口气，忽然转过身来大声开口：“够了！都别说了！秦慕之，我——”

“坏人！巫婆！你抢我爸爸，你抢走囡囡的爸爸！坏女人！”站在离小蔓不远处的囡囡，忽然在她开口那一刹那，精准地扑到了她的身边，小小的孩子没有力气，却偏生鼓足了力道捏住小拳头狠狠地往她身上捶去……

小蔓未料到囡囡会有这般举动，一时之间怔愣在了那里，孩子捶打的力道很小，其实是不太痛的，可不知怎么的，她看着那一张愤怒的脸，看着那空洞的眼眸里明显嫌恶的神情，看着那绷紧了小脸拼命捶打她的孩子，她只觉得她的心好像也随着她的这些动作被撕开了一样，血淋淋一地伤痕。

不知什么时候，眼泪已经不受控制地落了下来，她不明白她为什么会哭，不明白心里的难过如潮水一般汹涌是为了什么？她只能这样木然地站着，望着面前小小的孩子，她那么愤怒，那么愤怒地为她的妈妈出气，拼命地，拼命地用她微弱的力量来打她这个坏女人……

囡囡小小的身体里不知怎么的爆发出这样大的力量，她往她的身上胡乱地捶打着，有几次都捶到小蔓的小腹，她渐渐地感觉到身体里面开始绞痛，痛得她身上的筋脉都在一鼓一鼓地跳动，那小小的孩子愤怒地咒骂着，捶打着，用脚踢她，就像是一个长了尖利乳牙的小兽……

秦慕之呆若木鸡一般愣在那里，就连邓华都有些不敢置信地捂住了嘴，但片刻后，眼底却是大片的窃喜！

这小小的孩子，真不枉费这些年她这样疼她护她！

对自己的亲妈做出这样的举止，慕之就算有心拆穿她的身份，也得考虑囡囡接受不接受了……

"我让你抢我爸爸，让你抢我爸爸！坏女人！坏女人！咬死你！咬死你……"囡囡一张小脸憋涨到通红，捶打中她摸索到小蔓的手，张嘴恶狠狠地咬下去，骤然袭来的刺痛，让小蔓条件反射地一下子甩开手……

而这小小失控的动作，却让囡囡小小的身子顿时飞了出去，只听"咚"的一声闷响，囡囡只来得及哭着大叫了一声"爸爸……"就立时软软地倒在地上昏厥了过去……

她的头撞在坚硬的玻璃桌角上，霎时血就从头发里淌了下来糊在了她白皙的小脸上，小蔓踉跄地步步后退，直到身子抵在墙上方才如被人抽去了筋骨一般瘫软在地，她捂着嘴，瞪大了眼睛，大口大口地喘气……

眼前的一切都在闪动，跳跃，渐渐的模糊不清，她的泪大片大片的往外涌，她的心里好似有个声音一直在喊，可是她的嗓子被堵住了，她说不出话来，她发不出一丝的声音。

房子里先是静，慑人一般的静，秦慕之和邓华都石化了一样站着，而短暂的寂静之后，邓华忽然号啕出声，小蔓就那样坐在地上，她看着秦慕之像是疯了一样叫着囡囡的名字扑过去，她看着邓华不顾形象几乎是手脚并用地爬过去抱满脸鲜血的囡囡，她看着他们两人的背影，挟裹着囡囡小小的身子冲出门去……

那扇门摆来摇去，可是，这世界突然安静了。

她枯坐着，眼泪像是开了闸的洪水，爬过她的脸颊每一处，她是连疼都觉察不到了，仿若是被什么摄去了灵魂，有风不知道从哪里涌进来，将她依旧湿透的头发吹拂在脸上，和眼泪纠缠在一起，她手脚并用地爬起来，呆愣地向外走，她扶着墙，光着脚，踩在柔软的地毯上，她进了电梯，然后靠在冰凉的电梯壁上，她看到地上有血，是囡囡的。

她的心口一缩，她想到她的女儿，只有一个月大的女儿，在那个夜晚，裹在襁褓里嘶声地哭着，而她挣扎着想要抱抱她，她拼命在地上爬，胸口磨得一片血淋淋，可是最后，终究是在剧痛中昏厥了过去……

等醒过来，她看到的只是哥哥一夜苍老的脸，还有那小小的黑色陶瓷骨灰盒。

她曾经想过报复的，可是时光无情，在一年一年的痛苦啃噬下，她把自己紧紧裹在蚕蛹中，到最后成了麻木胆小缩在蛹中的懦夫，她连仇人是谁都不知道，她去报复谁？

电梯"叮咚"的一声响，她一下子惊醒过来，外面站着的一对情侣看着她似乎有些害怕，都不敢进来了，她强撑出一抹笑，迈步出去。

用手把乱糟糟的头发胡乱地理了理，她穿过金碧辉煌的酒店大厅，门童推开那华丽的金色旋转大门，小蔓依旧是赤着脚出去，温暖褪去，是乍然涌来的寒冷……

名车纷纭，衣香鬓影从她身边远远滑过，她走在冬日发白的阳光中，走在人流密集的街道边，那些热闹，就像是从另一个世界传来，怎么都没法把她包围住。

她感觉到冷，她缩紧了脖子抱住双臂，她低着头，不知该往哪里去，她很想去医院看看囡囡的，毕竟孩子无辜，是她伤了她……

可是她连秦慕之去了哪个医院都不知道……

不过，这样也好，她伤了他视若珠宝的女儿，他恐怕是恨极，也厌恶极了她吧，从今往后，她真能过上清静的日子了……

“止了血，伤口也缝合好了，情况还不算太凶险，只是孩子年龄小，受了惊吓，等醒过来就好了。”

医生出了手术室，摘下口罩对等在外面的人说道。

邓华立时长长舒出一口气，却是双腿一软跌坐在长椅上，捂了嘴眼泪直掉：“孩子这么小……哪里吃过这些苦……”

秦慕之心中更是难受得紧，但此刻却是硬撑着问了医生一些细节，又询问这时候适不适合长途跋涉，他担心这小城市毕竟医疗设备不齐全，还是想要将囡囡送回A城治伤。

“等到孩子伤势稳定些吧，最好是醒过来之后。”医生给出了明确的建议，秦慕之点点头，复又道谢。

医生一离开，邓华却是忽然整个人从椅子上弹了起来，她哭得一脸是泪，几乎是目眦欲裂咬牙切齿地开口：“都是她！都是她把囡囡害成这样……慕之，你不能不管！这是我们的女儿，你最疼的女儿！”

“她不是有意的，当时的情形你也看到了，是囡囡先咬的她，她只是一失手……”

“你还护着她！”邓华几乎是尖叫了，秦慕之微微地皱眉：“这里是医院，你安静点，还有，医生的话你也听到了，等囡囡醒了我们就送她回去治伤，妈那里……”

秦慕之略一沉吟，眸如寒光望向她：“你最好还是暂且不要说实话！”

“是她……是她对不对！”邓华追在秦慕之身后，失控地低吼。

秦慕之转脸看看她，那眼睛里却只是蕴着漠色：“这不重要，邓华你知道的。”

他说着，推开病房的门，轻声轻脚地走了进去。

“秦慕之你混蛋！”邓华哑声大骂，可秦慕之的脚步连停都没有停一下，在门关上的那一刻，她才听到他的声音挟裹着浓浓的寒意袭来：“你现在知道，还不是太晚。邓华，没有人逼你选择我。”

邓华被他这句话瞬时噎住，她愣愣看着那扇门在自己眼前关上，脸庞微微有些扭曲起来，是，没有人逼她，可是他为什么要妥协娶她，为什么娶了又不负责！

牙齿咬得咯咯响，她又不禁想起那天去见谢长福的情景……

她派人软硬兼施地逼问，偏生那个没脑子的男人就是死活不开口承认，最后她只得无功而返……

不，不行，她必须要有一个明确的答案，她必须要知道到底……到底她死没死……到底，这是不是她……

邓华想着，深深吸了一口气，她摸出手机，转身走到走廊尽头的洗手间去，拨了一个号码，压低了声音：“我不管你用什么办法，让他开口……”

囡囡昏迷了三个小时，才迷迷糊糊地睁开了眼，秦慕之一见她醒来就大喜过望，赶紧吩咐了人去买最近的机票准备回A城。

毕竟孩子年龄太小，又受了这样重的伤，睁开眼还没来得及哭一会儿，就又睡了过去，秦慕之就一直坐在床边守着，直到最后囡囡睡安稳了，他才轻轻地退出了房间。

他出来，邓华看都没有看他一眼，推门就进了病房，秦慕之在外面站了一会儿，眉毛一直紧皱着舒展不开，这么几年，他也一直都这样浑浑噩噩地过着，说起来，当初的放手，又怎么真的是心甘情愿？

谨之的前车之鉴，要他根本就没有想过挣扎，可是此刻，他忽然觉得后悔，如果他当初也坚持一下，那么现在，会是怎样？

他想起小蔓的脸，想起她的身体，只觉罪恶感深重，而更多的，却是从心尖上蔓延的疼，他是真的心疼她。

他踱步到窗前，点了一支烟，安静地抽完，又连着抽了几支，方才压下心中的悸动，但终究是不放心她的，又想到囡囡情况稳定了下来，而今晚，他就要带囡囡回去……

还是去看看她吧，暂时只要是她安全回去他才放心。

秦慕之抽完最后一支烟，就掐灭了烟头，转身向楼下走去。

邓华靠窗站着，外面天有些灰蒙蒙的，已是黄昏，只是突然有些阴沉沉的，好像就要下雪了。

她看到秦慕之高大的身影在楼下走过，他上了车子，然后驱车离开，邓华心中离奇的平静一片，只是看着那车子驶出了医院的大门，她方才转过身来，默默地在椅子上坐下，一双眼睛盯着熟睡的囡囡，渐渐似有融化琉璃一般的光芒一点点氤氲而出。

雪渐渐下得大了，秦慕之双肩落了一层雪白，连那漆黑发丝上都笼了一层白霜。

夜静谧到了极致，他看着小蔓的窗口站了很久，直到口袋中手机嗡嗡震动起来，他才一个激灵醒悟过来，接起电话，助理的声音有些惶急传来：“秦少，时间快来不及了……”

秦慕之单手插在风衣口袋里，依旧是靠在冰冷灯柱上，他漆黑的眼眸微微眨了眨，雪花融在他长长的睫毛上，水汽氤氲，让他的眼瞳如梦似幻的看不清楚，许久，他的声音才沉沉响起：“我这就回去。”

第五章　一段孽缘

从这座城市飞回A城，只要不到一个小时的时间，但这不太长的距离，却是那里飘雪，这里暖阳。

“倩倩，你先稍等一下，我这会儿正忙。”小蔓手脚麻利地收拾着面前的茶具，修长白皙的手指就犹如在飞舞一般，她泡好茶递给一边翘首等着的小助理，又利落地拿了咖啡豆出来研磨，这才稍稍地松了一口气转头去看手里拿着自己手机的向倩倩：“是谁的电话？”

向倩倩也是一脸狐疑：“说是一个叫谢长福的男人啊，你认识吗？”

小蔓忙得脚不沾地，电话顾不得接让向倩倩帮她先接，但一听到这句话，她立时丢下手边的事走过去将手机拿了过来。

电话那端嘈嘈杂杂的也听不太清楚，还夹杂着几句方言，小蔓往僻静处走了几步，这才大致听个明白。

哥哥几天没来摆摊，和他平日相熟的几个小摊位老板就去他家里打听他，却也没听说他回来，那些人好心报了警，警察找了两天也没下落，还是后来有小情侣在郊外的废弃仓库里见到个被打得一身血快冻死的男人，报了警，送到医院去，才有人认出了他，又从他身上找到了写着小蔓电话的纸条。

哥哥智力不够，以前妈妈活着时，是把妈妈的电话写在纸上贴身放在他口袋里，后来妈妈不在了，就是小蔓的电话写在纸上让长福贴身收着。

那端的人说了医院的位置，又嘱咐她赶紧来，说是人被丢在外面冻了两三天，怕是快要不行了……

小蔓脑子里嗡嗡直响，她一脚深一脚浅跌跌撞撞地跑回办公室，抓了包包就向外跑，向倩倩担心地追出去，她只顾忙乱地交代了几句请她帮忙请假，就飞快地跑进了电梯。

小蔓赶到医院的时候，已经是中午了，因着下雪的缘故，瞧着就像是快到黄昏了一样，她一去，就有几个看起来淳朴憨厚的男女把她围了起来，七嘴八舌唧唧喳喳地和她说着事情的经过。

小蔓眼泪不停地往下淌，急救室的灯一直在亮着，有个好心的阿姨就给她倒了热水让她喝几口暖暖身子，小蔓枯坐在椅子上，一直守了三个小时，医生才从急救室出来，小蔓一看到医生的表情心就凉了半截，果然医生一开口，她立时就眼前一黑差点昏过去。

“人怕是不行了，顶多也不过撑一个月的光景……”

小蔓只呆愣了半分钟，立刻就白着脸死死咬紧牙，坚定开口：“医生，求您无论如何让他活下去，钱的事我会解决，绝不会拖欠你们！”

医生看她这般模样，又安慰了几句，方才离开，小蔓缓缓地走到病房的门口，透过门上方小小的玻璃窗，她看到哥哥躺在床上，大半个身子都缠了绷带，脸上扣着氧气罩，看不清楚他的脸，可是小蔓一下子跪坐在地上，捂着脸哭了起来……

小蔓在医院守了一天，就不得不回了工作的小城，哥哥一直昏迷不醒，她只能先请个护工照顾他，然后她去筹钱。医院不是慈善社，这世上没钱的穷人多了去了，总不能大发善心看他们可怜就免了费用，不过好歹给了她一段喘息的时间。

警察那里查了几天，毫无线索，渐渐来调查的人都没了影子，小蔓早已尝尽世态炎凉，为今之计，哥哥的伤最重要，其他的，以后再论。

小蔓一向不喜欢依靠别人，更不喜欢欠别人的情，在日子最难过的时候，她都是咬咬牙过去没有张口求过人，可是现在，她不得不舍弃了自己最后一丝自尊。

向倩倩家境算是富裕了，和陈经理还有点拐弯抹角的关系，所以在公司才无人敢管，幸好她心地很善良，小蔓和她的关系也说得过去，只是说了有急事借钱，向倩倩就很爽快地立刻借了她五万块。

借来的钱，也不过是杯水车薪，不到一周就基本告罄，小蔓咬咬牙去陈经理那里辞掉了工作，陈经理是知道她家里出事了，之前也把她的薪水预支给了她，小蔓打了欠条递了辞职报告，他苦苦挽留了一番，但小蔓终究还是铁了心。

不能再依靠别人，就算别人帮你一时，也不能帮你一世，她总得另谋个出路。

无头苍蝇一般跑招聘市场，跑了一个星期却还是没有头绪，这世上，轻松赚钱的行业多得很，就看你肯不肯去做。

医院第三次下病危通知之后，小蔓终究是扛不住了，她必须要给哥哥转院，这小城市的医疗设施毕竟是有些落后，换到大医院，指不定哥哥就有救了。

总归她已经低到了尘埃里，五年前她留不住女儿，现在，她不能再失去这世上最后一个亲人。

而秦慕之，呵。她只希望，有生之年，不要再有一丁点的瓜葛。

镜中映出一张白皙消瘦的脸，小蔓面前摆了一堆的各色化妆品，都是以前向倩倩买了用几天不要送给她的，她一直都没有派上过用场，还有一些几乎是全新的衣服和高跟鞋，她平日都没有碰过。

笔尖沾一点朱红色，沿着那疤痕勾勒出曼妙的花纹，以前念书的时候，是经常都要上台演出的，她们学艺术的女孩子，都算得上是化妆高手，不但擅长日常的淡妆，也会比较夸张的舞台妆，经常会在脸上画很漂亮的花钿，小蔓以前也偶尔试过，现在很轻易就捡了起来。

她很用心地化妆，然后一件一件挑衣服，因为身材太纤瘦，小蔓刻意挑了一件层层叠叠的单肩及膝裙，然后套上厚厚的大衣，将一头长发披散下来，用卷梳和吹风将发梢弄得卷翘起来，然后，她才换上高跟鞋，又看看镜子里那个女人，有些陌生，可那一双眼睛，却幸好还是长安的。

小蔓站在门口深深地吸了一口气，素白修长的手指一下子推开了门，外面的寒风涌进来，将她的长发吹得飞舞起来，她冻得抖了一下，然后拢紧了衣襟，迈步向外走去。

她其实一直都是个很怪的人，更何况像这样的事情，她并不是第一次做了。

只是，她不知道自己这一次有没有第一次幸运，她第一次卖掉自己，却老天怜她，让她把身子给了自己一直默默绝望爱着的男人，而这一次，买下她的人会是谁？

她不是个笨女人，要赚钱，去那上不得台面的地方只有白吃亏的份，辞职的时候她就找向倩倩借了一张高级会所的VIP卡，因此打了车直奔那里，递上金卡，她轻而易举地就走了进去。

一层装潢得十分精致，最左边有一个品位很不错的小酒吧，悠扬的蓝调蜿蜒传出，颇是悦耳，小蔓只是在门边踌躇了一会儿，就转身折了进去。

这里算是安静的，没有一般酒吧夜店里的喧嚣，客人也不多，只三三两两在半开放式的包厢或者吧台前坐着几个。

到了深夜，小酒吧里的人开始多了起来，偶尔有人过来和小蔓搭讪，但不知怎么的，她都僵硬地拒绝了，也许是真的骨子里没有这样的基因吧，她垂了头，长长的头发披散下来蜿蜒在胸口那里，隔着薄薄的裙子，一下一下地搔弄着她的肌肤。

一，二，三，四……八，九，十……

在心里默默地数到十，小蔓忽地长出一口气，不管这次是谁，她都认命了！

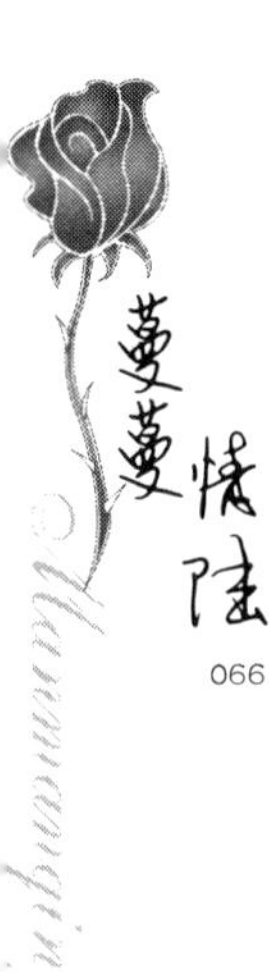

猛地一转头望向入口的方向，长发像是丝缎在暧昧旖旎的光线里滑过，沈从佳只觉得脸上一凉，旋即是一丝疼，那一双生得极其漂亮的眉毛立时就立了起来，他正欲发作，然而他看到了一张脸。

那张脸，在昏昏暗暗的光线里竟是颇有了几分的艳丽，尤其是眉梢眼角那若隐若现的朱砂色花钿。

沈从佳却只是迟疑了一秒钟的时间，旋即薄唇一扬，眼中缓缓地淌出一抹异色来，他松开怀里搂着的姑娘，伸出一只如玉雕琢的手指托起小蔓的下颌，薄唇勾出几分轻佻，眼梢略带了一些放纵，声音是分外的诱惑好听："原来是你啊，小怪兽……"

沈家大少爷，名冠京城的纨绔公子一枚，爷爷是正宗的红色军人，奶奶是根正苗红的贫下中农，革命年代的妇女代表，和平年代的共和国女干部，父亲是出了名的汉语言学者，而母亲，却是娇娇弱弱的江南平凡家庭出身的女子……

这样的家庭，偏生到了沈从佳父亲这一辈子嗣稀少，他大伯父连生了两个女儿，二伯父好命生了双胞胎，但也都是千金，小叔叔年纪最小，平时和沈从佳都恨不得称兄道弟，是早已决定了丁克到底，只余下沈从佳父亲，一索得男，但因此那个娇弱的水乡女人也伤了身子，爱妻如命的沈先生自然是不肯娇妻再生了。

但就是这样一个纨绔公子哥儿，占着好相貌好家世，占着出手大方对美女更大方，不知道一天到晚多少女人都在绸缪着让这爷瞧自己打扮的新鲜看上自己，好晚上能陪侍龙榻然后一步登天……

就比如此刻沈从佳身边站着的这位美人儿——冰山美人儿，这般高高端着端了一星期，端得自己都要化了才得到公子爷的垂青，却眼瞅着这位小爷去调戏别的女人了还要矜持地站得笔直做出一副漠然不关心的高傲姿态来……

其实心里早就开始一汪一汪地冒酸水了，只是……既然咱走的是清高冰美人路线，那自然演戏还是要演得像一点。

这边沈从佳一句话出口，小蔓却是愕然地睁大了眼睛，小怪兽？他是谁，他认识她？

她眼底的愕然，在暗色的光线里，依旧是清晰收入他的眼底，沈从佳长眉一挑，托住她下颌的手指向上一抬："你不记得我？"

他不是不意外的，见过他的女人竟然还能忽略他的美色对他一点印象都没有？

小蔓摇头，然后向后退了一步："您认错人了。"她说着，对他微微颔首就转过身去，她是真的转身就走的，一点欲擒故纵的迹象都没有。

沈从佳的瞳孔不由得微微一紧，却在下一秒，长腿已经迈出去挡在她面前，他斜靠在吧台上，尖翘的下巴指指她："你穿成这样在这里干什么？"

小蔓有点好奇了，瞧了他一眼随意敷衍："等人。"

沈从佳吊儿郎当地一笑："男人？女人？金主？"

他长了一双好眼睛，但凡要他见过一次的人，不管隔多久他也认得出来，他这双好眼睛，还能一眼瞧得出，身边那些人到底谁是真心，谁是假意。

金主两个字一出，小蔓就抖了一下，她撩起眼皮看看他："和你无关吧先生？"

"怎么无关，如果你找男人，那我就是，如果你找女人，那也没必要——因为我比女人还好看，如果你找金主，嘿！巧了，少爷我正巧还是！"

沈从佳乐滋滋地说着，小蔓却像是看怪物似的看一眼他："对不起，我不找你。"

"我说小怪兽——"沈从佳眼瞅着她从眼前走开，正欲追过去，一边儿的冰山美人儿再也忍不住，娇滴滴地咳嗽了一声："沈少~~~~"

沈从佳立刻就酥了半边身子，脚步生生钉住，美人儿瞧着他停住，再也顾不得矜持，半个身子贴着他的手臂蹭啊蹭，眼睛媚得要滴出水来："沈少……春宵苦短……"

沈从佳乐得眉眼弯弯，长臂一伸把美人儿揽住，早把方才的一幕忘得干干净净："爷我今晚好好宠幸你，必然不浪费这春宵！"

转个弯儿乘电梯直达顶层，沈大少常年订的豪华套房就在那里，美人儿的心一路"怦怦"地跳，这一晚过去，她可就飞上枝头了！

房门推开，夜色将房间染得暧昧，卧房里的灯都是重新设计过的，从外形到色调无不透着旖旎的风情，甫一进了卧室，沈从佳的身体就缠了上去，美人儿娇喘着柔柔抵着他胸口，此刻大少爷已经成了她的囊中之物，矜持自然又要演下去了……

"别……沈少……你不是说最喜欢和我谈论西方诗词吗？今晚这月色这么好，我们不如去阳台上……"

沈从佳不耐烦地直接撕她的裙子，漂亮的细眼透出几分的讥诮来："这当口，说什么扫兴恶心的诗词，你想谈，我们不如边做边谈……"

美人儿被这放荡的话刺激得脸色发白，捂了胸口捂不住下面，捂住下面上面又春光大泄，不消片刻就被沈从佳直接按在了墙上……

"沈少……我们去床上……"

沈从佳甩手丢掉衬衫，邪气地一笑："何苦去床上那没趣的地方，我教你点新花招，好生学着……"

少顷之后，气喘吁吁，美人儿娇弱无力地抬手想要抱住他的窄腰，又被那唇蛊惑得抬头要吻上去，沈从佳却忽然伸手推开她，起身躲了那红唇，漠漠开口："洗澡去吧。"

他转身拿了烟，就这样光裸着随手抓了一件睡袍披在身上径自走到阳台上，点了烟推开一扇窗，沈从佳眯起眼睛看看天幕，吐出一串漂亮的烟圈来。

一支烟抽罢，他正要折身回去再大干一场，孰料忽然听得不远处隐隐传来玻璃碎裂的声音，然后是门被重重关上的巨响，再然后走廊里就有了隐约纷沓的脚步声和女人的尖叫……

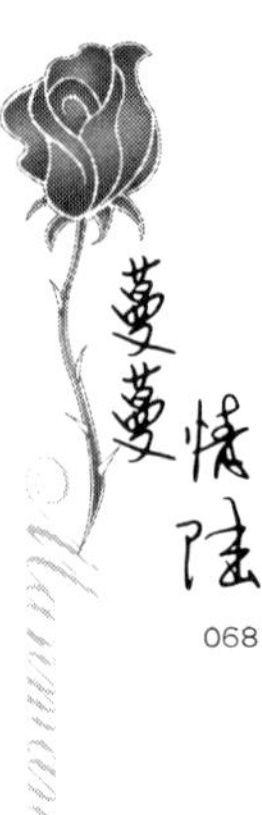

沈从佳不由得皱眉，他之所以喜欢这里，就是图这里的清静，今儿是谁这样大的胆子来坏他的兴致！

他穿过客厅一把拉开了门，一个披头散发的女人攥着衣襟惊慌失措地跑过来，后面还跟着个腰上围着浴巾的胖子，沈从佳不由得横眉，方待发作，小蔓却是走无可走，一下子推开他闯进了他的房间里来……

沈从佳不由得怒火中烧，压抑了整整一个月的火气顿时完全发作了起来，他一步抄过去，抓了那女人的头发往外一扯："滚！"

小蔓痛得呼出声来，挣扎中望向沈从佳，眼底流露出几分哀求，沈从佳手上的动作微微一滞，转而却是毫不犹豫地直接把她丢了出去，然后"砰"的一声关上了门。

房间的隔音效果其实是真的很好的，若不是刚才的几声尖叫和碎玻璃的声音，也吵不到沈从佳，这会儿关了门，只听得外面隐约几声古怪的声音，但随之又诡异地静了下来，沈从佳心里越发烦躁起来，点了一支烟开了瓶拉菲，刚拿了杯子出来，却忽然外面又是一声惨嚎，沈从佳再也忍不住，甩手摔了手中的杯子，几步走到外面又拉开了门。

方才那个胖子，捂着被什么东西砸破的额头一脸的血，而小蔓，手里捏着摔裂的一只花瓶，脊背紧贴在墙上，一脸戒备神色望着那个男人："你再敢上前一步，我就打死你！"

她的眼睛里透着几分的凶狠，单薄而又孱弱的身躯明明是在颤抖的，可是却又好似每一寸肌肤下都蕴藏着无穷的力量，沈从佳扶着门框的手指微微缩紧，在那个男人又欲愤怒出声的那一刻，他抢先开了口，却是一字一句，不急不缓："金有财，本市小有名声的洗浴连锁城老板，黑白两道通吃，有一个堂叔叔退休前是省人大代表，不过听说后来下台是因为作风问题以及涉黑，还有一个远房表哥是刑警大队的，手里有不下三条人命……"

那个男人先是火冒三丈，转而却是脸色煞白，待听到沈从佳不紧不慢说到这里，他再也撑不下去，一头冷汗的打断他的话："你，你怎么知道，不，你胡说八道！"

沈从佳笑得媚色横生，眼底波光流转："是不是胡说八道，你最清楚！这个小城就这么大，你以为这世上真有不透风的墙？"

"你到底想怎么样！"那个金有财毕竟也是道上混的人，片刻后就强撑着冷静了下来。

沈从佳指一指小蔓，骄横地开了口："今晚的事，吞到你肚子里去，给小爷我嘴巴闭紧点，这个女人别再碰。"

"你又算什么东西，我凭什么听你的……"

沈从佳掀起眼帘看了看他，唇角一扬："我是什么东西，你不如去问问孙沐阳那老东西去。"

他说完，金有财的脸色立马就变了，这小子，竟然这样不恭……

沈从佳见他愣住，也不再理会，目光一转挪到小蔓身上，趾高气昂：“你进来。”

他说完，转身先进了房间，只门没有关上。

小蔓见那胖子恶狠狠瞪了她一眼，却终究还是转身回房，手里捏着的花瓶骨碌碌滚到了地上，她双腿一软，靠在墙上，低头看到自己身上被扯烂的衣服，长眉一拧，咬住惨白的嘴唇，低头跟着沈从佳走了进去。

那纨绔走路的姿势都是魅惑众生的，小蔓此刻身心俱疲，根本没心情理会他，她把自己丢在沙发上，而沈从佳也停了脚步站在她的面前，大少爷居高临下地看着她，目光中带着一抹讥诮恶毒开口：“既然出来卖，还抹不下面子受不得委屈？”

见她不做声，面上却是隐隐有激动的潮红，沈从佳放浪地一笑：“今晚小爷我可是救了你一命，不然被那个烂人玩一夜，你小命不丢才怪！从今儿开始，你就留我身边，少爷我也亏待不了你！”

小蔓一惊，下意识地就要开口，可哥哥苍白失血的脸骤然闪现在她的脑海中，她不知怎么地失去了力气，咬紧了牙关，没有说出一个字来。

早晨小蔓醒来晚了，但那卧室里奋战了一夜的两人却也是刚刚起床，沈从佳只裹着一条浴巾去酒柜拿了酒，然后到阳台上抽烟，小蔓一看到他，立时坐直了身子，一双乌黑的眼眸随着他的走动而转动。

沈从佳觑她一眼，见她亦步亦趋跟过来，眉梢不由得微微一扬，将杯中红酒一饮而尽，小蔓深吸一口气，一咬牙，正要开口……

身后却响起媚人的声音：“沈少，哎呀你在这里呀，这……这位是谁？”

小蔓一回头，就见到那美得如同含苞待放的花骨朵儿一般的女人愕然地望着她，漂亮的眼中满是探寻。

沈从佳伸出手指勾住小蔓的长发绕在手上，调笑开口：“告诉她，你是谁？”

“沈少，该不会，这也是你的新欢吧？”女人娇柔地走过来，倚在沈从佳的怀里，沈从佳顺势拦住她，又伸手搂住小蔓：“少爷我就喜欢享齐人之福……”

“谢谢沈少您昨晚的仗义相救，我要回去了。”小蔓压下刚才几乎脱口而出的话，挣开沈从佳就向外走，她就算是再怎么自甘堕落，再怎么缺钱，让她和别的女人一起做出那样的事，她还是办不到！

沈从佳眼眸一沉，手中的杯子忽然被他狠狠掷在地上：“别他妈给脸不要脸，你今儿走出去一步，小爷我就让金有财那个浑人玩死你你信不信！”

小蔓被他这话刺得眼睛里一阵涨痛，沈从佳的声音却又慢悠悠响起：“如果你听话，一个月，我给你一百万。”

她没有拒绝。

大少爷很满意，轻佻地捏了捏她的脸颊："想要钱就乖乖听话，伺候好了小爷我，要金山银山爷也舍得！"

第六章　越爱越伤越痛

秦家。

秦慕之温声地劝："妈，谨之的性子你又不是不了解，最是吃软不吃硬，你们俩见天这样针尖对麦芒的，也不是事儿不是？"

秦太太摆摆手，不想再听："别提那个孽子，我是只当根本没有生过他，提起来就气得我心口疼。"

秦慕之又要劝，秦太太却已经转了话题询问："慕之，这段时间我只顾着操心谨之也没理会你们小两口，怎么就闹成这样还把囡囡给伤了？"

"对不起妈，让您为我们费心了。"秦慕之也不解释，只是淡淡地说了一句。

秦太太挑眉看他："慕之，你年纪也不小了，阿华也二十六岁了，你们结婚五年，一直没有孩子，我也没有过问过，好在还有个囡囡聊以慰藉，但现在看来，这事是不能再拖下去了……"

"这么多年了，我曾经以为我可以改变心思，可是事到如今，我发现还是不行，妈，我根本没有办法爱上她……"

"慕之！"秦太太抚住胸口，面色略略的苍白，"这世上，不如意之事十之八九，妈知道当年委屈了你，可是现在，木已成舟，她是你的妻子，你纵然不能爱她，可总要敬她护她，这么些年我瞧着这个孩子，对你一心一意，对囡囡关怀备至，慕之，你要知足！"

"可是囡囡的妈妈还活着，妈……"秦慕之低低地开口，秦太太却是骤然大惊：

“不，这怎么可能！”

“为什么不可能？”秦慕之立刻抓住字眼，“难道妈你一早就知道，长安死了？”

秦太太立时摇头：“不，我也只是猜测，这世上哪个母亲会舍得离开孩子，当年囡囡被送到育婴院，那就说明长安出了什么意外……要不然，谁会舍得？”

秦慕之似乎轻轻地松了一口气：“当年发生了什么，我让东子在查，总会水落石出的。”

秦太太脸色变了变：“慕之，你打算怎样？让囡囡和她相认吗？”

“相认是肯定会相认的，但现在还不是时候。”秦慕之低下头来，“妈，囡囡不知道怎么就变成这样子了……”

“还不是你做的好事？那孩子自小眼睛看不到，本来就比别的孩子缺乏安全感，你又做出这样的事来——现在想来，那天你是和长安在一起的吧！”

秦太太觑目瞧着他，见他敛了秀挺的长眉不说话，不由得叹口气又拍了拍他的手：“慕之，不要忘了，你已经结婚了，过去的事情，就让它永远的过去吧……”

母子两人一时之间沉默下来，早晨的花园里静悄悄的，只是空气中隐隐地透着几分的湿冷，秦慕之觉得脚底下都透着寒气，而那寒气一路蜿蜒，弥漫遍了他的全身……

电话忽然响起，秦慕之接起来，依旧是陈经理的声音，只听了一句就陡地停住了步子，他双手捏得死紧，手背上一片青筋鼓起，他几乎是咆哮一般开口：“我立刻开车过去！谁碰她一根手指头，陈振庭我要你的狗命！”

这个女人怎么就没有一天省心的！他一想到她，眼前浮现的就是那双冷淡倔犟的眼睛，心里不由得浮出一种无法掌控的烦躁感，怎么就变成了这样子，一点都没有以前可爱了……

陈经理听着那端挂电话的声音传来，只觉一颗心“扑通”一声沉入了谷底，这算是什么事啊！他身为上司，要管理公司管理员工操心公司运营员工用不用心，还TMD要管员工恋爱产生矛盾善后搭桥啊！

“倩倩！”陈经理垂头丧气半天，却终究还是扯着嗓子喊了向倩倩，谁让他借着人家秦大少爷的光，搞定了这么几桩大生意，拿人手短，他也只能认命！

沈从佳虽然是个不折不扣的纨绔，但却还算是个讲信用的纨绔，小蔓跟着他吃喝玩乐了三天，他就预支了她三分之一的支票，还放话说，小蔓要是把自己养得胖一点，他瞧着有兴致临幸她了，剩下的立刻兑现。

还好目前这些钱还够哥哥住院的费用，小蔓暂时也松了一口气，而且她也知道沈从佳阅人无数眼光气高，自己这样子，他是根本看不上她的，也就暂时放了心，只是……想不明白的是，这个大少爷怎么眼神错乱了，出去找乐子每次都带着她，然后又把她一个人丢在角落里……

甚至有好几次，沈从佳和那一群狐朋狗友玩闹到半夜，她一个人窝在角落里躲在窗帘后面睡得颠三倒四被沈从佳给忘在了包厢里……第二天他找来时看着她睡得迷迷糊糊的样子，真是哭笑不得！

今晚还是照旧，沈从佳和几个姑娘正在掷色子猜大小，谁输了就脱一件衣服，小蔓一个人坐一边撇嘴，真是无聊的没有办法再无聊了，见天都是这些花样儿，也不嫌烦！她看都看的烦死了！

不过今晚好像有点不一样，以往掷色子都是沈从佳赢，让人家几个小姑娘不一会儿就输得脱得光溜溜的。

结果今儿沈从佳从开始就一直输，这少爷是丝毫不吝啬自己的美色的，脱了线衫，又脱衬衫，周围人都跟着起哄，他也不觉得没意思，待又输了一把，那几个纨绔嚷嚷着让沈从佳脱裤子……

沈从佳听着众人起哄，点了支烟一脸痞气地叼在嘴角，眯着眼睛扫视众人："嘿，还真让小爷我脱光啊！"

"从佳，认赌服输啊，哥儿几个可都是一言九鼎的人！"和沈从佳一个大院长大，自小光屁股一起玩的罗文成，手指尖拨弄着酒杯，搂着个姑娘一边摸一边乐颠颠地点火。

"从佳，凭什么人小姑娘都得被你扒得光溜溜的，现在轮到你就开始磨叽，你一爷们儿还害羞不成！"

"就是啊，脱啊，大老爷们儿还怕被人占了便宜吃豆腐？"

醉生梦死的少爷公子们，平日难得有这样的乐子，一个个都打趣怂恿起来，就连小蔓都有了几分的兴致，瞌睡都没了，好奇地望向沈从佳，到底脱还是不脱？脱了的沈大少会不会明儿就上头版头条？

哈，只穿着内裤的纨绔公子哥儿……沈大少的爹妈看到了不知会不会气得吐血！想想都觉得有意思，小蔓双眼放光，一脸期待地等着看好戏。

沈从佳的嘴角不由得抽了抽，这个一直都像个木头一样的女人，竟然……有这样的恶趣味。

好吧，想看好戏？沈从佳扬扬眉，忽然转身望向小蔓，修长的手指遥遥指向她，声音清透却又带着致命的魅惑穿过嘈杂的那些声音，直达小蔓的耳膜："当然是认赌服输的，不过……我的女人替我，也是说得过去的，你，林小蔓，把衣服脱了吧！"

小蔓陡地一个激灵，倏然睁大了眼睛，沈从佳瞧到她的表情，先是吃惊，转而却是慌乱，到最后，却又变成了气恼，愤怒，她瞪住他的那一双漆黑的眼眸里，竟似是要喷出火来了一般……

小蔓坐着不动，面上神色还在强撑着维持镇定，只是手指却已经紧张地攥紧了，她太大意了，这些天沈从佳不怎么理会她，也没什么不规矩的手段，她就放松了戒备，可没料沈从佳却是一把抓着她的毛衣，连带着衬衫一起狠狠地往上撕拉，小蔓只觉得身体里突地点起了一把怒火，她拼尽了全身的力气狠狠推开沈从佳，眼底都要喷出怒火来，她气得胸口上下起伏，几乎是吼了出来：“沈从佳！你也太不把我当人看了！你说让我跟你，好，我跟你，你给钱，我卖身，我们各取所需，可是我没卖给这些人！我的身子也轮不到他们来看！你今天想让我丢丑，不如干脆要我的命！”

沈从佳没料到她会比他还要愤怒，小蔓这样一席话撂出来，他竟是忘记了开口阻拦！

众人先是愣怔，接着却有人慢悠悠开口：“哟，从佳，你什么时候也开始看女人脸色了？”

沈从佳一个激灵，反手一巴掌就往小蔓脸上打去，小蔓猝不及防地去躲，但也被他手指尖扫在脸上，而随即，沈从佳就又沉着脸上前，他不做声，只是一手按住小蔓手腕，另一手狠狠扯住她的毛衣，小蔓竟不知他的力道这样大，那样纤细的手指攥住她，她竟然动弹不得！

而她的毛衣，衬衫，硬生生地被他给撕开，胸衣露出来，胸前的那些伤疤也在靡丽的光线中清晰绽现，沈从佳眉眼一跳，眼底有淡淡讶异的光芒乍泄，手上的动作也不由得停了下来，而这一个停顿的瞬间，小蔓却已经咬紧牙关挣开了他的束缚……

她紧紧捏着胸口的衣襟望住他，牙齿几乎要把舌尖咬破，她的眼睛里藏着泪珠儿，可那泪珠儿只是挂在睫梢上摇摇欲坠怎样都不肯落下来，她站得笔直，挺直了脊背，全身都写满了戒备和厌恶，她消瘦脆弱到极致，可是却又偏偏强大得无法摧毁！

沈从佳心中怒火开始莫名地熄灭，偌大的空间里，只能听到他强压的粗重的喘息，其他人也都安静地望着这一幕，没人敢开口。

“林小蔓，敢让我沈从佳下不来台，你还是第一个。”

不知过了多久，沈从佳的声音才缓缓响起，他眯了眯眼睛，黑瞳倏紧，探寻的目光上上下下，环视她的全身。

“如果沈少再做出这样过分的事情，我不介意再抗拒您一次！”小蔓努力让自己镇静下来，她总得想办法自救，不能就这样任凭自己被这些无耻禽兽给玩弄，就算是她要出卖自己，可是她也只能出卖一次出卖给一个人！

像这样聚众荒淫的事情，她做不出，她宁愿去死！

“好，有种！”沈从佳手指一根一根捏紧，青筋毕露，他漂亮的脸庞似乎隐隐地有了一些扭曲，声音也越发地森寒，“林小蔓是吧，本少爷再给你一次机会，要么你自己脱光，要么，今晚上本少爷让这里上上下下所有人玩死你！”

小蔓脸色一点一点地变白，但她捏着衣襟的手指却是越发地收紧了几分，她凝住他，目光中带着决绝的冷笑：“沈少除了会威胁逼迫我一个弱女子，还有什么好手段？”

“你别用这样的激将法，我沈从佳从来不自诩什么英雄好汉，我就是喜欢欺负比我弱

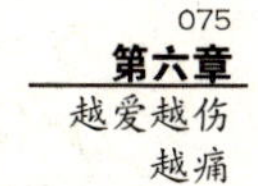

小的！”

沈从佳笑得吊儿郎当，他摸出一支烟点上，垂了眼帘抽一口：“给你一分钟的时间，好好考虑清楚，要么脱了衣服了事，要么你就被人玩死！”

她沉默，可渐渐地其他人骚动起来，有人甚至开始抬腕看表计时读秒，小蔓感觉她的脊背都湿透了，手掌心里一片一片的湿黏……

只余下几秒钟的时间，她忽然一抬头，眼眸璀璨而又明亮，沈从佳掐住烟的手指一顿，他看到小蔓的眼底有一颗泪珠儿潸然落下，而下一秒，她忽然一抬手将被撕裂的毛衣褪掉，包厢里陡地一静，接着像是平静的水面投进了石块喧嚣起来……

而在这喧嚣声中，包厢的门却忽然被人打开，风从门边涌入，有人下意识地回头去看，只见那远远的灯光下走过来几人，而最前端的男人，着一身墨黑色大衣，身姿挺拔高大，步伐矫健，行动间大衣的下摆微微掀起，露出两条修长的腿，他神情平静，只面上略带几分风尘仆仆的倦意，那一张脸，线条冷硬，眸沉如星，唇线绷紧，他不发一言，可那周身都弥漫着森利的寒意，众人一时噤声，都不自觉地望向他。

而他的目光，根本不看众人，只是落在背对着门口的小蔓身上……

她瘦削的身形在迷离的灯光下更是透出几分的萧索和孤绝，白皙的一片背就那样露着，寒霜一样刺中他的心脏，他的脚步忽然顿了一下，跟在他身后的陈经理几乎都要昏过去了……

而紧跟着，他却是飞快地越过众人，径自走到小蔓身边，在她还没觉察到他出现时，他脱下大衣将她严严实实包住，然后握住她的手将她护在身后，这才抬眸定定地看向沈从佳，声音缓缓响起：“沈少，久仰大名。”

厚重的大衣，还带着他的体温和熟悉的味道，小蔓只感觉身体里紧绷的那一根弦骤然松开，鼻腔里立时涌上大片大片的酸楚，她眼眶一疼，落下泪来……

握着她的那只手微微地捏紧了一些，力道有点大，她骨头都疼了，可他掌心热烫的温度传递到她的手心里来，熨帖包裹住她冰冷的手指，却又让她觉得莫名的安心，小蔓双腿有点软，这会儿才觉出后怕，她颤抖着把额头抵在他宽阔的后背上，咬着嘴唇无声地哭了起来……

沈从佳先是被这突然出现的一幕闹得一怔，转而却是唇角一挑，笑了起来：“原来是秦少，幸会。”

秦慕之也笑，只是笑意不达眼底：“很抱歉扫了沈少的兴……只是，可能有点误会……”

沈从佳一抬手制止他说下去：“秦少今晚这事做得可是不地道……”

“秦某认罚，只是，还请沈少给在下几分薄面，让我把蔓蔓带走。”秦慕之说的客气，可眼神中的强硬却是纤毫毕露！

沈从佳唇角微微绷紧，脸上笑容也渐渐隐去：“秦少这样大喇喇地闯进来，抢了从佳的女人，让从佳的脸面往哪搁？只一句抱歉，就想带走人了事？”

秦慕之隐隐听得小蔓的抽泣，只觉心内又气又痛，恨不得立时拎了她出去狠狠收拾一顿！可现在，他也只能强压下愤怒，将面前的一摊子事给摆平，毕竟此时他理亏在先，必然得低一低头。

“是秦某的过错，只是这中间有误会……”

“我不管误会不误会，秦少是我一向钦佩的人，这个面子我自然也会给，但我的面子，秦少总也要体谅几分，这样吧，喏——”沈从佳将面前的一瓶烈性伏特加推过去，秀挺的长眉扬起来，有些骄矜地开口，“秦少如果把这些喝掉，人就让秦少立刻带走。”

但凡听过秦慕之名字的人都知道，他向来嗜烟如命，却偏偏滴酒不沾，不管你是天王老子还是多高高在上，都没辙。

小蔓也知道。

沈从佳的话音刚落，小蔓就感觉秦慕之的脊背一下子绷紧起来，握着她的那一只手倏然收紧，几乎要将她纤细的指骨给捏碎，她甚至能感觉到她额头触碰的地方，他的体温由滚烫变成冰冷，那凉气，就像是从骨头里渗出来的一样让人全身发冷……

她不由得和他拉开距离，手指也想从他的桎梏之中挣脱，可是下一秒，他更加紧地握住了她的手，然后，在众人的寂静无声中，小蔓听到他有些嘶哑的声音低低响起：“好。”

只有简单的一个字，却像是一记重锤，一下子狠狠地敲在了小蔓的心口。

不知道是不是因为一直以来爱得太卑微，在他面前姿态放的太低，不知是不是早已习惯了他对她付出吝啬索求太多，所以在他说出好字的时候，在他要为她出头的时候，她觉得心中酸楚一片，竟还有茫然不敢相信的慌乱。

一直以来，都是秦慕之说要，好，谢长安无条件地给，一直以来都是秦慕之说长安你要怎样，好，谢长安就立刻屁颠屁颠的怎样，一直以来都是秦慕之说长安你今晚过来长安你这一周别联络我，好，谢长安就主动送上门或者卑微地消失，一直以来都是秦慕之说长安你别不识抬举我给你的够多了人要知足，好，谢长安就压下满心的委屈乖乖地做他无数女人中的一个……

一直到最后，她爱他爱得差点命都没了，可谁想到，他忽然也开始为她付出……

“不用。”小蔓听到自己的声音响起时，才惊醒过来，她竟然已经上前一步，挣开了他的手。

她望着他，眼睛上蒙着疏远的寒霜，她望着他，用一种骄傲的姿态，“秦先生，你不用为我做这些。”

秦慕之一下抬起眼帘，他看着她的眼眸中微微有些惊悸，但片刻后却染上怒意，他是

真的怒了，所以他开口的那一刹那因为愤怒而微微地颤抖起来："你知不知道你在说什么！"

小蔓淡淡地一笑，下颌微微抬高："我说，秦先生不用再为我做这些，我是自愿的，我跟着沈先生是心甘情愿的，没有人逼我……"

"林——小——蔓！"他几乎是咬牙切齿一般开口，眼睛都赤红起来，唇角的肌肉一抽一抽地跳动，他真恨不得，伸出手来掐住她的脖子，把她给活活掐死！省得她总会牙尖嘴利说出这样的话，省得她字字句句都故意挑唆他的怒火一般尖酸刻薄！

小蔓却不再理会他，她肩膀微动，身上披着的厚厚大衣缓缓从她的身躯上滑落，在温暖逝去的那一刻，寒意侵袭遍全身，仿佛房间里所有的光芒都汇聚在她的身上，她一步一步地向沈从佳走去……

她是前所未有的清醒，前所未有的冷静，她从来都知道，她的世界，永远只是冷月寒霜，而他的温暖，就像是那衣上的温度，永远暖不到心底……

沈从佳目睹这一场好戏，又见关键时刻林小蔓竟是做出这样的惊人之举，不由得心中畅快无比，在小蔓刚走过来没几步时，他竟是迎过去将她揽入怀中，一张春花晓月一般俊美的脸上，满是志得意满的骄矜和兴奋。

他睨一眼脸色铁青的秦慕之，言语中也多了几分无所顾忌："秦少，你也瞧见了，小蔓不愿意跟你走……"

秦慕之根本就没理会沈从佳，他的目光，就像是雪亮锋利的匕首直直地切割在小蔓的脸上，那一瞬间，他的眼神，小蔓竟然不敢去看……

"蔓蔓……"

不知过了多久，就仿佛那宇宙洪荒都停滞风也无声，他的声音中带着一点疲惫，还有浓深的无奈："别和我怄气了，过来蔓蔓……"

沈从佳感觉到怀中那一具消瘦的身体陡地一僵，竟是许久才放松下来，他心思一转，这两人之间，关系还真是不一般，只是，怎么都看不出来，这个女人竟然是秦慕之的心头好。

小蔓垂了眼帘，长长的眼睫遮挡住她漆黑双瞳，在青白的眼窝下投下浓深的暗影，她摇摇头："秦先生，您想多了。"

沈从佳放声笑了起来，低头"叭"的一声吻在小蔓的脸上："你这女人，今儿真是对少爷我的胃口，从今天起，你就是我沈从佳的女人，谁和你过不去，就是和我沈从佳过不去！"

小蔓张了张口，还未来得及说什么，秦慕之却忽然上前一步沉声开口："沈少这话未免说的为时过早了，不管怎样也要论个先来后到吧。"

"先来后到？"沈从佳一挑眉，不屑地瞥一眼秦慕之，"秦少，你这人可真没意思，男女之间，要的是两情相悦，我管他什么先来后来！姑娘喜欢谁那才是关紧的！你说对不对蔓蔓？”

他也学着秦慕之的样子称呼小蔓，小蔓心里乱七八糟的一片，只想赶紧结束这一切，她不想看到秦慕之，也不想这样沦为两个男人争强逗趣的玩物儿……

“沈少说的是，天晚了，不如我们先走吧……”小蔓扯了扯沈从佳的衣袖，轻轻开口。

秦慕之听得她这一句清楚的话语，只觉心顿时往下沉去，他再也按捺不住，满眼皆是喷射的怒火，不管不顾地上前，一下攥住小蔓的手腕，开口的语速又快又急：“谢长安，你看看你现在的样子，你到底还知不知道什么叫廉耻？做出这样荒唐的事情，你对不对得起伯母，对不对得起你自己？”

“我怎样，是我的事，对不对得起，又有什么用？你口中的伯母早就死了，谢长安也早已不在人世，那些人，与我何干？秦慕之，你高高在上不知人间疾苦，可我不同，我要做什么，我在做什么，我心里清清楚楚，这世界公平得很，我要钱，沈少给我钱，我当然要付出代价，我心甘情愿，我一点都不怨！”

“啪！”

小蔓话音戛然停住，就连沈从佳的脸也一下子阴沉了下来，小蔓捂住脸，怔怔地望住面前暴怒的秦慕之，她反而越发地平静了：“秦慕之，你这样生气是因为什么？你不觉得可笑吗？这世上人人都管得我，偏偏你秦慕之，你最没资格！”

小蔓说完，忽然抬手，比他更狠的一耳光甩出去，清脆的响声，回荡在包厢里，空气中满是肃杀。

秦慕之就似被施了定身术一般站在那里，他久久未动，高大的身形满布压抑的沉重，投射下的浓浓阴影将小蔓完全笼罩在其中，她望着他，他就站在她触手可及的地方，可是她清楚地知道，他们之间隔着永远跨不过去的距离。

就那样静止，就那样望着眼前的人，秦慕之直到许久之后，才感觉到脸颊上阵阵袭来的疼痛，他微微偏头，神情中带了几分的痞气，舌尖抵在口腔侧内痛得发麻的位置，他微微地抬起下颌，如水似雾的桃花眼中缓缓绽出笑来……

他笑得当真是好看，就像是绯红的花瓣跌入了平静的水面，不知是花瓣扰了水的清梦，还是澄净的水让那花瓣更加的动人。

就像是此刻，不知是他真的舍不得放不下，还是只是因为得不到心不甘。

可他的笑意渐渐弥漫到眼角眉梢，然后唇角也稍稍扬起来，然后，他一字一字地开口，说出去的话，就像是最后一根稻草，一下子压垮小蔓仅存的一点点希冀：“谢长安，你不过是看我心疼你，你就作贱自己吧，有你后悔的时候！”

他说完，转过身就向外走，走了两步之后，步子就忽然加快了起来，就像是破坏力极

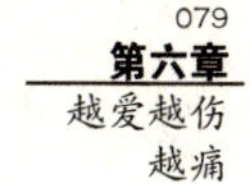

到，事情竟然来得这样快！

她也摸清了几分沈从佳的脾气，这公子哥儿从小是被人捧在手心里长大的，自是说一不二，吃软不吃硬，如果她今晚不从，那么必定惹怒了他，而惹怒了沈从佳，他是绝不会留情面的！

小蔓一下子有些进退不知所措，而此刻包厢里已经安静了下来，所有人都望向了她。

几个男的目光中有探寻有奇异，而几个小姑娘却是明显地有些嫉妒了，毕竟，沈从佳刚才说的是“我的女人”。

真没想到这个平时不声不响就像不存在一样的女人，竟然比她们的来头大多了！

小蔓挣扎的这个时间，就有人打趣沈从佳：“呦，从佳，人家姑娘不愿意，不给你面子呢！”

小蔓心一沉，果然沈从佳已经愠怒地沉了脸，他将烟取下，在烟灰缸中一下一下地摁灭，声音也带了怒气：“怎么，我说话你没听到！”

小蔓再不敢迟疑，好汉不吃眼前亏，不就是脱一件衣服？她今天穿的有毛衣还有衬衫，就是脱一件毛衣也不打紧，毕竟，她这次是替沈从佳的，脱一件毛衣，总比惹恼了他给自己添一堆不必要的麻烦好得多！

小蔓打定主意，立刻就站了起来，她面上神色轻松，笑吟吟望着沈从佳，开口瞬间还带了几分的撒娇：“沈少您都开口了，我自然是恭敬不如从命了，不过……沈少好歹不要让我太下不来台……”

沈从佳见她知趣，面子上就好看得多了，口气也放松了一些：“你听话，小爷我自然向着你。”

她理智地知道，当自己的命运在某一个短暂的时刻还不能被自己所把握的时候，你所能做的只能是隐忍，隐忍。

而这个忍字，真要做到，到底有多难，只有当事人自己心里清楚。

小蔓感觉自己的手臂似有千斤重，她捏着毛衣的底端，牙齿都咬得开始疼了，却还是没有办法举起手来。

沈从佳开始不耐烦起来，尤其是在看到对面几个人讥诮带笑地叽叽咕咕说着什么的时候，他的怒火一下子就窜了上来，自小到大一帆风顺说一不二从没遇过挫折的人，自然是不容许别人对他有一丝一毫的怠慢。

小蔓的磨磨蹭蹭，还有那一脸几乎是被“逼良为娼”一样强烈的不满和不甘，让沈从佳的火气立时爆发了出来。

他抄起面前的杯子砸过去，小蔓下意识地一闪躲开，沈从佳瞧着她躲过，更是怒火中烧，他一把推开身边的姑娘，三两步到了小蔓的跟前，那一张漂亮的脸上，满是骄横和暴烈的神情，小蔓开始觉得害怕了，抓紧了衣襟想要后退……

强的台风一样，踹翻几张椅子怒冲冲地出了包厢。

沈从佳抽了一口烟，拎了外套扔给她：“看不出来啊。”

小蔓转脸对他一笑，将外套套在身上，淡淡询问：“什么？”

沈从佳未料到她此刻是这样淡漠却又温和的笑意，即将脱口的话忽然顿住，转而才道：“没什么。”

然后走过去揽了她：“走吧，折腾了这么一出，累也累死人了。”

“抱歉，都是我招惹的麻烦，你可以从我的酬劳里扣。”

沈从佳闻言大笑：“你把我沈从佳当成什么人了？这么一点钱我还没放在眼里，不过说起来，你今晚很给爷长脸，放心……我今儿一定好好疼你……”

“从佳，这就散了？也不多找几个姑娘？”

沈从佳搂着小蔓要出门，就有人扬声问道，沈从佳看也不看摆摆手：“每天都暴饮暴食也没趣，总得抽个空儿空空肚子！”

小蔓听得微窘，沈从佳却已经揽了她出门去。

进了电梯，不一会儿就下了楼，出去的时候小蔓下意识地看了看四周，没见到熟悉的车子。

沈从佳的车子倒不像他的人一样张扬，只是一辆黑色奔驰，小蔓拉开车门上车，沈从佳发动了车子，在车子启动的那一刻，沈从佳忽然扭过头来，他漂亮的眼眸就在她的面前，乌黑的眼珠就像是耀眼的宝石，他直勾勾地看到她的眼睛深处，看到了她的躲闪……

“你真决定了？”沈从佳问，他口中清凉的气息挟裹着淡淡好闻的烟草味道袭来，小蔓不由得转过脸去，毫不犹豫地点头：“决定了……”

在沈从佳的车子驶过前面的十字路口时，后面不远处才缓缓跟过来一辆宾利，如流水一般悄无声息地滑过去……

秦慕之握着方向盘的手掌心早已是一片的湿黏，他没有穿大衣，车子里也没有开暖气，可他还是觉得热，后来干脆开了车窗，冷风呼啸着卷进来，已是深冬。

头发被风吹着拍打在脸上，隐隐的疼，那被她狠狠打了一个耳光的脸颊亦是火烫一样。

秦慕之紧盯着前方不远处的车子，黑亮的双瞳几乎要射出火来，他终究还是没有办法容忍，容忍小蔓跟着那个纨绔出去，然后上床去颠龙倒凤！

是他犯的错，是他辜负了她，他不能眼睁睁看着她走到这样的地步！

沈从佳将车子缓缓地停下，却是一处小巧精致的别墅外，小蔓拉开车门，寒风骤然卷来，冻得她一个冷战，再看沈从佳，只是穿着一件薄薄衬衫，却是双手插兜走得潇洒俊美，不由得缩缩脖子，这家伙都不知道冷啊。

沈从佳走了没两步，忽然停住，一转身，修长的脖子往小蔓身侧一扬：“呦，追来了！”

小蔓惊住，好一会儿才回头，正看到秦慕之的车子缓缓滑行停住，她的心一下子提到了嗓子口，推了沈从佳就走：“快走快走……”

沈从佳笑起来，伸出一只手臂勾住她，低头吻了上去，他的唇柔软却又带着一点微烫，暖暖将小蔓覆住，小蔓没料到他会突然做出这样的举动，惊愕之下忘记了推开，直到耳边响起沈从佳轻轻的讥笑：“你说……秦慕之看到我们这样会怎样？”

他的唇放开她的，在别墅外的路灯下，隐约看到她殷红的唇边晕染开水渍，沈从佳微微眯眼，伸出拇指轻轻将暧昧的水渍拂去，然后手指又攀附上她软软的唇，轻轻按了几下，方才懒懒开口：“和你接吻，感觉倒还不错……”

“放开她！”秦慕之一把抓住小蔓的手腕将她向怀中的方向一拉，小蔓的长发在夜色中划过黑亮的光线，秦慕之捏住她的下颌，正看到她红润异常的唇还带着微肿，他的脑中忽然轰鸣一声，却是想也未想，推开她一步上前狠狠一拳往沈从佳的脸上砸去……

沈从佳从来都不是肯吃亏的主，他身子微微向左边一倾，旋即抬起手臂挡住了他这极狠的一拳，漂亮的眼眸眯起来：“秦少想动手？”

秦慕之面色巍然不动，唇角却是牵起一抹极冷的笑来：“未尝不可！”

沈从佳甩手将他的手臂挥开，骄横地冷哼一声：“秦慕之，你以为我沈从佳也会怕你不成？”

“沈少是什么样的人物？说起来，我们两家也是颇有渊源的，同在A城，抬头不见低头见，沈少也不想两家长辈面子上过不去吧！”

“你这会儿说的好听，你若不是主动来挑事，你以为我稀罕和你过不去？”沈从佳年少气盛，自来又是被人捧在手心里过，从不曾受过挫折，自然心里没那么多的弯弯绕，说几句话就像是小孩子斗嘴一样，怒气冲冲地指责起来。

“我知道个地方，沈少必然喜欢去，若是沈少把她还给在下，那么我立刻就可以帮沈少搭桥铺路，就当是我给沈少赔不是了。”

秦慕之忽然转了口风，竟是用上了诱哄的口吻。

“什么地方？”沈从佳果然好奇地来了兴致，一双眼睛亮晶晶地望住秦慕之，“你可别想蒙小爷我，但凡好玩的地方我沈从佳哪里没去过？”

秦慕之见他这般，眼底有了淡淡笑意：“我敢打包票，沈少去了一次一定想第二次。”

沈从佳有些摇摆起来，秦慕之却不等他开口回答，就轻轻说了四个字：“云顶大厦。”

“你有办法？”沈从佳却已经开始蠢蠢欲动，眼睛发亮地盯住秦慕之，那小模样就像是一只讨骨头的小狗一样。

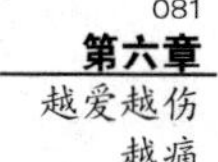

秦慕之眼眸似有若无地扫过小蔓，随即一勾唇角笑道："恰好我和云顶的老板有交情，沈少若是想去，再简单不过……"

沈从佳爽快一笑，一拳擂在秦慕之肩上："早说啊！"

他转身看向小蔓，却只见一缕橘色光芒从天际洒落正笼住她单薄的身躯，有朦胧的光影一点一点地拉长，她的五官散发出淡淡漠然的光彩，她静静地望着面前两个男人，眼眸就像是一汪深潭，沈从佳涌到嘴边的话，一下子就说不出来了。

"把我像是不值钱的物什一样推来推去，很有意思是不是？"

小蔓拢了拢身上的外套，一步一步地走到沈从佳和秦慕之面前，她眼底带着讥诮的笑意，瞧了瞧沈从佳，又瞧向秦慕之，然后，目光定住。

"秦慕之，你知不知道一个男人，有什么样的毛病最讨厌？"

她不等他做出反应，飞快地开口："自私，自大，自以为是，自以为自己做的是对的，自以为自己是在对别人好，自作主张地来操控别人的生活，干涉别人的自由还不自知，还要别人感恩戴德，你知不知道，这样的男人，真的很恶心？"

她睨住他，眼底一片的冷漠："我请你，拜托你，不要再来打扰我好不好！"

她甩掉沈从佳的外套，转身就走。

沈从佳怔了一怔，刚"喂"了一声，秦慕之却已经塞给他一张名片："拿着这个，你随时都可以去云顶！"

他说完，转身大步向小蔓的方向追去……

沈从佳捏着那张名片，摇摆的那短暂瞬间，秦慕之却已经追着小蔓走远了。

"人没有前后眼的。"在很久以后，沈从佳搂着一个姑娘喝得满脸通红，在醉得不省人事的时候，只是翻来覆去地说着这样一句话。

是，人都没有前后眼，世上也没有后悔药，所以他不知道那个晚上，他错过了什么，放走了什么。

长长的道路清冷而又寂静，小蔓不用屏息凝神就能听到他追来的脚步声。

她加快脚步，可他却已经很快追上她，挡在了她的面前。

小蔓低着头绕了他就继续向前，秦慕之却已经伸手攥住了她的手腕，她愤怒地抬眸瞪住他，他也在看着她，那一张英俊的脸上笼了薄薄的怒气，他的唇绷成一条直线，握着她手腕的手指都是僵硬的。

"谢长安，如果你要钱，我给你，他给你多少，我十倍百倍的给你，你不是要卖吗？我会是最大方的买主，你不如卖给我陪我睡！"

他说到最后，声音里已经有了几分的暗沉和嘶哑。

小蔓气得哆嗦起来，她死死地咬住嘴唇，不知用了多么大的力气才控制住自己没有破口大骂，没有狠狠地在他那张脸上挖出几条血痕来！

“是不是恨不得我死？是不是也觉得气得快要爆炸了？”秦慕之一伸手捏住她的下巴将她的脸抬起来，他低头死死地盯住她的眼睛，几乎是咬牙切齿地低吼：“我看到你赤身裸体站在那个混蛋面前的时候谢长安！我也恨不得你死！”

他手上的力道骤然收紧，而下一刻，他却已经狂暴地吻了下去，他咬她的唇，几乎是拼尽了力气，直到咬出血来，小蔓痛得额上青筋直跳，拼命地呜呜叫着捶打着他想要挣脱，他却飞快地腾出一只手来紧紧攥住她的手腕固定在身后，越发粗暴地吻了下去……

他几乎是在咬她了，小蔓只觉得口腔里涌满了温热的咸腥味道，她无力地踢腾着，却根本奈何不得他的力道，他的舌肆意地侵占着她柔嫩的口腔，攫取着她的每一处甜美和芳香，小蔓觉得心里涌满了绝望，瞪大的眼眶中缓缓地淌出泪来……

他的舌尖吮到凉凉的咸，这才缓缓地放开她，眼泪冲散了脂粉，她眼角的疤痕若隐若现，唇上鲜血赫然的一片艳红，她身上单薄的衣服早已撕裂，冻得僵硬瑟缩着不停地颤抖……

“觉得很委屈？”秦慕之声音漠漠地说着，却还是脱下线衫披在她肩上，小蔓使劲地扭动身子将衣服甩掉，秦慕之一把接住复又裹在她的肩上，然后把她牢牢地圈在了怀中。

小蔓挣了几次，他的手臂却像是锁镣一样禁锢住她，她怎么都挣不开。

“别白费力气了，他亲你你不是挺享受的么，我亲就不行了？”秦慕之拖着她往车子边走，小蔓一听这话又炸了毛，几乎是尖声叫了起来：“谁都行，就是你不行！秦慕之，你脏，我嫌你恶心！”

他的脚步骤然顿住，而下一秒，他冷笑着轻轻点头：“好，我脏，那么谢长安，不如你就陪我一起脏！”

小蔓愕然地瞪大眼睛，他却已经粗鲁地拖着她向前走，小蔓挣扎着坠着身子不肯往前走，秦慕之干脆一把把她打横抱了起来，小蔓扑在他的怀里红着一双眼睛死命地捶打，然后又是掐又是咬，秦慕之却不为所动只是不停地往前走，直到她恶狠狠地咬上他胸口的时候，他才痛得眉头紧皱，吃痛之下抬手一巴掌狠狠拍在了小蔓的臀上哑声咒骂：“你他妈再这样泼辣，我现在就办了你你信不信！”

小蔓感觉自己牙齿都要松动了，这才喘着粗气松开口，秦慕之痛得脸色都白了，他敢肯定被她咬的位置一定出血了，这女人就是属狗的！

秦慕之打开车门，直接把小蔓丢了进去，然后他上车，冷着一张脸就发动了车子。

这一路，不管小蔓怎么尖酸刻薄地挖苦他嘲笑他，或者是撒泼一样地骂他掐他，他就是板了脸一声不吭，直到最后小蔓自己累得口干舌燥，不得不停下来，秦慕之还递给她一瓶苏打水，小蔓当时就气得打开窗子丢了出去！

秦慕之见她气得发抖，却只是笑笑，淡淡地看了一眼，一个字都没有说。

直到车子在酒店外停下来，小蔓拉开车门就想跑，秦慕之却是慢悠悠地说了一句：

“林小蔓，躲得过初一躲不过十五，你还不如想想今天晚上怎么劝我死心，省得我以后缠着你不放！”

“呸！”小蔓转脸啐他，“你一个有妇之夫，有家有室有孩子，有地位有前途，你要是再敢这样缠着我不放，秦慕之我告诉你，我就是豁出去拼了命我也要去告得你身败名裂！”

“告我什么？”秦慕之修长的手指动了动，轻轻扣扣方向盘，少顷，方才眉目安然地缓缓开口，“我一没有强奸你，二没有包养你，三也没有犯重婚罪，你去告我纠缠你吗？你觉得别人会信吗？”

小蔓愣了愣，才明白他话里嘲讽的意思，她反而气急笑了：“你瞧不上我，那何苦还缠着我不放？我告诉你，大少爷你没乐子了尽管去别处找，我不奉陪！”

小蔓跳下车子，甩手要关车门，秦慕之却忽然转过脸来，车厢里没有开灯，外面的金碧辉煌映在他的脸上，却偏偏有一种落寞的味道，他看着她，眼底有疲惫的神色悄然弥漫而出：“蔓蔓，别闹了好不好？”

小蔓下意识地就要呛声，可是话到嘴边却又莫名噎住，秦慕之靠在那里，哑哑的声音就像是从另一个世界传来：“你就不能和我好好说说话，非得吵成这样子吗？”

小蔓觉得自己的怒火又要上涌，她甩手重重地关上车门，转身就走。

秦慕之再拦住她的时候就有些不耐烦，说话的口气都粗暴起来：“你要去哪里？”

“你管我去哪里？反正我不要和你在一起！”

“你还想去找沈从佳？”

小蔓冷笑：“还是那句话，和你无关，无可奉告！”

“发生什么事情了让你做这样的事情去弄钱！”

小蔓想到躺在病床上还不知道能活几天的哥哥，终究是红了眼圈，她没有工夫在他身上耗，也没有时间和他周旋了，她更不想和他再有一丝一毫的关联。

“不用你管秦慕之，我得走了！”

“好，好的很谢长安。”秦慕之气得脸都白了，“你就那么自甘下贱，啊，为了钱你连这样的事都做，是了，我倒是忘记了，你和我第一次上床，不也是为了二十万……”

“秦慕之！”小蔓骤然地回头，漆黑的眼瞳中流泻出破碎的光芒，她望着他的目光满是绝望，却有失控的泪水横冲直撞得往下淌，“我以前爱你，是真正用心去爱的，你可以羞辱我，可以无视我，也可以无情无义地将我弃之不顾，但请你不要侮辱我曾经付出的真心，不要践踏我从前对你掏心掏肺的感情！”

“爱我？你就是这样爱我的谢长安？你爱我你现在就可以和别的男人随便上床？你爱我你现在多看我一眼都嫌恶心？给钱就能上是吧谢长安！”

秦慕之掏出钱夹狠狠摔在她身上，他几乎暴怒地低喝：“我他妈全副身家都给你，总他妈能上你一次了吧！”

钱夹击打在她的胸口，小蔓重重地颤抖了一下，她不敢置信地望着面前的男人，又低头去看那散落了一地的卡和几张钞票，她的手指尖都开始颤抖起来，她的牙齿上下碰撞着哆嗦个不停，她感觉自己就像是戏台上的小丑，在最丢脸的那一刻，全世界的灯光都汇聚在了她的脸上，所有人都在嘲笑她！

“你混蛋，王八蛋！秦慕之你不是人！你混蛋，混蛋！”

她不知怎么地哭着抬脚去踹他，狠狠地捶打他，她尖声地骂着他，自己都不知道自己骂的是什么，她只知道她像是一个泼妇一样对着他撕咬，捶他，甚至还扯着他的头发在他的脸上抓出了几条血痕。暴怒的秦慕之把心一横，扯着小蔓就进了酒店，不管不顾地直奔订好的房间。一进门，就直接把小蔓压到床上。

“我不和有妇之夫乱搞……”挣扎中的小蔓祭出杀手锏，清亮的眸子紧紧地盯着他，不错过他一丝一毫的表情。

秦慕之似乎有些挫败，低低地叹了一口气，然后他抓住她扔在作恶的双手，贴近她耳畔，又说了一句什么……

小蔓顿时睁大眼睛：“你唬三岁小孩呢！不可能！”

秦慕之神色冷漠：“有什么不可能？我只是拗不过父母之命娶她，却不负责解决她的生理欲望。”

她不由得沉默了下来，心里控制不住地微微泛酸。

回想她和他的过去，真是不堪入目，那样一场开始，落得这样一个结果……

不对！他骗她……

“骗子，秦慕之你骗我！你说你没碰过邓华，那女儿是哪来的？石头里蹦出来的？”

“你很介意我碰没碰邓华这件事吗？”

秦慕之抚着她的小腿，有一下没一下的，却在偷偷往上移动，小蔓根本没有觉察到，气恼地瞪他一眼：“废话！”

秦慕之一下子笑出来，笑得十分开怀的样子，他伸臂把她揽在了怀里，却是一张嘴狠狠咬在她下巴上：“你这个口是心非的小东西，你明明心里还有我的对不对？”

“你不要脸！”小蔓颤抖起来，她拼命地推他，可他的身体却已经沉沉地压了下来，他吻着她薄薄的眼帘，口中又哄着劝着：“乖，长安听话……我没有骗你，我真的没有碰过她，女儿也不是她生的……你信我一次好不好？”

他真的很想告诉她，那是我们的女儿长安，可是一想到那天近乎癫狂的囡囡，秦慕之就觉得心里发怵，万一弄巧成拙，囡囡和长安闹得两败俱伤，他该怎么办？

小蔓又被他丢下来的这枚炸弹唬住，迷迷瞪瞪地问：“不是她生的？那是谁生的？”

秦慕之的唇在她胸口颈边啄来啄去，声音也越发的沙哑粗嘎起来：“你给我点时

间……我总会告诉你的……”

“跟我回去吧……”他的声音带着几分餍足的沙哑，却是分外好听，小蔓睁大了眼睛望着装饰繁复的吊顶，只是久久，目光都没有转动一下，听得他说出这句话，她长长的眼睫似乎颤了颤：“回去？回哪里去？用什么身份回去？”

“我说了让我来解决……”秦慕之有些烦躁起来，以为两人发生了这样一层亲密的关系，她的态度会好转一点，可为什么她还是这样一副死倔的性子？

小蔓皱皱眉，轻轻推他：“你先起来，我去洗澡……”

温热的水舒适地包裹住身体，气氛偏生在她不知不觉之间已经悄然扭转，从最初的剑拔弩张争吵不休，到此刻悄无声息涌出的暧昧和亲昵，小蔓心里不由得有些别扭，好像什么事一遇到他，就开始发生莫名其妙的变化……

“在想什么？”秦慕之从后面搂住她，只感觉这具身体实在是太瘦太瘦，他把她箍在怀里，要她靠在胸前，忽然又没头没脑地说了一句，“我联系好了整形医生，是美国那边最权威的，临床经验十分丰富，你跟我一起回去好不好？”

小蔓一愣，身子微微抖了一下：“我，我觉得没必要，我都已经习惯了……”

他圈住她身体的手掌缓缓移动到她的胸口，抚摸着那些陈年的旧伤疤，声音虽然平静，却还是含着几分的疼惜：“女孩子谁不想漂漂亮亮的，你还这么年轻，不要这样自怜自哀……”

“以后再说吧，我现在还不能离开。”小蔓垂下眼帘，想到躺在医院里昏迷不醒的哥哥，沈从佳那边一定是没戏了，她该怎么办？秦慕之若是知道了一定会帮她，可她就是不想对他开口。

箍住她身体的手臂骤然一紧，他湿漉漉的脸贴在她的脸颊，声音里有了几分的怒气：“你还想待在这里？那个沈从佳若是再找你怎么办？我告诉你，趁早死了这条心，你想都别想！”

小蔓又气又怒，抬起手肘撞他：“你瞎说什么呢！把我当成什么人了！”

见她生气，他反而神情柔和下来，亲着她的脸：“我就知道你只想和我好……”

小蔓心里乱糟糟的，事情的发展就像是脱缰的野马一样，她根本无力操控，最不想发生的事情偏偏发生了，以后她该怎么办？

许是折腾得有点累，小蔓这一觉睡得分外踏实，直到被秦慕之连衣服一起丢在沙发上的手机响了好几遍时，她才醒转过来。

秦慕之却依旧是沉沉睡着，只是在她想要坐起来时，他横在她胸前的手臂又揽紧了她，然后迷糊中摸到了她柔软的胸，他唇角翘了翘，抬腿把她牢牢压在身下抱紧，脸也贴过去枕在她的胸前，这一系列动作竟是一气呵成，小蔓顿时又动弹不得了，手机还在响，锲而不舍。

秦慕之皱紧了眉，趴在她身上抓起枕头扔过去，动作里带了几分孩子气，小蔓不由得弯起唇角，伸手推他："我去拿电话……"

他还带着起床气，气咻咻地搂住她不满地嘟哝："不管不管，大清早的吵死个人了！"

但终究打电话的人极有耐心，秦慕之气呼呼地掀开被子坐起来，小蔓已经弯腰下了床，她走过去拿了手机，只是顺势看了一眼，屏幕上的名字是邓华。

她没有迟疑，走过去把手机给了他，转身就预备去浴室，可是沙发那里又传来了嗡嗡的震动，她停住脚步，转过去从衣服下翻出来自己的手机，一看号码，脸色骤然大变，慌忙抓了手机直奔阳台上接了起来……

"醒，醒了？"小蔓霎时惊住，心里涌满了狂喜，哥哥竟然醒了！醒过来就会好起来，醒过来就会度过最危险的时期吧！

"我马上就赶过去！"小蔓飞快地挂掉电话，秦慕之也讲完了电话，他脸色有些阴沉，捏着手机默不做声，直到小蔓的脚步声响起，他才转过脸来看她："长安，囡囡今天早晨突然开始高烧不退，我得回去……"

小蔓一怔，旋即却是立刻点头："孩子的事是大事，你赶紧回去吧！"

她说着，就抓了衣服匆匆地往身上套，秦慕之见她形色匆匆，不由询问："你要去哪里？"

小蔓心中高兴，脱口而出："我哥哥醒了，我要去医院看他！"

"你哥哥……在医院？"秦慕之脑子里立刻转过圈来，她为什么会和沈从佳在一起，为什么会这么需要钱，甚至不惜做这样的事，答案就在这里了吧……

小蔓抖了抖破烂的衣服，不由得焦急皱眉，口中却是喃喃答道："是啊，医生都说我哥哥伤得太重活不了多久了，可我哥哥今天醒了，所以说他一定会没事的……慕之……你可不可以……"

小蔓咬咬嘴唇，却终究还是开口："你可不可以先请你助理送件衣服过来……我这衣服都破了……"

她有些尴尬地提着被撕裂的上衣，望着他的表情里透出几分难为情来……

秦慕之一边拨电话，一边却是眼神犀利看向她："你哥哥，怎么会受伤的？"

小蔓听他这样问，立时想起哥哥出事的惨状，不由得眼圈泛红，垂了眼眸长睫微颤，好一会儿才幽幽开口："不知道哥哥怎么招惹了人，被人打了丢在荒郊野外……发现时已经是几天后……医生说哥哥……要不成了……"

"也不知道是谁下这样的狠手，哥哥虽然傻，可他从不惹事，慕之你也是知道他的……"

秦慕之和助理交代了几句就挂了电话，他下床走到小蔓身边，拉了她在沙发上坐下

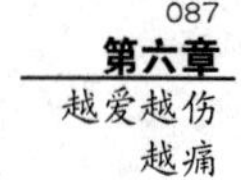

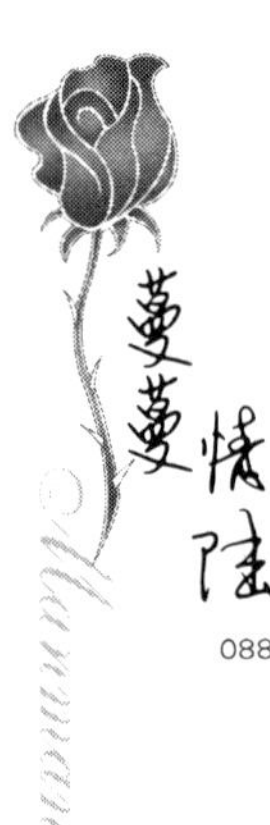

来："如果你相信我，我帮你查好不好？"

小蔓眼睛倏然一亮："可以吗？警察都查不到是谁干的……"

秦慕之哧然一笑："那些窝囊废有用的话还用等到现在？"

他说着，拍拍她的手："放心，我想知道的事，没有查不到的。"

换好衣服，秦慕之还是执意送了她过去医院，正好护士送医药单子过来，秦慕之自然而然地接了过去，交给助理去打发。

小蔓此刻惦记哥哥，只是对他轻轻说了一声"谢谢"就直奔病房。

秦慕之也跟了过去，就见长福躺在床上，身上缠满了绷带，他往前走了两步就停下来，小蔓趴在床边，长福的氧气罩已经摘了下来，他有些艰难地喘息着，却在看到小蔓的那一刻，从暗淡的眼眸中瞬时绽出璀璨的光辉来……

"小妹……"长福的声音就像是从嗓子里挤出来一样，沙哑而又难听，他试图抬手去握小蔓的手，却连指尖都动不得，小蔓的眼泪立时淌了下来，她抓紧长福的手贴在脸上，哭得哽咽："哥……是我……是安安回来了……"

长福笑得越发灿烂了一些，这个憨傻老实的男人，粗糙的大掌紧紧贴在妹妹的脸上，他想要再细细地看看她，想要再像她小时候那样背着她走过小城的每一条街道……想要看看她在别人欺负他的时候，又气又怒地和人吵架护着他……可是他知道，他这辈子是没有机会了……

他脑子笨，可是妹妹和他的一切过往，都被他牢牢地记在心里……他挣扎着想要支起身子，却动弹不得，胸腔里撕裂了一样的疼，要他喘息一下都困难。

小蔓眼泪不停地往下掉，她站起来弯下身子，侧耳贴在哥哥嘴边："哥，你要说什么……我都听着……"

长福的瞳孔似乎微微散开了一些，他面上浮起奇异的红晕，似乎嗫嚅了一句什么，小蔓没有听清楚，又低了低身子，却忽然感觉长福紧紧抓住了她的手，他力气大得快要把她手指骨都捏碎了，小蔓眼泪断了线一般往下落，最后的时刻，他似乎骄傲地笑了一笑，然后含混的声音断续地响起："妹妹……我什么……什么都没有说……他们怎么打我……我也一个字都没有说出去……"

"哥……"小蔓凄然地呼喊出声，她感觉到握着她的那一只手骤然松开，触手温度一点一点地散去，她哭得满脸是泪，却只能无助地一声一声地喊着哥哥……哥哥。

秦慕之听不得小蔓这样的喊声，转过身子悄然出了病房，他看到窗子外忽然飘起雪来，不一会儿就卷得铺天盖地。

他的心里却隐隐有了可怕的念头……

长福的瞳孔渐渐散开，而他的手再也抓不住小蔓了，他撑着醒过来，就是为了告诉妹妹，要她离开这里，她的身份瞒不住了，而现在，他总算是争气，总算是从阎王爷那里抢回来了一口气，他脸上还带着那一抹骄傲的笑，再开口时声音缥缈欲散："妹妹……你搬家……躲起来……不要被那些坏人找到了……"

长福喘息着，手臂骤然垂落，小蔓凄厉地喊了一声"哥……"

长福却已经缓缓阖上了眼睛，他还有一句话，没有能够说出口：小妹，哥哥……哥哥没有办法继续保护你了……

长福的身体已经凉了，一块白布蒙住了他高大的身体，小蔓抱着双臂站在床边，人来人往从她身边经过，她却什么都看不到。

脑子里空荡荡的，什么都想不起来，也什么都不能想，她的耳边只是回荡着一句话，从此以后，谢长安，你真个是孤家寡人一个了，你一个亲人朋友都没有了……

她想要哭，可眼泪却偏生没有了，她看着哥哥被人推出去，她下意识地追了两步，可是腿却一软往地上倒去，秦慕之眼疾手快地扶住她，她的模样让他心疼。

"安安你心里难受就哭出来吧……"秦慕之把她搂在怀里，轻声地说道。

小蔓茫然地睁着空洞的眼睛望着他，心里刀绞一般一阵一阵发疼："慕之，我一个亲人都没有了……"

他觉得胸腔里一阵闷痛，握紧了她的双肩轻轻开口："还有我安安，还有我在你身边……"

小蔓却忽然笑了，她笑着笑着泪就掉了下来："你傻呀，你不是我的，你是别的女人的老公，别的小孩儿的爸爸……你从来都不是我的啊慕之……"

她挣开他的怀抱，转过身向外走，走到门边，她忽然扶住门框身子软软地向下倒去，秦慕之疾步过去将她紧紧搂在了怀中，她的身体轻得仿佛没有一点重量，就好似她的生命也随着哥哥而去了一样……

秦慕之一直陪着她，陪到长福下葬。

长福葬在了那一处墓园中，"长安墓地"的旁边。

雪连着下了一周，天地间早已是一片苍白，偌大的墓园里只有他们两个人，当初生满蝴蝶兰的地方早已被积雪覆盖，春花晓月，早已变成疾风冷雪。

最留不住的，往往是最美好的事物，譬如朱颜辞镜花辞树。

小蔓跪在哥哥的墓前，默然地将纸钱一沓一沓地烧完，秦慕之就站在她的身后，可他的目光却是落在长安的墓碑上。

当初看到她墓地时的惊悸就像是发生在昨天一样，而今她好端端地站在他的面前，却让他觉得恍如隔世，每每忆起那一天，却又是免不了心中忐忑。

如果她是真的不在这个世上了，此刻的他又会怎样？

也许他今年还会来祭拜，明年依旧，但过去三年五载，她化作黄土下的枯骨，而他也早已忘却谢长安的容颜了吧。

小蔓一遍一遍地抚摸着哥哥墓碑上的字迹，直到跪着的双膝发麻。

秦慕之扶了她起来，两人又默然地站立了许久，待到要走的时候，小蔓忽然回头看向那刻着“谢长安之墓”的墓碑，秦慕之也跟着看过去，在漫天的飞雪中他紧紧握住她的手，却听得她的声音缓缓响起：“慕之……这块墓碑就一直留着吧……”

秦慕之挑眉，本来在得知了她还活着之后，就一直想来将这墓毁掉的，毕竟活人立个死人碑，总归是不吉利……

“让我陪着哥哥，等我死了，也埋在这里……”

“胡说什么呢！”秦慕之立时板了脸，小蔓却是仰脸对他微微一笑：“慕之，死才不可怕，糊糊涂涂人不人鬼不鬼地活着，才最可怕。”

秦慕之肃容，过得许久，他方才轻轻抚了抚她的头发沉沉叹息：“安安，你能这样想，却是最好。”

“我们走吧。”小蔓又回头看了一眼那并排而立的墓碑，然后转过身去，再也没有停留。

逝去的人请安息长眠在地下，而活着的人，总要替他们好好地活下去。

哥哥，我不会让你白白丢了性命的，你放心。

第七章　物是人非事事休

小蔓被安置在一栋小巧精致的别墅中，她走进去的时候，苦笑着对秦慕之说了一句："没想到我兜兜转转了几年，又走上了一条自己当初最鄙视的路。"

当晚秦慕之并没有留下，他安顿好小蔓，接了霍彦东一个电话，立刻就匆匆离开了。

霍彦东在他们经常私下见面的会所包厢等他，秦慕之赶去的时候，霍彦东的面前已经是一堆的烟头，乔策也是一副蔫蔫的模样坐在角落里，而许久未见的汤启勋也在。

秦慕之一边摘掉大衣，一边讶异地看向汤启勋："勋哥也在？几时回来的？"

汤启勋"嗯"了一声，起身将烟蒂摁灭在面前的烟灰缸中，他抬抬眸子，示意秦慕之在身边坐下，这才幽幽开口："刚从洛杉矶回来没两天。"

说着，却已经扫了秦慕之一眼递根烟过去给他，说道："慕之，你那个老婆，也闹得越来越不像话了，连这样买凶杀人的事都做得出。"

汤启勋摇头，看看霍彦东："东子，你把查到的事情说给慕之听。"

霍彦东看了一眼秦慕之，眼底也有了几分的叹息，却还是一五一十地把邓华去长福那里逼问长安的身份，逼问不出就让自己带去的人把长福打了个半死，然后丢在了郊外的废弃工厂那里的经过说了个清清楚楚。

霍彦东说一句，秦慕之的脸色就难看一分，到得最后，他再也忍不住，一拳狠狠砸在桌案上："这个恶毒的贱人！"

静静的庭院，在白雪的覆盖下肃穆而又庄严，那些春日里到处可见的似锦繁花，此刻

都变成了银装素裹，一辆黑色的车子缓缓停下来，银色雕花大门早已无声地开启，车子又渐渐加速驶进去，停在车库外。

秦慕之下车，自有工人将车子开入车库中去，他在空旷的雪地上站了一会儿，肩上就已经落了薄薄一层雪花，黑色雍容华贵的毛领，衬出俊逸桀骜的下巴，他用手指拂了拂肩上的雪花，举步向着西侧还有亮光的别墅走去。

秦慕之走过一条打扫干净却又落了一层薄雪的小径，小径两边有冻得透明僵硬的枝条，偶尔会划过衣角，秦慕之却是浑不在意一般，渐渐步子越走越快，可是刚刚接近别墅，就听到了几声清脆的笑声。

他心下一松，迈步进了小楼，屋子里暖意盎然，笑语一片，温暖的灯光下，秦太太靠在沙发上，笑得眉眼舒展，囡囡趴在邓华的怀里，亲昵地说着什么，惹得邓华一阵一阵舒心地笑，她们三人自得其乐，竟是没人注意到秦慕之。

过了一会儿，还是邓华"哎哟"一声抱了囡囡放在一边，慌忙地迎过来，眼底却已经是璀璨的笑意："慕之，你回来了！怎么这么晚才到家？冷不冷？外面这么大的雪呢……"邓华说着就去拉秦慕之的手，触手冰冷的一片，她的眉毛立刻就皱了起来，"手怎么这么冷？琴姨！"

邓华转身冲着厨房喊："快点泡滚热的茶来！记得泡我前两天带回来的那一罐六安瓜片……"

说着，就又自顾自地把秦慕之冰凉的手指紧紧捂在掌心里，又低头轻轻地哈气，口里还小小地抱怨着："这么大的人了，出去这么几天，也不知道打个电话说一声，害得人担心死了，囡囡也见天地念叨你，妈也是时不时地问起，偏生我连你去哪都不知道……"

她一边说着，一边又搓揉着他冻得有些僵硬的手指，秦太太坐在一边看着，不由得心中大为舒畅，瞧着慕之的样子，虽然还有点冷淡，但却反常地没有推开邓华，秦太太心里更是高兴了几分……

"好啦阿华，慕之一回来你就啰啰唆唆的……"秦太太嗔道，却明显话里带着几分的亲近。

囡囡也细声细气地喊了一声爸爸，黑亮的大眼循着声音往秦慕之那边望，邓华就温柔地一笑，拉了慕之过去女儿身边，嗔着推推他，努努嘴："瞧你，回来了也不说抱抱女儿，囡囡都不敢过来了……"

"爸爸……"囡囡伸出两只胖胖的小手往秦慕之身边摸，秦慕之一肚子的怒气就这样被硬生生地堵了回去，一回来就是这样的氛围，"贤妻"，爱女，还有慈母，他又能怎么在这样"温情款款"的时候做出凶神恶煞的模样？

而且，就算是要发作，也不该是当着女儿的面。

秦慕之望着囡囡眼巴巴的样子，不由得叹了一口气，他挣开邓华的手，弯腰抱起了女儿，囡囡软软的小身子立刻就扑在了他的怀里，她的小手紧紧圈着秦慕之的脖子，胖嘟嘟的小脸在他脸上小狗一样地蹭，眼泪汪汪地瘪了嘴：“囡囡还以为爸爸不要囡囡了……”

秦慕之最见不得她哭，当时心就软了，抱了她在沙发上坐下来，小心翼翼给她擦眼泪：“怎么会呢，你是爸爸的乖女儿。”

秦太太拉了囡囡起来，笑着摸摸囡囡细嫩的小脸：“今晚囡囡和奶奶睡好不好？让爸爸妈妈好好说说话儿……”

客厅里一时沉寂下来，邓华小心地捧了茶走到秦慕之跟前，微红的眼眸里还有惶恐：“慕之，千错万错，都是我的错，你不要生气了好不好？天气这么冷，你吹了冷风，喝点热茶暖暖身子吧……”

她捧了茶杯递过去，秦慕之却是伸手一挡，面色平静地站了起来：“我们回房间去，我有话问你。”

他这话说得没有什么波澜起伏，也不带什么异样的情绪，邓华却是心里一暖，说起来，夫妻这么多年，同在一个房间的时候真的是少得可怜……

“嗯。”邓华就老老实实地放下了茶杯，跟在秦慕之的身后向外走去。

有北风呼啸而来，卷起冰凉的雪花，邓华不由得打了一个寒战，缩了缩脖子，前方不远处就是她和秦慕之的独居别墅，可是正不急不缓走着的秦慕之却忽然停了下来转过身望住了她。

邓华一怔，步伐来不及停住，就往他的怀中撞去，秦慕之伸出一只手来扶了她一下就立时放开来。

灯光下，他的手指修长如玉，藏在藏黑色的衣袖下，骨节分明，蕴着一层淡淡迷离的光芒，邓华的目光定在那里，直到他垂下手来，她眼底的恍惚才悄然散去……

他的每一个地方，身体的每一寸，她都爱得着迷。

“长福死了。”他直接开门见山，雪花簌簌地落，静得似乎可以听到血管里血液奔腾而过的声音。

邓华骤然一惊，眼底却已经写满了不可置信：“你说什么？”

她急急地开口，事情做得不隐秘，她早就知道瞒不下，但是死了人，却是在她的意料之外，她现在的境地，根本背负不起一条人命！

“长安的哥哥，谢长福，被人打得遍体鳞伤，丢在荒郊野外，被发现的时候只剩下一口气了，虽然伤不致命，却因着冻了两三天救不回来，一周前刚刚咽气。”

秦慕之一字一句地说着，忽然伸手攀住廊下伸来的一枝冻得硬脆的枯枝，用力一折，“咔嚓”一声，他双眸如炬望向邓华，却见她面色发白瑟瑟颤抖，不由讥诮地笑：“是不是你？”

邓华倏然地抬头，却已经是手脚冰冷，她摇头，却又点头，一串眼泪顿时滚落：“慕

之，我不瞒你，我是派人找了长福，我想知道那是不是长安，可我没有让人对他动手，我敢发誓，不，原司机也可以给我作证，那几天我一直都在医院照看受伤的囡囡，出入都是原司机载我……”

邓华急急地开口，忽又上前一步紧紧抓住慕之的衣襟，她眼中含泪，却是带着浓浓的委屈：“慕之，你信我！这么些年你不喜欢我讨厌我我都知道，可是不要一遇到这样的事情就安在我的头上好不好？”

“让我怎么信你？”秦慕之冷冷地推开她，掌中断裂开的那一截枯枝扎进手掌中，锐利地疼，他的眼神漠漠，却藏着深邃的冷，“还有长安，她为什么会变成这样？她眼角的伤，又是怎么回事？为什么不是其他地方，为什么不是右眼角，为什么偏偏是……”

慕之说着，忽然擎手扼住邓华的下颌，然后缓缓滑在她左眼角那一处殷红胭脂痣上：“为什么是长安长着胭脂痣的地方变成一块恐怖的疤痕？”

邓华使劲地摇头，眼泪如珠玉洒落：“慕之，你要让我怎么说？当年我已经和你有了婚约，你亦是和她分了手，伯母又是待我视若己出，我怎么会做伤害她的事？就算是我心肠恶毒，可是也没有道理去对付一个早已出局的女人……”

秦慕之的手指一根一根松开，他望着邓华的眼瞳，那一双漂亮的眸子里，藏着泪，藏着委屈，藏着急迫的辩驳，可却偏偏没有心虚，邓华是真的没有动机，就算是再蠢笨的人，也不会去做这样损己的事情……

但是长福的事情，她终究是脱不开干系，而今一句她并没让人动手，就想甩得干干净净？

秦慕之忽然冷笑：“邓华，你知不知道长福最后和长安说了什么？”

邓华的眼瞳一点一点睁大，脑子里却在拼命地转圈，她敢保证那天她并没有出现在谢长福的面前，她也敢保证，她的名字没有人敢透露给谢长福……

想到这里，她略略地镇定了一点，照旧是毫不躲闪地望向慕之，轻轻摇头。

慕之盯着她的眼眸，轻笑开口：“谢长福说，那些人怎么打他，逼他，他都没有说出长安的身份……”

邓华陡地一颤，转而却是眼泪落得更凶：“慕之……我只是派人去问谢长福，我并没有要求对他动手，我真的不知情，我……”

“这样拙劣的借口还是收回去吧！”秦慕之压低了声音冷冽低吼，“若不是看在囡囡面上，不愿囡囡背负着‘杀人犯妈妈’这样一个名声，我告诉你邓华，你现在就得给我进局子！”

“慕之……”邓华忽然凄厉地一声喊，她紧紧揪住秦慕之的衣袖，面上满是急迫的神情，“慕之，你若是不信，就着人和我对质，我但凡有一句谎话，就让我不得好死！”

秦慕之狠狠甩开她的手，勾唇冷笑：“你不要再在我面前装腔作势，做没做，你自己心里清楚明白，邓华，我告诉你，趁早收手，这次是长福，下次是不是长安？”

“慕之……”他方欲开口，邓华却已经抢先开口，她的指尖哆嗦着攀附上他大衣上冰凉的金属袖口，长长的睫毛垂下来，遮住了点点泪光，“我知道，我知道长福的事情和我脱不开关系，如果不是我找人去问他，他也不会惹上这样的无妄之灾，我愿意去向长安负荆请罪。”

她说到这里，忽然轻轻咬住下唇：“而你，如果觉得我罪大恶极，那么……你可以请律师起诉我，我不会有一句怨言，包括离婚，我也愿意。”

邓华说到此处，忽然一抬头，眼底是一片澄澈的坚毅：“我惹下的麻烦，我自然是要一力承担，慕之，我不说什么狡辩的话！”

她说完，转身就向相反的方向走去，夜风森冷，送来她最后支离破碎的声音：“你考虑好了，可以随时请律师来见我，妈那里，我去说……”

“既然长安回来了，孩子……自然……”邓华的声音似乎哽咽了，她脚步滞了一下，带着哭腔颤抖开口，“自然还是跟着亲生母亲好……我，我养了她六年，舍不得……却还是比不得……”

雪下得越发大了，她的身影渐渐地没入漫天的飞雪之中，秦慕之一个人站在那里许久，偌大空旷的园子，就像是张大的兽口，将所有的恩仇情爱，所有的寂寞孤苦一点一点地吞噬。

谨之在这里丢掉了最爱的女人和骨肉，而他呢，是不是也埋葬了原本可以唾手可得的幸福？

秦慕之从来没有一天像此刻这样，恨自己不是一个平凡人。

这段时间秦慕之没有出现，不过房子里却多了个不速之客，霍彦东的小女朋友——萧潇，几乎是隔天就来找她一次。

当初小蔓离开A城的时候，萧潇才刚来霍彦东的身边，两人并没有什么交集，不过见了几次面之后，萧潇就黏上了她，小蔓性子好，温温柔柔的，萧潇说什么她都听得认真，不把她当小孩子看，萧潇几乎是立刻就把她引为了知己。

两人这天吃了饭逛了街，萧潇突然想起小蔓和她是校友，就死活要拉小蔓去她的学校玩，小蔓拗不过她，两人就打车去学校，一路上，街景渐渐变得熟悉，快到大学城那边的时候，小蔓的手却已经紧紧握成了拳，她从不曾想过，还有一天，可以回到这里来。

当初和他分手，知道已有身孕，选择一个人默默离开，跨出校园大门的那一刻，泪若雨下，她所有的梦想被自己亲手埋葬，当初不曾后悔，也以为一生无悔。

小蔓犹在回忆的旋涡里挣扎，萧潇却已经兴奋地拉了她下车：“小蔓姐你瞧，学校大门是去年新修的，你还不知道吧？”

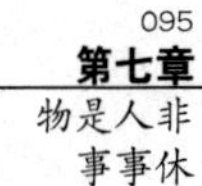

小蔓望着崭新气派的新大门，轻轻点头：“我快六年没有回来这里了。”

“我们进去看看吧，对啦，我听说你以前也是学音乐的，一会儿我带你去我的琴房玩，你要唱歌给我听！”萧潇兴奋不已，继续唧唧喳喳，“我是半路出家，你可是专业人士，要好好指教！”

话说着，她们已经走到了艺术系的大楼外，艺术系总是比别的系更独特更有个性一点，楼前是学校唯一的湖，然后是长长的一条红砖夹道，两边都是广玉兰树，现在的季节，自然没有花，但小蔓却是立刻就回忆起了上学那时候玉兰花开香气袭人的情境。

小蔓打量着萧潇的琴房，说是琴房，但装饰得都像是公主的房间了，明显霍彦东找人重新给她捣腾过。

萧潇激动地看着她：“小蔓姐，你自弹自唱好吗？”

小蔓觉得有点害羞：“我，我也好久都没有摸过琴了，不知还记不记得住谱子……”

“你试试啊，说不定弹一会儿感觉就找到了！”萧潇很兴奋地拉了她在琴凳上坐下，又把曲谱固定好，“先从简单的开始，要不然就《牧羊曲》吧，我都会唱的！嗯，就这个！”

小蔓看了看谱子，这支歌，是她跟着楚老师上声乐课之后唱的第一支歌。

她的手伸出来，悬空在琴键上方，久久不敢放下去，萧潇在一边着急地连连催了她几次，她才慌张地将手放下，叮咚一声，不知触到了哪个琴键，乱糟糟的一片响，她的心乱了一下，还是飞快调整好了情绪，又看了一眼谱子，定一定神，指尖落下去，旋律最初还是有些僵硬生涩的，但渐渐就有了行云流水的味道……

“日出嵩山坳，晨钟惊飞鸟，林间小溪水潺潺，坡上青青草……”

最初的时候萧潇还跟着旋律唱，可到后来，就只剩下了小蔓自己的声音，萧潇站在钢琴边，目光中渐渐有了惊艳，却已经听得着迷。

“莫道女儿娇，无暇有奇巧，冬去春来十六载，黄花正年少……”

小蔓的声音饱满而又圆润，最难得的是在“干净”二字上，要知道嗓音条件好的大有人在，但声音干净毫无一丝杂音的，却是屈指可数……

叮叮咚咚的一串钢琴声渐渐变小，直到听不到，萧潇却还没有回过神来，就连小蔓的眼中，都似凝聚了泪雾。

“小蔓姐，你唱得真好听，比电视上那些人唱得好多了，我就好像看到歌里描绘的画面一样……”

萧潇犹在呢喃呓语，却有一声略略颤抖的声音忽地响起：“长安，是不是你？”

小蔓陡地一惊，豁然回过头去，琴房的门不知什么时候被人推开了，有个人灰衣黑裤站在那里，镜片遮挡住了他眼底的光芒，她瞧不清楚他是谁。

那人却已经推开了门走进去，径直站在她的面前：“我还以为是我听错了，可是长安，这么多年来，能把这支歌唱得这般好听的，只有你。”

小蔓僵硬地站起来，目光中渐渐汇聚了不可思议的讶然，她不敢置信竟会这样巧合，快六年过去了，算起来顾艺声早就该毕业了，可是她竟然会在学校看到他！

“师哥……顾师哥？”小蔓脑子里犹然一片空白，可是却已经激动地开口低低唤出声来。

顾艺声再也抑制不住满腔的惊喜，他上前一步，忽然伸出手臂将小蔓紧紧抱在了怀中。

萧潇呆立在门边，已经看得傻了眼，这算是什么事？时隔多年，当初的旧情人……重逢了吗？

过了很久，小蔓才和顾艺声告别，和萧潇并肩下楼。

秦慕之将车子停下来，霍彦东也探出头去，一眼看到萧潇，这才长长松口气：“死丫头，吓死我了！怎么跟长安跑到这里来了？”

“是你女人拐走了我女人。”秦慕之转脸漠漠地看了霍彦东一眼，霍彦东“哧”了一声：“好好好，是我的错。”

两人下车，向湖边蜿蜒的小路走去。

萧潇眼尖，一眼瞅到霍彦东，就狠狠撇嘴：“烦死了，出来玩一会儿就满世界地找。”

小蔓转头看她，却见她嘴角轻轻翘着，眼睛里明显地璀璨一片，不由觉得好笑：“你呀，口是心非。”再一回头，却看到秦慕之也正大步走来，这两人走在一起，真是气场十足，来来往往的女生都偷偷地瞄他们，满眼的红心。

“哈，你男人也来找你了！”萧潇拽拽小蔓的衣袖，还欲再说什么，霍彦东却已经一伸手把她勾在了怀里，又用双手捂在她冻凉的脸蛋上：“冷不冷？”

萧潇就眨眨眼，不耐烦地推他：“我又不是三岁小孩，冷了会穿衣服啊。”

霍彦东看她孩子气的模样，就宠溺地笑了笑，握着她的手暖在手心里温温柔柔地哄：“走吧，回家去，特意带了你爱吃的菜回来，结果你不在家。”

“那你就不会先给我打电话啊……”萧潇别扭着抱怨着被霍彦东搂着走了，连给小蔓说一声都忘记了。

秦慕之照旧是一副酷酷的样子，站在她面前看了她两眼，忽然有些生气地开口：“跑了一天都不回去，电话也不带，你不知道我会担心你？”

小蔓闻言，却只是淡淡地看了他一眼：“不是和萧潇在一起的么？”她直接往车子边走，秦慕之也过去牵她的手，小蔓不露痕迹地躲开：“在学校别这样。”

秦慕之蹙蹙眉，却还是霸道地伸手攥住她的：“凉得冰块一样，也不知道多穿点。”

小蔓觉得十分地不自在，说了不要再见面，不要再这样，他都像是没有听到一样！

不由得有些懊恼，正要甩手，身后却传来颤颤的声音："长安……"

她闻声回过头去，冰天雪地之中，顾艺声长身玉立站在那里，湖边的风吹起他的头发和围巾，他的眼眸也像是那湖水一样波光粼粼，小蔓的心轻轻地缩了一下，苦涩弥漫。

秦慕之也转过身去，看清楚站在不远处的人后，漆黑的双瞳就倏然一沉，握着小蔓的手指不由得用力收紧。

小蔓却已经挣开他的手："师哥……"

师哥？她什么时候，从哪里又跑出来一个师哥？秦慕之眼底暗色更深，唇角也微微地绷了起来。

顾艺声的目光只是掠过秦慕之就又落回小蔓脸上，他走上前两步，声音温润响起："方才我给楚老师打了电话，她听说你回来，高兴得不得了，要我立刻带你过去，所以我才追过来找你……"

"楚老师……"小蔓怔怔地重复了一遍，胸腔里一阵暖意袭来，那个亦师亦母，对她疼爱有加的慈爱老人，她这辈子都忘不掉。

"是，你知道的小蔓，楚老师多喜欢你，多看重你，这些年她身体不太好，几乎不怎么带学生了，还时不时地和我念叨，说再也没有像你这样天赋好的学生了……这次听说你回来，她激动得声音都抖了……"

顾艺声说着，小蔓却已经不由自主地上前一步，着急地询问："楚老师的身体怎么了？我记得她身子特硬朗，特健康的啊。"

顾艺声察觉到她的接近，脸上绽出浅浅温和的笑意，冬日的阳光，偶尔会偷懒躲入云层中，湖面上却是微有波光，映在顾艺声的眼瞳上，只让人瞧着温情款款，璀璨一片。

秦慕之就觉得有些刺眼，而那两人旁若无人交谈的样子，偏生还透着契合的亲近，说的那些话题，他也丝毫插不进去嘴，就好像是，他才是个外人才对。

"不碍事的小蔓，上了年纪，遇到冷天，未免就有些精神不济……今天正好你来，不如，我们就去看看楚老师吧，楚老师也肯定想要尽早见到你……"

顾艺声说着，见风将小蔓额前的刘海吹乱，不由得伸出手去想要帮她理一理额发，只是还未触及到她的头发，却被一只手强硬地挡住。

顾艺声一怔，旋即望过去，却见秦慕之站在小蔓身边，一手挡在她的额前，一手，却是颇带着占有欲地圈住了小蔓的腰。

他只觉得嗓子立时就被人掐住了一样，呼吸也有些艰难起来，转瞬之间，心底已经升腾了无数个念头，到最后却化作无力的苍白。

他早该知道，站在原地的人，等回来的也许早已是沧海桑田。

秦慕之冷冷地看了顾艺声一眼，方才收回目光，他骨节分明的手指轻轻穿过小蔓的发丝，将凌乱的刘海挂在耳际，然后亲热地揽住了她的肩膀，薄唇边带着浅笑，脸颊也贴近她的，气息拂过，若有似无的暧昧：“不介绍一下，这位是？”

小蔓腮生红晕，只觉体温也陡地高了起来，她不喜欢这样的触碰，尤其是在顾艺声的面前，她更不喜欢。

“秦慕之，你放开。”小蔓蹙眉，身子一扭从他的束缚中挣开，又撇清关系地往一边走了一步。

秦慕之唇边的笑意就那样僵硬地挂着，然后一点一点地碎下来，他并没有再说什么，只是脸上表情明显阴冷了几分。

“你好，我叫顾艺声，是长安的学长。”顾艺声见场面一时有些尴尬，就客气地向秦慕之打招呼，伸出手来。

秦慕之却只是居高临下地看他一眼，几不可闻地“嗯”了一声。

顾艺声的手定格在半空中，不知是收回去还是继续放着，有些说不出的尴尬，小蔓却是有些看不过去了，她伸手拉住顾艺声的手臂，自然地把他往一边拉了一步：“师哥，我今天也没什么其他的事，不如我们就去看楚老师吧。”

素白的手指，有些格外的清瘦，但却修长，雪白的皮肤上，那些青紫的细小血管都几乎可以清晰看见，就那样按在顾艺声深灰色的衣袖上，分外的耀眼，顾艺声的目光有片刻的失神，待小蔓又低低叫了两声：“师哥，师哥？”

顾艺声才陡地回过神来：“哦，你刚才说什么？”

小蔓不由得一笑，却是语带微嗔：“师哥你怎么呆头呆脑的，我还是第一次看到你这样。”

顾艺声被她打趣，却也在眼底浮出温润的笑来：“有你这样说自己师哥的吗？”

“我说，我们去看楚老师吧。”小蔓笑了笑，言归正传，顾艺声自然是点头答应，两人一时之间拔腿要走，却忘了一边的秦慕之。

“林小蔓。”秦慕之在她转身那一刻，终究还是没有按捺住，她的手一直都抓在顾艺声的手臂上，虽是无意识的动作，却偏偏带着熟稔的亲昵，秦慕之觉得心口里一丛火在簌簌地燃烧，他真是受够了！

百般地迁就，她却越发地视他如无物！看来，他还真是对她太好了！

“跟我回家。”秦慕之走上前，伸手握住她的手腕，声音里却已经有了戾气。

“你干什么呀！”小蔓甩开他的手，有些气恼地瞪他一眼，“我有事！晚一会儿我打车回去，你先走吧。”

秦慕之听她说得大言不惭，竟是转身要走，气怒之下却是笑出声来：“有事？孤男寡女，能有什么鸡鸣狗盗的事！”

“你胡说什么啊你！”小蔓听他说得不堪，又见顾艺声脸上神色更是难看到了极点，更是觉得丢脸，她转过身狠狠推他一下，“你走啊，不要见天缠着我好不好？我说了有

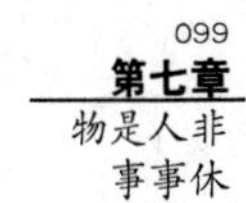

事，你怎么还这样不讲理！”

秦慕之没防备她会忽然动手，竟是一下子被她从石子小路上推下去，雪是微融的，掺着点点泥沼，他一脚踩进去，裤腿上却已经弄脏了一片。

秦慕之这样的人，平时视自己的形象如生命，怎肯让自己有一丝一毫的狼狈展示在外人面前？一怔之下，他却已经是怒容满面，抬手一巴掌就挥了出去……

清脆的响声响起，小蔓和秦慕之却是齐齐一怔，顾艺声不知怎么拦在了小蔓的跟前，而那一巴掌，就打在了他的脸上，白玉一般的脸上，五个指印清晰鲜红。

“师哥！”小蔓的眼眶一酸，泪珠儿打转似要落下来，她咬住嘴唇，却是恨恨地瞪向秦慕之：“你到底要干什么啊？秦慕之！”

他一怔之后，却已经反应过来，伸手把她从顾艺声身后扯过来，不发一言，只是拖了她就往车子那边走。

他也不看路，粗鲁地拉着她从那石子路旁边的小树丛中横穿过去，小蔓穿的驼色雪地靴，立马就脏污了一片。

顾艺声见小蔓被拉得歪歪扭扭，顾不得脸上火烧火燎的疼就追了过去，他一向温文尔雅，又极有风度，就算此刻不堪秦慕之的行为，却还是彬彬有礼地拦住路温和地开口：“这位先生，长安她不愿意……”

“她是我女人，这是我们之间的事，轮不到你一个外人来多嘴！”

秦慕之伸手推开他，面上却已经笼了一层寒霜，他紧咬牙关，攥着小蔓手腕的手指就像是铁钳一般，她挣脱不得，被他狠狠地丢进车子，狼狈地摔在车座上，顾艺声紧追过去，想要拉开车门，秦慕之却是一按电子锁，转过身来，唇角翘起带着讥诮的笑：“我不管什么师哥师弟的，以后离她远一点，下一次再让我看到你们在一起——”

他没有说下去，只是目光骤然地低沉冷却，如锋利的匕首一般滑过顾艺声的脸庞，然后转作鄙薄的讽刺，拉上车门扬长而去！

黑色的车子几乎是擦着顾艺声的身子疾驰而过，带起的疾风要他不由自主地怔怔后退了几步，却只能看着那辆车子呼啸而去。

冬日风寒，他感觉到冷风不停地往脖颈里钻，这才想起自己从琴房出来的时候没有戴围巾，他缩了缩脖子，不由自主地低下头望着手臂，长安的手指方才按在上面，直到此刻，他还觉得她并未离去一样。

秦慕之一路将车速飙到了极限，小蔓在后座被他颠得七荤八素，而车子停下来，他却还没放过她，直接拖了她下车，管家和佣人见两人这副模样，早已战战兢兢地躲在一边不敢吭声，秦慕之直接拖着小蔓，把她拖到了卧室里。

“你干什么！放开！秦慕之！”小蔓死命地挣扎，偏生他理也不理，就像是根本没有听到一样一脚踹开了门，小蔓感觉自己的身子陡地被人抛出去，然后撞在柔软的大床上，而紧跟着，秦慕之的身子却是沉沉压了下来，他一下制住她的双腕固定在头顶，斜飞入鬓的长眉微微皱着，黑瞳中却只是一片森冷。

他望着她，眼都不眨，她也倔犟地和他对视，一时之间，只听得到他渐渐粗重的呼吸，还有她怦怦的心跳！

“是不是，谁都可以，偏偏我不可以？”

他不明不白的一句话，小蔓却是听懂了，她冷笑一声：“原来你明白。”

“好。”他缓缓地笑了，那笑容就像是快要凝结的郁金色琥珀一样缓慢地在他唇边流淌，而转瞬之后，笑意敛住，他望着她的目光中再也没有温柔。

“谢长安，你就是欠收拾！”他忽然暴怒，低吼一声松开禁锢她手腕的手掌，然后一下子扯开了大衣，小蔓吓得怔住，但旋即她就立刻反应过来，身子往一侧一滚，就要往床下逃开……

秦慕之冷笑一声，他甩掉大衣，扯松领带，只是一伸手就抓住她一把长发，头皮都被扯痛了，小蔓再也不敢动弹，却是死忍了眼泪不肯开口求饶，她越是犟，秦慕之就越是恼火，领带胡乱地缠在她的手腕上然后狠狠勒紧，几乎要拧成细绳嵌入她的皮肉里。

她的眼泪突地淌了下来，而秦慕之就像是根本没有看到一样，他神色冷凝，将她的羽绒服拉链一拉到底然后一件一件撕开她的衣服……

他真正温柔的时候，确实是春风化雨一样的让人觉得温暖，可他真正发怒起来，她更知道这时候的可怕。

小蔓睁开眼，冷冷地望着他：“秦慕之，你禽兽不如！”

“骂得好。”他缓缓地吐出三个字，“我也这样认为，但有时候，男人就是得禽兽点，比如现在，在床上……身下躺着一个浑身是刺的女人！”

许久之后，他拉过被子胡乱地丢在她身上，然后下床，一件一件套好衣服，他看一眼她空洞的眼神，心中冷嘲，我他妈不稀罕，这世上女人又不是死光了！

第八章　回头路难走

那次之后，秦慕之就没再来，小蔓病了几天后，心情反而平静了下来，她又去了学校一次，果然就在琴房遇到了顾艺声，然后她去买了很多的补品和顾艺声一起去楚老师家。

楚老师是真的喜欢她而又看重她，师生两人见面那一刻，小蔓和楚老师都落了泪，寒暄过后，楚老师就迫不及待地问她还有没有练声，还有没有继续学声乐，得知她这几年都没有开过口，老人家不由得有些失望，但顾艺声三言两语的劝解，又让老人家高兴起来。

“我都五六年没唱过了，现在人才辈出，楚老师一定很失望……”

“长安，你刚来念书时，就是唱得最好的，不管过去多久，你要相信，你永远都是唱得最好的。”顾艺声望着她的眼眸，澄澈坚定，在那一瞬间，小蔓就好似回到了从前念书时，每当她怯场害怕的时候，顾艺声就会这样鼓励她……

“嗯！”小蔓使劲点头，她的人生，也不该这样一直卑贱沉寂下去吧。

自那天去见了楚老师之后，小蔓就开始一周三次去楚老师家上声乐课，她虽然几年都没有再唱过，可是楚老师说很快就可以把过去丢掉的东西重新捡回来，而且兴致高昂地给她安排了课程，还推掉了学校里的一些事情，专门带她。

秦慕之不去扰她，她就干脆安心地开始上课。因为重新开始学习最爱的声乐，她的心情大好，又有萧潇不时地来约她吃饭，小蔓的身体状况，竟是真的一点一点地好了起来，她整个人就好像是步入了一个崭新的轨道，生命之中也不再全是阴霾。

而秦慕之在半个月后又踏入这栋别墅的时候，却是吃惊地一下车就听到了从顶楼阳台上传来的悦耳歌声……

他的脚步不由得微怔了一下，管家垂首站在一边，见他这般，慌忙上前一步解释："是林小姐在练声呢，这些日子林小姐每周都出去上声乐课……"

"声乐课？"秦慕之蹙眉，"什么时候的事？"

"就是先生您上次离开后一个星期，林小姐病愈之后。"

"她生病了？"

秦慕之眉头紧皱，一边大步往屋子里走一边又说："怎么不通知我？"

"是……是林小姐不让……"管家低了头，小心翼翼地说。

秦慕之冷哼一声，解开大衣扣子，管家慌忙接了大衣挂在衣架上。

"以后，不管她干什么都告诉我，事无巨细。"秦慕之吩咐了一声，管家应是，他才举步上楼。

小蔓早在看到他的车子开进来时就停了下来，她下楼进了卧室，将房间的门又锁上，这才径直去了卧室里带的小书房中，翻阅楚老师给她的曲谱。

秦慕之叩了叩门，小蔓只做没有听见，他心底的火噌地蹿了起来："管家！"

管家一溜小跑上来："先生有什么吩咐？"

"拿钥匙开门！"秦慕之怒气冲冲，管家额上冒汗，赶忙掏出钥匙过去开门。

孰料还未转动钥匙，门就开了，小蔓穿着灰色的羊毛衫和同色系的家居裤站在那里，神色淡漠地望着他："秦先生又有什么事？"

她嗅到了他身上有陌生的香气，不由得哂笑一声，那笑意看在秦慕之的眼底，就让他的怒火忽地又蹿起来了几分。

"这些日子和你的师哥在一起过得不错啊。"他挥手赶走管家，冷冷开口，她的气色真是好了很多，特别是脸上还隐隐有了红晕，双颊也稍稍地丰润了一些，果然这个女人稍微胖一点点回来，之前的风采就回归了大半。

"借你吉言，还不错。"小蔓抱住双臂，下颌微微抬起。

在楚老师那里上课，就因为这个缩手缩脚不知道抬头挺胸的毛病，被她狠狠地骂了几次，小蔓才算是改正了一些这些年的恶习。

此刻她身姿挺拔地站在那里，头发梳得光洁完全束在脑后，让额头毫无遮拦地露出来，甚至那伤疤显露出来，也没让她有不自在的表情。

秦慕之心里窝火地难受，他对她这般好，纵着哄着的却还是得不到她一丁点的笑脸，这可倒好，出去和人家鬼混了几天，就脱胎换骨了！

"不错？"秦慕之森然冷笑，忽然上前一步扼住她的下颌，"林小蔓，你给我老老实实待在家里，从这一刻开始，你哪都不许去！"

"秦慕之，你没资格这样对我！"小蔓闻言脸上笑意再也挂不住，她的人生总算是找

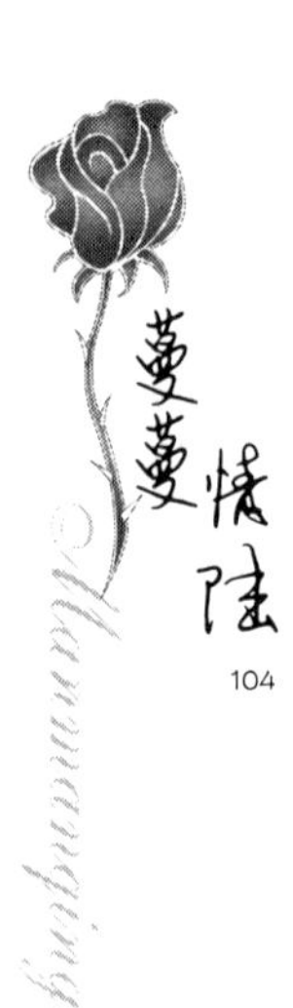

回来了一丁点意义，凭什么就这样被他白白断送！

“有没有资格，是我说了算！”秦慕之倏然甩开手，再也不看她一眼转身下楼，小蔓手指紧紧地抓住门框，恨得眼底几乎喷出火来，他的咆哮回荡在房子里：“管家，从今天开始，不许放她出去，也不许任何人来找她！”

“秦慕之！你混蛋！你禽兽不如！”小蔓冲下楼尖利地骂，秦慕之在出去的那一瞬间停住，他回头决绝地看她：“你也不是今天才知道！谢长安我告诉你，你休想和别的男人在一起卿卿我我！”

“你凭什么管我？你怎么不说你自己？这样要求我，你自己呢？你结了婚又凭什么来招惹我，我谢长安就活该被你这样糟蹋？”

他气得浑身都在发抖，高大的身形只是站在那里就好似浑身在往外冒寒气，房间里的气温都骤然被拉低了几度一般。

管家瞧着两人剑拔弩张的样子，不由得连连叫苦，他不敢说秦慕之，只得劝小蔓：“林小姐，您别和先生吵了，就听话一次吧……”

“休想！”小蔓倔犟地高高抬起头，她冷笑一声愤怒地望着他，“秦慕之，我告诉你，声乐课，一周三次，我不会断掉，你如果不让我出去，就干脆打死我！”

“啪！”她话音刚落，脸上却已经挨了狠狠一下子。

小蔓捂着脸，怔愣地望着他……

秦慕之却是上前一步逼视住她，他的眼底静寂如深潭一般，却是墨色的浓雾一片，席卷着小蔓似要将她溺毙在这样的眼神中，他压低了声音，一字一句地开口，那些字眼，就像是从牙缝中挤出来的一样，带着让人惊悸的阴森和寒意：“你不要仗着我心疼你，我宠着你，就以为我不敢动你林小蔓！”

“心疼？宠爱？秦慕之我不是宠物，我不要！”小蔓死忍了涌上喉间的酸楚，倔犟地笑，“我不要！你听清楚，秦慕之，我们早结束了，结束了！”

“那个顾艺声一出现，你他妈就像是疯了一样和我闹，谢长安我哪点对你不好？”他气到极致，再开口时却反而平静下来，“我也告诉你，除了我，你休想待在任何一个男人身边！休想！”

“呵，你要怎样？把我锁起来？捆起来？还是找人二十四小时看着我？秦慕之，有意思吗？我不爱你了，我不想待在你身边，你这样做又有什么用？”

“你哥哥的仇，你不要忘记了，除了我，没人能帮你。”他忽然丢下这样一句话，小蔓一下子愣住说不出话来。

秦慕之得意地一扬唇角，忽又上前一步，指腹摩挲她微肿的脸颊，声音柔和了许多：“你乖乖听话，我会对你好，尽我一切可能对你好的长安……”

小蔓忽然抬手狠狠推开他，她后退几步，直到小腿撞在茶几的边缘，她望着他，就像是望着一个陌生人一样，声音冷得像是从另一个世界传来：“秦慕之，你真让我恶心。”

他一下子掐紧了手心，而她却已经转过身去一步一步上楼。

她脊背挺得很直，走得不快却步步坚定，秦慕之看着她的背影，一双黑瞳里藏不住地蔓延出狂燃的怒火，谢长安，就为了那样一个弱不禁风的男人，你和我闹，不准我碰！

怎么，要为他守身如玉？我告诉你，就算是你死，我也不会让你和别的男人在一起！

萧潇在被管家以各种借口挡回去三次之后，终于爆发了，怒冲冲地把霍彦东搬来，霍彦东果断地有异性没人性，立刻就亲自开车送萧潇来找小蔓。

管家知道霍彦东和秦慕之的关系，不敢阻拦，只得放行。

“我的乖乖！这才几天，秦慕之给你吃什么了，你怎么又瘦了？”萧潇大呼小叫，小蔓却是一副有气无力的样子坐在沙发上。

“他不让我出门，也不许人来看我。”小蔓抬起头望着萧潇，“萧潇，我有事情要拜托你……”

“你说！只要我能做到！”萧潇立刻拍胸脯。

“你帮我去学校，给一个叫顾艺声的老师说一下，就说我身体不舒服，声乐课要断一段时间，让他帮我跟楚老师说一声。”

小蔓忧心忡忡的都是这件事，她出不去，电话也被秦慕之给收了，师哥和楚老师不知道会担心成什么样子，她已经让楚老师伤心了一次，这一次决不能再让她老人家失望！

“小事一桩，我今天就去给你报信！”

萧潇一口揽下，小蔓感激地望望她：“谢谢你，萧潇。”

顾艺声在听了萧潇的说辞之后，立刻就摇头：“如果是身体不舒服，只是断一段时间，为什么不接电话？为什么不亲自和楚老师说，萧潇，长安到底发生了什么事？”

萧潇看着这个就连着急都透着温润神色的男人，谎话就怎么都编不下去了，而且，对于秦慕之的举动，她根本也是深恶痛绝的！

她把小蔓的事情简单说了一下，顾艺声立刻就下了决定：“我这就过去！请你把她的地址给我！不管他是长安什么人，也没有资格限制她的自由，如果他不放人，我就去告他！”

萧潇年龄小人又单纯，但在霍彦东身边这几年，对于人情世故，世态炎凉还是颇有几分体会的，顾艺声这样温柔的人，又生活在学校这样的氛围内，想事情总是很单纯，就像是此刻，他的出发点是好的，可说出来的话，就连萧潇都觉得幼稚。

“顾老师，你先冷静一下吧，像那样的人，你惹不起的。”萧潇说着，眼底似乎也笼上了一层淡淡的怅惘，是啊，霍彦东和秦慕之这样的人，他们根本惹不起。

“惹不起？难道就没有王法了？长安这样一个大活人，凭什么被他关起来？我就不信没人管！”顾艺声气得脸色发白，但良好的修养，却还是让他克制着不说出难听的话语。

萧潇皱眉："顾老师，您还是先按照小蔓姐说的做吧，这毕竟是她的私事。"

顾艺声一时噤声，沉默许久之后，他忽然急迫地对萧潇说："萧潇，拜托你想办法让我和长安见一面好不好？我真的很担心她……"

那一天的天气异常的阴沉，好像是又要下雪了，前一场的雪还没有消融，天气冷飕飕的，让人难受。

小蔓照常被萧潇带出去，见那丫头冻得直哆嗦，就让她先回去，她一个人去了学校。

上次和顾师哥见面的时候，她终于拿定了主意，她要离开秦慕之那里，她要好好地跟着楚老师学声乐，她要把她当年丢掉的梦想重新捡回来。

学校附近的小咖啡店里，暖气开得很足，顾客也很多，大多都是情侣，因着顾艺声的身份，为了不必要的麻烦，就要了一间小包厢。

小蔓浅浅地啜了一口咖啡，终于抬起头来，她的双眸灼灼，明亮坚定："师哥，我想好了，我搬出来住。"

当天晚上小蔓没有回去，管家苦等了一夜，又撑到第二天的黄昏，还不见人影，打了萧潇电话，那边亦是大吃一惊，管家这才觉出大事不妙，不敢再迟疑，硬着头皮拨了秦慕之的电话。

秦慕之开车找了整整一天，终于发现了她的行踪。

他坐在车子里，看得清清楚楚，小蔓和顾艺声一起出门，一起回家，进进出出，和人寒暄，就像是一对正在热恋的情侣。

刚从他这里逃跑，就搬去和这个男人住了，秦慕之来的时候还在告诫自己，不要动怒，可是看到这样的一幕，他的怒火终究还是爆发了出来。

小蔓今天没有声乐课，顾艺声却是几乎每天都要去学校的，所以他一大早就出了门，而小蔓就偷了个懒窝在被窝里睡懒觉。

她是被叩门声惊醒的，迷迷糊糊地睁开眼，脑子里还是晕乎乎的，却还在迟钝地转圈，师哥忘记带钥匙了吗？

小蔓裹上厚厚的长睡袍趿拉着拖鞋打开卧室的门，揉了揉惺忪的双眼，却听得那敲门声好像比平时更重了一些，还带着一些急促不耐的感觉。

小蔓皱皱眉，一边扭门锁一边轻声地抱怨，不知是不是没有睡好的缘故，她的声音里带着一点沙哑的起床气，却偏偏听起来口吻里带着娇嗔的味道："师哥，你怎么不带钥匙啊……"

门被从外面重重推开，小蔓一下子向后趔趄一步："师哥你干吗呀……"

她话未说完，却正好抬起头来看清楚站在外面那人，一袭黑衣挟裹着沉默的愤怒站在那里，就好似骤然地卷入了暴风的中央，她被压迫得一时之间僵在那里，惊得说不出一句话来……

“谢、长、安！”秦慕之几乎是咬牙切齿一般叫着她的名字，小蔓骤然一颤，却忽然做出了一个动作——她突地反应过来，拼命推门就要关上……

秦慕之却只是冷笑一声，单手撑着门，稍一用力就将房门再一次推开，小蔓被他推得向后退了几步，身子撞在墙上不能动弹，她惊悸地睁大眼睛望着他：“秦慕之……你，你怎么……”

“我怎么找来的对不对？”秦慕之反手将门甩上，复又按了反锁，小蔓惊骇地望着他：“你干什么你——”

“你很怕我？”秦慕之气定神闲地在沙发上坐下来，他双腿叠加，悠闲地点了一支烟，微微眯眼抽了一口吐出漂亮的烟圈，然后稍稍抬头望住她，薄唇泛出讥诮的神色，“不，长安，你一点都不怕我。”

小蔓静静地望着他：“秦慕之，就这样结束吧，你不觉得，一点意思都没有么？”

秦慕之垂了眼帘，忽地将那烟蒂丢在一边的玻璃杯中，杯中还有半杯冷水，燃着的烟吱的一阵响熄灭掉，他忽然站起来，极快地几步走到小蔓的跟前，一下子握住她的手腕将她整个人一拽，小蔓的拖鞋就掉落一只，瘦弱的身子就像是破布娃娃一样被秦慕之给甩在沙发上……

“谢长安，结束，还是继续，我说了算。”

他的声音哑哑，却透着浓浓的阴郁，他望着她的那一双眼渐渐像是沁入了浓雾之中，小蔓忽然发现，她在他的瞳孔中，看不到自己了……

“秦慕之……你禽兽不如！”小蔓恨得眼底冒火，发出的声音带着自己都不曾觉察的嘶哑和狂怒。

他却忽然笑了，笑得一双眼眸如桃花点入秋水，他手指掐住她的双腮，越发用力，看着她疼得眼睛通红淌出泪来，他却还是照旧用力地扼紧，小蔓感觉自己的下巴都要被他捏得脱臼，牙关那里酸痛无比，她的泪扑簌簌地往下掉，却还是固执地瞪住他。

他看着她，嘴角的笑意一点一点地收敛，眼底一片寒光：“谢长安，我本来想对你好，我本来想疼你，宠你，可是，这是你逼我的……”

“你自己选择这样的路，那就不要害怕承受后果。”

他倏然地放开手指，却是沿着她的下颌线条一路下滑，双手扯住她睡袍胸襟的两侧用力地一扯，小蔓只觉得胸口一凉，而下一秒，她贴身穿着的薄薄睡衣亦是被他一下撕开……

小蔓渐渐觉得自己没有了神志，她只能隐约地看到眼前一片一片的白光在闪，身下好像有一股暖流涌出沁湿了她的身体和身下的布艺沙发……

小蔓已经昏厥了过去，白皙瘦弱的大腿根部沾染着鲜红的血，那鲜血又染红身下乳白色的沙发，触目惊心的一片……

他低下头，在她娇嫩的下巴那里轻轻咬了一下，不由蹙眉："怎么就这么娇弱？"

秦慕之伏在她身上平息了一阵心跳，这才缓缓地退出她的身体，他刚一动，就感觉到不对劲儿，她的身体内又是一股滚烫涌出，而空气中却已经弥漫着淡淡的血腥味……

秦慕之望着沙发上一团洇开的血红，额上竟是绷紧了鼓出几根青筋来，他咬紧了牙关，强忍了心底翻搅的悸动，强自镇定地抽了一沓纸巾，手指抖得厉害，他试图给她擦一下，但纸巾很快就湿透了，他又重复了几次，却还是止不住她身下的鲜血，他开始有些怕了，倾身过去轻轻拍着她的脸，口中急切地唤她名字："长安，长安……安安……安安！醒一醒！"

她却动也不动，秦慕之不敢再耽搁，拿了毯子出来，把她仔细地裹了起来，他抱着她正要出去，门锁窸窣地响，然后顾艺声手里提着几个袋子进来，他一边低头拔钥匙，一边欢快地开口："长安，我回来啦，你是不是还在睡懒觉？"

清越的声音带着让人心旷神怡的温润，秦慕之的脚步一顿，抱着小蔓的手却是更加地收紧，只那唇边缓缓地扯出一抹讥诮的冷笑来……

顾艺声抬头的瞬间骤然怔住，他愣愣地看着面前的男人，长身玉立，却又不显单薄阴柔，男人味十足，只是站在那里不发一言，却自有一种让人备感压抑的不适。

"这位先生……你……"顾艺声吃惊得不知道说什么好，心里却隐隐已经有了猜测，他望到被那个男人抱在怀中的小蔓，不觉眉心微蹙，"你怎么会来我家的？"

秦慕之微微一笑，坚毅性感的下颌微微抬起一点，带着一点桀骜不驯："我来找我女人。"

顾艺声心里一咯噔，却还是死死握紧了手指坚定开口："秦先生是吧？很抱歉，长安不想跟您回去……"

"她想不想，你怎么知道？你是她什么人？"秦慕之一挑眉，裹在黑色大衣下的身体似乎绷紧了一点，就连眼瞳之间都闪过了一抹愠色。

"我是她师哥，我们认识已经将近八年了，这是长安亲口对我说的……"顾艺声的好修养依旧在发挥作用，秦慕之却是不屑地冷哼一声，挥手打断他的话。

"我没听到的，都不作数。"他说完，将昏沉沉的小蔓更紧地抱在怀中，然后就迈步向外走。

顾艺声立时拦住他："秦先生，你不能带她走……长安不愿意回去……"

秦慕之眉眼不抬，只是步子微顿，声若止水："让开，看在你是长安师哥的面子上，我不为难你。"

顾艺声鼓足了勇气，站着未动，他定定地望着秦慕之，坚决无比："秦先生，我不会让您带走长安……"

秦慕之掀起眼帘，忽然一扬唇角冷笑一声，顾艺声还没反应过来，秦慕之却已经拎着他扔在了沙发上，他狼狈地跌过去，手掌撑在沙发上，触到一片湿黏，一眼看到那大片的血，竟是惊得脸色发白，他的眼镜也要掉下来，歪歪扭扭地架在鼻梁上，全身都在颤抖……

秦慕之不屑地蹙眉，大步地向屋外走去，出了电梯，他立刻抱紧小蔓冲到车边，一路风驰电掣地将她送入了最近的医院。

秦慕之让厨房每天换着花样地煲补身体补气血的药膳或者粥，他也把公司的事情推给了东子和乔策，专心陪着她。

他买了一架新钢琴回来，就放在她的房间里，还搜罗了所有中外知名的歌剧曲谱给她，但小蔓却只是翻了翻，就放在了一边。

“蔓蔓……”他不敢再叫她长安，她听到那个名字就会变脸，他也就迁就她，哄着她，但小蔓却还是不肯和他说话。

“你也不能整天躺在床上，要不，你练会儿琴？我还没有听过你弹琴呢……”秦慕之看她靠在那里脸色苍白，一整天也不动不说话，就有些发愁。

秦慕之话还未说完，却忽然感觉到手心里那只手反握住了自己的，他一怔，却听得小蔓的声音缓缓响起：“慕之，我见了师哥了，我们谈了谈，还是决定结婚，我明天就离开这里，你这些天很忙吧，我就是趁空和你说一声，谢谢你让我在这里住了这么久，还要安排医生给我动手术，管家和我说了，再过几天等我身子痊愈了你就要安排手术的，我很感激，可是抱歉我不能接受你的好意了。”

“你在说什么长安？什么结婚？”秦慕之感觉自己一头雾水，却是呆若木鸡一般地怔愣在那里。

他知道长安的为人，如果她真喜欢那个顾艺声，那么六年前就不会和他在一起了，所以她虽然在顾艺声那里住了几天，但那天他也看了，他们一直都是各自住各自的卧室，他相信她是清白的，所以事后也并没有找顾艺声的麻烦……

但是现在，她说要和顾艺声结婚是怎么回事？她不是和他说过，这辈子都不会和别的男人在一起，也不会结婚的吗？

小蔓抬起头来，静静地望着他：“慕之，我都已经二十五岁了，年纪不小了，我也想要个家，我哥哥活着的时候一直都很担心我会嫁不出去，我妈妈活着的时候最大的心愿就是希望我和哥哥都能成家立业。现在，哥哥不在了，如果我也不听妈妈的话，她在天上知道了，一定会伤心的，慕之，我知道你心里在想什么，不过是因为我拒绝了你，所以你一直都不愿罢休……”

“我不准！”秦慕之忽然厉声打断她的话，他攥住她的肩膀，双眸紧紧盯住她，“你想要家，我给你……”

“你能娶我吗？”她开口询问，笑吟吟的，“和我在大红的结婚证书上签下彼此的名字，你能吗慕之？别哄我了……我不是三岁的小孩子……”

“你给我时间……”他急急地开口，小蔓却是摇头浅笑：“多久呢，再等一个六年？两个六年？到时候我人老珠黄，慕之，你觉得六年前我都是无关紧要的人，十几年后，还能成为你的心上人？”

“用不了这么久，你信我！”秦慕之觉得有些恼羞成怒，血气上涌，让他感觉身上热得难受，不由得伸手扯开了大衣的扣子，小蔓眼睑一颤，双手在被子下握紧……她还没有痊愈，伤口也才刚刚愈合，难道他又要……

想到那天的痛苦，小蔓只觉得骨头缝子都在疼……

他却是甩掉大衣，又来回地在卧室里踱步：“你究竟要怎样长安？一个名分就这样重要？”

“不，重要的不是名分……你以为我是在逼婚么慕之？我只是想要离开你，非要离开你不可。”

“谢长安你别逼我……”他恨得全身直颤，强忍着没让自己再对她动手。

“所有道理我都和你讲清楚了慕之，利害关系我也分析完毕，怎样决定，是你的事，我的决定，不会再更改，就算是死，我也非走不可。”

“你知不知道你若是敢和顾艺声在一起，我会让他死……”

“大不了我们一起死，你以为我还怕死吗慕之？六年前，谢长安已经死了一次，她不怕再死第二次！”她逼视着他，满眼的倔犟，却是璀璨无比，秦慕之望着那样一双眼睛，心就像是从十万米的高空坠下，跌落无声……

秦慕之觉得心灰意冷，他不想看到她，也不想再和她说下去，甚至，就连站在她的面前，听着她浅浅的呼吸，迎接她这样的目光，他都无法忍受。

他不再看她，只是默默地拿了大衣转身就向外走。

小蔓追了两步：“秦慕之——”

他头也不回，正拉开卧室的门走出去，在昏暗的走廊里，他只给她一抹看不清楚的背影，小蔓的声音忽然哑在嗓子里，他也不说话，在沉沉的光影中，他们就那样默默地站着。

寂静的夜色里，她仿佛看到他们之间，被深深地划下一道鸿沟，渐渐地裂开，将他们分隔在远远的彼岸。

她知道，这一生，她和他，依旧是无缘。

秦慕之回过头去，浓黑的夜色将她笼罩，他只隐约看到她白皙的一张脸似在散发着淡淡的光晕，他看了她一会儿，转过身去，一步一步下楼。

小蔓又追了一步：“秦慕之……”

她的声音有些哑，有些急促，秦慕之在心里冷笑了一声，这么着急地想要离开……

他偏偏就是不开口，哪怕他已经心灰意冷，哪怕他是真的生出了放手的念头，可是看到她这样着急，这样期待，他就是坏心地不说。

她要他难受，他凭什么不能让她的心里也不舒服？

小蔓听到他的脚步声由近及远，渐渐听不到了，然后汽车发动的声音响起，远远传来各种嘈杂，再渐渐地，这一切又重新归于平静，静得连她细微喘息的声音都能听得到，小蔓缓缓地转过身去，卧室的门关上，她滑坐在地板上，脸埋在膝间，长发似光滑的绸缎从肩膀披下，月华如银，照来一地的寂寞。

秦慕之的车子开出了别墅，绕过别墅前一段私家公路走不多远，不远处的地方，一辆不起眼的黑色车子也悄然跟了上去。

他漫无目的地开着车，想着打电话喊几个人出来，却又不知道找谁好。

谨之自己都是一堆烦心事，约他出来，两个人不过是愁上加愁，勋哥见天忙得连休息时间都没有，他也不愿拿自己的事再去烦他，而东子也要陪萧潇，只剩下个乔策，又是个半大孩子一样什么都不懂……

他左思右想，觉得不耐烦，车子一拐，正看到一家酒吧，秦慕之今晚情绪实在是太低落，多年不喝酒的习惯却忽然想要打破。

他今晚很想大醉一场。

车子停下，秦慕之下车进了酒吧，过了两分钟，一直远远跟着他的那辆普通车子也停了下来。

一个包裹得严严实实，戴着大副墨镜几乎遮住了大半张脸的女人，也走下车进了酒吧。

秦慕之找了个角落的位置坐下要了酒，就点了支烟，他连着抽了几支，然后望着面前琥珀色的酒浆，端起酒杯的时候，他的手指颤了颤，然后却是一饮而尽，冰凉的酒从喉咙灌下去，却是一路烧起火焰，他放下空空的杯子，忽然觉得头中有些眩晕，脑子乱了，不用再想那些烦心事，真好。

他又拿起酒瓶要倒酒，却发现瓶子里已经空了，正要叫服务生，服务生却已经又拿了一瓶过来，开了封给他倒了一杯：“先生，刚才有位客人说是您的朋友帮您买了单，又吩咐我们送一瓶过来。”

秦慕之脑子里已经混沌了，醉眼迷离地看一看服务生：“朋友？什么朋友？”

“很抱歉，我也不太清楚。”

秦慕之摆摆手示意服务生离开，方才端起满满的酒杯一饮而尽，有些孩子气地嘟哝了一声：“管他是谁，不喝白不喝，难不成谁还敢毒死我……”

酒喝到一半，秦慕之已经倒在沙发上昏睡了过去。

邓华将墨镜摘下来放在铂金包中，唇角缓缓地挑出一抹笑来。

“我先生喝醉了，请帮我扶他出去上车好吗？”厚厚的一沓钞票递给服务生，邓华妆容精致，衣衫高贵，笑容温柔，服务生不疑有他，扶了昏睡的秦慕之出了酒吧。

邓华将秦慕之安顿好，就吩咐司机：“开车吧。”

车子平缓地向前开去，直到在一处豪华小区外停住，这个小区，在秦慕之和她结婚之后，他们短暂地入住过，后来秦慕之就不再回来，她就搬回了秦家住。

而这一栋公寓，也是唯一一栋她和秦慕之都拥有钥匙的住所，所以，她才会选择带秦慕之回来这里——若是去她的房子里，秦慕之很容易就会怀疑这一切是她的刻意安排。

秦慕之身上的衣服被一件一件脱去，他昏昏沉沉，竟是什么都不知道，邓华凝着那张脸，在她第一眼看到就已经彻底沦陷的容颜，是她这辈子解不开的心魔。

她躺在他的身畔，紧紧地拥着他，将脸贴在他的胸前。

第一次靠他那么近，第一次与他之间再也没有一丁点的距离，邓华觉得心满意足。

一夜过得那样快，转眼窗子外面已经有了淡淡的亮光。

邓华缓缓坐起来，她走到浴室，对着镜子看了自己许久，方才似下了狠心。

她不能让秦慕之起疑，所以她得吃点苦头。

脸肿了起来，眼角也有几道触目的血痕，邓华将头发弄得凌乱，方才走出浴室，复又在他身畔躺下。

头痛难忍，似乎连昏昏沉沉中皱一皱眉脑袋都是痛的，秦慕之有些困难地翻了翻身，挣扎着想要坐起来，却觉得脑袋里就像是炸了一样，忍不住浑浑噩噩地使劲揉了揉太阳穴，他方一动，就感觉到身边床侧传来细微的动静……

秦慕之感觉自己的心“咯噔”了一声，他近乎机械一般扭过头去，看到旖旎的一幕。

被子盖在他和一个女人的身上，那个女人背对着他而躺，长发如云铺满了枕畔，露出小半边白皙的后背……

秦慕之感觉手抖得厉害，他甚至连心跳都要停止了，他正试着要喊那个名字……可是躺在那里的女人忽然转过脸来……

秦慕之忽然之间一颤，身子下意识地后缩，在那一刻，他满脑子都是恐惧和慌乱，他甚至能听到自己的心跳变成怦怦的巨响。

邓华的脸肿得吓人，还带着明显的指痕，双眼亦是哭得红肿如桃，眉梢眼畔还带着几道抓痕，她望着他的目光，写满了惶恐和委屈。

他不知自己是怎么有力气回到家中的。

“先生回来了。”管家看到车子进来，慌忙迎过去，秦慕之却没有下车，好一会儿，他把车窗摇下去，低低问了一句：“她今天做了什么？”

“林小姐上午起了说要出去，我没有您的吩咐不敢答应就没有放行……中午吃了饭就回了卧室，弹了会儿琴……”

秦慕之忽然抬手打断他的话，他坐在车里，安静地坐了一会儿，目光望着二楼的窗户，管家也不敢吭声，就敛气凝神地站在一边，他就那样看了许久，就在管家感觉脊背都要酸痛的时候，忽然听到低低的声音传来：“她再要走，不要拦了……”

“先生……”管家一时有些吃惊，站在那里没有反应过来，秦慕之却已经转过脸去，就那样坐在车子里不动，四周围都是寂静的，没有一点声音，连风都没有。

不知多久，忽然车子一边的树顶掉下一团积雪来，扑簌一声砸在车顶，他的身子微微地颤抖了一下，唇角一点一点地绷紧，他握着方向盘的手指捏紧发白，手背上鼓出高高的经络，然后，他忽然发动引擎，调转车头，将车子缓缓开出了园子。

直到他的车子离开，在灰色的天幕下消失无踪，那一种被人暗暗注视的感觉方才悄悄散去。

小蔓睡了会儿觉，一睁开眼，天就黑了，她随便梳洗了一下下楼吃饭，吃完饭随口说了一句想出去逛逛，孰料管家迟疑了一下竟然没有阻拦。

“先生说……您要是再要走，就不让我们拦您了……”

管家见她一脸不信，就解释了一句。

小蔓听了这话先是吃惊，但转而却是立刻冲上楼去收拾东西，这里的东西大多都不是她的，她要带走的真的很少，到最后，也不过是来时的几件衣服，还有她自己的包包。

跟秦慕之回来这里的时候，她把自己仅剩的存款都带上了，差不多一分都没有动过，手里有钱，虽然不多，却也让她心安了。

小蔓拿了简单的行李下楼，管家还站在楼下的客厅里，看到她下来，似乎嗫嚅着想要说什么，但却没有说出口，只是跟在她后面往外走，天已经黑透了，园子里的灯都罩着一层雾气。

“林小姐……天都黑了，您就是急着要走，也等到明天……”

“不用了。”小蔓打断了他的话，礼貌地一笑，“谢谢您这些天对我的照顾，我还是决定现在就走。”

“这里不好叫车，我打电话帮您叫的士吧……”

小蔓点点头答应下来。

小蔓订了宜家快捷的单人间把自己暂时安置了下来，她决定在手里不多的钱花光之前，想好自己接下来怎么办。

邓华一个人坐在凌乱的大床上，秦慕之从醒来到离开，自始至终，连看都没有看她一眼。

她想笑，却又笑不出来，眼泪控制不住地往下淌，她一个人坐了许久，方才拨通了秦太太的电话。

“我的天，怎么就弄成了这个样子！”不知过了多久，秦太太身后跟着琴姐，而她却亲自拿了大衣进来，一眼瞧到裹在毯子下的邓华，脸还是肿的，隐约还有几抹血痕，不由得骇了一跳！

“妈妈……”邓华轻轻喊了一声，眼泪突地涌了出来，她抓紧了毯子，咬着嘴唇轻轻地哭，起初还隐忍着，可当秦太太红着眼把她搂在怀里后，她一下子扑进秦太太的怀里号啕大哭起来……

“燕姨……慕之他，他昨晚……把我当成谢长安……”

邓华说及这里，似是屈辱难当，忽地捂住脸大哭起来……

秦太太只觉心口似被谁狠狠撞击了一下闷闷地生痛！这是她师哥唯一的女儿！却在她的眼皮子底下遭受这样的委屈……

秦太太怔怔地后退一步，扶住墙壁站定，眼泪滚滚落下，师哥，师妹对不住你……师妹没有照顾好你的女儿……

当年一起学戏一起登台的那些场景，就像是走马灯一般穿梭不停，秦太太眼前一片模糊，却仿佛清晰地看到，穿着月白长衫的师哥，英姿飒爽地戏台上指点江山的师哥，对着她温柔而笑从没有不耐烦神色的师哥……

当年，只有二十岁的她，为了爱情不顾自己正是当红的名角、戏院的支柱和秦衡私奔，师傅气得大病一场发誓不再认她这个徒弟，师哥对她的失望神色犹在眼前。

她那时不知道，那一次逃离，命运就此改写，她和师哥，毕生就再也没有见过。

直到师哥娶了师嫂，两人为了在一起吃尽苦头，他仿佛是了解了当初她的苦衷，方才恢复了和她的通信联络，但却还是不肯答应她去见他。

师哥说的话，她都一字一句地记着，毕生不敢忘，而现在，他唯一的骨血，却要遭受这样的屈辱，为着一个女人，他就这般地欺负邓华！

秦太太只觉这口气无论如何都咽不下，恰好琴姐拿了电话过来怯怯不敢言，她更是大怒：“那个畜生怎么说的！”

琴姐吓了一跳，秦太太一向疼爱儿子，从不曾动过这样的怒，她不敢再瞒，赶忙说道：“大少爷说，如果是说他昨晚和邓华的事，那就不用了，他不会回去的。”

“畜生！”秦太太气得全身发抖，拼命克制才没让自己再失控发作，邓华闻言却是不再哭，只是怔怔地坐在那里落泪。

“太太，我们还是先回去吧，毕竟是自己家里的事……”

琴姐指指窗外，小区的保安都远远地探头探脑往这边看，秦太太长吁一口气，脸色都发白起来：“去扶了少奶奶上车。”

感觉是很久很久了，像是过去了十几年一样，秦慕之已经忘记了酒醉的滋味儿，他喝了点酒，开着车走着走着就又回到了小蔓住过的那个别墅外。

不过是晚上八九点钟，可是园子里看起来死气沉沉，二层的卧室窗子黑黢黢的，他在管家那里知道她已经离开了，却还是忍不住停了车子上楼去。

推开门的那一刻，脑子里清醒无比，他知道她已经不在了，但却还是隐约地存着一点幻想，也许她又回来了，也许她还在。

可是卧室里安静得很，窗子半开着，风把窗帘吹得飞舞起来，在墙上，地板上，舞动着朦胧的影子，钢琴安静地待在角落里，床头边的小桌子上放着曲谱，被风吹动的书页微微地掀起，发出窸窣的声音……

他关上门，就靠着门坐下来，曲起一只腿，他点了一支烟，抽了一口之后，就剧烈地咳嗽起来，火星半明半灭，他的脸也忽明忽暗的看不清楚，莫名地，想到去那个小城，看到她的墓碑时那一夜……

他抬起头，觉得又有点醉了，他低低地喊了一声："长安……"然后，他又缓缓地低下头来，"长安……"他又呢喃着唤了一遍她的名字，可是房子里静悄悄的，没有一丝儿的声音，甚至连那风都静了，月亮不知道什么时候出来的，挂在窗口，冷冷地望着他，似乎在嘲笑，他总是后知后觉……

"长安……"他把还燃着的香烟掐灭，忽然长长地吁出一口气，眼角微微有些湿湿的，今晚他一边喝酒一边想，可是怎么想，都没有可能再和她一起，怎么想，两人之间，也是绝境……

秦慕之只觉得脑子里乱糟糟的不知该怎么办，而与此同时，在不大的单人间里，小蔓托着腮望着那个躺在她的床上烂醉不醒的男人，亦是觉得头痛难忍，这个大麻烦，今晚怎么解决掉？抬眼瞧去，那人双腮晕红，长眉奇秀，薄唇水润如桃花一般，睡梦中神情安详又乖巧，让她都忍不住多看了几眼……幸好她定力十足！

见过的美男也算多了……要不然，恐怕真要看得挪不开眼去！

虽然和沈从佳只有几面之缘，但小蔓一直觉得这人是个奇葩。

说他是翩翩佳公子吧，却偏偏又自甘堕落地把自己往泥沼里拽，说他风流纨绔吧，看着这张脸总归是让人讨厌不起来，说他行事剑走偏锋吧，又和寻常男人一般无二，见了美女就双眼冒红心，说他聪明有背景吧，但今晚差一点被一个小姐拖回出租屋××OO了……

说他倒霉吧，他又真幸运，喝得烂醉还一把拉住她连声地嚷："矮油，这不是小怪兽嘛……"

然后她就无奈地把他从那小姐手里解救回来，然后不幸地带着眼冒星星说自己无家可

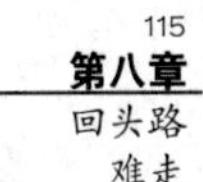

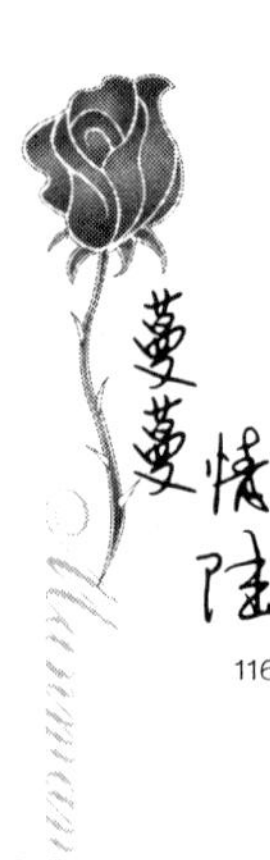

归的他回了自己的房间。

她当时其实一点都不想管闲事，但是他像是可怜的小狗一样扒着她蹭着她的样子，又让她母性泛滥了……

只是，他占了她的床，她今晚怎么办？

不知是不是房子里多了个人，睡觉就不安稳，一个劲儿地做梦，直到感觉到有人捏住她的鼻子，她快要呼吸不过来了，才一下子睁开眼，房间里早已铺满了刺眼的亮光，而她的面前，是一张放大的俊颜……

小蔓愣了愣，脑子还没有反应过来一般呆住了，那一张漂亮的脸颊上，乌黑的眼珠像是宝石一样亮，正紧紧盯着她看，而那一张薄唇，一点一点地溢出笑来："嗨，早上好，小怪兽。"

秦慕之下了车，走路的时候都有点跌跌撞撞，这天奇怪得很，昨天还有太阳，今天又下起雪来。

他原本不想喝酒的，就是因为破了戒，才和邓华做了那样的荒唐事。

他和邓华上了床，发生了关系，当初在她面前信誓旦旦的那些话就成了笑话，现在，他又怎么有脸去阻止她？

想着想着，又忍不住地笑出声来，他想破了脑袋，也想不到怎么再走到她的身边去，没有了理由，也没有了勇气。

秦太太听到琴姐说秦慕之回来了，一时激动不已："快，快出去看看！这么冷的天还喝醉酒，一个个的，都不让人省心！"

秦慕之听了也就微微地笑，歪在沙发上看着秦太太忙碌："妈，我和谨之，有时候，巴不得你不管我们……"

"慕之，我知道你心里不舒服，可是阿华她哪里不好……"

"她是很好……"秦慕之身子有些摇晃着站起来，他似笑非笑看了秦太太一眼，说出口的话却是让秦太太毛骨悚然，"当年妈的燕声师哥也很好，妈你不还是照旧抛弃了他跟爸爸去了大上海？"

秦太太一听这话，霎时怔忡后退几步，琴姐慌地上前扶了她，她才勉力站稳，但一张脸却已经雪白一片，唇角不停地颤抖，却是指了秦慕之手指哆嗦着眼泪突突直淌说不出话来……

琴姐瞧着她的神色不对，不由大惊，赶忙扶了她在一边沙发上坐下来，秦太太却好似气得厉害了，呼呼地倒气，身子僵着也动弹不得，秦慕之先还不在意，但在看到秦太太只会倒抽气时，竟也骇得酒醒了大半！

但比起琴姐的哭天抹泪，秦慕之却已经很快镇定了下来，吩咐佣人去请家庭医生，然后和琴姐一起扶了秦太太小心躺下，他虽是对秦太太心有不满，但毕竟母子情分一向深厚，看她此刻这般，秦慕之终究心中愧疚……

秦慕之瞧着她睡过去呼吸平稳，脸色也有了一点红晕，这才松了一口气，他刚站起来，就见邓华一脸憔悴急急从楼上下来，她也不看他，只是径自跑到秦太太跟前，抓了琴姐问个不停。

秦慕之在一边瞧着，听她事无巨细都问得认真，心中不免有丝悸动，这么多年，且不说别的，邓华对秦太太，对秦家上上下下，对囡囡，真是用尽了心思，他这个身为人子，身为人父的，有时候还真要叹一声不如。

“上楼，我想和你谈谈。”

秦慕之转过身去，淡淡丢下一句。

邓华幽幽地望着他的背影，惨淡神色之下却是一片豁出去的决绝：“我也正有此意。”

她说话中一反常态的没有往日的温柔和小心翼翼，相反地却带了一丝说不出的傲然和倔犟，秦慕之的步子一顿，却并没停，他率先上楼，邓华却又嘱咐了琴姐和佣人一番，交代他们仔细守着秦太太，又叮嘱琴姐待会儿先哄着囡囡，这才转身上楼。

“你想要谈什么？如果是离婚的话，你可以请律师拟好离婚协议直接找我。”

秦慕之静静望着她，忽而冷笑。

秦太太不一会儿就醒转过来，听琴姐说了两人刚才的情况，不由得有些焦灼不安，正紧盯着二层卧室的门听动静，却忽然楼上一阵巨响……

“医生——”秦慕之忽然拉开门，怒气冲天冲楼下喊，不一会儿，琴姐就带了医生急匆匆上来，见他神色不对，慌神地问：“大少爷，出了什么事儿？”

秦慕之冷哼一声，一把推开琴姐，他望一眼那医生，却忽然似想到了什么，转过身复又进了卧室一把攥住邓华的手腕粗鲁地往外拉：“跟我去医院！”

邓华死死坠着身子，咬紧了牙关不发一言，手指紧紧地抠住沙发，她似豁出去了一般拼尽了力气，秦慕之一时之间竟没能把她拉动……

琴姐见情形不对，而邓华只着月白家居服的肩部已经是隐隐地透出血渍来，她觑一眼秦慕之冷得吓人的脸，却还是鼓起勇气走到邓华跟前扶住她，语气中带了心疼和懊恼，对秦慕之道：“大少爷，好端端的，您又在闹什么？少奶奶都受伤了，您消停会儿……”

“既然还知道喊我一声大少爷，那就该知道你自己的身份，不要以为秦家上上下下给你几分体面，你就可以对我指手画脚！放手！”

秦慕之说到最后两个字，低喝一声，琴姐吓得一怔，却已经放开手，秦慕之随即重重一扯，邓华踉跄地被他拉过来，秦慕之立刻大步出了卧室，邓华被他紧紧扼住手腕，一路仓皇地不停攀附着手边的一切东西想要停住，却被他大得吓人的力道一路不停扯到楼下丢

进车子中……

秦慕之刚把车门关上，邓华腾地坐起来就拉开车门准备往下跳，秦慕之却是比她更快一步，一巴掌狠狠扇在她脸上："别再异想天开邓华，你也就只能算计我这一次！"

她被他这一耳光打得重重跌回车厢里，只觉脸上火辣辣地疼，嘴角似乎也破裂了，口腔里弥漫着鲜血的味道，邓华趴在那里，双手却是一点一点地紧攥成拳，她所有的理智和骄傲，在这一刻荡然无存，他想和谢长安在一起？休想！只要她在一天，就绝无可能！

他知道她在哪里，只是一直没有去找她，他知道她和沈从佳待在一起，只是他竟然忍住了嫉妒。

再一次看到她时，她正和沈从佳并肩从酒店出来。

"跟我去一个地方。"秦慕之没有看沈从佳，他只是径直走过去握住了小蔓的手，一点一点握紧。

"我不去！"小蔓扭着身子不愿意跟他走，怎么就是和他说不通道理呢？她不愿意再和他在一起纠缠不清，她已经明确地拒绝了，他怎么就是忽略她的意愿呢？

"长安……"

"我说了我讨厌这个名字！"小蔓使劲甩手，烦躁地拔高了音调。

"蔓蔓，今天是囡囡的生日。"秦慕之忽然的一句话让小蔓安静了下来，她没有再挣扎，她的脸平静得吓人，就像是表面安静的冰川，底下已经全是裂痕。

秦慕之仔细地盯住她的表情，不放过任何一个小小的波动，他见她的脸色渐渐变成惨白，甚至不用摘掉墨镜，他就可以猜测到她眼底的神色。

"怎么了？"秦慕之低声询问，心里却有莫名的紧张。

"你说……今天，是囡囡的生日？阴历，十二月十九？"小蔓喃喃地重复，被他握住的那一只手冰冷噬骨，犹在微微地颤抖。

"对啊，囡囡被送到孤儿院的时候，她妈妈留下的字条上，她的生日就是阴历十二月十九。"秦慕之说一句，就感觉掌心里那只手抖了一下，待他说完，耳边呼啸而过的只是地下通道瑟瑟的冷风，小蔓站在那里，仿若是石化的雕塑。

"蔓蔓你怎么了？"秦慕之担心地询问。

"她和我女儿同一天生日。"小蔓忽然开口，秦慕之微微屏住呼吸。

"我们去吧，去给她过生日，就当是给我女儿过了。"小蔓惨淡地一笑，转脸望向脸色阴晴不定的沈从佳，"从佳，你先回去吧，我改天再陪你去。"

沈从佳听到了刚才他们的对话，他什么都没说，只是转身向外走。

秦慕之见他走远，这才走近小蔓："蔓蔓，给我讲讲过去的事好不好？为什么你会变成这样？为什么我们的女儿……会死掉？"

小蔓以为女儿死掉了，邓华却偶然从孤儿院抱回了囡囡，这两件事，很明显必然有关联。

以前他和勋哥他们都认为邓华没有动机，而且依着邓华的手段根本不可能做得滴水不漏，可是通过今天这个生日的试探……

很显然，邓华提供的生日就是囡囡真实的生日，那么，既然长安没有把囡囡送往孤儿院，而是以为囡囡死了，那么邓华怎么会从孤儿院抱回囡囡，还有这个生日又是从哪里得知的？唯一的可能就是，长安当年离开之后，所有的行踪都在邓华的掌控之中，所以她才会知道囡囡什么时候出生的……

但是也不排除，邓华是偶然得知，那么现在，就是缺少一个契机，邓华为什么要这样做的契机。

秦慕之在心里叹了一口气，千头万绪，但却根本没有一点思路，过去的事情被人掩盖得一点蛛丝马迹都没有，小蔓这里却又一句都不肯说……

但这次不知道是不是这个生日的事情触动了小蔓，人在脆弱的时候，心防就极差，而且特别想要找一个人倾诉。

就在秦慕之以为自己什么答案都得不到的时候，小蔓却是缓缓开了口：“我也不知道该怎么说……”

她说了一句，又停下来，沉吟片刻，声音哑哑地响起：“分手之后，我知道自己怀孕了，我想把孩子生下来，就办了退学离开。”

“为什么不来找我？”秦慕之一下子按住她的肩，他望着她，黑瞳之中似乎燃起火来，她总是这样，总是什么事情都擅作主张，孩子这样大的事，她就可以一句话不说自己做决定……

就像是当年，她不声不响地跑去做了手术，她以为他不知道吗？

她是个心狠的女人，原来她一直都是。

“找你？”小蔓苦笑，“你要结婚了啊，我跑去找你，告诉你，我怀孕了……然后呢？你因为孩子娶我却讨厌我，再或者你赶走我让我拿掉孩子高高兴兴地结婚……”

“胡说八道！”秦慕之气得手都抖了起来，他看着她，真是恨不得把她干脆掐死算了！难道在她的印象中，他秦慕之一直都是这样一个残忍恶毒的男人？

小蔓低着头，似乎眼泪淌了下来，秦慕之一把摘掉她的墨镜狠狠掼在地上，小蔓咬着嘴唇，眼泪簌簌地往下掉，她以为她都足够坚强了，可是说起那些往事，还是心酸得难受。

一个人默默走过的那些路，一个人吃过的数不清的苦头，妊娠反应强烈得吃什么吐什么，身上一点劲儿都没有，却还要自己洗衣服做饭，最最重要的是，那时候她那么爱秦慕之，一想到他现在和别的女人结婚了，她的心就像是刀子剜一样，疼得她叫都叫不

出声……

“蔓蔓……”看到她哭，他终究还是心疼，秦慕之紧紧抱住她，将她的脸轻轻贴在胸口，“都过去了，过去了……”

“后来，我生下女儿刚出月子，有天下午抱着女儿出门去接哥哥，回来得晚了，在巷子口，遇到了抢劫的人，我被打得昏了过去，等我醒过来，才听哥哥说，当时他头上挨了一棍子，晕晕沉沉时只隐约看到女儿的小襁褓被人拿走了，但是哥哥醒过来的时候，却是警察把女儿的骨灰还给了他，说是那天晚上女儿也被人误伤了，因为抢救不及时，就死掉了……”

她这段话说得倒平静起来，就仿佛是在讲着别人的故事，但秦慕之却清晰地感觉到她细微的颤抖，虽然他知道女儿并没有死，这些都是假的，但他却还是心底一抽一抽地疼，他只是听这些，就觉得难受，更何况是她切身经历了这一切……

“你看……你哥哥说看到我们女儿的小襁褓被人拿走了，指不定警察就搞错了，我们女儿没有死……嗯……或许是，你和哥哥都昏过去了，有人看到了小襁褓中的小孩子，就好心地抱走了也有可能……”

“可是警察不会骗人啊……”小蔓摇头，“你不要说这些安慰我了，都过去这么多年了，我已经走出来了。”

秦慕之正欲开口劝她，忽然脑中一个激灵，如果小蔓说的是真的，女儿已经死了，那么囡囡的身份就真的可疑了，她到底是他和小蔓的孩子，还是……只是邓华为了稳定地位的一个工具？她根本就和他们毫无血缘关系？

秦慕之深吸一口气，将小蔓稍稍从怀中拉开一点，他握着她的肩膀，眼眸沉沉盯住她：“蔓蔓，你给我一段时间，我会将所有的事情都弄个水落石出，包括囡囡的事，包括你哥哥的事情，还有你的身世，全都查个清清楚楚，这段时间里，你好好和我在一起，等着我，好不好？”

“我的身世？”小蔓讶然，“我从小就是孤儿……”她说着，眼神黯淡下来，低了头咬住嘴唇，脸色渐渐变白，说起身世，她总还有一种挥之不去的自卑和自怜。

“孤儿也不是从石头里蹦出来的吧？”秦慕之定了决心，有了目标，觉得心里安稳了一些，他复又把她紧紧抱在怀中自然而然地牵起她的手，她刚要躲开，他却像是知道她要躲一样，正好要她的手落进他的掌心，小蔓不由得一皱眉，却正看到他略有些狡黠的笑，不由得气恼地狠狠甩开：“无赖！”

秦慕之淡淡笑了一下，水波粼粼的桃花眼微微眯起，然后他自然而然地把她羽绒服上滑落开来的拉链拉上去，又理了理她的围巾，这才捉住她的手：“好了，不闹了，该走了。”

秦慕之订的餐厅是一家以孩子为主题的主题餐厅，内里装潢完全就是一个大型的儿童游乐场，虽然时间还早但因为天气不好，户外玩耍的孩子都跑到了这里来，秦慕之订的是这里最大的包厢，就像是一个缩小版的迪士尼乐园一样。

虽然囡囡看不到，可是他还是尽心地准备了孩子喜欢的一切。

小蔓听到那些孩子笑闹的声音，还有各种熟悉的儿歌，也觉得刚才颓丧的心情好了很多，一进包厢，囡囡听到动静立刻就扭过头来，声音清脆像是可爱的稚鸟："爸爸，妈妈！"

她欢呼着就要跑过来，秦慕之怕她摔倒，赶忙迎上去抱住了她，助理悄悄退了出去，顺手关上了门。

小蔓站在那里，一时有些尴尬，囡囡还不知道，来给她过生日的，是她讨厌的这个阿姨，而不是她喜欢的那个妈妈。

"妈妈呢？妈妈怎么不过来？"囡囡的眼睛没有焦点地四处乱看，声音里也有了焦灼，"我过生日妈妈送我什么？爸爸你呢？"

小孩子还是小孩子，转眼又兴高采烈地问礼物。

秦慕之在她脸颊上轻轻亲了一下："爸爸给你买的礼物很重很大，已经搬到你的卧室了，晚上回去可以看到。"

"哦……会是什么？"囡囡好奇地问，秦慕之就笑："礼物就是要惊喜啊，爸爸先不告诉你。"

"那妈妈呢？妈妈你过来啊……"囡囡在秦慕之的怀里扭，唧唧喳喳地说个不停。

秦慕之抱着她站起来："囡囡，你听爸爸说，今天，是爸爸和你小蔓阿姨给你过生日……"

他话还未说完，囡囡脸上的笑容忽然消失得无影无踪，她空洞的大眼里却是蕴藏着与孩童不符的阴霾和雾霭。

"囡囡。"秦慕之唤她几声她也不理，只是挣扎着扭着身子从秦慕之怀里滑下去站在地上，背过身去不再说话。

小蔓瞧着这样的一幕，不觉苦笑了一下，她也是昏了头了，才会答应秦慕之给囡囡过生日。

"我还是先走吧。"小蔓轻轻说了一句，转身就要出去。

"阿姨。"囡囡的声音忽然响起来，小蔓惊得回头，却看到囡囡站在那里，安安静静地看着她笑，小小的孩子，却已经是个美人坯子，这样秀秀气气地笑，真是可爱又漂亮，小蔓都觉得心里软软的一片，再看秦慕之，果然早已是一脸的柔软疼惜，小蔓的嘴角微微翘了翘，这个女儿，真是秦慕之的宝贝。

"阿姨，你来给囡囡过生日，囡囡好开心的，刚才囡囡不高兴，只是因为妈妈没有来，但是妈妈每天都陪着囡囡，阿姨却是不常见的，阿姨你过来，囡囡和你一起坐。"

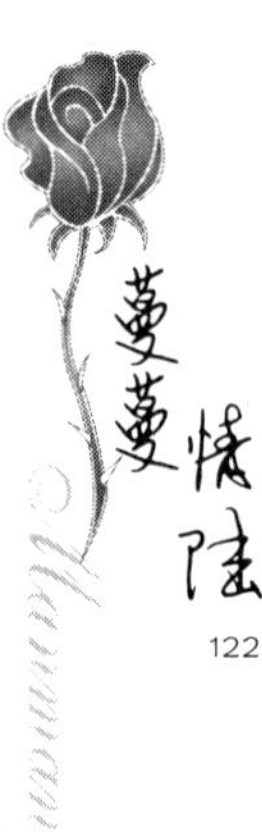

囡囡白白胖胖的小手伸出来，秦慕之脸上立刻有了笑容，他弯腰抱住囡囡，响亮地在她颊边亲了一口："真是爸爸的乖女儿。"

囡囡咯咯地笑着，乖乖地窝在秦慕之的怀里，小蔓也微微笑了，只是在目光滑过囡囡的眼睛时，微微有了一丝的不自在。

这孩子的眼神，真是让人看了心里害怕……不过转瞬又释然，自小眼睛就看不到，这眼神自然就和正常孩子不一样……

囡囡拉着小蔓在自己身边坐下，三个人倒也是其乐融融，直到切蛋糕的时候，原本是秦慕之握着囡囡的手切，孰料找好位置之后，囡囡却是执意要自己动手。

秦慕之劝了半天拗不过她，又想着自己在一边小心看着也出不了事，就答应了下来。

塑料刀子陷入可爱漂亮的蛋糕中，又缓缓地抬起，囡囡的手指上也不小心沾上了奶油，刀子抬起那一刻，她的手忽然一滑转了方向直直往小蔓的脸上戳去……

因为眼睛看不到，又是这般小的孩子，不免就力气不足，刀子险险地从小蔓下颌那里滑过去……

虽是塑料的，却有一个尖利的刀尖，小蔓只觉得脸上一阵疼，腾时下颌处就是一条可怖的红痕，然后断续地有小小的血珠溢出来……

"我讨厌你！你别想和我爸爸在一起！"囡囡尖利地大喊起来，手里小小的塑料刀子还要往小蔓的身上划，秦慕之却已经反应过来一把握住刀刃，然后用力一折，刀子断裂，囡囡的手心也戳出一道血痕……

"秦昭宁！"秦慕之怒火中烧，重重一掌拍在桌案上，杯盏都震得跌落在地，蛋糕也打翻在桌子上，囡囡倏地一抖，却还是倔犟地站在那里，大眼满满的都是怨愤："爸爸，我也讨厌你！你为什么要和坏女人在一起？我过生日，你为什么不和妈妈陪我过？我讨厌这个坏人，她为什么不像童话故事中的巫婆那样死掉！"

"啪！"秦慕之终是忍无可忍，一巴掌扇在囡囡的脸上。

清脆的响声，让三个人俱是愣住，囡囡的眼泪忽地涌了出来，她捂着脸，"哇"的一声大哭起来，秦慕之全身都在抖，他看着自己的手掌，指腹上红彤彤一片，他竟然打了囡囡！他把她视若珍宝连一句重话都不舍得讲，他疼她疼得愿意把她想要的任何东西都摆在她的眼前，可是他竟然打了她一记耳光！

"囡囡……"秦慕之感觉有些无力，一开口那一刻，他的声音明显地颤抖起来。

为什么不像是童话故事中的巫婆那样死掉……

对于一个孩子来说，巫婆是最讨厌的，那么在囡囡的心里，她也是最讨厌的，讨厌得她恨不得她像巫婆那样死掉，她是个成熟的大人，原本不该为孩子的一句话难过，只是莫名地，那平静之下翻腾着无边无际的酸楚，要她紧咬了牙关却还是掉下眼泪来，她挺直了脊背，脚步不停，任凭眼泪往下掉却不肯发出声音来……

“蔓蔓……”秦慕之一眼瞧到她的背影，只觉心中痛楚无比，幸而她还不知道这是她的女儿，如果她知道……

他第一次庆幸，他还没有告诉小蔓这个真相。

“爸爸。”囡囡停下了哭声，她扬着小脸，漆黑的双瞳就像是沉默的古井，“爸爸，你要阿姨，那就不要囡囡，你把囡囡赶走吧，我和妈妈走，反正我是个残废，爸爸还可以再和阿姨生一个健康的宝宝……”

囡囡说着，眼泪又滚滚往下掉，小蔓忽地一把拉开门，门撞在墙上，发出巨响，囡囡吓得一颤循声望去，小蔓却已经回过头来，她浅浅地笑着看着这一对父女，缓缓开口：“秦慕之，你看……我们没戏了，你死心吧，不要再找我！”

她忽然敛起笑意深深看了他一眼，声音骤然扬高：“永远不要再找我！”

小蔓说完，转身就走，她的步子很快，但她却恨不得自己能长出八条腿立刻从这里消失，秦慕之好像在喊她，可是接着就是囡囡凄厉的哭声，身后一直没有追来的脚步声，她也未曾希冀他会追出来……

这不正是她想要的么？囡囡虽然说话伤人，却帮她解决了一个大难题，有这个宝贝女儿在中间横插一脚，秦慕之终究还是要顾虑女儿的感受吧。

小蔓出了餐厅，只感觉一阵冷风吹来，冻得她不由得打了一个寒战，而脸上的伤口竟似被这冷风一吹，那火辣的触感却减少了许多，她站在人来人往的马路边，有短暂的恍惚，不知道是哪里新店开业还是为了招徕顾客，欢快喜庆的歌声远远传来，小蔓抬起手捂在脸上，血凝成了血痂贴在柔嫩的掌心，她拉紧了围巾，一步一步走进阴沉沉的天幕中……

“秦昭宁，你太让爸爸失望了。”秦慕之望着犹在哭泣的女儿，他想不明白，那个一向活泼开朗童真可爱的女儿怎么会变成这样一个阴晴不定撒泼耍赖的样子！她刚才的举动简直可以用可怕来形容！一个小小的孩子，才六岁啊，竟然变脸变得这样快，前一分钟装模作样地和人说说笑笑，下一分钟就用刀子去划人脸……

秦慕之倏然地闭上眼转过身去，他简直没有办法相信自己的眼睛，可是这一切确确实实地发生在他的女儿身上！

秦慕之没有抱她，只是捏着她的手腕拉着她向外走，他走得有点快，囡囡跌跌撞撞跟在后面，手腕被他捏得疼，手心也疼，却不敢说出口，一直到出了餐厅，秦慕之把她放在车子上，她才一个人坐在后面抽噎着悄悄哭起来。

这一路秦慕之也没搭理她，直到回了小蔓曾住过的那栋别墅，秦慕之也只是交代了管家不许任何人来看囡囡，也不许囡囡出去的命令后就开车离开了。

一屋子的人囡囡都不熟，她此刻老实乖巧得很，管家给她处理伤口，酒精涂在伤处辣辣地疼她也不哭，还嘴甜地一口一个伯伯，一口一个谢谢，不多会儿大家都喜欢上了她。

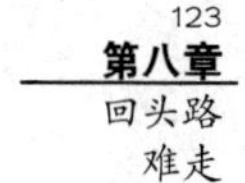

收拾好伤口，管家问她饿不饿，她就摇头，可怜巴巴地说要等爸爸回来吃，众人听了心中更是心疼她，管厨房的李嫂还亲自给她做了几样热腾腾的点心哄她吃，囡囡秀秀气气地道谢像是一个洋娃娃一样坐在那里小口小口地吃。

她要乖一点，不能惹爸爸生气了。

囡囡抿了抿嘴，小小的心里满满的都是惶恐，孩子的心那么敏感，她知道爸爸不喜欢妈妈，爸爸喜欢那个叫林小蔓的阿姨，可是她不要，她不要对那个阿姨喊妈妈，她的妈妈只有一个。

只有邓华疼她，关心她，从她还是婴儿起，就是邓华照顾她，她的亲妈妈不管她抛弃她，她才不稀罕，她一辈子也不要认她，对，一辈子都不认！

等我长大了，我也不会管你，不养你，谁让你在我那么小的时候就丢掉，你就是嫌弃我是个瞎子……

囡囡一个人默默地想着心事，却终究还是觉得难过地垂了眼帘，如果她不是个瞎子，妈妈就不会把她丢掉了吧……

小蔓随便找了个诊所包扎了一下伤口，也不知道该去哪里好，就那样一个人在阴冷的街头漫无目的地走，肚子饿的时候就去路边摊上吃一碗热腾腾的麻辣烫，然后就又是没有目的地徘徊。

直到天黑，她也冻得几乎麻木了，随便拦了车子回酒店，她好像有点感冒了，头昏沉沉的，想念酒店那张豪华的大床，她恨不得扑进去睡一个昏天暗地，把这一切都忘掉，醒过来已经是大晴天。

下车，往酒店走，经过酒店前面的小广场花园时，小蔓的脚步忽然顿住，她有些吃惊地看着前方几步远的喷水池那里，灯光洒下来，落在沈从佳的身上，那人修长的身躯就像是一尊雕像动也不动，他的黑衣外披了一层白雪，眼眸亮如繁星。

似乎他也看到了她，身子微微动了动向她这边走来，小蔓觉得脑子有些转不过圈，难道，今天一天沈从佳都在这里等她？

她犹在胡乱地想，沈从佳却已经站在了她的面前，小蔓看到他长长的睫毛上还落着几片雪，一点一点地融化，化成了春日温暖的雾气缭绕在他的双眸上，他眨眨眼，那雾气就缓慢地散开，透明而又干净的眼眸露出来，却依旧写着骄傲。

“还知道回来哪？”他抱住双臂，阴阳怪气地开口。

小蔓就感觉自己的心忽然暖了起来，她语速微快：“说了是有事的嘛。”

沈从佳嘴角的弧度似乎柔软了下来，目光很快被她脸上的伤处吸引，他漂亮的眉毛一下子皱起来，看得让人想给他轻轻抹平展开。

“怎么受伤了？”沈从佳伸手去摸她的脸，小蔓下意识地躲，他却哧地冷笑一声，骄傲无比地看着她，一字一句，薄唇娇艳得像是玻璃花棚中的玫瑰，花瓣一动，声音清脆却是霸道：“告诉你，小爷我从今天开始正儿八经是单身汉了！”

小蔓乌黑的眼睛一点一点睁大，似乎有些不敢置信地看住他：“真的？那三宫六院七十二妃呢？”

沈从佳面上神色有些尴尬，却还是理直气壮地说道：“你别听秦慕之那混蛋乱讲，他那纯粹是污蔑！不过是几个逢场作戏的而已，我就不信他没有！”

立时，那一种不舒服的感觉就像是吞了苍蝇一样，小蔓只觉一阵恶心，慌得胡乱摇头，想要把那个人那个身影都给赶出去。

“怎么又不高兴了？得，我不说他了。”沈从佳望着她有些低沉的样子，微微咬了咬嘴唇，他低着头，看到雪花纷纷扬扬地落在她的头发上，就伸出手去遮在她的头顶，小蔓对他苦涩地一笑：“我没事。”

“来，乖，别不高兴了，不就一男人嘛……”沈从佳一个熊抱把她搂在怀里，“看看，我比他年轻，比他长得好看，我还没结过婚，他要是娶你那就是二婚了，你一过门还要当后妈……”

小蔓听到“后妈”二字，不由得一笑：“是啊，我可不乐意当后妈。”

“那就跟着我吧。”沈从佳捧住她的脸，她眸光一怔，他对她眨眨漂亮的眼睛，那样的眼神干净得像是一个孩子。

“我不喜欢……姐弟恋……”她不知怎么冒出来这样一句……

他忽地笑了，那样的笑容干净却又明媚，竟是完全没了往日那种纨绔的模样：“年纪小，可不一定就幼稚……”

小蔓被他那样的笑容耀得低下头去，她推他：“冷死了，我们回去吧。”

“……”沈从佳没说话，只是紧紧拉住小蔓，向酒店走去。

偌大的会客室里，安静，温暖，暖气开得很足，坐在这里不一会儿，好似背上就微微有了细汗。

但邓华却还是觉得冷，她抱着一个盛着开水的玻璃杯子，滚烫的温度裹住指尖，她却仿佛根本就感觉不到一样，全身都在瑟瑟发抖，她的脸色苍白，瘦得颧骨都微微凸了出来，而眼窝下一片的青紫，唇微微有些干裂，却也泛着灰败的颜色，只是坐在那里的姿态，却仍是固执地挺直了脊背，修长的脖颈拉出优雅的线条，维持着她一贯的良好仪态。

不知在这里等了多久，终于听到那门被推开的细微声音，她立刻抬起头来，暗沉的眸子点起亮光，却在看清楚来人的那一刻又灰暗下去。

秦慕之的私人律师团队中最精英的两位，正拿着文件夹稳步走进来。

律师走过来的那一截路，真恨不得永远没有止境，永远都不要让他们靠近，但不过是眨眼间，两位律师就在她的对面坐下来，面上神色严肃而又森冷，透着决绝的不近人情。

而秦慕之，根本是连出现都不屑于出现了，邓华的心在被榨干了那最后一点水分之后豁然地沉入谷底，她觉得眉心突突直跳，捧在手里的杯子也因为手指颤抖溅出水滴来，她有些哆嗦地把杯子放在桌子上，然后按了按突突跳的太阳穴，复又深深地吸了一口气，这才抬头望着面前的律师。

“邓小姐，您好。”

连称呼都已经变了，邓华想要不屑地苦笑一下的，离婚？秦慕之想得真简单，这还八字没有一撇的事，他就这样笃定她甘心束手就擒？

“您好。”邓华微微颔首，却是已经一点一点逼着自己镇静了下来。

“这是拟好的离婚协议，请您认真看一下。”律师开门见山，丝毫的铺垫都没有，封在牛皮纸袋中的薄薄协议被从桌子上推过去，邓华只觉得心脏那里陡地一颤，眼前一阵一阵地发黑，“离婚协议”四个字，实在像是一把寒利的剑，就那样硬生生地戳进了她的身体里。

“邓小姐？”

见她沉默，律师又微微抬高声音唤了一声。

邓华深吸一口气，伸手将那牛皮纸袋拿过来，她冷冷地望了两个律师一眼：“我会认真看的。”

“那么，如果您有什么条件尽管提，秦总说了，只要是合理要求都会无条件满足您，三天后，我们会再和您联络，若是没有其他异议的话，邓小姐就可以在协议上签字解除夫妻关系了。”

律师侃侃而谈，邓华却是傲然地微抬下颔：“三天之后，我会和你联系的。”

她说完，看也没看那协议一眼，随手装在手袋里，然后优雅地提起包包款款走了出去。

出了房间，寒气扑面而至，邓华不由得打了一个冷战，她抬起手臂抱紧了自己，脸上那雍容淡定的神色荡然无存，而换上的，却是大片大片的茫然和痛楚。

她站在走廊里，和刚才的会客室一墙之隔的就是他的办公室，她站在门外，望着那一扇紧闭的门，忽然之间明白，这么多年过去，原来她从没有能够走进他的心里，就像是此刻她站在这里一样，这么多年，她也一直都站在心门外。

邓华不知道自己站了多久才离开，回到家的时候迎面遇上楚乔，楚乔和她打招呼她也没有看到，走进房子里，她把手袋往桌子上一扔，身子跌入沙发里，闭了眼一行眼泪就落了下来……

听到车响，囡囡立刻就不管不顾地跑了出去，管家和佣人都小心地护着她，可她固执地甩开那些手，摸索着往外走：“爸爸，爸爸是你吗？”

秦慕之一下车就看到小小的女儿，前些时间对她的冷漠和些微的气恼都忽然烟消云散，这是他和长安的女儿，她的身上，流着长安一半的血液，就算是她再不懂事，他也不可以冷落她，将她抛在脑后置之不理。

“爸爸……”囡囡没有听到回应，小脸上满满的都是失望，她站在台阶的边缘，委委屈屈的样子叫人心怜，秦慕之只觉得她此刻的神情像极了长安，以前他发脾气的时候，或者是冷着脸不说话的时候，长安也总是这样怯生生地望着他，靠近都不敢……

他终究心软，走到小小的孩子身边，弯腰把她抱在怀中：“囡囡，是爸爸回来了。”

囡囡才趴在他怀里，娇声地撒娇：“爸爸，我以为你不要我了……”

“如果你再不乖，爸爸是真的会不要你了！”

秦慕之心软归心软，却还是不打算就这样放过女儿的，年龄一天一天大起来，如果小孩子自己心里有了坏想法，再想纠正就太难了。

“爸爸真凶。”囡囡撅嘴，不依地抓着秦慕之的衣襟摇晃。

秦慕之却一反常态地没有妥协，他抱着囡囡上楼，直到走进卧室关上门。

他把囡囡放在沙发上，然后认真地盯住女儿的眼睛：“囡囡，你不是问过爸爸，你也想知道抛弃你不要的亲妈妈在哪里吗？”

囡囡小小的身子忽然一抖，眼底似乎微微滑过惊恐：“爸爸，你要把我送走吗？就因为囡囡不乖？”

秦慕之摇头：“不，爸爸只是想要问问你，你从哪里听来的你妈妈不要你抛弃你了？”

囡囡咬着嘴唇，眼神飘忽。

“不许说谎，要不然爸爸这辈子都不会再理你！”秦慕之声音变得有些严肃，囡囡吓得泫然欲泣，慌得摸索着去抓秦慕之的手臂：“爸爸不要不理囡囡……”

“那就乖乖告诉爸爸。”

“是奶奶，奶奶说我是妈妈从孤儿院抱来的，我问了奶奶，孤儿院的小孩子都是被人抛弃不要的小孩子……”

囡囡身子微微颤抖，眼泪挂在睫毛梢上摇摇欲坠。

秦慕之深吸一口气，他还以为是邓华……

“囡囡，你听爸爸说。”秦慕之搂着女儿，囡囡乖乖地点头。

“在孤儿院的小孩子，并不都是被人抛弃不要的，比如说，有的宝宝生下来爸爸妈妈就不在这个世界上了，也有的宝宝，可能她的妈妈很爱很爱她，但是却没有办法保护她，不得已把她送进这样的地方……但是不管怎样，囡囡你要记住，这个世上，谁都可以伤害你欺骗你，但是你的妈妈不会，绝对不会，你相信爸爸的话吗？”

秦慕之看着女儿，却见她有些懒散地点点头，不知是她听不懂，还是完全听不进去，

总之在那一张可爱的小脸上，根本就看不出来一丁点的触动。

“囡囡……”秦慕之不由得皱起眉头，囡囡立刻乖乖点头：“爸爸我记住了，我不会再生妈妈的气了，我知道她不是故意抛弃我的，只是不得已抛弃了我……”

秦慕之一下子愣住，囡囡却低了头，小小的心里升起强烈的愤慨，不得已把她送进孤儿院吗？如果真的爱她，又怎么会不得已把她送走？这样的鬼话，她绝对不会相信，不要以为她是孩子就可以随便地欺骗她！她没有妈妈也长了这么大！

邓华收拾好行李，坐在偌大的卧室里，有些发怔。

房间很大，打通了整个二层，装修得十分豪华却又不失温馨，床也很大，几乎占据了卧室的三分之一，只是可惜，这张床上，从来都只是睡着她一个人。

她的行李并不太多，很多衣服和生活物品都归置了起来却并不曾带走，而拿走的，也不过是一些贴身的物品和几件四季衣服，然后就是唯一验证了这婚姻确实存在过的证据——他们的结婚照。

邓华就看着那照片，镶嵌在玻璃镜框后的照片上，一眼就可以看出两个人貌合神离。

记得当初拍照的时候，摄影师一遍一遍地说：“新郎再靠近新娘一点……”

可是最终，他的身子还是有些戒备地拉远，宁愿往另一侧倾斜，却也不愿意碰到她的肩膀，她的笑容是放大的明媚，但若是你仔细地看过去，就会发现，新娘像是画皮，只有那一层表面在笑，而内里，是漆黑的空洞。

邓华也想过自己安慰自己的，可是偶然有一次，她看到他的电脑，在待机的时候显示出来几张图片，而最后一张一闪而过的，是他和长安的一张合影。

她从来没有见过那样子的他，似乎在慵懒地笑着，躺在阳台上的一张躺椅上，灿烂的阳光下微微地眯着眼，手里拿着一本书，倒扣在身上，而长安站在他身后，勾着他的脖子趴在他的肩膀上，不知他说了什么，她笑得眉眼弯弯，却是妩媚横生，照片上，她正要低下头去吻他的唇，娇艳的红唇微微嘟起，美得让人嫉妒！然后画面定格在那一刻，邓华仔细地研究那一张照片，一遍一遍地研究，她很想要发现他的抗拒，想要发现他的不适应……

可是她失败了，照片上的秦慕之，眉眼之间一片的安适，唇边若有似无地挂着笑，长安的身子和他贴得那么近，可是他没有一丁点的不习惯，他整个人都呈现出一种松弛的舒适，就仿佛那一刻是最放松最闲适的……

邓华环顾着房间的四周，当初新婚前，她说动了秦太太将房子里里外外重新装修，她不愿意看到谢长安一丁点的痕迹在，可是后来她才明白，哪怕是房子重建，毁不掉的还是毁不掉，有些人就是有这样的能耐，就是跑到天边，还是能扎根在你的心里，害得你永远不自在！

秦慕之说，我的书房你不要动，也不要随便进去，后来她偷偷配了钥匙进去，方才发现，他的书房里，留着那么多与长安有关的东西，她翻过的书，用过的电脑，放小零食的饼干盒，都单独放在一架书柜上……

邓华偷偷地摸过，那上面一丁点灰尘都没有。

男人就是这样虚伪，分手了就分手了，还留着人家的东西当情圣？连她都看不起！

邓华咬着嘴唇冷冷地笑，走吧，有什么大不了！想当初谢长安还不是狼狈地滚了，可是人家照旧卷土重来！

她就不信，她席容华没有这个能耐！

邓华站起来，目光从房间里一处一处滑过，这样一个巨大的、寒冷的家，她现在走，一点都不留恋！

走到门口的时候，她回过头去，挂在床头的巨幅婚纱照，那上面的女人笑得温柔而又羞涩，而那个男人，好像在冷冷地看着她。邓华收回目光，握着箱子拉杆的手掌一下子攥紧，直到掌心一片疼！

就在这一刻，仿佛周围的一切都销声匿迹，仿佛这天地之间也再没有其他人或事，偌大而又空寂的房间里，只有她一个人站在这里，运筹六年，步步惊心，可是只要他的一个冷脸一个无情的举动，她就被打回原形。

邓华将门关上，那冰冷的目光就再也看不到了，她觉得好受了一些，明天是签字离婚的截止期限，她不能再待在秦家。

快走到车子那里的时候，忽然远远听得一句稍带着惶恐的声音："大少爷……"

邓华惊得一下子抬起头来，她走的消息是突然定下的，就连秦太太都不知道，只有这个用惯的一向信赖的司机知道，秦慕之是怎么知晓的？

可是时间已经容不得她再多想，在冬日刀割一样寒利的冷风之中，秦慕之高大的身形似乎将这呼啸的寒风都压住，他一步一步走得不快却是沉稳，风微微扬起他大衣的下摆，行动间隐约看到两条结实修长的腿，他面上的神情肃穆却又冷淡，带着不可一世的傲然和决绝，而跟在他身后的四人，为首两人是那天出面给她派发离婚协议的精英律师，邓华只觉得心直往下沉，握着箱子拉杆的手指都开始微微地颤抖起来……

秦慕之快走近她的时候，她心跳得几乎要破胸而出了，只是，他就那样漠然地走过去，甚至自始至终连看都没有多看她一眼，就仿佛她是空气，不，她连空气都称不上，就仿佛根本不存在……

他径直越过她向别墅走去，擦肩而过那一刻，带起冷冽的寒风，邓华忍不住地打了一个冷战，她定定心神，咬着牙拉住箱子预备继续向车子那里走，四名律师却是停在她的面前。

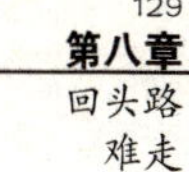

“邓小姐。”为首的那一位客气地和她打招呼，只是声音较那一日的还要冷上几分，邓华平息心跳，微微抬起下颌：“何事？”

“今天是签字的最后一天，邓小姐此刻是要去哪里？”律师微微含笑，藏在镜片后的眼眸却是精明一片。

“我去哪里，要向你们汇报吗？”邓华微微轻笑，“再说了，不是明天上午才截止么，你们慌什么？”

“邓小姐怕是误会了，我们今日得到确切消息，说是邓小姐预备离开秦家，您这要是一走不见踪影……”

“您想太多了，我只是出去散散心，明日一定回来。”邓华傲然一笑，“几位先生请让开吧。”

邓华话音刚落，就听得身后有一声颤巍巍的声音响起：“阿华，这是怎么了，怎么听佣人说你刚才和他们交代了替你向我告别，你要走？傻孩子，这么冷的天你去哪啊？”

秦太太显然还不知道发生了什么事，只是心急火燎地快步走出来拦她。

邓华面色惨白，怎么都没想到，事情竟然会变成这样子。

站在她面前的律师冷冷一笑：“邓小姐还有什么好说的？”

邓华死死咬住牙关，脑子里却在飞快地转圈，到底该怎么样去转圜这个局面……

“妈，你可都看到了吧。”谨之跟在慕之的身边，两人并肩站在台阶上，秦慕之面容冷肃，唇角紧绷，目光却是冷冷地落在邓华身上，谨之却有些吊儿郎当地开口，“大嫂那天不是哭着求您答应让她和哥离婚的么？怎么今天又忽然要一走了之？既然不愿意签字离婚，又做出那大度的样子给谁看？”

秦太太闻言不由一怔，却是转瞬想明白，望向邓华的目光中就带了一丝责备：“你这孩子，你既然改了主意就来和妈妈说，何必这样一走了之？我不是一直都不同意你们离婚的吗？”

邓华听得秦太太这样说，心中不由微微松了一口气，看向秦太太的眼中微微带着尴尬和羞赧：“妈妈，我，我突然改了主意……我舍不得离开您，我也不想离婚……”她放开箱子跑到秦太太面前跪下来：“妈妈，我又犯糊涂了，慕之他这样讨厌我，可是我还是放不下……”

“戏再演下去，就一点意思都没有了。”秦慕之忽然开口，冷冷打断了她的哭诉，“如果你又要用你那个身份来让妈心软，那我告诉你邓华，和你结婚的人是我，要和你离婚的人也是我，你求别人，一点用都没有！”

“慕之！你太过分了，毕竟是夫妻一场！”

秦太太不忍地搂了邓华起来，转脸骂儿子，秦慕之冷冷一笑，桃花眼冷雾重重：“夫妻一场？夫妻一场她就是这般算计我，把我的囡囡教成这样撒泼粗鲁的样子，动手拿刀子伤人的事都做得出来？”

“算计我，给我下药，自己没脸没皮地送上门去，挑拨是非，说我和段小姐有染，邓华，你究竟戴了多少张面具？你究竟还能有多阴险？我记得我常常听妈说，燕声伯伯品性高洁为人举世无双，苏娟伯母大家闺秀温婉知礼，若是有父母如此，又怎么会生出一个这样的女儿来？是不是狸猫换太子，偷龙转凤，还有待可查！”

秦慕之说到最后，忽然一记森冷目光望向邓华，他眼眸漆黑深深，如雾似云将她罩住，而那森然洞察一切的锐利却是让她忍不住地全身颤抖，秦太太听得秦慕之这一席话早已是惊惧地瞪大眼睛，她有些不敢置信地望着邓华：“阿华，慕之他说的，都是真的？”

邓华紧闭双眼，一行眼泪滚滚滑下：“不，妈妈，囡囡的事不是我教的！囡囡她多乖巧，多聪明，妈妈您是知道的，我若是有心把她教成这样，难道这么多年都没人瞧出端倪？还是她小小的孩子已经学会伪装？”

秦太太略一思量：“我们囡囡虽然眼睛看不到，可是确实是个好孩子，这个暂且不说，那其他……”

邓华咬牙点头：“是，是我做的，身为妻子，五年半的婚姻生活中丈夫从来不碰自己一下，妈妈，如果是你，你忍还是不忍？”

秦太太闻言倏然色变：“你说什么？慕之他从来没有碰过你？”

邓华苦笑点头：“是，妈妈您老说要我赶紧给您生个孙子，可是慕之他根本连多余的话都不肯和我说，我怎么去给您生个孙子？”

秦太太气得一阵眩晕，再看慕之，却是一如既往的面色冷淡，丝毫的愧疚都没有，她不由得又气又痛：“慕之……你怎么能这样对阿华？千错万错，是我的错，是我要你娶她的，你可以埋怨妈妈，但你不能这样糟践你的妻子！”

“糟践？如果我不爱她所以不碰她是糟践的话，那么她给我下药自己送上门又算是什么？自己犯贱？”

秦慕之唇角微扬，秦太太一时噎住，他却又淡淡一笑，说道：“邓华，你口口声声说我不碰你，那我问你，早在结婚之前，我就曾经和你说过，结婚可以，但我不会喜欢你，也不会碰你，要你慎重考虑，是你自己说你不介意，既然当初说了不介意，现在又何必做出委屈的样子？当初不顾一切要嫁的是你，现在又把事情推到我的头上来，难道全天下的事情都是你委屈？”

邓华只是低着头垂泪不说话，秦太太却是觉得再也撑不下去，儿子媳妇闹成这样，她心中到底还是不好受，是再重蹈谨之覆辙，还是当真放手不管？

心中煎熬许久，却终究还是心有不甘，为着一个野女人，慕之他是连什么都不顾了！

“因为谢长安？”秦太太平静询问。

“不是。”秦慕之毫不犹豫地否决，他静静看一眼秦太太，“被逼迫成婚的人，有几

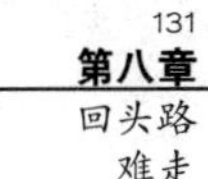

个能心甘情愿？”

“离婚可以，但是，离婚不离家，阿华现在是孤儿，没有地方可以去，你要做什么，我不管，但是，阿华和囡囡，都要在我身边。”

秦慕之沉默片刻，微微颔首：“我同意。”

邓华只觉双膝一软，幸而秦太太伸手扶住她：“别太难过，没有什么大不了。”

“邓小姐，请签字吧。”律师立刻上前，邓华只觉手脚发软，却又不愿此刻尊严扫地死缠烂打，更何况秦太太也放了话，她更是没有继续纠缠的道理。

微微点头，几乎是从嗓子里挤出来的一个“好”字，邓华如行尸走肉一般跟着律师往别墅走。

邓华勉力控制着不让自己颤抖得太厉害，可是在那签名的空白处写下名字的最后一笔的时候，她终究还是猛地哆嗦了一下，黑色的一道印迹划过“邓华”两字，然后在纸上留下一处墨迹，她望着那一处墨迹，眼神有些直愣愣的，好半天都回不过神来。

她竟然在离婚协议上签字了，竟然就这样一笔一画地断送了她和秦慕之的婚姻。

犹如还在梦中一般，她呆坐在那里，面前的纸张和手中的笔都被人轻轻拿走，然后头顶上传来客套冷漠的声音：“邓小姐，从这一刻起，您和秦先生的婚姻关系就已经宣告结束，赡养费不日就会打到您的账户上。”

邓华只觉得脑子里嗡嗡地响，她仿佛是胡乱摆了摆手，又仿佛是点点头“嗯”了一声，然后她听到脚步声纷沓而去，渐渐地房间里就又安静了下来，她手指抖得厉害，身子也软得几乎支撑不住，不得不靠在沙发上。

不知过了多久，她耳边隐约地听到有人在低声说话，远远近近，高高低低的，怎么都听不清楚，邓华强打了精神坐起来，仿佛是慕之的声音……

“囡囡现在不能回来，她这个性子如果不改掉，长大有她吃的苦头，这孩子不能再这样惯她了！”

“我们家孩子哪有你说得这么不堪？依我看囡囡好得很，孩子而已，偶尔任性有什么大不了的？再说了我们秦家的孩子没道理将来吃苦头！”

“囡囡是我的女儿，我要带在身边亲自教养，而且我特意请来的美国专家不日就要给囡囡做手术了，手术后需要静养，我那里闲杂人少，囡囡手术恢复之前就住在那里。”

秦慕之说得斩钉截铁，秦太太也无话可说，毕竟囡囡是慕之的女儿，做父亲的要亲自教养女儿，她这个奶奶没道理阻拦。

秦慕之出了别墅，律师拿着签好字的协议书在车边等他，他接过离婚协议，看到上面清晰的两个字，只觉紧压在心口上的一堵巨石骤然被人搬开了，不由得长长舒出一口气，复又将离婚协议递给律师：“你妥善收好吧，该办的手续只管去办，一些琐碎的事就不要太计较，毕竟我的目的只是离婚。”

律师点点头，却仍是说道：“秦先生您虽然这样说，但是身为您的律师，却还是要尽一切力量为您争取最大的利益，就算您不在意，可是合法的权益我们还是要保障的。”

秦慕之淡淡一笑：“随你吧。”

转身上车，发动了车子驶出别墅，不知走了多久，秦慕之才发现，他竟然将车子开到了小蔓和沈从佳所住的酒店外面。

他有些吃惊，转而却又释然，是了，这样值得高兴的一件事，他想要第一个找她分享，也是理所应当的。

只是，她若是知道了他和邓华离婚，会是什么样的反应？

他点了一支烟，靠在车座上，眯着眼睛望着酒店闪烁的霓虹灯牌，金碧辉煌，光芒璀璨，可是这些光，都照不到他的心底去。

到家的时候，囡囡在客厅里看动画片，听到车子响，照旧地欢快迎上来。

秦慕之抱了抱女儿，觉得有些疲惫：“爸爸今天很累，先回房间休息，囡囡一个人看电视好不好？”

囡囡摸索着搂住秦慕之的脖子，迟疑了一会儿，却仍是吭吭哧哧地开口：“爸爸，我能回家看看妈妈吗？”

秦慕之一下子放开她：“我说的话你都忘光了！”

囡囡吓得全身一颤，立刻摇头：“爸爸，我没忘，我不回去了……”

秦慕之只觉得心烦意乱，转身往楼上走去：“过几天除夕夜，我送你回去吃年夜饭！”

他的声音有些僵硬，囡囡小声答应着也不敢多说，小小的身子站在偌大的客厅里，隐隐有些萧索。

秦慕之进了房间就将自己扔在沙发上，他高大的身躯陷在暗灰色的沙发中一动不动，房间里的光影也是安静的一动不动，静悄悄的，他只听到墙上壁钟滴滴答答走动的声音，可这声音更是衬得房间里空荡落寞。

他就又坐了起来，从酒柜里取了一瓶whiskey，戒酒多年，虽有前次也曾破戒酗酒，但却都及不上这一次，都说酒入愁肠愁更愁，他以前从未曾体会到这话里的意思，时至今日，他尝到那酒浆变成苦涩，竟是忍不住苦笑，古人真真是不欺我！

一瓶酒，不知不觉已经见了底，他觉得头晕得难受，冰凉酒浆从喉咙那处一线滑到胃中，却是火烧火燎地难受，他按住隐隐生疼的胃部，脸色却是在房间的微光中惨白如纸，他不知道，他到底是怎么了。

眨眼之间，除夕来到，小蔓穿了厚厚的冬衣跟沈从佳一起出了酒店，远远地，甚至都能听到鞭炮声，她坐在车子上，沈从佳坐在她的身边，唇角微弯，眼底一片流光溢彩。

开着车子在街上走了很久，才找到还有空位置的餐厅，两人不约而同点了火锅，上菜

的时候，一盘生鱼片正好放在小蔓跟前，腥味扑鼻而来，她忽然觉得胃里一阵翻滚，下意识地掩住嘴就往洗手间跑，趴在洗手台上干呕了一会儿，却还是觉得有些不舒服，沈从佳也追了过来，一脸担心地扶住她连声询问，小蔓也不知道怎么回事，有些有气无力："想必是饿过了，胃里有点不舒服吧。"

"我帮你叫份热粥，先喝一点养养胃。"沈从佳拉了她回去，小蔓还没走到桌前，就指着那一盘鱼捂着鼻子连连摇头："沈从佳你快点把这个拿走，我闻不了这个味儿，想吐！"

侍者撤掉了这盘鱼，小蔓又等了一会儿气味散尽了才坐过去，沈从佳好像又恢复了正常，嘲笑她娇气做作，小蔓饿坏了，也懒得搭理他，埋头开始大吃，沈从佳见她吃得这么香，也觉得食指大动，两人酣畅淋漓地吃完，都觉得浑身暖融融地舒畅，结了账离开，沈从佳开车送小蔓回酒店。

小蔓下车，站在沈从佳的面前浅浅地一笑，忽然真诚开口："从佳，新年快乐，认识你我很高兴。"

沈从佳的眼底似乎是跌入了星光一般，璀璨明亮，他拉开车门，站在小蔓跟前，忽然捧住她的脸吻在她的额上，灼热的气息喷薄在肌肤上，小蔓在抬手要去推他的那一刻，听到他低低悦耳的声音："小蔓，新年快乐，认识你，我也很高兴。"

他已经放开了她，痞痞地对她笑着，小蔓摸了摸额头，无奈地摇摇头："我先上去了，你开车小心点，再见。"

沈从佳点头，看着她转过身去一步一步往酒店走，漫天的大雪中，她纤瘦的身影几乎就融在了那皑皑白雪之中，沈从佳缓缓地抬起手指抚在唇上，长睫上落了几片白雪，盈盈灼灼，他忽然低低呢喃了一声："小怪兽，我好像……有点喜欢你了……"

作为一个生过孩子的女人，她当然不会懵懂无知地把突然而至的呕吐真的当成肠胃不适，早晨拿了测试纸去卫生间。

试纸上只有一条杠，也就是并没有怀孕，小蔓在紧张了一夜之后，终究长长地舒了一口气，却又有些莫名地失落。

依着她自己的私心来说，她是很想再有一个孩子的，前前后后，她已经失去了两个亲生骨肉，这一辈子，也不知道还有没有那个福气再做一次母亲。

这些天沈从佳也很少联络过，只是偶尔一个电话问她的情况，许是沈家现在事情多得焦头烂额，他也无暇来骚扰她了，小蔓的耳根子一下子清静了下来，但时间一长又觉得有些寂寥。

过新年到处都是热热闹闹的，就连这平日日日爆满的酒店都空了一大半，如果是在往常，兴许还不会觉得太孤单，但在这样家家团圆喜乐的日子里，形单影只的寂寥就被无数倍地放大起来……

大年初三那天，小蔓忽然接到服务台打来的电话，说有一位姓楚的女士找她，小蔓立刻就想到了楚老师，收拾一通之后就飞快下楼，果然大厅里坐着头发全白的楚老师，只是小蔓没有料到，她身边还坐着顾艺声，又走近两步，一边的柱子后面，萧潇的小脸怯怯地露了出来，看到小蔓过来，小丫头抓抓头发使劲挤出来一抹笑，小蔓不由得摇摇头，一准儿又是顾艺声求到萧潇这里，萧潇心软又去磨霍彦东走后门了……

只是，她现在真的不知道怎么去面对顾艺声，上次在顾艺声的房子里发生那样尴尬龌龊的事情，小蔓真是觉得自己的脸都丢尽了！

"小蔓姐……"萧潇见她神色不愉，心里越发忐忑起来，磨蹭着走到她跟前抓着她的手臂摇晃，"小蔓姐，你生我的气啦……"

小蔓看着萧潇红扑扑的小脸，摇摇头："没有。"

萧潇这才松口气，小蔓却是已经看到顾艺声扶着楚老师颤巍巍地走过来，她的眼圈立时红了，放开萧潇的手几步走到楚老师跟前，孩子一样哽咽："楚老师，我又让您失望了……"

"什么都不要多说了，跟我回家去，大过年的，我们中国人不兴住酒店。"楚老师并没说什么责怪的话，只是拉着小蔓就像是数落女儿一样数落了她几句，就要领她回家。

收拾好随身物品，小蔓想了想，还是在服务台留了一张字条给沈从佳。

"小蔓姐，我有句话和你说……"快要走出酒店的时候，萧潇忽然开口叫住了小蔓。

那一天晚上的雪很大，那一个冬天是十几年来最寒冷的一个冬天。

回到楚老师那里之后，几个人热热闹闹地吃了团圆饭，又说了会儿话，小蔓就回了楚老师给她准备的房间，洗了热水澡之后她躺在床上，手里握着手机，握得掌心都出了细细黏黏的汗，却还是没有按下一个键。

她真的没有想过，他竟然和邓华离婚了，竟然会一个人在那间她住过的别墅里喝酒喝到胃出血，竟然会在昏迷的时候叫她的名字。

一个人在医院，谢绝任何人的探望，这样万家团圆的时候……

小蔓终究心中觉得有些酸楚，她握着手机，想要给他打一个电话，可是就这样翻来覆去地踌躇许久，还是没有勇气拨出他的号码。

夜已深了，她将被子拉起来蒙住全身，手机屏幕上的光芒照出小小的一片光晕，映着小蔓秀丽的容颜，长睫微微翕动，眉心也在蹙着，洁白的牙咬在唇上，她的表情像是在苦苦思索着什么，写简讯的页面还是一片的空白，想来想去，写出来又删掉，到最后，字字斟酌的结果，竟然只是一句很简单很简单的话：你好一些了没有？

她闭着眼睛按了发送键，然后长长地吁出一口气，过了一会儿，屏幕暗了下来，四周黑黢黢的，房间里很静很静，什么声音都没有，什么也都看不到，可是她的心忽然被什么

装满了。

手机忽然震动起来，她竟是有些手忙脚乱地去按按键，是一条简讯，小蔓藏在被子里，屏住呼吸打开简讯：我好多了，安安，你在哪里？

小蔓只感觉自己的心脏一下子缩了起来，有说不清道不明的酸楚滋味儿一个劲儿地往外弥漫，她摇摇头，克制住那不安的悸动，不，她只是问一问他的病情，她并没有别的意思，她也没有任何想要反悔和他和好的想法……

可是那短短的几个字，一遍一遍地在她的脑子里回荡，她觉得自己真是要疯了，对于他，总是这样容易就心软……

说起来，她无法从心底里恨他，也不过是因为他从未曾刻意地伤害过她。

说起来，她总是这么轻易地心软，也不过是因为他曾经在她心中所占的位置太重。

小蔓闭上眼睛，许久，手机忽然又微微震动起来，她打开一看，还是他的简讯：安安，你睡着了吗？

她莫名地又重新变得平静，修长的手指按在键盘上，一个字一个字回复：你好好休养，我不打扰你了，新年快乐。

发送之后，手机一直都没有再震动，小蔓迷迷糊糊的，好像是睡着了，但睡梦中却又被连续不断的嗡嗡响给吵醒，她迷迷糊糊地把手机举到面前，睡眼惺忪也看不到那上面跳动的数字是什么，按了好一会儿才按到接听键："喂，是谁？"

她的声音带着一点点的沙哑，却又甜糯好听，秦慕之握着手机，紧紧贴在耳边，她细细的呼吸声那么的近，就像是一根羽毛轻轻地在他心口上划过。

沉默了许久，他才低低开口："安安，醒一醒，走到窗边来。"

小蔓迷迷糊糊地坐起来，被子从肩部滑落，她觉得有点微冷，脑子里却是清楚了一点："干什么？"

她有些迷糊，不知道他说这话是什么意思。

但却仍是掀开被子下床，踩在厚厚的棉拖鞋上往窗边走，楚老师的家在二层，她住的这间卧室有一个很大的落地阳台，小蔓径直走过去，将厚厚的窗帘一把拉开，她看到楼下的空地上，安静地停着一辆车子，车子的旁边站着一个高大的男人，男人的怀中，似乎捧着一大捧的红梅。

她有些发愣，这是什么样的状况，耳边手机听筒里却清晰地传来他的声音："我就是想你了，所以来看看你，你祝我新年快乐，我无以为报，正好我住的病房外这一树梅花开得好，我拿来给你看看，你喜不喜欢？"

小蔓的眼睛一点一点潮湿起来，她死死地咬着牙关，然后握住手机拿开到一边，用尽了力气，才克制住翻江倒海一般的心情，直到她能开口平静地和他说话，她隔着窗子望着他，眼底一片晶莹，声音却是冷漠："这么远，黑黢黢的，什么都看不到。"

秦慕之似乎低低地笑了起来，他笑的声音都这般好听，一下一下地震荡着她的耳膜，要她不得不将手机微微拿远一些，他笑过开口：“你等一下。”

小蔓趴在窗子上看他，他走得很慢，很慢很慢，从车子到路灯只有不长的一段路，可是他竟然走了快十分钟。

小蔓感觉自己的眼睛也似被雪给蒙住了，她轻轻地咬着嘴唇，握住栏杆的手指捏到发白。

“看到没有？”他轻声地询问。

小蔓点头，声音忍不住地微颤：“看到了。”

他捧着一大捧梅花站在路灯下，雪花不断地飘洒，落在他的肩上，落在花枝上，那是什么样的一幅画面，她这一生用歌声唱不出，用钢琴弹不出，甚至在无数个黑夜里回忆，那画面都是残缺不全。

她沉默，他也沉默，她只能听到他的呼吸和雪落的声音，就是这一刻，她忽然想，不如我就这样死去吧，我很满足，真的很满足。

雪一直在下，他几乎变成了雪人，小蔓眼泪在眼眶里打转，却仍是不肯哭，她嗓子哑着开口：“秦慕之，你回去吧。”

“我一会儿就回去。”

她不知说什么，两人就又隔着不近不远的距离，看着对方模糊的轮廓沉默。

直到她的手机快要没电，开始滴滴地报警，他方才又开口，不知是太冷，还是大病未愈，他的声音断续飘浮：“安安，让我们重新开始好不好？”

小蔓的手指按在窗子上，隔着远远的距离抚摸他的轮廓，她没有回答，手机很快断电自动关机，她转过身去，将窗帘紧紧拉上，她躺回床上，闭上眼睛，有一行眼泪从她的眼角滑落下来，悄然无声。

对不起，我没有办法，再像谢长安那样勇敢地去爱一个人了。

秦慕之就那样握着手机站在楼下，大雪飘落无声，他的头发他的肩，甚至怀中那一捧红梅都被白雪覆盖，他觉得他整个人都从外到内被完全冰封，甚至连心脏都不再跳动。

第九章　最决裂的结束

余下的日子过得很快，顾艺声以随行家人的名义正在通过快速渠道给她办理和他一起出国的手续，而小蔓几乎每天都在跟着楚老师上课。

自从那天晚上之后，她的心就像是变成了一潭止水，什么都不再想，不再考虑，生活回到了最简单的状态，每天除了上课，就是陪楚老师聊天散心，余下的时间，小蔓又买了教材在网上下载了教程继续学英语，好在上学的时候她不是个只注重专业课不注重文化课的学生，那些东西只要熟悉几天，很快就又捡了回来。

人一旦有了奋斗的目标，不再是空虚茫然的状态，就会觉得生活有希望了很多，眨眼之间，已经是过完中国传统的元宵节，再有差不多半个月的时间，她就要和顾艺声一起奔赴维也纳。

那个著名的音乐之都，也是每一个学艺术的人毕生向往的天堂，更是她学生时代的梦想，曾经无数次和小冉在宿舍里热烈地讨论，将来站在那里的舞台上，举办属于自己的独唱音乐会……那时候的自己，就像是生机勃勃的春天的小苗，从未曾料到后面的暴风骤雨。

楚老师就像是妈妈一样照顾她，给她联络那边的导师，给她置办行李，大到衣服，小到各种药片都准备得妥妥当当，小蔓看在眼里，却只是默默地记在心中，她说什么感激的话都是无用，唯有用功做出一点成绩，才是对楚老师最好的报答。

从学校的琴房练完琴回来，下楼的时候却正好遇到了萧潇，小丫头一看到她立刻就飞奔过去，拉着她走到湖边去说悄悄话。

“你去吧，我求求你了小蔓姐，你都没看到慕之哥那样子……那天晚上要不是霍彦东不放心后来又跟过去，他真是会冻死在外面的啊……”萧潇抓着她的手臂一个劲儿地摇晃，小蔓低着头，脸色渐渐变得和那枯树枝头的雪一样白。

萧潇见她没反应，急得眼泪都掉了下来：“小蔓姐，又不是什么大不了的事，就是去看看他，看他一眼，你就站在门外不进去，让他看一眼，知道你来了，然后你立刻就走，半分钟都不要行不行？”

小蔓却依旧是低着头不吭声，被萧潇摇晃得急了，她才低低出声：“萧潇，我马上就要出国走了……我现在不想……”

“不想惹上麻烦是不是？”萧潇忽然生气起来，“我都不知道慕之哥他哪里对不起你了，他那天在你楼下冻了半夜，你也不出去见他，现在他在医院一直情况都不稳定，你就是去看看他，让他心里好受一点又怎么了？是，你要出国了，你不想他纠缠住你拖累了你去过光鲜的生活，可是好歹，小蔓姐你爱他一场，就真的忍心看着他死在医院？”

“萧潇……”小蔓说不出话来，心里翻涌着无边的悸动，她站着不动，萧潇却是伸手拉了她就向车子跑去……

一路上开得风驰电掣，好几次都险些出小事故，竟然也被她化险为夷，饶是小蔓心里装着事，都被她吓得脸色发白。

下了车稍微喘口气，萧潇就生龙活虎地拽了小蔓往病房跑。

不知是不是近乡情更怯，小蔓反而有些迟疑起来，萧潇把她拽到一栋独立的小楼前时，她反而站着不愿进去了。

小楼后面果然是一树的红梅，在皑皑白雪之中含蕊怒放，就像是一簇一簇燃烧炙热的火焰，小蔓轻轻挣开萧潇的手往梅树边走，萧潇急急喊了她几声，她都像是没有听到。

雪依旧在绵绵地下，小蔓抬头看着那些梅花，依然是美不胜收的，依然是热闹而又璀璨的，可却怎么都比不得那天晚上他手里的那一捧。

是，她要走了，她不愿意让自己的步伐再被打乱，所以她徘徊矛盾，可是如果真的这样走了，心又真的可以安定下来？

她转过身来，对萧潇说：“我们上去吧。”

萧潇大喜，拉了她就往电梯那里跑，两人刚刚拐进电梯，却又有一辆车子缓缓停下，邓华抱了囡囡下车，又回身去扶秦太太：“妈，您慢点，地下滑。”

秦太太摆摆手，一脸焦灼：“我不妨事，我们快些上去吧，怎么慕之昨天又烧起来了？”

邓华亦是眼圈深陷一脸憔悴：“我也不知道是怎么了，还是去问问医生怎么说。”

秦太太心急如焚：“不说了，先去看看慕之。”

邓华点头答应，三人进了电梯，邓华在走进去的时候，回头向外看了那辆车子一眼，是谁来看慕之了？

心思回转，可是很快就到了慕之所住病房的楼层，邓华收回思绪，抱了囡囡刚要出去，忽然就听到了萧潇欢快的声音："小蔓姐，你进去啊，我在外面等你，没事，你们尽管多说一会儿……"

秦太太也听到了，立刻在转角处站定，目光疑惑地望向邓华："她怎么来了？"

邓华亦是脸色惨白，愕然回道："我也不知道啊，妈，要不我们等会儿再进去吧……毕竟……"

邓华低了头，抱着囡囡的手紧了紧，声音也沉了下来："毕竟慕之一直都很想见她……"

秦太太闻言不由得冷哼一声："事到如今你还帮她说话？"

邓华死死咬住嘴唇："妈，说不定她来看看慕之，慕之就好了……"

秦太太正欲反驳，但又想到前几次来探望儿子时，他浑浑噩噩的模样，终究是自己身上掉下的肉，免不了还是心疼。

邓华见她迟疑，又忙地说了一句："妈，不如我们先去医生那里问问情况吧。"

秦太太向前走了两步，盯着那一扇已经关上的门盯了几秒钟，终究还是"哼"了一声转了方向。

邓华抱着囡囡跟在她的身后，转身的那一刻，她眼底眸光闪烁，牙齿咬在唇上，陷入柔软的唇肉中，几乎咬出血来。

小蔓进去的时候，已经快到午餐时间，护士刚刚叫醒了秦慕之，床头已经摇高一些，他左手背上扎着输液的点滴管，半靠在柔软的枕上。

她推门的时候，他不知道在想什么，只是低着头专注地看着手里的一个东西，似乎是听到动静，他立刻缩回了手抬起头来，小蔓只看到隐约的一抹碧绿一闪。

他看到是她，先是暗淡憔悴的目光骤然变得一亮，整个人也似有了精神一般，天气很冷，小蔓穿得很厚，柔软厚实的羊绒围巾鼓鼓囊囊地围在脖子上，头上戴了黑色的粗线帽子，整张脸只露出一双乌黑的眼睛和一个冻得通红的小巧鼻尖，她站在门口，好像有些踌躇，不知该进去，还是该掉转头离开的样子。

"外面很冷吧，赶紧进来暖一暖。"他像是关心一个老朋友一样开口说道，小蔓点点头，回身关上门，然后走到他的床边，床边不远的地方有一把椅子，她坐下来，微微低了头，暖气开得很足，她觉得有些热，就把围巾一圈一圈解下来抱在怀里，秦慕之看着她，觉得她仿佛又瘦了一点，下巴都尖起来。

他有点紧张，藏在被子里的右手握着冰凉的那一枚玉镯，直到玉镯都变得温热，手心里沁出汗来，他才咳了一声："谢谢你来看我，其实，也没什么大碍，就是断断续续地发烧……”

小蔓听到他说话，缓缓抬起头来，她望着他，眼眸像是蒙了一层纱，让人瞧不出里面是什么样的神情，可是开口说的话却像是在机械地念台词，柔韧的声音听起来平静，但却蕴藏着涌动的潮汐：“好好养病，今年天气很冷，生了病就是好得慢一些，我记得你总是说你不怕冷的，往常冬天也总是穿件衬衫套个大衣就出去，以后不要这样了，就算身体底子再好，但年纪也一天一天大起来，总归还是要好好保养，开车的时候，不要总是开着车窗吹冷风，洗完澡睡觉的时候，也要把头发吹干，不然会头痛，你总是很固执，以前我啰嗦你，你嫌我烦，说你习惯了这样，说你身体好从不生病，看看，现在自己也尝到苦头了吧，你，还是都改了吧，以后……我也说不到你……”

她忽然再也说不下去，站起来转身几步走到窗子边，秦慕之怔怔地坐在床上，眼眶里一阵一阵的酸楚，温热的玉镯熨烫着他的掌心，他的嗓子里就像是被人塞进去一把燃着的炭，烘烤得他嗓子灼痛，怎么都说不出一句话来……

“安安……”

他刚刚喊了她的名字，外面却响起笃笃的叩门声，护工的声音跟着响起来，小蔓飞快地抹了抹眼泪，转身过去开门，护工送了午餐进来，因为他病着身体虚弱，多是一些粥和补汤，碗筷摆放好之后，护工就收拾了东西出去。

秦慕之手背上还扎着针，小蔓看他笨手笨脚的样子，忍不住叹了一口气，红着眼圈从他手里接过粥碗：“我帮你吧。”

他其实是没有什么胃口的，这粥又熬得实在太甜了一些，但是她认真专注的样子，让他的心都好似跟着粥里的莲子化掉了一样，甜蜜蜜的一片。

喝光了小半碗的粥，还有一道清淡的鱼汤和一道味道很浓的补汤，小蔓看到鱼片就蹙眉，原想给他拿补汤，可秦慕之却说道：“我没什么胃口，还是喝点清淡的鱼汤吧。”

小蔓端起鱼汤，刚用勺子舀起一片鱼肉，那熟悉的反胃的感觉又侵袭而来，她慌地搁下碗，慌乱中也来不及去找洗手间，冲到门边拉开门就弯腰吐了起来，这一次的感觉比上一次的还要强烈，她只感觉自己的五脏六腑都在绞动，而小腹里也隐隐地有一股下坠的力道，吐得昏天暗地的时候，萧潇那丫头才拿着手机急匆匆跑回来，赶忙扶了她去洗手间，一通折腾之后，小蔓才觉得好受了一点，萧潇在帮她拧热毛巾，小蔓闭着眼在心里默默计算，自从上次用验孕纸测过自己没有怀孕之后，再加上日子过得很忙碌，这么一二十天过去，她原本该来的例假也迟了一二十天，可是她竟然都没有注意到……

心里总是有一个声音在告诉自己，她的猜测是真的，她真的怀孕了，可却不知道怎么了，心中一闪而过的高兴之后，却全都是深深的茫然和不安。

“小蔓姐，你这是怎么了啊，怎么吐成这样子了？”萧潇用热毛巾仔细地给她擦了擦脸，有些担心地问她。

小蔓摇摇头，不管怎样，她不能继续待下去了，如果让秦慕之看出什么端倪……小蔓想到这里，深深吸了一口气，安慰了萧潇几句，就折身又回了病房。

萧潇刚要说什么，手机又嗡嗡震动起来，她接起来，抱歉地对小蔓笑了笑，就拿了手机又躲到了走廊尽头的露台上……

洗手间里面的一个隔间门微微打开，邓华若有所思地低下头，呕吐？好端端的怎么会呕吐？两个月前林小蔓和慕之在一起住了那么长时间，如果说他们没发生关系，打死她都不相信……

那么，是怀孕了？邓华手指微微攥紧，眉宇敛成深深的川字，她的目光之中黑浪翻滚，暗沉无边。

小蔓折回病房，却发现秦慕之已经拔了输液针头下床，她心底一颤，却还是咬着牙只做没有看到，走过去拿了围巾，然后低低说了一句："我走了，你好好养病。"

"安安，你刚才怎么了？怎么好好的吐了……是不是哪里不舒服？"秦慕之挡着路，不让她出去，小蔓狠狠心，一把推开他："我就是来看看你……以后我也不会再出现在你面前，秦慕之，我们两人，再也没有关系了！"

小蔓说完，拉开门就大步地冲出去，她身后没有任何的声音，也没有追出来的脚步声，她却觉得安心无比，穿过长长的走廊，进了电梯，走出小楼，萧潇不知在哪里，小蔓也没有在意，她正要走下台阶出去打车，却忽然听到一边走廊拐角的地方有一道女声隐约地传来："囡囡，你不是问过妈妈，你也想知道抛弃你不要你的亲妈在哪里么？妈妈今天告诉你，其实你很早就认识了她……"

"是谁？"小女孩儿的声音在颤抖，似乎风一吹就碎了……

"就是你那个……小蔓阿姨……"

有些哽咽的声音，就这样清晰地传来，小蔓站在那里，忽然觉得这具身体不是她自己的，她不能动，不能听，不能开口，四周大雪狂卷，大朵大朵的雪花，夹杂着冰冷的雪粒砸在她的头上脸上，她觉得冷，那冷气就像是从她的四肢百脉一路侵袭过来，将她的心脏都冻结成冰。

囡囡是她的女儿……是她抛弃的，不要的女儿？

她无法相信自己的耳朵，她甚至无法控制自己的脚步，她像是疯了一样冲着那声音冲过去，在怒放的红梅背景下，她看到六岁的囡囡穿着洁白的毛茸茸的大衣，就像是跌落在凡间的精灵，那一双漆黑的瞳孔，空洞却又茫然，她的小脸上，是和她的年龄完全不相称的愤怒和扭曲。

小蔓怔忡地停下脚步，她的目光僵硬地望向邓华："你说什么？你刚才说什么？"

邓华显然没料到她会忽然出现，吓得一下子把囡囡拉在身后护住，她有些胆怯地后退了几步，声音哆嗦："你……你怎么了？"

“你刚才说什么？你说她是谁的女儿？”小蔓无法控制地扑过去抓住邓华的衣领，她眼睛瞪得几乎凸出来了一样，那一张瘦削到极致的容颜，在冷风的吹动下，眼角的那一粒暗红的伤疤赫然清晰入目，邓华只觉自己被骇得神魂俱散，她一把推开她，跌跌撞撞几步退到台阶边缘，口中慌乱地呢喃：“难道慕之没有告诉你吗？他那么爱你，他心里只有你，难道就没告诉你囡囡是你和他生的女儿！”

小蔓只觉全身的力气一下子被抽尽，小腹中刀绞一样的疼，仿佛有一只手在拉扯着她的子宫往下拽，她疼得全身都在冒汗，身体里蕴含着一团凉气渐渐地向外扩散，她摇头，眼泪纷纷而下，捂着肚子弯下腰去痛苦地低喃：“我女儿她死了，早就死了……”

“她没死，囡囡就是你女儿……”邓华被她的样子吓坏了，脸色煞白如鬼，“你女儿在这里，你别怪我，我不知道你不知道这件事……我以为慕之都告诉你了……你是囡囡的亲妈……我怎么会想到慕之瞒着你不让你知道……”

“你在骗我……我不信，我不信！”小蔓沙哑地大喊，发出的声音却是风吹就散……

“她今年六岁了，她的生日是十二月十九，她是从小城的那所孤儿院被送到A城来的，她进孤儿院的时候只有一个半月大，你好好想想，是不是你女儿死掉的那一天……是不是，是不是？”

邓华一连声地追问，然后，她把囡囡推出去，推到小蔓的面前……

囡囡被邓华推得趔趄，她眼睛看不到，只是循着声音往小蔓的方向望去，小蔓一抬头，泪雾之后，囡囡的眼中满满的都是愤怒和厌恶，她瞪着她，就像是在看着一个讨厌的巫婆……

她想起，那一天囡囡拿切蛋糕的刀子划她的脸，她愤怒地对着她尖叫：“你怎么不去死！你怎么不像童话中的巫婆那样死掉！”

她忽然全身颤抖，小腹中骤然的剧痛痉挛着传来，她使劲摇头，怔怔后退：“不……她不是我女儿……我女儿她好乖，她不会说这样的话，我女儿她早就死了……”

囡囡的小脸一下子涨得通红，她忽然往她的方向跑过去：“你不是我妈妈，我没有亲妈妈，我只有一个妈妈，我没有亲妈妈……”

她跑得跌跌撞撞，在快要冲到小蔓跟前的时候，邓华却忽然从后面过去紧紧抱住了囡囡：“囡囡，你这是要干什么，那是你妈妈，是生了你的妈妈啊……”

囡囡像是受惊的小兽，她拼命地挣扎，拼命地扭动，像是小疯子一样尖声尖叫：“我没有亲妈妈，我没有亲妈妈，我讨厌她，她要抢走我爸爸，我讨厌她……”

囡囡尖叫的声音刺耳而又响亮，邓华心急如焚，正不知怎么阻止她，却忽然发现小蔓靠在墙上，两腿剧烈地颤抖，脸色白得比那地上的雪还要刺眼，邓华心中一动，转而却是忍不住惊惶起来，她放开囡囡跑到小蔓身边：“你怎么了？怎么了？”

小蔓紧紧地捂着小腹，下身一阵一阵的暖流直往外涌，好像她全部的生命力都随着这

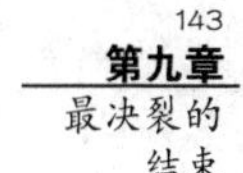

些鲜血流尽了，全身的力气都被尽数抽走了一样，她软软地靠在墙上，却是抓了邓华的手拼尽了最后一丝力气："我的孩子……求求你……"

邓华往地下看去，血已经沁透了她的长裤，有一两滴如绽放的红梅滴落在雪地上，刺眼无比……邓华一下子扭过头去……

她的心好似蓦然一松，转而却又有说不出的恐惧和心酸弥漫而来，也许是同为女人，她想起自己那天被慕之抓到医院，被他逼着吃了药之后……

那样锥心的疼痛，似乎就是刚刚还在侵扰着她，她闭上眼，眼眶却是红了……

"我去找医生……"她放开小蔓，折身就要往楼上跑，刚一转身，面前却是一道人影一闪，紧跟着脸上就重重地挨了一巴掌，邓华被打得趔趄，头发散乱披在脸上，透过发丝她看到秦慕之暴怒的那张脸，忽然之间，仿佛就只是这一个瞬间，所有的过往都变成掌心融化的雪，所有苦苦纠缠着追逐着不肯放开的一切都变成了指间的流沙……

"长安……长安……"秦慕之顾不得理会她，他只是惊惶地喊着长安的名字往她的身边跑，他的身子撞在邓华的肩上，那样大的力道，她只觉得骨头都要散架了，那些疼痛，却怎么都压不住心底的凉……

邓华低下头来，骄傲的她，从不肯轻易掉下象征脆弱的眼泪，只是这一刻，她乍然地醒悟，醒悟之后，却又觉得这一切真像是一场可笑的梦……

她转过身去，一步一步向外走，秦慕之的声音听起来让人撕心裂肺地难受，她捂住耳朵，她一步一步走入漫天的大雪之中，再不回头……

"安安，安安……"秦慕之抱着她的手心都是冰凉濡湿的鲜血，他的心直往下沉，跌撞的脚步甚至都开始变得虚浮，她的手指根根惨白，就像是冰冷的玉石雕刻而成，她抓着他的衣襟，在痛到失去意识的时候还在呢喃："救我的孩子……慕之……我求求你……我要孩子，我要孩子……"她的眼泪一直在流，哪怕是整个人早已陷入昏厥之中，可是泪水依旧源源不断地从眼角滑落，他胸口薄薄的衣服被完全沁湿，他低下头，抱紧她，把脸贴在她冰冷的额上："你放心，我向你保证……孩子没事，你也没事……我发誓，长安，你信我……你相信我……"

她昏沉沉地松开手，额上有一片的冰凉水渍，而秦慕之的眼角，隐隐看到水汽氤氲……

医生和护士匆匆地跑进跑出，秦慕之失魂落魄一般站在病房外，秦太太亦是匆匆赶来，一眼看到慕之的形容，不由得骇了一跳，慌忙过去拉住他的手臂扶他坐下来："儿子，你这是怎么了？你不要吓妈妈啊……"

他脸色苍白一片，双手紧紧地攥成拳，牙关紧咬，一动不动，秦太太扶他坐下，他就坐下，秦太太问他话，他却是一点反应都没有，就连眼珠子都不动，只是紧紧地盯着那扇紧闭的门。

“儿子，慕之，慕之啊……”秦太太急得眼泪直掉，抓着他的肩膀一个劲儿地摇晃，秦慕之却依旧是没有一丁点的反应，她无措地望着他的样子，忍不住掩面大哭，“慕之……妈妈不再逼你了，你想要和她在一起……那就在一起……”

他似乎微微地颤了一下，秦太太瞬时大喜：“慕之，妈妈不骗你，只要你好好儿的，儿子，儿子只要你好好儿的，妈妈怎么样都可以……”

秦慕之好像是冷冷地勾了勾唇角，有沙哑的声音从嗓子里挤出来一般粗嘎而又难听：“晚了……”

“什么晚了？不晚不晚，儿子，你只要别吓唬妈妈，别这样什么都不说，妈妈什么都答应你……”

秦太太坐在慕之的身边连连安慰，秦慕之却是望着那一扇门不做声，紧攥成拳的手指一根一根捏得发白，不知就这样过了多久，他看到那扇门忽然打开，医生一脸肃穆地走出来……

那样的神情，让他的心一个劲儿地往下沉，他站起来，有些摇摇欲坠，秦太太慌忙扶住他，有些不解地望向医生：“她怎么样了？”

“慕少……”医生脸上的表情有些为难，秦慕之的样子，实在是太让人心酸了，他根本不知道该怎么开口说。

“你说，说实话。”他的声音听起来那么平静，但秦太太却感觉到她扶着的手臂，颤抖而又僵硬，她望着儿子的模样，心里酸涩难受，这一辈子她都不曾后悔过，可是这一次，她是不是真的错了？

“慕少……她的情况不太好，孩子……最好还是不要留了……”医生硬着头皮说完，却忽然有一双手死死地攥住他的领口，他几乎就这样被提了起来，脖子被领带勒紧，呼吸一下子卡死，惶恐之下他连连挣扎着开口，“当然，想要保住还是有可能的……只是……”

秦慕之的手劲儿微松了一些，医生感觉自己踩在地上，才觉得有些踏实，他不敢再磨蹭，一连串说出来：“情况看起来很凶险，但若是竭力去保还是有希望的，只是……只是那位小姐她的身体状况太差了，而且这一胎，其实，其实并不好……”

“怎么说？”秦慕之一把松开他，粗喘着气微微后退靠在墙上，他额头滚烫，身上虚弱得一点力气都没有，却仍是冷冷地盯住医生。

“怀孕期间，用过刺激性很大的药物，孩子就算勉强保住，大人的元气也耗损得差不多了，而且，极有可能生下来还是畸形……”

刺激性很大的药物？秦慕之骤然一惊，浑浑噩噩间脑子里却是蓦然想起那一次，他在顾艺声的家里强占了她，她身体受损，开了许多的药，外敷内服的都有，他每天都逼着她吃药……

秦慕之忽然闭上眼，重重一拳擂在墙上，而秦太太却已经呆若木鸡，好半天她才醒悟过来抓住医生的白袍："你说……我的孙子保不住了？"

医生受了这场惊吓，早已学乖，立刻点头，一脸痛心："是的，太太。"

秦太太眼前一阵发晕，眼泪突突地直往外涌，医生扶了她在长椅上坐下："太太请节哀，孩子以后，还是会有的……"

"我这是造了什么孽……好容易得了一个孙子……怎么就偏偏保不住……"秦太太心痛得刀绞一般，揪着胸口大哭起来……

哭了一阵，忽然想起什么，止住哭声，又问医生："你刚才说，只是可能畸形对不对？"

医生点点头："是的太太，现在只是猜测，毕竟这位小姐怀孕刚刚两个半月……"

"那就保住！不管怎么说，只要有百分之一的希望，也要生下来……"

"可是太太，这位小姐的身体根本承受不住，她刚刚大出血，就算是勉强保住了孩子，她的身体也不一定能坚持多久，而且，这个孩子对她来说根本就是很大的拖累……"

"我不管这些！要用什么药，要怎么补，要怎么伺候，我们秦家来负责，只要她好好养着……"

秦太太立刻下了决断，经过上次邓华的那件事后，她也算是彻底明白，慕之根本不可能和邓华生孩子！谨之又是那样，对她恨之入骨，她不能没有孙子，秦家不能没有后！

"把孩子拿掉吧。"秦慕之的声音忽然幽幽传来，秦太太一怔，医生也回头看去："慕少……"

"就按我说的做，把孩子拿掉，保她，待会儿手术时，你们……尽可能要她少受伤害……少挨苦头……"秦慕之一字一句说完，整个人却似支撑不住了一样跌坐在椅子上……

"慕之……"秦太太只觉撕心裂肺的难受，忍不住想要劝阻，秦慕之却闭着眼，一行眼泪缓缓滑下，他苦涩地笑，声音低低："妈，您就让我顺心一次吧……"

"可是那是我们……"秦太太只觉得要被摘去心肝一样地疼，她揪住心口无声地呢喃，"那是你的骨肉，我的乖孙……"

"孩子还会再有，而长安……只有一个。"

秦太太被他的话说得愣住："慕之……"

秦慕之摆摆手，眉宇微皱："妈您什么都不要说了。"

他说完这句，停顿了一下，又对医生说道："快些去准备手术吧，不要再拖下去。"

医生不敢踌躇，小蔓的情况本来就不好，早一点做手术，对她只有好处没有坏处。

"慕之……这到底是怎么了，为什么事情会变成这样？好端端的……怎么会……"秦太太难受得眼泪一个劲儿往下掉，这些年，她想孙子都想得要发疯了，好不容易有了一个，却偏偏……

秦慕之只是闭着眼睛不说话，过了很久，他方才缓缓开口：“妈，您去楼下看看囡囡吧。”

“囡囡又怎么了……这一个一个都不让人省心，邓华不是和囡囡在一起的吗？”秦太太说着，却终究还是心疼孙女，抹了抹眼泪站起来，嘴里念叨着走了。

周围又安静了下来，窗子外的天空也变得暗淡下来，手术室里灯光很亮很亮，那亮光，从门上的窗户里透出来，恰恰落在他的身前，他就被笼在那黑暗之中，远远地，也看不清楚他脸上是什么样的表情，也不知道他的目光看向哪里。

秦慕之脑子里满满的，满满地在回放长安最后对他说的话，她求他保住他们的孩子，可是他做不到，如果要恨，那么就让她来恨他好了，所有的孽都是他造下的，那么，这孽果，也就由他来尝。

门忽然开了，光明瞬间侵袭而来，秦慕之机械地抬起手来遮在眼帘上：“结束了？”

“是的慕少，手术很成功血也止住了，只是病人情绪不安稳。”

秦慕之摆摆手：“你下去吧，我陪着她。”

“慕少，您的病情……”

秦慕之摇摇晃晃站起来：“不碍事。”

他越过医生走进病房里，房间里还充斥着浓郁的血腥味，秦慕之站在门边，扶着门框，远远看着她躺在床上的样子，只觉得胸口里，一阵一阵膨胀着隐隐地疼。

那一整夜，他没有一秒钟闭上眼睛，在很长很长的一段岁月里，他曾经不断地回忆起那个晚上，是最寒冷的一个冬夜，最难熬的一个晚上，可是，记忆里，却是浮起小小的柔软和温暖，就像是被孩童遗忘在树洞里的果子酒，很多年以后拿出来，不用尝就醉了人。

因为，在无法守候的岁月里，方才知道，只是看着她，静静地看着，就是幸福的。

小蔓这一整夜并不安稳，麻醉剂的药效过去之后，疼痛开始袭来，但却又因为身体太虚弱，一直都是浑浑噩噩的，他就紧握着她的手，在她噩梦呢喃的时候，低低在她耳边轻声地安慰，不知是不是睡梦中已经知道孩子保不住，她的眼泪一直没有断过，但是断续的梦呓中，秦慕之总会听到她念自己的名字。

她不念还好，一念他的心里就痛得像是被人用刀子剜，她好似从来没有真的快乐过，也从来没有真的幸福过。

时光辗转，六年不过是指间沙，回头看去，他终于肯在这寂寂的长夜里忏悔，是他辜负了她。

握在手心里的那一只手，已经不再冰冷，他耳边的呼吸声，也渐渐安稳。

秦慕之微微地低下头，手指轻轻地撩开她的长发，她的眼角，那一道疤痕依旧清晰地横亘在那里。

他静静地望着，望了许久，然后低下头吻在上面：“长安，你放心。”

他不会再让她遭受别人的冷眼和异样的目光，他欠了她的，他都会一点一点还给她。

窗外的黑暗渐渐变成玫瑰蓝，远远的地方传来隐隐的钟声，寂静一瞬间褪去，有细微的声响一点一点浮起来，他放开她的手，站起来，又看了她的睡容一眼，然后转身，走出病房。

"一般女人小产要休养多久？"

"至少也是二十天吧。"

"那么，这二十天内，不要告诉她实情。"

"……是，慕少。"

"还有，联络美国的医生，开始着手安排给她做手术的事宜。"

"好的慕少，我们立刻就开始安排，您放心吧。"

医生走了，他一个人站在空荡荡的走廊里，他想抽根烟，但口袋里空空的，他觉得心里也跟着空荡荡的，然后又一个人站了一会儿，拨通了一个电话，他的声音低沉却又坚定："东子，帮我联络一下顾艺声，对，就是萧潇学校里那位钢琴教师。"

霍彦东不知道说了一句什么，他握着电话，像是一尊站立的石雕一动不动。

那二十天，他都再也没有出现在她的面前。

医生告诉她，她的身体很虚弱，一定要躺着休息半个月才可以下地，所以这半个月内，她必须住在这里不能挪动，不然孩子就保不住。

小蔓信以为真，甚至连秦慕之就住在这栋楼里都不再在意。

是，她不会再在意那个男人，也不会在意其他，她有了孩子，有了新的希望，她什么都不会再怕。

她要勇敢，要坚强起来，要保护她的孩子，像那天那样的事情，她再也不会允许发生。

她乖乖地听医生的话，乖乖地躺在床上，补品和药粥源源不断地送来，她乖乖地喝下去，哪怕是并没有胃口。

她的心情十分十分的好，有时候秦慕之会悄悄地站在门外看她，她总是淡淡温柔地笑着，手掌贴在小腹上一下一下地轻柔抚摸，有时候他看得忘了时间，一站就是一个下午，他发现，她就那样摸着小腹，和肚子里的"宝宝"说话，一点都不嫌烦地过完一个下午……

有时候他会想，为什么老天爷不惩罚他却来这样欺负长安，为什么不让他承受那些痛苦而让他们的孩子活着……

他的心就像是悬挂在深不见底的深渊上，很危险地就要跌落却又偏偏不知哪一刻会跌落下去，正是因为这样的茫然，所以每一分每一秒都是煎熬，他怕，怕她知道真相后会难过得疯掉，他也怕，怕这样一天一天地瞒下去，到最后积攒的痛苦会越发地被放大。

他再也不敢去看她，余下的五天。

她的消息，有时候是萧潇讲给他听的，有时候，是从护工那里。

她要开始做手术了，听护士说她很紧张，一遍一遍问医生会不会伤到宝宝，得到了确切的答案却还是担心，甚至手术前的那一天晚上还失眠了。

她进手术室的时候，他就在她手术室隔壁的病房，美国专家十分的专业，她的手术进展得很快，效果也十分的好。

医生说，过些天拆了纱布，创口长好看看恢复情况就知道结果了。

纱布摘掉了，她恢复得十分好，医生说，慢慢地，这里就只会留下淡淡粉色的一片，再慢慢地，就什么都看不到了。

是，爱过的人会忘记，哭过的泪痕会风干，你曾经藏在心底深处不敢去碰的那个人也会渐渐模糊了容颜，就像是疤痕也会被除去一样，这个世上，没有什么东西是不会消失的，没有什么东西是美好而又隽永的。

他知道他这一次是真的彻底失去她了，可是他并不后悔，真的，一点都不后悔，如果事情再来一次，再要他选择，他还是会这样做决定。

因为，谢长安，只有一个，失去了就再也不会出现，不会出现在他的生命中，留下这样顽固的，抹不平的，伤痕。

她和顾艺声一起出国的日子，已经一天一天临近。

那天萧潇来看他，他正胃痛得连水都喝不下去，吃了药一个人坐在窗子边看书。

看了很长很长时间，页码还是停留在那里，窗外红梅的树影在阳光的照耀下透过窗子映在书上，斑斑驳驳，有一下没一下地轻轻摇晃，这样安静的时光，他许久都不曾享受过，就那样看着看着就一个人愣住了。

萧潇站在门边，一直站了很久很久，她看到他的窗子正对着一树红梅，风一吹过，万千落红零零而落，她从来不知道，一个一向霸道而又强势的男人，竟也会有这样的时刻。

“慕之哥……”萧潇轻轻地唤他。

过了一会儿，他方才站起来转过身，声音低低的：“萧潇来了啊。”

萧潇点点头，咬了咬嘴唇：“慕之哥，小蔓姐她……”

“她一会儿就要走了。”秦慕之点点头，手掌撑在桌子上，他感觉胃部有些隐隐地疼，一下一下痉挛着，其实他真的很想躲起来，也很想做一次缩头乌龟不去把真相揭穿……

只是，躲过了这一时，又能怎样？

就算她已经远渡了重洋，她没法找他的麻烦，那她身边的人，就要来帮他承担这样的后果，承受她的痛苦。

这是他种下的苦果，就算是苦得比黄连还要难以下咽，他也该笑着咽下去。

“慕之哥……你准备怎么办？”萧潇有些不敢看他的表情，嗫嚅着轻声询问。

秦慕之惨淡一笑，忽然有些无所谓地摇摇头，甚至，他嘴角边挂着的那一抹笑，还有些痞痞的味道。

他看了萧潇一眼，拍拍小姑娘的肩安慰道：“没事儿，别愁眉不展的，早晚都要告诉她真相的对不对？没关系的，别担心啊。”

萧潇的眼泪就直往下掉：“慕之哥你怎么说啊，你说出来，小蔓姐她一定恨死你了，要不然，要不然就不说了……我们就瞒着，以后再想办法？”

“傻丫头，净说傻话，好了，没事了，别哭了，一会儿东子来接你看到了，还以为我欺负你了。”

秦慕之笑着安抚她几句，顿了顿，渐渐敛住笑意：“我现在过去看她，萧潇，你帮我在门外拦一下，先别让人进去，我和她的事情，就让我来解决，我不想外人插手。”

萧潇噙着泪点点头：“慕之哥，有话，你们好好说……我不想看到你们吵，我想看到你们好好的，你和小蔓姐，多配啊……”

“东西整理好了吧？哎，还有那个要带上，对，小心一点，很容易摔碎的……”

“宝宝今天还是超级乖啦，我们一会儿坐飞机……去维也纳！”

她欢快的声音，隔着薄薄的一扇门，清晰地传入他的耳中，他扯了扯唇角，想换上一副无所谓的无赖表情，但却发现自己失败了。

他甚至，有些细微地颤抖起来，靠在墙上的脊背汗湿了一片，她的声音忽远忽近，就像是一道一道不停袭来的魔咒，他再也站不住了，脑中嗡鸣不停，身子忽冷忽热，终是骤地转身推开她所在房间的门……

“砰”的一声，门被重重推开撞在墙上，发出让人胆战的巨响，坐在床上正整理东西的小蔓吓得一抖，下意识地捂住小腹回过头来……

他站在那里，脸色白得吓人，可是那眸子却是越发的漆黑深邃，就像是翻卷着一团一团的阴云，拖着她往里面沦陷，她不由自主地捂紧小腹，缓缓站起来：“你……怎么了？”

他没有应声，只是走进来两步，然后，将门又紧紧锁上。

小蔓看他的神色十分不好，脸上的表情也是说不出的阴郁，不由得有些骇然地后退一步：“秦慕之……你搞什么，你不要吓到宝宝……”

“没有宝宝了。”

他忽然打断她，声音低低的，毫无波澜起伏，却也没有一丝的感情，她怔了一下，旋即哧地笑了一声，抚了抚小腹坐下来，微微垂了头，只露出一截白皙的颈：“发什么神经呢，我忙着呢，你要是没事，就出去吧，一惊一乍，吓死人了。”

“我说的话，你没有听到吗？孩子那天就没了，你难道就感觉不到？”

他缓步上前，甚至还是有些痞痞地点了一支烟叼在唇间，刺鼻的烟味瞬间蔓延，小蔓立刻站起来走到窗边拉开窗子，回头瞪他：“你吸烟的话就出去，我不能闻这个味儿！”

“别傻了谢长安……”他低低地笑着，手指间夹着燃着的烟，趋近她的身侧，那一双原本魅惑的眼眸，却是透着浓浓的讥诮，他的手掌撑在她身侧的窗台上，刺鼻的烟雾喷薄在她的鼻端，小蔓下意识地紧紧捂住口鼻，闪身想要躲开，秦慕之却是一下子按在了她的肩上。

他的面目微微有些狰狞，薄唇勾出冷冽的一道弧线，他的眸子深不见底，就那样盯着她，她觉得她的心在往下沉，整个人像是被人掐着脖子按进了刺骨寒冷的冰水中，她想要挣扎，想要逃，可是她的腿是软的，她身上一点力气都没有……

可那冷让她清醒，她的脑子里开始回荡他的话，没有宝宝了，没有宝宝了……

她一下子弯下腰，痛苦地大口大口喘息，可他的声音却像是如影随形的魔鬼，忽然地响起，带着决绝的刻薄和冷冷的嘲讽：“谢长安，你和沈从佳睡了那么多天，你怀的孩子怎么可能是我的？这样大一顶绿帽子扣下来，你还真是不要脸，我告诉你，孩子没了，是我让医生拿掉的！我秦慕之，绝不会忍受这样的羞辱……”

“啪！”她抬手一巴掌扇出去，紧跟着嘶哑而又尖利地喊了一声：“闭嘴！你闭嘴！”

他被她打得头歪在一边，舌尖在口腔内抵住发麻的那一块，冷笑：“怎么？我说穿了你的心事？你怀孕怎么不去找沈从佳？你们女人不就爱做那种怀孕逼婚的烂事吗？”

“秦慕之……你……你无耻……”她怔怔地望着面前那个男人，他高傲而又不屑地看着她，那些刻薄的字眼连绵不断地倾吐而出，她感觉脑子就要炸开了一样疼，太阳穴中像是被人硬生生地钉进去一根铁钉，不停地翻搅着，撕扯着她的血肉，她胡乱地摇头，眼泪没有办法控制住地往下掉……

“我无耻？谢长安我告诉你，原本我还想和你好好玩玩，可是现在，你真让我恶心，不过，能耐不错，先是沈从佳，现在被甩了嫁豪门无望又能攀上顾艺声，要出国去做一对野鸳鸯，我成全你……”

他掐住她的下颌，凌乱的发丝之下，她的泪眼凄楚而又绝望地大睁，他淡漠地笑，他像是投入进去了这种自己制造出的剧情：“但是，你想怀着那个野种走……”

他忽然低头，几乎是咬牙切齿一般一字一字：“不——可——能！”

最后三个字说出，空气似乎都跟着凝固了，他的手指捏着她的下颌，触手的地方一片冰冷，他望着她，在那淡漠的笑容之下，她永远不知道，他承受着什么样的痛苦。

他不想让她恨自己，不想让她怨自己，那么，就用这样拙劣的手段，把她全部的恨意

都加诸他的头上吧。

他这一生，只演过这样一次戏，剧本——下乘，演技——上乘。

她低着头，长发散乱下来披拂在娇小精致的脸侧，她的双手紧紧地环在胸前抱住自己，那是一种自我保护的脆弱和无助，她浑身都在抖，可是她没有哭出声来……

他的手指一点一点松开她，然后用力往后一推，她踉跄着后退了一步撞在窗台上，腰际一阵剧痛，可她仍是死死地咬着牙关。

“看在我们也曾经相识一场的分上，我忍到现在才和你说出实情，谢长安，从这一刻起，请你，彻彻底底地滚出我的生命中，再也不要让我看到你，囡囡你也永远不要见，她不需要，像你这样下贱无耻的妈妈……”

她忽地抬头，在纵横交织的泪雾之后，她的眼底浓浓地投射出决绝的恨意和怒火，她盯着那张脸，那张曾让她爱得死去活来失去自我的脸，那张让她不止一次沦陷在他的柔情中的脸，她真是蠢！她真是蠢！

“好，很好。”她忽然扬唇一笑，那样惨烈的笑，他这一生见这一次，足矣。

她胡乱地拨了拨头发，忽然往床边走去，削水果的刀子还在果盘中，她伸手握住，忽然极快地转过身扑到他身边，锋利的刀子刺入他的胸口，鲜血一下子涌出，他站着，一动不动，只是低头看着她，缓缓地，似乎嘴角有了点点笑靥。

“秦慕之，你亲手杀死你的孩子，你会遭报应的，你会的！你一定会的！”

她平静至极，就那样静静地望着他，墨色的眼瞳里再无表情，然后，她冷笑着，一点一点把刀子拔出来，血，瞬时喷溅而出……

他踉跄地后退一步，手掌捂住胸前的伤口，鲜血不停地往外涌，从他的指缝之中溢出，他低下头，望着被血染红的胸前，剧痛袭来，他几乎支撑不住，却仍是提着一口气惨淡一笑：“那我等着，你可得好好活着，活着看我遭报应！”

她扔下手里的刀子，垂眸望一眼手心的嫣红，扬声开口：“你放心，我会活得比谁都精彩，秦慕之，你休想用几句话就打垮我！”

他未再说话，她亦是不再理会他，转身胡乱提了行李摔门而出，她走得极快，没有一丝丝的留恋，挺直了脊背，一如多年前那个骄傲的姑娘。

这房间，忽然之间就寂静了下来，他捂着胸口重重跌在地板上，高大的身躯撞击着实木地板，发出闷闷的一声，他感觉眼前一阵一阵眩晕，耳边似乎遥遥地有人在叫他的名字，纷沓的脚步声凌乱响起，忽远忽近地往他的耳朵里灌，他无力地摇摇头，眼皮沉沉地合上，终是，什么都听不到，什么都看不到了。

第十章　只身在异国

到机场的时候，小蔓预备给楚老师打个电话，孰料手机刚一开，铃声就此起彼伏地响个不停，等了一会儿方才停顿下来，小蔓一看，十几条短信和几十条来电提醒，她吓了一跳，刚要看简讯，手机忽然又响了起来，她看到那屏幕上跳动的名字，犹疑许久，想到时间终究来不及，他肯定赶不来，又想到这么些天他无时无刻不陪着自己……最后还是心中一软，按下了接听。

听筒里立刻传来他的一连串咒骂，小蔓捂住嘴，却是微微翘起了嘴角："喂，沈从佳，你找我就是为了骂我的么？那我挂掉了……"

"林小蔓你敢！"沈从佳气得咬牙切齿，但一颗心却是稳稳落了地。

"你在哪？"依旧是那样大少爷一般的耀武扬威，小蔓忍不住轻轻摇头："沈从佳，我要走了……谢谢你，前些日子对我的照顾……"

"别那么多废话！到底在哪？"沈从佳飞快地打断她，一副不耐烦的样子。

小蔓倒是平静了下来，还有二十分钟她就要过安检，告诉他，也不妨事。

"我在机场，飞机马上就要起飞了……"

电话那端骤然安静了片刻，小蔓也不由得微微屏住了呼吸。

"林小蔓，我马上就到，你给我老老实实在候机室等着！"

"喂，沈从佳……"小蔓顿时着急起来，沈从佳却已经狠狠挂了电话，她对着听筒喂了几声，方才颓然坐下，这个人，总是这样霸道……

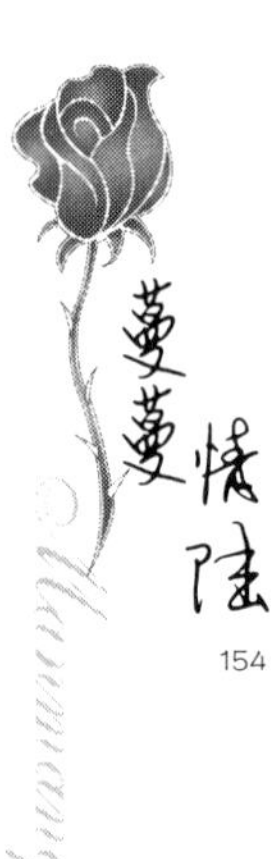

顾艺声处理好一些琐事回来，见她捏着手机若有所思，就关切地询问："怎么了？"

小蔓摇摇头："没事儿。"

顾艺声在她身边坐下来："马上就要过安检了，你把东西收一下吧。"

小蔓点点头，将几样小东西又收回包中，两人相对无言，默默坐了一会儿，广播忽然响了起来，顾艺声提了随身行李站起来："我们过去吧……"

小蔓"嗯"了一声，拿了包包站起来的时候，仍是往候机大厅的入口看了一眼，人来人往之中，却并没有那个出众的身影。

前面的旅客并不多，有一对小情侣，好像是第一次出国，很激动的样子，一直在唧唧喳喳说个不停，男生十分温柔地和自己女朋友讲话，毫不嫌烦地解释一些幼稚的问题，小蔓看着看着眼前就恍惚起来，她有些怔怔地站在那里，忘记往前走去。

候机室忽然有些骚动起来，顾艺声也回头去看，一看之下慌地伸手去拉小蔓："长安，长安……"

"嗯？"小蔓闻声回头，却看到纷沓的人群之中，有一道秀挺颀长的身影不管不顾地向着这里跑来，她一下子震惊地捂住了嘴，沈从佳怎么这么快赶来的……

"林小蔓！"沈从佳气怒地大喊她的名字停住脚步，累得大口大口喘着弯下腰来，他双手撑在膝上，一头一脸的大汗，看起来竟有几分的狼狈。

沈从佳略歇了一会儿，见她傻傻地站在那里不动，完全没有要过去的意思，不由得恼羞成怒，几步蹿过去一把扯住她的手臂拽出队伍，还不忘记挑衅地瞪了顾艺声一眼。

"你去哪？谁准你出国的？不声不响消失这么多天，还准备不吭一声就远走高飞，林小蔓你他妈耍我呢是吧？"

他气得捣着她的脑门连声骂，小蔓的额头一会儿就被他戳得通红，正在左躲右闪，沈从佳却又一把捧住她的脸仔细地左右端详半天，目光才定格在她眼角那处，他有些目瞪口呆，傻乎乎地问："你为了我去整容了？"

"你傻啊，我又不嫌弃你长得难看，你倒腾什么啊，疼不疼你这个笨蛋！"他有些粗鲁地去抚她那一处，小蔓却就那样直直地望着他，忽然之间一行眼泪滚了下来……

沈从佳看到她突然哭，不由得吓了一跳，慌忙用手去擦，又拉下脸来哄："怎么哭了啊？我骗你的……其实吧，你长得并不难看，我都是逗你玩哪……"

"你去死啦！"小蔓捶他一下，扑哧一笑，却是眼泪掉得越发厉害起来，沈从佳看着她又哭又笑的样子，只觉得心脏深处某一个地方无法控制地柔软起来，只是嘴巴却还是又贱又坏："又哭又笑，瞧你那傻样儿！"

"沈从佳……"小蔓气得瞪他，沈从佳却忽然灿烂地大笑起来，张开手臂把她抱入了怀中，小蔓一怔，僵硬地被他抱紧，他的个子高出她一大截，她的脸正好贴在他的胸口，她听到他有力的心跳，还有那身上只属于沈从佳的气息浓浓将她包裹住……

不知怎么的，眼泪就是没有办法控制住，这个总是嘴巴又毒又辣老爱嘲笑她长得丑的男人，这个喜欢欺负她却又在她需要帮助的时候一直陪着她的男人，这个她最初讨厌最后却又愿意当朋友对待的男人，他给她的生命，带来了太多太多的惊喜和意外……

其实，她都懂的，可是，如果不想失去这个好朋友，那么，就只有装作什么都不知道。

“不过蔓蔓……你现在的样子，还挺好看的。”沈从佳把她抱在怀中，低了头去看她的眼角那处，他黑黢黢如同黑琉璃一般的眼瞳亮晶晶一片，耀得她几乎不敢直视，她低下头，轻轻从他怀中挣开：“沈从佳，谢谢你来送我，不过……我真的要走了……”

“谁说我是来送你的？”沈从佳脸上的笑容忽然消去，他一伸手把她的背包扯过来，像是小孩子一样护在身后：“我可没答应让你出国！”

小蔓被他这样的举止弄得又好气又好笑：“沈从佳，别闹了，我马上要进安检了，等我安顿好了再和你联络好不好？你也可以出国去看我啊……”

“不行！”沈从佳毫不犹豫地拒绝，他现在根本走不开，家里乱成一团糟，父亲开始不顾一辈子的名声和地位都要把那一对母子弄进家，母亲又是个性子绵软除了以泪洗面一句硬话都不敢说的，老太太和老爷子虽然还有威信在，但毕竟年纪已大，又能管束多久？现在也只有他这个唯一的儿子来出头应付这一切。

在这样的时刻他怎么能丢下这一个烂摊子出国去找她？恐怕他这边一走，那边父亲就把那两人领回家了！

“沈从佳，我已经决定了，不管是谁，不管发生什么事，都没有办法阻拦我离开的。”

小蔓说到这里，见沈从佳脸色渐渐变得雪白，她心中亦是不忍，但是事到如今，退缩是绝不可能，留下她更是做不到，她要出去，要离开这里，她要做的事情还有很多很多，而不是纠缠在无止境的男女关系之中让自己一点一点地变成花瓶里枯萎的花。

“我娶你，我娶你！”他忽然上前一步紧紧按住她的肩有些急迫地开口。

小蔓只感觉自己的心口都仿佛被什么狠狠撞击了一下，这还是那个骄傲到全世界都不放在眼里的沈从佳吗？这还是那个从来不会服软从来傲慢却又让人觉得理所当然他就应该是这样子的沈从佳吗？

“我收回那天说的话，我收回以前说的全部，林小蔓，我娶你，明媒正娶，八抬大轿都可以，你留下来，陪在我身边，好不好？”

他按着她肩的手，似在微微地颤抖，小蔓低着头，她不敢抬头，不敢面对他此刻的表情，她知道她一定会忍不住哭出来，没有女人听到这样的表白还可以淡定从容的吧？哪怕是她不爱沈从佳，她没有想过把他当备胎，她根本不曾考虑过这个男人做自己的另一半，她还是觉得心里酸酸的，不知是苦还是甜。

“你说啊！”他抓着她的肩，有些惶急地晃了晃，小蔓眼里的泪终究还是扑簌簌地掉了下来：“沈从佳……对不起。”

他一下子松开手，怔怔地后退了一步。

小蔓哭着抬起头，正迎上他一片萧瑟的双眸，她从不曾看过这样的沈从佳，就像是一个战无不胜的将军，在人生最辉煌的时候忽然遭遇了滑铁卢，他的表情，让人看了心里就忍不住地一阵难过……

“林小蔓，你再说一遍。”他幽幽地开口，目光里甚至隐隐地含了祈求，“我不会再问你第二次的……”

“对不起……”

她不等他说完，就抢先开了口，给不了爱情，更不能因为怜悯而给他希望，沈从佳这样骄傲美好的人，不值得她这样一个女人。

沈从佳定定看她一眼，干脆转过身去，大步流星地往机场外走去。

小蔓又在原地站了许久，直到顾艺声又催了她几次，她方才转过身去一步一步走进安检。

沈从佳走了很久，忽然整个人就像是被抽走了所有的力气，他垂了头，怔怔地望着微湿的地面，不知道什么时候，忽然就下起雪来，他讨厌冬天，从这一刻起，沈从佳最讨厌的季节就是冬天，最讨厌的气候就是下雪，最讨厌的地方是机场，最讨厌的一个人，就是林小蔓那个混蛋！

他忽然扬起手，把手机重重地掷在地上，可是那小东西在地上弹了几下，依旧是完好无损地躺在了雪中，沈从佳气恼无比，抓起手机把卡取出来毫不犹豫地掰成两截狠狠丢出去，又忍不住吼出声：“林小蔓……你他妈最好永远别回来！”

林小蔓，我永远都不会承认，我沈从佳，喜欢上了你。

从A城到维也纳，大概需要飞行十个小时的时间。

十个小时的时间，隔断时空，再见不知要何年何月。

秦慕之在休养的那一段时间常常想，如果他从来没有遇到谢长安，他现在会怎样？如果他们分手后，一辈子老死没有相见，他又会怎样？

胸口的伤，依旧在隐隐地疼，助理刚刚给他打过电话，说她和顾艺声已经在维也纳安顿好，学业和生活都渐渐步上正轨，顾艺声进了维也纳知名的一个交响乐团，而她，很幸运地通过楚老师的介绍顺利地拜入维也纳最出名的声乐大师卡西米尔门下，助理还说，她已经去试上了第一节课，卡西米尔大师十分欣赏她的嗓音条件……

真好，她一步一步走在光明的路上，她的梦想必将很快实现，而她的前途，也是一片似锦。

到那时，不知道她还记不记得这个叫秦慕之的男人，不知道，她还能不能原谅他，接受他。

邓华离开了秦家，只是留下话说想要出国散心一段时间，两个人的婚姻关系早已解除，虽然还有很多事情没有弄清楚，但他仍是没有阻拦她，秦太太亦是没有再留邓华，好像经过上次的惨剧之后，她忽然之间看开了一切。

在囡囡动完手术的一周后，勋哥从燕声夫妇定居的那个小县城回来，他带回来的消息并不乐观。

这一次行程，也只是得出了一个稍微有点价值的消息：燕声老板的女儿，当年确实被一个有钱人收养了，据说是住在燕声剧院隔壁的一个寡居的女人看到的，只是可惜，那个寡居的女人前些年在海外的一个侄儿发了财，把她带出国去享福去了，去了哪里，根本就没有人知道。

“如果能查到这个女人的消息，事情可能就会有些进展。”汤启勋看他神色不愉，一脸的失落，就拍拍他肩轻声安慰。

秦慕之摇摇头：“不要说那唯一的目击者已经下落不明，甚至极有可能，这么几十年过去，她已经不在人世了……”

“总算是一条线索嘛，你也不要太失望了，事情发生过，就一定会留下痕迹，不管多久，总有水落石出的一天。”汤启勋说着，看他有些郁郁不振，就转了话题，“对了，明儿你和囡囡都要出院了吧，囡囡眼睛恢复得怎样？”

“还算不错吧，已经模模糊糊可以看到点影像了。”秦慕之叹口气，“也是我，没有早一点想到带她出国去治病，耽搁了这些年。”

十个月后，她的消息源源不断地传来，而他，也终于下定决心。

“我准备带囡囡出国住几年，这孩子现在变成这样，我这个做爸爸的有不可推卸的责任，我没在她身上花过太多心思，现在好好管管她，应该还不晚……”

“要管孩子，也不是非要出国不可……公司是你十来年的心血，你就这样丢下不管……不说这些，你连妈妈，你连妈妈都不要了吗？”

秦太太痛心疾首，秦慕之却是再不更改。

第十一章　离你更近一点

去维也纳的日子很快就到来，秦慕之离开的时候，并没让人相送。

临上飞机之前，他忽然又蹲下来认真地望着女儿，一字一句说道：“秦昭宁，爸爸再问你最后一次，离开这里，你就不是锦衣玉食的大小姐，不是呼风唤雨的千金宝贝，你会和所有普通的孩子一样过最普通的生活，没有精致的蛋糕和名牌裙子，也没有豪华的别墅，出门的时候你可能要学着乘公交车，或者自己走路去学校，而留下来，你还可以照旧过你的金枝玉叶的生活，你还要不要跟爸爸走？”

囡囡一下子扑过去死死抱住秦慕之的脖子：“爸爸，我跟你走……”

小女孩儿说完这些，有些不谙世事地笑：“再说啦，爸爸好有钱，爸爸在骗囡囡。”

“我没有骗你，收拾行李的时候你也看到了，我一张卡一张支票都没有带，我们所有的现金是一万美元，到了维也纳租房子给你申请学校之后就会所剩无几，我要努力工作来挣钱养活你……”

“爸爸，我们为什么要这样子？”囡囡有些不解，她六七岁的心根本没有办法理解大人的思维，在她的记忆里，出生起她就从没有为钱操过心，她想要什么就有什么，可是现在，为什么听爸爸说得这样恐怖？

“因为你。”秦慕之认真地开口，“因为我觉得锦衣玉食的生活毁了我的女儿，把她养成了一个刁蛮不讲理的小姐，我的女儿是我的宝贝，我不想看她一辈子被毁掉，所以，我要带她开始一种新的生活。”

“可是爸爸，我改了……”囡囡有些惊恐地抓紧他的衣袖，她好似隐约有些明白了她以后要面对什么，她已经过惯了千金小姐的生活，想要什么，动动嘴动动手指就算是远在天边就算是多难得，也有人争着抢着送过来，在她的思维里，这种生活模式已经定了型，她根本想不到有一天这些都化成泡影。

“真的改了吗？”秦慕之淡淡笑了一下，“流于表面只是为了获取我的原谅的改变，不算改变。当然，秦昭宁，你现在还有选择的机会，跟我走，或者留在你爷爷奶奶身边继续原来的生活。”

囡囡低着头，小姑娘心里翻江倒海一样挣扎了很久，终于还是红着眼眶抬起头来，有些可怜巴巴地询问：“爸爸，那……我的玩具到了维也纳可以重新买吗？”

秦慕之摇摇头：“我们可能连一天三餐的温饱都解决不了。”

囡囡的眼泪直往下掉：“那，那只买芭比娃娃……”

“你已经长大了，这些玩具我不会买给你。”

“那……我爱吃的法国蛋糕……”

“什么都没有，秦昭宁，你过去的一切美好生活，都不存在了，甚至你的衣食住行全靠你自己来打理，因为，我们连佣人都请不起。”

囡囡一愣，转而“哇”地哭起来：“爸爸，我们不去维也纳好不好？求求你了爸爸……我不要过那样的日子……”

秦慕之终究心里一软，只是他控制住自己的情绪，放缓了一些语调：“我说了，你还可以选择，我给你选择的权利。

“秦昭宁，要走还是要留，我说过，你有绝对的自由。”

这也是他给自己打的一场赌，如果囡囡执意要留下，为了优越的生活留下而放弃和自己的爸爸在一起，他会很失望，但却也不会就这样放任她继续下去，他早已告诉过自己，他辜负她太多，他要还给她的，一定要足以弥补过去的所有伤害。

囡囡哭了好大一会儿，终究还是磨磨蹭蹭地走到秦慕之身边：“爸爸……我跟你……我跟你走。”

秦慕之轻轻地舒了一口气，他蹲下来，张开手臂，囡囡含着泪笑着扑进他怀里：“爸爸，我要和爸爸在一起永远都不分开。”

只是撒娇的一句小女儿的稚气童言，却让秦慕之的眼泪忽然间就落了下来。

之前来时已经让赵成先找好了合适的房子，当然不再是独立豪华的别墅或者是装备齐全的高级公寓，只是在普通的住宅区里一处普通的两厅的小房子，当然，在普通人眼中也算是不错的条件了，但是囡囡在看到以后要常住的房子那一刻，还是吃惊地张大了小嘴儿。

来的路上她满心都还以为爸爸在骗她，所以才会选择跟来，可是，在看到这样狭窄而

又简陋的房间，连阳台和地暖都没有的时候，她真的有些害怕起来。

“爸爸？我们不可以换大一点的房子吗？”

“一个月的租金是350美元，我们付了一年的，也就是4200美元，还有你去幼儿园读书，一年要花掉4000美元，我们还剩下1800美元，秦昭宁，如果换大房子，你就没办法读书了，你自己选。”秦慕之将箱子丢在地上，也不顾房子还没有收拾，就把自己疲累地扔在了沙发上，他解开大衣的扣子，揉了揉太阳穴，一转脸看向窗子外不远处的一栋尖顶建筑，那里是他在她出国之前就给她准备好的房子，而现在，她应该和顾艺声住在那里。

他看了几眼，转身站起来，扯住落了一层薄灰的天鹅绒窗帘使劲一拉，房子里的光线腾时暗淡了下来，那一栋白色的建筑就再也看不到。他兀自站了一会儿，心里的万千思绪渐渐平息下来，这才转过身又坐在沙发上。

囡囡仍是苦着一张脸站在门口，握着小箱子的拉杆不肯放下来，这栋房子全部的大小还没有她的卧室大，而且寒酸得连地板都没有，什么都没有！她根本不愿意待在这里！

“爸爸……”囡囡见秦慕之半天没有说话，忍不住委屈地上前，小手拉住他的衣袖轻轻摇晃。

秦慕之不为所动，面无表情地站起来：“把你的箱子拉回卧室……嗯，那个小房间是你的，然后跟爸爸一起开始收拾屋子。”

“我不……”囡囡一下子哭了出来，“爸爸，我要回家，我不喜欢待在这里，爸爸我们回去吧……”

“你妈妈也在这里，你不想见她了吗？”秦慕之望着那个哭闹的孩子，微微皱眉。

囡囡一边揉着眼睛哭一边摇头：“反正她也不要我，我也不要见她，我要回去！”

“秦昭宁，上飞机之前我问过你，是你自己选择要来这里，既然来了，那就老老实实待在这里，回家是不可能的事情。”秦慕之一伸手握住女儿的手腕把她拉到她的小卧室那里，“你现在最关键的，是和我一起整理房间，不然，今天晚上你只有睡地板。”

囡囡哇的一声又哭了起来，她拼命挣扎着，却还是被秦慕之拉进了小卧室里：“喏，你的衣柜就在那里，先把你的衣服从箱子里拿出来放进衣柜，然后出来找我。”

“我不……”囡囡死死拉着秦慕之的手不肯放，又开始尖叫着哭喊，“我要回家……我不要待在这鬼地方！”

“秦昭宁，哭闹在我这里不起作用，我只给你二十分钟时间，如果到时候你还没有按我说的做完，那么今天晚上我不会给你晚餐。”

秦慕之说完转身就出了卧室进了一边的盥洗室，他打湿了毛巾和拖把，先去收拾自己的卧室，其实房子还算干净，租下来之前房东是做过保洁的，不过是一点浮尘，对于秦慕之来说，这并不算太难，差不多半个小时后就整理完毕了，而囡囡，还没有从自己的房间里出来。

秦慕之脱了外套，悄悄走到她的小房间外，他屏住呼吸往里看，囡囡犹在低低地抽泣，却是乖乖地抱着她的衣服往衣柜里放，小孩子从来没有做过一丁点这样的事情，箱子里的衣服都被她弄得乱七八糟地掉了一地，不过，她虽然娇气地一直在哭，却仍是没有半途而废。

秦慕之眼底微微有了一点笑意，他并没有进去，转身去收拾厨房和客厅。

虽然他是一个成年人，家务对他来说并不是陌生到可怕，但第一次一个人收拾房子，他还是觉得有些力不从心，勉强整理完毕，秦慕之按照门外的广告单打了电话叫来外卖，这才去卧室把囡囡叫了出来。

小丫头虽然做得不够好，但还算是老老实实地完成了任务，秦慕之切好比萨放在盘子里递给她，她还抽噎着看了他一眼撇嘴："我不喜欢海鲜味……"

"改掉挑食的坏毛病，不吃就什么都没得吃。"秦慕之一板脸，囡囡眼泪吧嗒吧嗒掉接着，过小盘子乖乖地趴在桌子上一口一口吃起来。

"爸爸我吃不下……"囡囡吃了几口忽然扔了叉子，大眼含着泪哀求，"爸爸，我想回家……"

秦慕之看了她一眼，端起盘子转身进了书房，囡囡的哭声一下子响起来，他关紧门坐在桌子前，握着叉子的手一点一点收紧，额上微微地绽出青筋，却仍是没有出去。

不知过了多久，秦慕之听到外面没了动静，他悄然拉开门出去，却看到囡囡蜷缩在沙发上睡着了，盘子里干干净净的，比萨都被她吃光了，她睡得很沉，只是时不时地抽噎几声，精致的小脸上还挂着泪痕。

秦慕之轻轻把女儿抱回卧室安置在床上，又拉了被子盖好，他坐在床边望着熟睡的囡囡，囡囡却是睡梦中无意识地翻了个身背对着她，小小的肩膀却是一下一下地耸动起来，秦慕之觉得眼眶一酸，赶紧站起来出了卧室。

囡囡的学校是一早就联络好的，是维也纳的华侨出资办的私立幼儿园，用英语和中文授课，因为之前囡囡眼睛看不到没有去过学校，所以虽然她过了读幼儿园的年龄，秦慕之还是给她报了一学期的幼儿班，等到下一学年开始，她可以直接升这所学校的小学一年级。

学校离住的地方很近，只有四五百米远，秦慕之在接送了她几次之后，就开始让她一个人回家，起初秦慕之悄悄尾随的时候还看到那个小小的孩子过马路都胆怯地哭鼻子，但渐渐地她就大胆起来，甚至还有了一个每天一起上学回家的小玩伴儿——住在他们隔壁楼上的一个白人小女孩儿。

囡囡的事情安顿好之后，秦慕之就开始着手准备工作的事情。

小蔓师从维也纳知名的声乐大师卡西米尔，而顾艺声也在卡西米尔所属的交响乐团工作，卡西米尔声望极高，在维也纳甚至还有一家以他名字命名的大剧院，而这家大剧院更

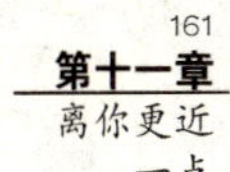

是他旗下所属产业之一。

在陌生的异国，也只有金融界的人可能对秦慕之这个名字有所耳闻，在其他领域，他就像是无数个待业青年一样，只能拿着简历等待着一个适合的职位。

他第一个应聘的职位是：卡西米尔大剧院幕后策划助理——和他的专业，根本风马牛不相及。只是既然选择了带着囡囡开始普通人的生活，要好好磨磨女儿的性子，那么就目前来讲，一步登天的生活还是暂且不要过得好，而且，这里离她很近。虽然，在这里工作他可能会遇到一些麻烦或者是歧视，毕竟，中国人在国际上的地位一直很低，被人看轻和瞧不起的状况比比皆是，但是这份工作，仍然是他的第一个选择。

秦慕之正在沉思，招聘室内忽然传来一声咆哮：“shut up！”随即门打开，一个黄皮肤的亚裔小伙子垂头丧气地走出来，而他的身后，一个四十多岁模样极胖的白种男人正抄起简历砸在地上。

秦慕之微微蹙眉，却听得那个人用带着浓重口音的英文对外吼道：“血管里淌着肮脏血液的亚洲土著，还敢对我无礼！我发誓让你在维也纳一份工作都找不到！”

“The next!”那人怒气冲天地吼完，劈头对着走廊里等候面试的人群怒吼了一声，随即重重关上了门。

秦慕之捏紧手中的简历，上前一步推开了刚被关上的那扇门。

“Princeton University？”方才刚刚发怒过，酒糟鼻红亮吓人的胖子一脸审视地上下打量秦慕之，语气里含着浓浓的质疑。

秦慕之点头，用流畅的英文道：“是，我曾经在普林斯顿商学院读过三年……”

“Stop！”挑剔的面试官忽然开口打断他的话，“我不管你曾经在哪里念书，或者是曾经得到过什么高级职位，在我这里，一切归零从头开始，干得好，升职加薪指日可待，干得不好随时滚蛋！”

秦慕之一下捏紧手指，就在这混蛋嚣张无比地说出这番话的时候，他真的很有冲动一拳打在他丑陋的鼻子上，只是忍了几忍，他终究还是逼着自己点了头。

走出招聘室很远之后，秦慕之仍是觉得胸口里憋了一团火，他一向骄傲惯了，这样的态度和话语，他这辈子还真没见过听过，若是换成几个月前的自己，他一定打爆那个嚣张的混蛋的狗头，可是事到如今，他真不敢相信，他竟然可以忍得下来……

手中的简历被他攥得皱起来，秦慕之一口气走到走廊尽头的窗边，他推开窗子想要透透气，却忽然听到有清晰的交谈声传来：“蔓，是的，你很优秀，但是在这里，我们一切讲资历，赛若琳小姐是《图兰朵》女主角的不二人选，这也是卡西米尔大师一早就定下的，你最好不要痴心妄想。”

秦慕之的心陡地一抽，下意识地屏住了呼吸，过了一会儿，他听到熟悉的声音响起来，不急不缓，却是坚定有力：“艾瑞雅，谢谢你的好意提醒，但是《图兰朵》是每一个学声乐的人都想要参演的伟大歌剧，我也不例外，我并没有想过取代赛若琳小姐去参演女主角，我只是希望我可以参加，哪怕是一个小小的配角……”

“蔓，你难道还不懂吗？赛若琳小姐，她不希望你出现在这一部歌剧中，哪怕是一个小小的配角……”

“为什么？”

“……可能，是你太优秀吧。”

秦慕之扶着窗框的手一点一点地握紧，冰凉的触感紧紧地熨帖在掌心，他的心一缩一缩地疼起来，甚至，差一点没有忍住就要冲出去，他以为她在国外一直很好……却没有料到，同行之间的打压，在艺术之都，亦是这般的残酷。

“艾瑞雅……”小蔓的声音有些嘶哑，好像带了哭腔，“我不明白……”

“亲爱的，你不需要明白……你只要记住，你很优秀，你会等到属于你的机会的……”

“可是我已经快26岁了艾瑞雅，我不知道我还可以唱多久，也许明年，或者是后年，我的嗓子就不如现在这样好了……我想要参加这样的演出，我准备了很久，我不想放弃……”

小蔓的声音越来越低，秦慕之心疼难忍，就像是一把钝刀在不停地切割着他的心脏一样，他忽地转过身去预备离开，他不能再听下去，再听下去，他一定会忍不住崩溃。

也许是他的脚步声惊动了说话的两人，他刚走出没几步，就听到小蔓有些惊慌地追问：“是谁，是谁在那里偷听？”

小蔓急急地追过来，却只看到走廊转角的地方，一道颀长俊逸的黑色身影一闪而过，她倏然地怔了一下，随即却是使劲摇头，怎么可能？他绝不会出现在这里，绝对不会的……

可是，为什么，那身影那么像他？小蔓在原地怔愣了许久，艾瑞雅拉了她的衣袖几次她还没反应过来，不由得急慌慌说道：“蔓，赛若琳小姐过来了……”

小蔓陡地一惊，犹带着泪痕的双眸一转，却正看到金发碧眼，气质高贵犹如女皇一般的赛若琳小姐正带着四个助理款款向她走来……

艾瑞雅有些胆怯地往小蔓身后躲了躲，小蔓却是深吸一口气，将方才心底的波澜压下，安静望着走近的女人。

她真的十分美丽，这个丰腴的二十八岁少妇，是卡西米尔大师的得意弟子，亦是卡西米尔剧院的金字招牌，卡西米尔大师两年前开始筹备阵容最强大的歌剧史诗《图兰朵》，当年他曾私下说过，赛若琳是中国公主图兰朵扮演者的不二人选。

而在小蔓的眼中，她确实能够担得起，她比她资历深，比她舞台经验丰富，比她更熟悉卡西米尔大师的创作模式，而她，也从未想过和她争，她只是希望自己也可以参演其

中，哪怕一个小小的配角，也算是一种历练，而卡西米尔大师也是十分赞成的，却不知怎么的，赛若琳偏偏针对了她，剧院里这些天谣言不止，甚至还有一些肮脏的不堪入耳的辱骂和诋毁……

譬如说她这么快得到卡西米尔大师的赏识是因为她是卡西米尔和一个中国女人的私生女，这还算是好听的，更有甚者，说她为了得到角色，爬上了卡西米尔的床，是个不折不扣的东方婊子云云……

小蔓并没有将这些放在心上，是非曲直，自有公论，她不在乎，只要没有人在她面前指着名字骂，她都能忍。

她所遭受的，和此刻的事情相比，不过是毛毛雨。

赛若琳一双漂亮的蓝宝石一般迷人的眼睛打量着面前的中国女孩儿，她很美丽，是一种柔弱之中蕴藏着骄傲和倔犟的美丽，和她认识的那些中国女孩儿一点都不一样，是她小觑了她。

“蔓，我想，这些天我们之间有些误会。”赛若琳微微一笑，俏皮地侧了头对她伸出手，“我们可以去喝杯咖啡吗？”

咖啡店内。

赛若琳享受地品完了咖啡，这才对小蔓莞尔一笑：“真是不好意思，我最爱里昂大叔煮的咖啡，每一次喝到都会沉浸在这馥郁的芳香之中忘记了周围的一切，真是怠慢你了。”

小蔓摇摇头：“赛若琳小姐，您找我有什么事？”

赛若琳收敛了笑意，她姿态慵懒地靠在椅背上，修长的脖颈就像是天鹅一样优雅，而那白皙的肌肤，在阳光下像几乎快要融化的雪一样美丽，此刻，她大眼微眯，猫咪一样慵懒妩媚地睨着她：“蔓，离开这里。”

小蔓闻言，忽然微微一笑，她静静望着面前的赛若琳：“为什么？”

你怕了么赛若琳小姐？

“待在这里，你一辈子没有出头的机会，我认识其他大剧院的老板，可以介绍你过去，凭你的条件，女二号随便你挑，你很快就会红起来……”

赛若琳漂亮的大眼忽闪起来，透射出耀眼的光芒，就好似她摆出来的诱饵当真是晃眼的钻石一般，但小蔓却是清楚地知道，那不过是打磨精致的玻璃，不值一文。

“我没有想过出人头地，也没有想过大红大紫，我的老师让我来这里学声乐，只是为了得到最好的指导从而完善自己……”

“不想出人头地？你不要自欺欺人了蔓……”赛若琳风情万种地咯咯笑了，修长圆润的手指打开精致的珍珠手袋，她取出一张支票推过去，“这样好了，你们中国人不是最爱钱嘛，你收下，离开这里。”

小蔓脸上的表情渐渐变得严肃，她缓缓站起来，将那一张支票推回去，然后，认真地盯着赛若琳的眼睛，缓缓说道：“这世上没有人不喜欢金钱，但是，我们中国人只凭自己的能力赚钱，绝不出卖自尊和灵魂，我不会离开的赛若琳小姐，你若是怕了，你可以选择自己离开。”

小蔓说完，高高地抬起下颌，她骄傲，她就比她更骄傲，她害怕，她就让她更加害怕！

赛若琳一张脸腾时涨得通红，她愣了半天都没有回过神来，怎么都没有想到，这个平日不声不响，吃亏也不抱怨的小女人竟然会说出这样大胆无礼的话来！

她从手袋里拿出一把精巧的泥金折扇，胡乱解开高领上的几枚扣子，呼啦啦地对着脖子猛一阵扇风才让自己缓过气来。

“林小蔓。”赛若琳有些生硬地喊出她的全名，泥金折扇“啪”的一下被扣在桌子上，赛若琳高傲地站起来，湛蓝的眼眸中却是满满的不屑，“你很有勇气，但是，我会让你明白，在这个圈子里，有实力有勇气，不一定可以走到最后，愚蠢的中国人，我会让你为自己的言行付出代价！”

“拭目以待。”小蔓静静开口，莞尔一笑，“赛若琳小姐，您是德艺双馨的艺术家，我希望，我们之间就是要竞争，也是公平的良好的竞争，不过，那些不堪入目的招数，比如散播无耻谣言之类的，我想赛若琳小姐也是不屑的吧？”

赛若琳一张脸气得雪白，却又偏生无法应对，两人对视许久，赛若琳终究还是冷哼一声，转身高傲地离开。

小蔓望着她挺直的背影，轻轻舒出一口气却又皱紧了眉，这一次，算是彻底地撕破了脸吧，依着赛若琳的身份和地位，打压她，不过是小菜一碟，她不能寄希望于卡西米尔大师，他是个有才华慈爱的老头儿，但却也是个心思单纯容易被人左右的人，在他的心里，她林小蔓是比不过赛若琳的一根手指头的！

满怀心事地走出咖啡店的小蔓，没有听到身后传来一声压低的男声：“刚才这个中国女孩儿，是卡西米尔大师的新晋门生？”

“是的劳伦斯先生。”

“她看起来很不错，不过，还是再考察一段时间，看看她的真正实力吧。”

“您对她有意思劳伦斯先生？”

“不，是相当有意思。”话音落定，美丽的红唇微微勾起一点，那一双漂亮的眸子微光一转，绽出点点笑意来。

那笑容，甚至让坐在他对面的男人都愣怔了一下，这个横空出现的劳伦斯先生，据说是一个中意混血儿，但是现在的身份是一个神秘的投资人，不过，像他这样年轻而又英俊

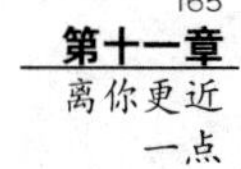

的投资巨鳄还真是十分的少见。

他有一双漂亮的蓝色眼眸，就像是地中海一样幽深湛蓝，他的肤色极白，皮肤薄而透明，甚至在阳光的照耀下，可以隐约地看到那些细细的血管，他有一头金黄柔软的短发，看起来就像是童话中的王子一般，只是奇怪的是，他这般年轻，却偏偏留了两撇小胡子，有些怪异，却又有趣。

整体来说，他是一个年轻多金英俊优雅的男士，这让阅人无数的牵线人都禁不住地赞叹。

“那……劳伦斯先生您是准备考察这位小姐一段时间后就捧她么？”

劳伦斯优雅地戴好白手套拿了手杖站起来，他的个子极高却又颀长挺拔，足足比面前那个圆球一样的牵线人高了一大截。

听到这样的问题，劳伦斯优雅地一笑，那笑意竟是有了几分的邪气：“不，我这是第一次来维也纳，那些没趣的事情过些日子再谈，我现在只想四处玩玩，然后听几场最完美的歌剧。”

“那您正好赶得巧，我们维也纳最大的剧院正要重演卡西米尔大师去年新排的歌剧《卡门》，女主角是迷人的赛若琳小姐，哦，也就是刚才那位……”

劳伦斯脚步一停，若有所思：“是吗？今晚有没有演出？”

“今晚有的，我想一想，是八点钟开始。”

“帮我送花篮过去，卡片上要写，送给最最迷人的赛若琳小姐……”

“好的劳伦斯先生，我会安排人照您的吩咐去办。”

“嗯，走吧，先去看看维也纳的景色，然后晚上去听歌剧。”劳伦斯手中黑亮的手杖在空中优雅地一挥，风度翩翩地走出了咖啡店。

维也纳国家歌剧院。

因为是去年排出的歌剧，这一次又是原班人马巡回演出，因此小蔓并没有参与，但是这样大师级的作品演出却是难得的学习机会，小蔓早早就随着剧院的同行来到国家歌剧院，在维也纳的首场演出将在这里举行，而她，却也是第一次来到这里。

赛若琳在维也纳名声响亮，不知多少绅士名流抑或是平民流浪汉都渴望着能够一睹芳容，维也纳是全世界知名的艺术之都，就仿佛空气里都流淌着音乐声，生活在这里的人多是艺术的爱好者，他们喜欢歌剧就像是中国的年轻人疯狂追捧明星偶像剧一样，每一次赛若琳的演出结束之后，她的化妆室都几乎被鲜花淹没，这一次，自然还是和以往一样。

当那一只巨大奢华而又香艳无比的花篮送进来时，所有人都忍不住地赞叹起来，赛若琳却只是慵懒地坐在镜前，漂亮的眼眸扫视了一眼，骄矜地一笑就再没有其他的反应，化妆师娴熟而又小心翼翼地给她卸妆，半裸胸的洋装扣子一粒一粒解开，露出里面的白色鲸鱼骨束胸，她美丽丰盈的身体被那束胸衬托得凸凹有致，雪白的肉体映衬着金黄的卷发，赛若琳听着耳边那些阿谀逢迎的人不停地巴结赞叹，自己望着镜中的那个影像也觉得满意。

赛若琳单手支了腮犹在沉思，忽然她的贴身助理急匆匆走进来压低了声音说道：“赛若琳小姐，有一位劳伦斯先生想要和您见一面……”

“什么不三不四的人物，也岂是我见的？打发出去吧。”赛若琳有些疲惫地摆摆手，却不料助理又试探着说道：“赛若琳小姐，这位劳伦斯先生来头很不小，是最近炒得沸沸扬扬来自华尔街的投资大鳄，听说……卡西米尔先生也在努力争取和他合作呢！”

“哦？”赛若琳一下来了兴致，“那……把他请进来吧。”她说着，随手一指一边衣架上浅粉色镶嵌金边的薄绸斗篷，立刻助理就取过来给她披在肩上，赛若琳侧坐在沙发上，赤着的双足纤巧雪白，一截匀称的小腿裸露出来，风情无比。

劳伦斯走进来的时候，看到的就是这样香艳的一幕。

而赛若琳在看到这个传说中的投资大鳄的时候，亦是吃了一惊，在她的想象中，这样身份的人应该是至少四五十岁的中年男人，却怎么都没想到，他竟然是这样的年轻和英俊，赛若琳不由自主地坐直了身子，甚至脑子还没有转过来的时候，她就已经摆出了一个最妩媚的坐姿。

“久仰大名，迷人的赛若琳小姐。”劳伦斯微微一笑，湛蓝的眼眸中有璀璨迷人的光辉闪现，他走上前，标准而又绅士地施了一礼，赛若琳娇羞地一笑，雪白的手伸出去，劳伦斯低头一吻，嫣红的唇柔软微凉，触在赛若琳的手背上，她不由得微微颤抖了一下，长长的睫毛一闪，却正迎上劳伦斯炽热渴望的目光，赛若琳一下子羞红了脸，心却怦怦跳得厉害起来……

“可以邀请美丽的赛若琳小姐去喝点什么吗？”劳伦斯摘下礼帽，彬彬有礼。

赛若琳嫣然一笑：“当然可以，不胜荣幸。”

赛若琳换好衣服，又迅速地施了一层薄薄的胭脂，这才仪态万方地走出化妆室，劳伦斯立刻绅士地迎过去，赛若琳娇滴滴地一笑挽住了他的手臂，两人并肩往外走，倒真真是郎才女貌。

小蔓和艾瑞雅正从一边的大化妆室走出来，一抬头，恰好看到两人并肩走过，走廊里不甚明亮的光线下，小蔓只隐约看到那个男人的侧脸，莫名地，却是有一种说不出的熟悉涌上心头，她不由得站在那里苦思冥想，却又怎么都想不出，忍不住向那背影望去，却是越发觉得熟悉，甚至连走路的姿势都似曾相识……

艾瑞雅拉着她走出剧院，她还在想到底在哪里见过这个人，脑子里似乎有一个模模糊糊的影像，但却又怎么都想不出来，直到回了公寓，梳洗完毕躺在床上昏昏欲睡的时候，她才陡地一下惊醒过来，那个人，那个看起来有点像混血儿的男人！他活脱脱就是混血版

的沈从佳啊！

小蔓抱着枕头发呆了半天，又自己否定了这个奇怪的念头，首先，沈从佳根本不可能现在出现在这里，其次，她和沈从佳熟到不能再熟，他根本就是土生土长的中国人，哪里会有外国血统！

小蔓翻身睡下，管他是谁呢，和她半毛钱的关系都没有！再说了，就算是她在哪里见过，那个人现在也只是赛若琳的裙下之臣！

歌剧《卡门》的巡回演出，除却首场赛若琳参演了之外，余下的七场全是那位B角出演，巡回演出结束，B角自然成功上位，其实，那位一直被赛若琳小姐压着没有担纲过女主角的新人并不差，只是差一个表现的机会，这一次，倒是让她借了东风。

各种传闻日渐声嚣，剧院里的人都在说赛若琳攀上了一位年轻英俊又多金的投资家，这段时间她一直没有回剧院，就是和那个男人在一起，小蔓对于这些传闻并不在意，她只是一心一意地跟着卡西米尔上课，然后闲暇就和顾艺声泡在钢琴房里，一段一段地磨合《图兰朵》的所有唱词。

一周之后，小蔓练完声离开琴房的时候却忽然遇到了赛若琳，她许是还有急事，有些行色匆匆，看到她的时候却仍是停了下来，小蔓没有出声，等着她开口。

“不要以为我这段时间不在你就可以一步登天，我不会让第二个玫兰出现的，绝不会！”

玫兰就是那个正逐渐走红快要和赛若琳平起平坐的B角。

她说这话的时候，神情有些狰狞，不知是不是小蔓的错觉，总觉得她看起来好像憔悴了很多，眼窝那里都有了浓浓的青影。

小蔓只是淡淡笑了笑，眉毛微挑：“赛若琳小姐，有第一个，就会出现第二个，艺术的国界没有止境，热爱艺术的人对艺术的追求也永远不会停止，你还是努力地完善自己才是最重要的，不然，会再一次被人追上的！”

赛若琳咬牙切齿，却只是发狠地丢下一句：“你等着瞧！”就匆匆地跑了出去，小蔓立刻走到窗边，果然楼下有一辆拉风的银色跑车，一个一身白色西装的男人靠在车前，手里玩着一只白色礼帽，似乎是感应到了她的目光，他慢悠悠地抬起头来往她这边看了一眼，湛蓝的眼睛就像是海水一样，而那张脸……

小蔓忍不住地恍惚了一下，还有那笑起来的样子，可真是像他！她摇摇头，再望下去，却看到那个年轻男人正拥着赛若琳上车，赛若琳明显心情极好，笑得前仰后合风情万种地歪在那个男人的怀中……

小蔓转过身去，莫名地觉得心里有些微微地堵。

她整理了一下曲谱，抱在怀中一步一步往楼下走，曾经在出国之前，以为可以自由自在地追求梦想，却不曾想到，不管在哪里，都有这么多黑暗的竞争和烦恼，音乐，原本是要洗涤人的心灵带给人以美的享受，可是为什么却就是有这么多的人，一边拥有着美好的音乐一边却又做出卑鄙的事情来……

她走出剧院，阳光普照，她不由得拍拍脑袋，有些烦躁地仰起脸沐浴阳光："真的好烦好累啊……什么时候这一切才可以结束……"

她闭着眼睛，阳光暖暖地照在脸上，这种感觉让人十分的舒服，她不知自己站了多久，直到口袋里手机响起来。

她拿出来一看，是一个陌生的号码，犹豫了一下接起来，那边短暂的沉默之后，忽然有一个熟悉而又低沉的声音缓缓响起："是不是感觉很累很烦？"

见鬼了！他怎么会知道……小蔓的心一下子提到了嗓子处，她飞快地转身四处去看，偌大的空地上只有她一个人，并没有其他人的身影……

她的心这才一点一点地平静下来，只是脑子里仍然有些转不过来："你……你在胡说什么？"

听筒里响起低低的笑声，还是那样的好听迷人，小蔓轻轻抿了抿嘴唇，却是隐隐地有了怒火，忍不住开口呛声："你笑什么笑秦慕之？谁让你给我打电话的？"

"脾气还这么大？"秦慕之握着手机站在离她不远的柱子后，压低了声音轻轻地说。

"我不想和你说话，我也和你没有什么好说的，如果没什么事的话，我挂掉了。"

"等一等长安。"他的声音里有了一抹着急，不知怎么的，小蔓挂电话的动作就慢了下来，只是说话仍是有些不耐烦："你有什么事就快说！"

"只是……想和你聊一聊。"

"我没时间！"

"安安，拜托……"他的声音好像一下子灌满了浓浓的疲惫，甚至还隐约地带着一丝丝的嘶哑，小蔓的心里一酸，那个绿色的键，怎么也按不下去了……

"五分钟。"小蔓叹息一声，为自己的妥协。

秦慕之捏着电话的掌心都是细汗，听到她说出这冷冰冰的三个字，他反而轻轻舒出一口气来。

小蔓走到一边的小喷泉边坐下来，离他所在的位置只有不到十米远。

"你……还好不好？有没有遇到什么不顺心的事情？"他浑厚的声音，莫名地给人安心的感觉，就像是把她的心硬生生地撬开了一条缝。

顾艺声也问过她很多次，她总是倔犟地说她很好，而这些委屈憋在心里这么久，她真的有些忍不住了。

"我……我有些事情想不明白。"小蔓低了头，长睫微垂，秦慕之站在那里静静地望着她，阳光把她的身影笼罩在金黄里，她看起来孤独而又寂寞。

"说来听听，看我能不能给你解释明白。"秦慕之靠在柱子上，声音自始至终低低

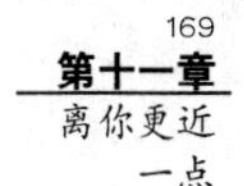

的。

“我不知道为什么不管在哪里，都有这么多讨厌的打压和诋毁，以前念书的时候……学校里也有过一些风言风语，但那些还算是事实，也就认了，可是，没有影子的事情，他们也可以随便编出来诋毁人，这又是为什么？”

秦慕之听着她细声的抱怨，就像是在心里化开了一颗梅子糖，又是酸又是甜，交织在一起，缠绵地分不清。

“天下熙熙皆为利来，天下攘攘皆为利往，这天底下的事，不管怎么说，都逃不开一个名利，你是见得经历得少了，所以觉得难以忍受，习惯了，也就无所谓了。”

“可是我没有野心，我也不想成为明星，我更不想和谁去抢，为什么那些脏水还往我的身上泼？”

“你不争不抢，但别人却不那么认为，一个人只要足够优秀，那么自然就成了其他人的目标或者是靶子，无形中就会被人当成是威胁，安安，你其实该高兴，能够成为别人害怕的对手，比被人踩在脚下好太多了。”

“我不喜欢这样的生活，我只是喜欢唱歌，只是想要好好地唱歌而已，我不喜欢这些钩心斗角……”

“如果觉得累了，烦了，那就不要做了，离开这里。”

“离开这里？”小蔓先是一怔，转而却是笑起来，“你胡扯什么呢？这是我的梦想，为了实现梦想而经历一些坎坷，这是自然的事情。”

“原来你是很懂的。”秦慕之悄然地望着她，他看到她微微地愣了一下然后又轻缓地笑起来，也忍不住地勾了勾唇角，“你要多笑笑，笑起来的长安很好看。”

小蔓吓了一大跳，一抬头恰好是他的方向，秦慕之早已小心地躲开，小蔓望着面前空空的一切，不由得嘀咕一声：“奇怪，你会透视吗？”

秦慕之没有敢说话，只是低笑了一声。

小蔓的脸又垮了下来：“我真是疯了，竟然和你说这些。”

“怎么？和我说不可以？”

“你不要忘了我们是仇人，我和你之间还有一条人命！”小蔓掐紧手心，真是疯了，她竟然还可以和杀死她孩子的凶手来谈心！如果不是她疯了，那么就必然是她中邪了！奇怪的是，她为什么一遇到他就不由自主忘记那件事，他一定是给她施了咒语！

“真是个记仇的小东西。”秦慕之不由得摇摇头，顿了一下，他忽然问，“如果……那件事没有发生，你会不会重新和我在一起？”

小蔓陡然愣住，秦慕之也微微屏住了呼吸，少顷，她的声音沉沉响起：“我六年前走的时候就没想过再和你在一起！”

秦慕之靠在柱子上，微微闭了眼睛，好半天，他才自嘲地一笑，调侃开口：“幸好……幸好我还没爱你爱到要死要活，不然，谢长安你这么狠心的女人一定会把我折磨死。”

小蔓觉得心有些乱了，她胡乱甩甩头：“好了不和你说了，我要回家了！”

她说完，也不等他开口回答就挂断了电话转身往街道上走去。

秦慕之握着听筒缓缓从柱子后面走出来，阳光下，她墨绿色的大衣就像是水墨勾勒的一池清荷悄然地晕染展开，她的步伐有些快，又有些乱，就像是他的心也跟着乱了。

预备穿过马路的那一刻，小蔓似乎停了一下，她微微侧头好像要回头看，秦慕之一急正要躲回去，她却又继续向前走去，他微微松口气，有些疲惫地靠在柱子上，这些天真是忙坏了，今天还是因为提前做好了策划报告才得了片刻的清闲，希望那个挑剔的上司这一次不要在鸡蛋里挑骨头，他已经累得好几天没有精力过问囡囡的功课了。

小蔓走过马路，在路边买了一杯热饮，她捧着热饮向前走，一边走一边却是低低地说了一句：“秦慕之，我不会原谅你的，怎样都不会！”

第十二章　初试啼声

足可容纳千人的剧院此刻却是歌声鼎沸，暌违许久的赛若琳小姐忽然艳妆出现开始参加《图兰朵》的彩排，都说爱情是一个女人最好的保养品，这句话在赛若琳小姐的身上体现得淋漓尽致。

那位传说中神秘而又富贵的劳伦斯先生正坐在第一排座位上欣赏这一出绝妙精美的歌剧，而小蔓也坐在不远处靠走廊的位置上，认真地听着赛若琳的演唱，她今晚发挥得极好，显然卡西米尔大师也十分地满意，她把那个骄傲美艳而又骄纵残暴的公主演绎得惟妙惟肖，就连小蔓心中都忍不住叹服。

换做是现在的她，未必演得出这样的一个图兰朵公主，只不过，再给她一点时间，她绝对可以超越，因为，赛若琳小姐实在太骄傲太自负了，而一个骄傲自负的艺术家，是很难看到自己的不足和缺陷的，而小蔓却可以清楚地看到，然后在自己的练习中巧妙地避免。

她要抓紧时间历练的不是唱腔和技巧，而是舞台演出的经验，在这一点上中国的歌唱家总是显得比西方人拘束一些，因此在一些最负盛名的歌剧选角的时候，中国的歌手总是很难脱颖而出，小蔓很早就认识到自己的这个毛病，来维也纳这么久，她虽然没有突飞猛进的进步，却也在一点一点地摆脱自卑和束手束脚。

图兰朵是意大利歌剧中唯一一个取材自东方中国的人物，在西方艺术家的演绎下，这个公主的形象完全就是西方那些上流社会的贵妇的模样，而东方的美和神秘，却甚少能演出来，赛若琳小姐也是一样，尤其是今晚，在一些男女主互动的戏份上，她竟然将高高在上的公主演绎出了几分荡妇的气质来……

不知道，是不是那个帅气逼人的劳伦斯先生一直坐在台下对她抛媚眼，抛得她有些心神动摇的缘故，小蔓稍稍侧头睨了那个人一眼，不由得摇头叹息，是不是长得像沈从佳的男人，一个个都是这样的风流多情？

想到沈从佳，却又不自主地陷入了自己的沉思之中，也不知道他现在怎么样了，走的时候也没有和他打招呼，不过，那天的谈话不欢而散，他想必也看出了自己的态度，以他那样骄傲的性子，是绝不肯先低头了。

小蔓不由得心情有些低落，正兀自地想着什么，忽然好像感觉身边有些不对劲儿，她一抬头，竟是讶异地看到那个劳伦斯坐在了她的身边，当然还隔着一条走廊，她有些纳闷，忍不住地看了他一眼，因为在彩排期间，舞台下的灯光很暗，小蔓只能隐约看到那个侧脸的弧度而看不清楚五官，这样一来，他看起来越发地像沈从佳了！

"你叫什么名字？"劳伦斯忽然对她开了口，他的中国话说得十分蹩脚，就和那些西方人一样的口吻，小蔓听得这一句话，立刻情绪就跳了出来——他根本就不是沈从佳嘛！

她坐正了身子，没有回答他，只是淡淡说了一句："先生，请认真看演出。"

劳伦斯忍不住笑了起来，他的笑声低低的，十分的好听，甚至，和印象中那个人的笑声重叠起来，她忍不住又回头看他，却正对上劳伦斯那一双湛蓝湛蓝的眼眸，他还俏皮地对她挤挤眼，赞叹一声："小姐，你很美丽……"

小蔓猛地扭过头去，干脆站了起来，此刻舞台上正好一场戏结束，赛若琳小姐也不知道什么时候去了后台，小蔓走到观众席的最后一排绕出去向安全通道走去，她一边走一边乱七八糟地想着心事，真是太奇怪了那个劳伦斯先生，这世上怎么可能有两个人长得这么像！而且还一个是中国人一个是混血！

小蔓刚走进安全门，正要出去，忽然斜里有一个人从黑暗处冲出来一把抓住了她的头发，小蔓痛得惨叫了一声，那人嘴里却已经骂起来，"荡妇""婊子"各种不堪入耳的词汇一一涌出，小蔓拼命地挣扎开，却一下子被人狠狠扇了两巴掌，她踉跄几步扶住墙站定，却看清楚面前那人正是浓妆艳抹的赛若琳！

"你干什么？"小蔓怒极地吼出声，赛若琳站在那里，美丽的容颜似乎微微有些扭曲起来，黑暗之中，她就像是画好了精致面皮的女鬼，让人看了就毛骨悚然！

"林小蔓，你敢勾引劳伦斯，我会让你在维也纳消失得干干净净！"赛若琳忽然冷笑一声，她伸手又想打她耳光，小蔓却是灵巧地避过去，甩手一巴掌先打了出去，赛若琳目眦欲裂，只感觉眼皮突突地跳，她像是疯了一样扑过去扭着小蔓厮打起来，虽然同为女人，但是西方女人却比东方女人高大得多，力气也大得吓人，小蔓一时被她按住已经重重挨了几下，却忽然有一道高大的身影从安全门另一侧的通道那里跑过来，那个身影扭住赛

若琳的手腕用力一扯，赛若琳就尖叫着被那人甩了出去重重地摔在了地上……

小蔓惊得几乎不能动了，不过是眨眼之间，竟然会发生这样奇怪的事情，她惊魂未定，靠在墙壁上直喘气，远远地，已经能够听到纷沓的脚步声传来，那个背对着她而站的黑影低低地说了一声："还不快走？离开这里！快！"

小蔓脑子里乱糟糟的，一听到这句话，她立刻拔腿就跑，慌乱中，不知在哪里听到一声爆喝："陆！你在哪？还不滚回来！"

她一边跑一边回头看去，那个高大的身影应了一声亦是从另一侧跑了出去，小蔓回过头，一直跑出剧院外她才渐渐地平息了下来，只是两腿仍在不停地打战，脑子里满满的都是赛若琳被扔出去惨叫着摔在地上的画面……

如果，如果赛若琳出了什么事，如果赛若琳一口咬定是她把她推倒的，她该怎么办？虽然她没有被人发现在现场，可是赛若琳一定不会放过她的！

还有，那个帮她的人是谁？她只听到有人叫他"陆"，可是她不认识什么姓陆的，也不认识什么叫陆的人……

她一个人在外面冷静了一会儿，终究还是折身回了剧院，如果她一直不回去，倒像是做贼心虚了一样。

刚一进了剧院，艾瑞雅就匆匆地跑了过来，她惊慌地抓住她的手一脸的担心："蔓，你跑去哪里了？卡西米尔先生十分生气，赛若琳小姐现在在休息室，她撞伤了头……她说，她说是你把她推倒的……警察一会儿就要来了……怎么办啊蔓……"

小蔓饶是心中有准备，却也出了一身的冷汗，她深吸了几口气才勉力让自己冷静下来："艾瑞雅，不妨事的，别担心，我过去看看。"

"蔓……"艾瑞雅紧紧握住她的手，漂亮的褐色眸子里满是泪珠儿："蔓，上帝保佑你，我，我相信你！"

小蔓的眼眶一下子湿透，她紧紧抱了艾瑞雅一下："艾瑞雅，谢谢你。"

她转身往赛若琳的休息室走去，一路上并没有什么人，许是都跑去看热闹了，小蔓反而冷静了下来，是福不是祸，是祸躲不过，她就不信她会这样倒霉！

快走到休息室的时候，一身白色休闲西装的劳伦斯忽然拄着手杖风度翩翩地走了过来，他的中文依旧有些蹩脚，只是说出来的话却让小蔓大吃了一惊。

"林小姐，赛若琳她十分地任性爱吃醋，我为她的所作所为感到抱歉，待会儿我会对大家说，方才我请你出去帮我办事了，并不在场……"

"劳伦斯先生？"小蔓有些不敢相信，这个素未相识的人，为什么会帮她？

劳伦斯摆摆手，蓝宝石一样的眼眸熠熠生辉，他勾唇一笑，笑中带着安抚："记着不要穿帮了……如果警察问你，你只要咬定你帮我去办事了就好，余下的交给我。"

小蔓只感觉那个晚上，简直就是她一辈子最难熬最神奇的一个晚上，有两个人帮了她，一个她似曾相识，一个，她连他的脸都没有看到。

从一个嫌疑犯变成被冤枉的好人，小蔓自己都觉得这世界太奇妙，当劳伦斯先生说出那句和她约定好的“不在场理由”时，赛若琳小姐的脸色，她这辈子都忘不掉。

谢长安倒霉了这么多年，总算是时来运转，前程似锦了！

赛若琳撞伤了头，虽然并无大碍，但是至少十天没有办法上台彩排，但是公演日期近在咫尺，赛若琳小姐的舞台经验丰富，耽搁得起，其他人却未必，卡西米尔先生左思右想，最后还是让已经可以熟练演绎整场图兰朵的小蔓先顶替赛若琳小姐的角色来进行彩排和其他演员对戏。

机会，总是青睐准备好的人，小蔓虽然得卡西米尔的赏识，但甚少在其他人面前展示过歌喉，当第二次彩排，她穿上华丽的公主服饰，站在明亮的舞台上，侍女如云地簇拥着她缓缓出场，轻啼婉转地唱出第一句的时候，所有人都惊呆了。

没有违和感，甚至没有刻意雕琢斧凿的痕迹，就好像她只是站在那里，不用摆出高傲和神气的神情，不用前呼后拥的仪仗来壮声势，她就是那个传说中最美丽的公主。

专属于东方人的神秘和镶嵌在骨子里一点一点绽放的含蓄美，优雅却又带着一点点孤傲的气质，就仿佛是普契尼笔下的那个东方公主正活生生地站在众人面前，这样惊人的美丽让所有的人都赞叹不已，就连卡西米尔大师都不停地颔首。

东方人的声线总是来得薄弱一些，小蔓也是唱民族的出身，只是不知是不是娘胎里就带来的好天赋，在维也纳这一段学习之后，美声的浑厚与精湛技巧再加上民族的婉转清丽，在她身上结合得那么完美，听她演唱，就像是空谷之中自由飞翔啼鸣的百灵，天籁一般让人总是不由自主地就忘记，这是在大剧院中，这是在看人为的表演……

十日之后，赛若琳伤愈重新回到剧院，小蔓并没有留恋不舍，干脆地让出了顶替的位子，骄傲的赛若琳自然是从未将她放在眼里，只是偶尔听到一些闲言碎语，说那个来自东方中国的林小蔓，演绎得并不比赛若琳差时，她对她的怨恨，却像是野火烧不尽的春草，蔓延了整颗心田。

公演的日期一天一天地临近，卡西米尔大师从来没有说起过要替换掉赛若琳的事，小蔓也不曾放在心上，她的初衷只是完善自己，让自己能得到最系统的学习和最大的进步，至于参演的事情，那就是谋事在人成事在天了。

第十三章　冰释前嫌

依然是每天照旧去琴房练声，依然是有空了就跟顾艺声磨合唱词，依然是过着她自己忙碌却又充实的生活，赛若琳小姐也是照旧和劳伦斯打得火热，时不时会缺席彩排，她不来，卡西米尔先生就会派人来找小蔓顶替，小蔓也总是欣然应允，艾瑞雅有时候会埋怨不公，小蔓却总是淡淡一笑。

从琴房练完声出来，小蔓想到一桩事，就回了剧院预备去找顾艺声，快走到顾艺声的独立办公室的时候，小蔓忽然又听到了那天晚上那个熟悉的怒吼声："陆！你做的这是什么狗屁？这就是你的策划报告？中国的东方美？什么狗屁东方美！中国人都是一些肮脏的土包子！"

小蔓一下子停住了脚步，那天晚上之后，她也偷偷打听过有没有一个叫"陆"的员工，但是艾瑞雅以及和她相熟的几个同事都没听过这个名字，不料今天却机缘巧合又一次听到，怪不得他们都不认识……原来，他是幕后策划部门的人，并不是剧院的演员。

半掩的办公室里传来噼里啪啦扔东西的声音和那个人浑厚的怒吼，小蔓渐渐听得怒火中烧，虽然她知道中国人在国际上的名声不好听经常受到一些歧视，可是她身边的人除却赛若琳都对她十分地友好，这还是第一次，听到有人这样赤裸裸地攻击他们东方人！

她忍不住从门缝中往里面看，背对着门的，是一个个子高大的中国人，他穿着黑色的西装，微微低了头站着，小蔓心中忍不住暗暗猜测，这就是那天晚上帮她的那个"陆"？

里面那个美国佬一直在咆哮，就像是发了疯的野牛一样，那些文件劈头盖脸地往那个

"陆"的脸上身上砸去，他都站在那里没有躲也没有动，小蔓不由自主地捏紧了拳头，一下子推开门闯了进去，她看也不看那唾沫四溅的外国佬，抓了那个"陆"的手转身就走……

秦慕之一下子惊得睁大了眼睛，他怎么都没想到她会突然到这里来，而且，正好看到这样的一幕……

小蔓不管不顾地拉着秦慕之向外走，也不搭理那个外国佬愤怒的咆哮，重重地甩上门，一口气拉着他奔进电梯里，这才喘着气转过身来："陆？你是不是那天帮我的……"

秦慕之有些尴尬地站在那里，小蔓吃惊地愣在那里，剩下的半句话噎在嗓子里怎么都说不出来了，封闭的电梯里一时之间静寂无比。

他感觉自己这辈子都没有这么紧张过，整个后背都完全湿透了，他手脚发冷，站在那里甚至隐隐有些发抖，一个字都说不出来，只感觉心跳得厉害，嗓子里干渴得难受。

她瞪着他的目光里先是吃惊和不敢置信，然后不知怎么的忽然眼圈通红涌上泪来，秦慕之手足无措，紧攥的双手想要伸出去抚一抚她红红的眼睛，可是却似有千斤重，怎么都抬不起来……

两人就这样对视着，直到电梯"叮"的一声响，缓缓打开了门，她忽然眼泪纷乱落下，转身就跑了出去……

秦慕之愣了半分钟，也抬腿追了出去，她穿着高跟鞋，跑不快，他不一会儿就追了过去，可是追上了也不敢拦住她，又放慢了脚步跟在她身后，就这样跑跑停停，一直跑到外面的大街上，过了一条马路……

她才停下来，转身又冲回他跟前，一巴掌打出去对着他大吼起来："你疯了秦慕之！你跑到这里来干什么？你为什么让人指着你鼻子骂你让人这样羞辱你？你有毛病啊你！谁让你来的！谁让你帮我的！我不稀罕，我不稀罕你知不知道！你别费心机了！"

她一边哭着吼他，一边狠狠地推他，直到将他重重地推下人行道，刹车声刺耳地响起来，她透过泪雾，看到一辆车子险险地停在他身后，她忽然哭出声来，转身又向前跑去……

秦慕之对那愤怒的司机道歉了许久，方才又往她跑开的方向追去，小蔓听到他喊她名字的声音，只觉得心里又是烦躁又是难过，她招手拦了一辆出租车，甩上门的那一刻秦慕之正好追来，车子缓缓地发动，他一边追着车子跑一边拍打着车窗喊她的名字……

小蔓坐在车里，死忍着没让自己看他一眼，只是低着头一边哭一边哽咽地吩咐司机："先生麻烦你开快点……"

车子渐渐加速，秦慕之怎么追都追不上，他粗喘着停下来，看着那车子渐渐开出他的视野，他怔怔地望着人来人往的街头，只觉得心口里空荡荡地难过，有几个流浪艺术家拉着小提琴围着他奏着欢快的华尔兹，他苦笑一声，随手掏出钱夹，拿出一张大额的钞票递

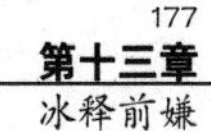

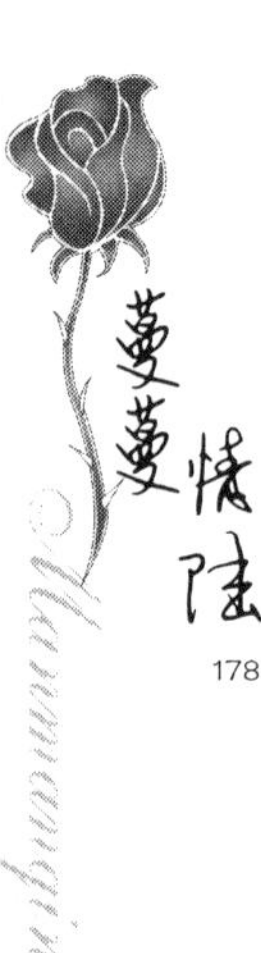

出去，欢快的音乐声渐行渐远，他一个人不知站了多久，方才拖着沉重的步子离开。

剧院估计是没有办法回去了，那个时时刻刻都像是炸毛的野牛一样的上司绝不会再接纳他，而他，也是真的受够了，虽然这些不是他的专业，但是作为一个成功站在高位上的男人，若是没有几把刷子，恐怕早就被人取代了，他做出的策划报告就算不是尽善尽美，但也绝不是他说的那么垃圾。

如果只是挑剔或者粗暴他也能忍得下去，但是时刻挂在嘴边的对中国人的羞辱和谩骂，他无论如何也没有办法继续容忍，之前因为担心小蔓在这里的处境想要暗中守着她，他总是没有反抗地默默容忍了下来，可是现在，小蔓已经知道了他的存在，而她的态度……

秦慕之苦笑摇头，算了，明天就去递交辞职报告好了。

转了公交回到家中，过了一会儿囡囡也欢快地从幼儿园回来了，秦慕之准备了简单的晚餐，父女两人围坐在小桌子跟前吃完饭，囡囡从小书包里拿出一个粉色信封："爸爸，老师让带回来给爸爸的。"

秦慕之打开一看，忍不住往沙发上重重一靠，囡囡念了一个月的书，这都是第二次通知家长交费了，目的又有些不清不楚，但却偏偏都有个冠冕堂皇的缘由，中国人还真是打根上都沾了同样的毛病，跑到国外来还改不掉这个乱收费的恶习！

明天是周五，下周一要去缴费，还好他上班已经一个月零几天了，明天辞职的时候，正好把一个月的薪水要回来，给囡囡缴费是绰绰有余了。

第二天小蔓一大早就跟着顾艺声去了剧院，路上顾艺声还笑话她今天怎么这么积极去练声，小蔓倒是一副心事重重的样子，顾艺声去琴房，小蔓把他办公室的钥匙要了过来，说是要先休息一会儿，顾艺声什么也没说，只是交代她如果身子不舒服就给他打电话，然后就离开了。

顾艺声的办公室离昨天那个咆哮帝的办公室很近，小蔓半掩了门，一直都在听着对面的动静，果然不一会儿，那里又响起了惊天动地的怒吼声，她立刻悄悄走了出去。

"薪水？我们这里有规定，第一个月是试用期，没有薪水！"

"签约合同上写了，新职员第一个月没有奖金，薪水按照老职员的百分之八十发放。"

小蔓甚少听到他说英文，这一次听到才发现他讲英文没有一般中国人那种奇怪的口音，相反听起来颇有伦敦音的范儿，就那样淡定而又流畅地摆出事实根据，咆哮帝一下子就没了声音。

小蔓不由得捏紧了手心，昨天他还变着法地向顾艺声打听了这个咆哮帝的事情，据说此人有后台十分难缠而且蛮不讲理，就算是顾艺声当初都吃过他几次亏，还是后来站稳了脚跟，这人才不敢再随便惹事。

“合同写了又怎样？你做得太差，我不满意，几次策划报告也没有通过，相当于吃白饭，你的薪水就当抵了剧院的损失了！”

咆哮帝蛮横的声音再一次响起，小蔓只觉一阵无语，这人实在是无耻到一定境界了。

“好，您不给我薪水也可以，我会拿着这份合同去劳工局来维护我自己的权利。”

秦慕之也懒怠和他纠缠，他必须尽快把薪水要回来，要不然囡囡那里就没有办法缴清那笔钱。

“你想要薪水也可以，我现在可以支给你，但是，你要继续留下干一个月——当然，不再是原先的职位，而是，在我的手下打杂，打杂，明白？”

咆哮帝将脚跷在桌子上，扔过去一盒烟，趾高气昂：“给我点上！”

小蔓的心一下子缩了起来，她忍不住又靠近几步，却是怎么都没想到，秦慕之站在那里许久，竟是当真上前一步拿起了烟和火机。

她只觉得心跳一阵骤停，从她的角度看过去，正好可以看到他给那人点烟的动作，火机一直燃着，烟早已点上，但是那人不出声让他收手，他就得一直按着火机。

似乎是火苗烫到了指尖，他的眉毛皱得很紧，唇也绷成了一条僵直的线，小蔓觉得心口里一阵一阵地难受，她忍不住就要推门……

“长安，你怎么站在这里？”顾艺声的声音忽然响亮地在她身后响起，小蔓吓了一跳，猛地回头，顾艺声已经走了过来，正看到她微红的眼圈，他一怔，已经自然而然地按住了她的肩，温声询问：“怎么了？怎么眼睛红红的，是不是哪里不舒服？”

秦慕之早已听到外面的动静，他回头，正看到顾艺声小心搂着小蔓的样子，握着火机的手就那么一抖，火苗一偏，霎时屋子里一声惨叫，小蔓和顾艺声都惊地推开门，却看到那个咆哮帝捂着胡子上蹿下跳，而办公室一股子难闻的烧焦东西的味道……

小蔓看到那人狼狈不堪的样子，忍不住扑哧一笑，而顾艺声却是呆愣地看着站在那里的秦慕之，心思电转，一瞬间，似乎明白了她从昨晚开始的失神是因为什么。

三个人站在那里，各怀心事，一时无声，咆哮帝被人看到惨状，再也忍不住，抄起办公桌上的东西劈头盖脸地往秦慕之身上头上砸去……

秦慕之一张脸铁青，从迎面飞来的书本笔筒文件之间精准地一伸手扼住了那人的脖子，他力气极大，似乎压抑了许久的恨意突然之间都爆发了出来，那个强壮肥胖的男人甚至被他扼得胖脸涨红踮起脚来，他手舞足蹈地挣扎着，口中也不知嘟哝着什么，秦慕之抬脚狠狠地将他踹出去，那人呼痛一声，像是死猪一样飞出去扑在地上，哼了半天也没有爬起来……

“我一直都没有告诉你，你，就像是一只泡在泔水桶中发臭腐烂的死猪一样让人恶心！”秦慕之走过去，在那张让人恶心的胖脸上狠狠碾了几下，这才抽出一张纸巾擦了擦手冷冷地一笑，转身向外走。

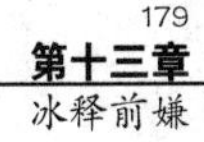

小蔓惊愕地看着秦慕之，他周身的气场可怖而又瘆人，经过她身边的时候，甚至还带着冷冽的寒意，她一直看着他，可是他却是没有看她一眼，只是挺直了脊背傲然地走了出去。

他出了办公室，顾艺声方才轻轻拉拉呆住的小蔓："长安，秦慕之怎么会在这里？"

小蔓被他拉了一下回过神来，她抬头呆呆地看了顾艺声一眼，忽然大步追了出去……

顾艺声看她匆匆地跑出去，愣了一下，也慌地追了出去，他看到小蔓不管不顾地往走廊尽头跑，忍不住喊了两声："长安……长安……"

可是小蔓头都没有回，她一口气追到电梯那里，电梯门刚好关上，秦慕之一双眼眸冰冷地从那细小的缝隙中望出来……

小蔓使劲地拍打着电梯门，可是电梯门仍是关上，然后数字格一格一格地蹦下去，她急得不知所措，好一会儿反应过来，又往楼梯那里跑去。

她跑得飞快，甚至顾不上管自己还穿着高跟靴子，一口气冲了下去，她已经看到秦慕之远远走出剧院大楼的身影，心中一慌，脚下的步子就乱了，鞋跟一扭，她"啊"地惨叫了一声，幸而手快地扶了栏杆，才没有从楼梯上滚下去……

只是再预备站起来的时候，她才发现脚踝处痛得厉害，根本没有办法站起来，她在楼梯上坐下来，把靴子小心翼翼地脱掉，紧腿裤卷起来一些，果然脚踝那里已经肿了起来，她轻轻碰了一下，痛得她"嘶"的一声倒抽了一口冷气，眼泪却已经一颗一颗落了下来……

她不是因为脚痛才哭，而是她心里不知怎么了，难过得厉害，酸得厉害，忍不住地眼泪就往外涌。

小蔓把脸埋在膝上，哭得肩膀都在耸动，不知一个人哭了多久，忽然有一双手轻轻按在了她的肩上，小蔓哭得正伤心，眼泪鼻涕蒙了一脸，是再不肯抬头的，她只是抽噎着胡乱把那只手推开："师哥，我心烦，你别管我……"

"哼。"

那只手没有再落在她的肩上，反而她听到了一声清晰的冷哼。

小蔓的哭声一滞，偷偷把头抬起一点点，却看到她下面的两格台阶上，秦慕之抱着手臂站在那里，脸上的神色冷得几乎结出冰来。

她喉咙一紧，心口一酸，小嘴一瘪，低下头又哭了起来。

抽抽搭搭的哭声越来越大越来越响亮，秦慕之紧绷的脸终究还是松动了一些，他迈步又上了一格台阶，伸出去的手定格了一会儿终究还是落下去轻轻抚在她的头发上，小蔓的身子一颤，他的声音却已经沉沉响起来，却异样地带着一点自嘲："你哭这么伤心干什么？可怜我么？"

小蔓哭声一哽，挥手把他的手打开，她狠狠地瞪着他，拎着靴子胡乱地往脚上套，可是脚踝肿得厉害，靴子又不是休闲的宽松版，越急越套不上，反而痛得她龇牙咧嘴眼泪一个劲儿地直往下掉……

秦慕之忽然蹲下来，将她手里的靴子夺过去：“别穿了，看你的脚肿成什么样了！”

小蔓不搭理他，只是死死地咬着嘴唇，劈手去夺，秦慕之不给，她就使劲地扯他的衣袖，把他的外套都扯得歪歪扭扭的，秦慕之一时火起，抄起她的靴子就丢了出去……

小蔓一愣，呆呆地望着他愤怒的脸，只觉万千委屈突然都涌上心头，在国内遭受的一切，出国后的各种不顺，还有他……

她忽然哇地大哭，一边哭一边狠狠地捶他，声泪俱下地控诉：“你凭什么管我！你是我什么人！秦慕之你无耻！你混蛋！你为什么阴魂不散！你不要脸你缠着我！”

她下手极狠，没几下他就有些撑不住躲闪起来，她不管不顾也不看，几次都打到他的脸上去，秦慕之终究按捺不住，伸手攥住她两只拍打得通红的小手，她皱着眉使劲地挣扎，哭得眉眼都通红通红的，却是可怜又可爱，秦慕之刚才硬起来的心，就那么不争气地柔软了下来……

他微微倾下身子，她吓得往后仰去，他低了头，薄薄的唇轻轻压下去，灼热的气息就那样涤荡着她的呼吸，她的心一阵乱，身子越发慌乱地往后仰，几乎就要躺在楼梯上了，秦慕之这才停下，淡淡地笑了一笑，他的声音微微带着一点哑，不紧不慢地在她耳边响起：“你再哭，我就亲你了……”

呼出的气体，热热地呼入她的耳膜之中，她一阵战栗，脖子上都似乎起了一层小疙瘩，秦慕之感觉到她的反应，唇角越发扬得高了一些，而一双眼睛漆黑如墨，璀璨明亮得惊人……

“不要脸！”小蔓狠狠骂他，反手推他，秦慕之却也不理会，只是拦腰把她抱了起来，小蔓一惊，旋即踢腾着小腿要下来，秦慕之也不搭理她，随便她在那里做无所谓的挣扎。

他抱着她往楼梯下走，快走出剧院大楼，忽然又折身回来把她的靴子捡了起来拎在手里，重又抱着她向外走去。

大楼外偶尔有人经过，小蔓害怕相熟的同事看到她，又挣不开秦慕之，只得缩成一团把脸埋在他的怀中，她的呼吸浅浅地呼在他的胸前，正对着他的心脏，他抱着她的手不由得又紧了一些。

一直走到外面街上，她甚至忘记了告诉他可以打车去医院，他好像也对来来往往的出租车视而不见，走过了两条街口，他额上都出了一层细细的汗，呼吸也粗重了起来。

“喂，放我下来！”小蔓失魂落魄了一路，忽地清醒过来，立刻就竖了柳眉低低吼他。

“你能走？”秦慕之低头看她一眼，微红的两眼肿得桃子一样，睫毛上还挂着晶莹的

泪珠儿，倔犟咬着嘴唇的样子，一如既往固执得让人心疼，他的心里叹口气，口吻柔软下来：“我送你去医院。”

“你可以打车送我。”小蔓一步不肯退。

秦慕之抱着她继续向前走，走得风度翩翩器宇轩昂，却是大喇喇地说了一句：“哦，我钱不够，打车了就不够给你看伤。”

小蔓一时说不出话来，心思回转，想到这两次看到的情形，忍不住心底泛酸，已经问出口：“你怎么……会来这里……还在这里工作？”

“这是我的私事，我现在不想说。”秦慕之微微拧眉，哪怕是被她看到最狼狈的一幕，他也不想说出理由，他不想换取她的感动，或者是听她说几句动容同情的话，没有那个必要。

小蔓被他这句话弄得又生气起来：“你放我下来！不给你抱！”

秦慕之忍不住笑了一声，抱着她的手臂却是收紧了几分，细长的桃花眼微微眯起望向前方某处：“就到了，前面有家诊所，哦，真不赖，正好是治跌打损伤的。”

处理完伤口包扎起来又开了药，医生嘱咐了一通注意事项，秦慕之几乎是把钱包都抠了个精光才勉强付了诊金，小蔓坐在一边抿着嘴偷偷地笑，看他尴尬得一脸冷汗的样子她心里就觉得解气，被他占了一路便宜，现在可真是要他付出代价了！

背着她出了诊所，小蔓清晰地听到他松了一口气，她悠闲自得地被他背着，只当是人肉轿子免费看街头风景，秦慕之背着她走出很远之后，停下来问了一句：“喂，去你家？”

那栋白色的尖顶建筑就在不远处，小蔓一下子反应过来，这人，竟然连她住在哪里都摸得清清楚楚！

“不去！”小蔓勾住他的脖子又往上爬了爬，秦慕之几乎被她勒得昏过去，反手一巴掌拍在她屁股上：“你松点，喘不过气了！”

“去你家！”小蔓脆生生地开口，这个念头却是忽然兴起的，只是一说出口，怎么都带了点暧昧，她慌忙又加了一句：“我想囡囡了！我去看看她！”

等到到了秦慕之所住的楼下，小蔓忍不住翘起小嘴狠狠地在他手臂上掐了一下：“好啊你秦慕之，你竟然和我玩这样的花招！竟然住得离我这么近！偷窥狂！”

秦慕之被她掐得猛抽冷气，忍不住回头瞪她：“你轻点，我又不是铁打的，下手真狠！”

小蔓又抓住他狠狠掐了几下，秦慕之疼得腾出手来阻挠她，那张俊逸的脸上，却是不由自主地挂满了笑意。

他背着她上楼，这栋楼年龄很大了，因此很旧，他们住四层，可是却没有装电梯，他就不做声地背着她往楼上走，小蔓和他闹了一会儿，也安静了下来，安静的楼道里，只能听到他稳健的脚步声还有渐渐粗重的呼吸。

他身上的热度源源不断地传到她的身上来，她趴在他背上，呼吸正好在他的耳畔，那样浅浅的，似乎还带着清甜味道的温热抚在肌肤上，他不时地会心乱。

到三层的时候，他似乎有些累，停下来休息了一会儿，小蔓轻轻拉拉他的袖子，有些不好意思地嘀咕："喂，我好像……要滑掉下去了。"

秦慕之微微回头一笑，将她的身子又往上送了送，他的手掌无意识地托住了她小巧的臀，小蔓整张脸一下子烧红，低头就咬在了他耳下的颈肉上……

秦慕之痛得"嘶"的一声倒抽冷气，手一松小蔓叫了一声就往地下掉去，他赶忙极快地转身又手忙脚乱地把她捞回来，她狼狈地跌入他的怀里又向前扑了一下，竟是硬生生地把他压在了墙壁上，她柔软的胸紧贴在他的胸口，他坚硬的下巴却是一下子狠狠磕在她的额头上，疼得她"哎哟"一声，眼泪吧嗒吧嗒地就直往下掉……

"怎么了？"秦慕之把她从怀中拉出来，将微乱的头发拂开，就看到她眉心中被他下巴磕出来的红印子，他心疼地给她轻轻按揉："没事，没破皮，就一点红印子……"

小蔓一把把他的手甩掉，趴在他胸前就狠狠咬了下去，他外套扣子没扣，里面只是一层衬衫，疼得差点没蹦起来，幸而她很快就放开来，秦慕之又是恨又是好笑，小蔓却是咬着嘴唇，阴阳怪气带着哭腔道："没事，没破皮，就两排牙印子……"

秦慕之一愣，转而却是哭笑不得地摇摇头，伸手在她脸蛋上掐了一把，又是无奈又是爱怜："你呀，一点亏都吃不得。"

小蔓哼了一声，转过身去不搭理他。

秦慕之歇了一会儿就站在她跟前弯下腰来，他的身材真好，两条腿又长又直，肩膀宽阔平坦，劲腰窄瘦，身体线条流畅至极，倒三角的体魄完美展示在她的面前，小蔓只觉得心突突跳了两下，不知怎么的有些乱了阵脚，睫毛颤着转过脸去，她咬着唇迟疑了一会儿，才轻轻搂着他的脖子趴在了他的背上……

被他背了这么一路她也没觉得不自在，这会儿子却是不知怎么了，身子贴在他的背上都好像触电了一样有些说不出的古怪，她手心里出了一点细汗，只觉心跳得越来越快，只得偷偷掐了自己一下，尖锐的指甲扎在柔嫩的掌心里，刺痛将她的理智稍稍拉回。

心里一遍一遍地骂自己，可是勾着他脖子的手却是越来越紧，甚至不知在什么时候脸都贴在了他的背上，因为情绪的波动和烦躁，她竟然还在他的背上皱着眉毛蹭来蹭去……

秦慕之低着头小心上楼，其实他真的很累，这段时间工作很忙压力很大还要照顾囡囡，休息的时间都很少，这一路背她回来还真是个力气活，他的背上都湿透了，额头上的汗珠也滑入了眼睛里，刺得他几乎睁不开眼，只是托着她身体的手臂纹丝不动，如果可以就这样一直走下去，真是累死也没有怨言了。

到了他和囡囡的公寓，小蔓扫了一眼公寓的门，白漆斑驳，陈旧得很，秦慕之没有放

她下来，只是腾出一只手小心地往口袋里取钥匙，小蔓看他胆战心惊的样子，忍不住伸手探进他的口袋：“我帮你拿。”

“哦，好。”他应了一声，好似还细微地颤抖了一下，只是放在口袋里的手并没有拿出来，反而手指轻轻一勾，将钥匙悄无声息地握在了掌心里……

小蔓在他的口袋里摸了一会儿，却没有摸到钥匙，她心里影影绰绰地有了个模糊的念头，脸颊腾时烧红了起来，她伏在他的背上，手指一点一点地在他的口袋里移动，秦慕之呼吸都微微屏住，这短暂的几秒钟，却像是过了一个世纪一样的漫长。

细细柔软的指尖有些湿湿的凉意触在他的手背上，秦慕之喉结微微上下滚动了一下，嗓子里似乎就被烧了一把火，干渴难受。

他的手没有动，仍是藏在口袋里，小蔓的手指像是一条凉凉的小蛇在他的手掌边游来游去，他心跳飞快，甚至呼吸都有些粗重起来，小蔓的气息忽然热热地呼在他的耳畔，秦慕之微微一颤，下意识地一回头，她躲闪不及，柔软的唇一下子擦过他的脸庞……

两个人都呆了一下，小蔓也被这突如其来的一幕弄得愣怔，她的唇还贴在他的脸上，他的眼眸黑亮得吓人，那样近地望着她，几乎要看到她的心里去一样……

他呼吸又热又烫，灼烧的气息就那样霸道地扑在她的颈间脸侧，她觉得热得难受，不由得轻摇螓首想要躲开他的呼吸，可是他的身子像是烧热的石头一样死死地挨着她压着她，她几乎要被他挤入墙壁中间去了……而且，他的身上硬得厉害，硌得她浑身难受！

“秦慕之！你疯了！”小蔓怕惊动楼上楼下的人，竖了眉毛轻声地叱他。

他却是不理，只是将整个身子都压在她的身上，似有若无地磨着蹭着，紧实的肌肉几乎都要挣裂衣襟了一样，滚烫而又坚硬地烙在她柔软的身体上，小蔓被他磨得难受，眉毛皱着使劲掐他，可他故意绷紧了手臂鼓起肌肉，她掐都掐不下去……

小蔓急得直冒汗，脸颊却是嫣红可人，秦慕之望着那一张俏丽的小脸，滚烫的身子贴在她的柔软上难以自持，他微低了头，下颌在她脖子里轻轻磨蹭着，甚至还发出了性感的低低呻吟……

小蔓几乎吓得魂飞魄散，一张嘴声音却是哑了：“喂，喂秦慕之……会被人看到，快放开我……”

“安安，我想你，想你想得难受死了，活不成了！”他的声音低沉，那一点粗嘎的沙哑却是诱惑无比又透着一点委屈，他一边低低地说着，一边却是得寸进尺地隔着她的衣襟轻咬她的肩膀，身体上的温度好像又增高了一截，他贴着她挤入她的两腿间磨蹭得越发厉害，坚实的胸口一个劲儿地往她胸前压，她几乎都要被他压得喘不过气来了，只得微张了小嘴儿，小口小口地喘着，断断续续地哀求：“秦慕之……我脚还疼着呢，你快点放开我……”

柔软的小肚子那里被他可怕的坚硬顶得骤然一疼，小蔓却是因着这疼痛脑子里骤然清明，他说话的间隙，她得空大口呼吸后，嘶哑地喝了一声：“秦慕之！”

“你想要我？行啊，把我孩子还给我。”小蔓平静地说着，甚至嘴角还带着一抹笑，她淡漠地看着他，就仿佛刚才那些亲密和嬉笑，根本不存在。

搂着她的身体骤然一僵，似乎那热度也像是被兜头浇了一瓢冷水的热铁，骤然地降了下去。

只是他的头仍是像刚才那样微微地低着，呼吸还热热地洒在她的鼻端，他依旧紧紧地抱着她，两个人的身体挨得很近，就像是一对亲密的情侣。

小蔓伸手推开他，将衣领掩了一下，她别过脸去看着对面墙壁上某处，淡淡地道：“同在国外，都身为中国人，难免想要互相依扶一把，今天不是你，换做是别的中国人，我也看不下去。”

“你想说什么？和我撇清关系？没有必要，刚才是我失控了。”秦慕之静静地看她一眼，“对不起，林小姐。”

小蔓回头看了他一眼，眼底的神色复杂不明，不知是松了一口气，还是更加暗沉了几分。

两人就这样面对面站着，却是谁也不看谁，谁也不再说话，时间静默地流淌过去，小蔓的理智一点一点恢复，其实不怪秦慕之，苍蝇不叮无缝的蛋，她自己立场不坚定，那么就怪不得别人对她轻薄。

小蔓想着，忍不住苦笑一声，是啊，他的老婆故意说出那些话害她大出血，他又污蔑她，污蔑肚中的孩子是别人的野种从而害死了她无辜的孩子，现在，她竟然还跟他在一起做出这样亲密无间的事情……

事情才过去多久？不过是大半年的时间，都忘记了么？还是，你骨子里就喜欢犯贱，看到秦慕之就忘记了一切？

她忽然一抬手，狠狠一巴掌扇在了自己脸上，清脆的响声在楼道里回荡，秦慕之惊呆了一般望着她。

“我这人总是没有办法记仇。”小蔓缓缓地开口，她抬起眼帘看着他，“哪怕是我当初恨你入骨，可是看到你被人羞辱的那一刻，我仍是没有办法坐视不理，秦慕之，既然我控制不住自己，管不住自己的心，我也不屑于自欺欺人，那么我就控制好我的身体，我离你远远的，这么远，终于眼不见心不烦，为什么你又出现？”

她不等他开口，就又说道：“孩子没了那时，你说过，让我滚得远远的，你这辈子都不想看到我，为什么又食言？”

“孩子没了那时，我也对自己说过，我总有一天要报仇，到那时，就不是一刀那么简单。”她低下头，眼泪涟涟掉下来，到维也纳以来，她一直都把自己投入繁忙的训练和学习之中来，后来又是几次演出占了很多的心力，她几乎每天都累得没有时间想那件事，不

想倒也好，想了平白自己难过，不如就这样。

她的孩子，一个被自己亲手杀掉了，一个自小被别人养在身边对她毫无感情，还有一个又被自己的亲生父亲给杀死，她上辈子真不知道，是造了什么孽！

“你想报仇，现在还不行。”秦慕之上前一步，他笑得有点冷：“我来维也纳和你并无关系，你也不需要想太多，至于什么时候报仇，等到你有那个能力的时候，再说不迟。”

他说完，转过身去开门，握着钥匙的手哆嗦了很久才把钥匙插进锁孔里，他扭开门锁推门进去，脚步却是顿了下来：“至于刚才……”

他回头邪气地一笑：“林小姐好像对于我的亲近也没有太大的反应，所以我也就顺水推舟了，毕竟我们是老相好，还有点旧情不是？”

小蔓气得浑身直抖，也不再搭理他，转身就往楼下走，她一只脚没穿鞋子缠着绷带，只能滑稽地单脚跳，秦慕之靠在门边，摸了摸鼻子，仰起头盯着头顶斑驳的天花板，怎么还是死要面子啊秦慕之，算了，你栽了也不是一次半次，认命吧。

“别这样蹦来蹦去了，一会儿底下那西班牙老头儿又投诉我了。”秦慕之强撑出一张面无表情的脸，干脆利落地把她抱了起来，折身进了屋子，他刚把她放在沙发上，忽然一愣，转而动作迅速地一把抓起沙发上一大堆脏衣服，然后脚下一踢将丢在地上的几双脏袜子踢在了沙发底下，从盥洗室出来，又手忙脚乱地收拾桌子上的快餐盒，显然没干过这些活，笨手笨脚的，汤汤水水洒了他一袖子，他丢了垃圾又去换衣服，拉开衣柜，却已经空了……脏衣服都还没来得及洗刚才都被他扔在盆子里泡上了……

秦慕之颓丧地把自己丢在床上，他今天真是在她面前颜面尽失，不过也好，狼狈过这么一次，以后再丢脸也不会有什么大反应了。

一个人在卧室里躺了一会儿，他把弄脏的外套脱下来，只穿了衬衣出来，小蔓红着眼睛坐在沙发上，低着头不知道在想什么。

“那个，囡囡马上就回来了，你看了她，我再送你回去。”

不说话。

“那个，我去洗衣服了，你无聊的话看会儿电视。”

“……那我去洗衣服了。”

秦慕之把遥控器递给她，她看也不看，他就把遥控器搁在了她手边的桌子上，想了想，走到冰箱前，将里面仅剩的一点囡囡的零食拿出来也放在了遥控器旁边，然后他就转身去洗衣服了。

小蔓抬抬头，看着一包薯片和两颗果冻，忍不住地一笑，眼泪却又掉了下来。

她把电视打开，声音开得很小，洗浴室里水声哗哗，只是东西跌落的声音实在响得太频繁，小蔓悄悄地站起来，一点一点地挪过去，她站在门外偷偷往里面看，水管开着，盆子散乱了一地，洗衣粉肥皂到处都是，外套和内衣都泡在一起也不知道分开洗，他身上的衣服都湿了，拧着眉靠在墙上，嘴里叼着一根烟，烟雾缭绕之中，他的表情好似就透出了几分的落寞。

小蔓没有说话，也没有惊动他，只是默默地退回了沙发边，电视上正在放着一个滑稽节目，一个小丑在台上搞怪，观众都在笑，可是她坐在那里，却是再也没有办法笑出来了。

她不是傻子，她有点小小的疑惑，总仿佛他在瞒着她一些事，总仿佛，事情并不只是她听到的那样简单。

如果真的如当初那样无情，又怎么会总让她感觉到他的眷顾，而如果他心里果真还有她，又为什么下手无情？杀掉她的孩子？

她曾经仔细地回想过孩子没了的前前后后，他的反应大相径庭，俗话说，反常即为妖，他到底是为了掩盖什么？还是说，这背后还有什么是她所不知道的？

孩子……他就算是要拿掉孩子，也会先问医生她怀孕的时间，如果问了，那就该知道远远是在她和沈从佳在一起之前，若是知道是他的孩子，他还会这样心狠？她不愿意相信，也不会相信，那段时间……他不是一直都在缠着她吗？有了孩子，岂不是她更加难以离开他……

小蔓想到这里，不觉有些懊恼，当时只顾着伤心和生气，根本无暇思考这些，现在静下心来仔细地想，才发现到处都是漏洞。

如果秦慕之当真做出这样无情的事，为什么萧潇时不时和她联络时还有撮合他们的意思？

小蔓心思一动，忽然想起什么，立刻拿出手机找出萧潇的号码拨过去，小丫头也不知在干什么，好一会儿才接了电话，却是喘息不停，小蔓心下一动，这才想起那边该是晚上，她怕是正好坏了人家好事……

霍彦东健硕的手臂从被子里探出来勾住那一具香软的小身体按在怀里，咬了白玉耳垂抱怨："不怕冻着自个儿，盖好被子。"

萧潇一竖食指"嘘"了一声："是小蔓姐，你别说话，别让她听到了……"

霍彦东舔着她小巧的耳垂低低地笑："到现在还不肯给我个名分！"

萧潇在他怀里扭了扭，寻了个舒服的姿势接了电话，霍彦东就静静地搂着她不做声。

"萧潇，我有点事想向你求证。"小蔓斟酌了一下语言，低低地开口。

萧潇的心思十分单纯，往坏处说，就是很好骗，她只要稍稍地诈她一下，她可能就会上当，虽然骗她让小蔓心里十分地不舒服，但是事关紧要，却是无暇再来顾及其他。

"什么事呀小蔓姐？"萧潇的声音遥遥传来，小蔓往洗浴室那里看了一眼，水声依旧哗哗不停，这边电视机也开着，秦慕之应该听不到她压低声音的讲话声。

“我现在……在慕之这里。”小蔓话一出口，那边萧潇就尖叫了起来：“啊！小蔓姐你和慕之哥和好了？太好了，我就说慕之哥他那么爱你对你那么好，你早就不该再和他怄气了啊！”

“萧潇……”小蔓心里一阵乱跳，强撑着平静下来问，“你说这话什么意思啊？我有些不明白……慕之，慕之他也说得不清不楚的……”

“你还不知道吗？哎呀，反正你们现在和好了，我也不怕慕之哥怪我，我就说出来好了，当初宝宝的事，根本不是慕之哥说的那样子，你当时情况很危险，根本不可能保住孩子的……”

萧潇仍在滔滔不绝地说着什么，小蔓握着听筒的手却是不受控制地松开，手机跌落在面前的茶几上，“砰”的一声响，她瘫软地坐在沙发上，眼泪忽地涌出来，竟是怎么都止不住。

原来，那个孩子根本没有存活的可能，原来，是她不争气地被邓华几句话就气得小产，原来，并不是他无情无义……

她仿佛有些明白过来，如果秦慕之没有这样骗她一遭，她不会怀抱着一肚子的怨恨憋着一股劲儿也要闯出一番名堂回来找他报仇！她不会忍气吞声地待在维也纳一点一点地磨砺自己，她也不可能撑下去然后走到今天！

如果当初他没有骗她，依着她对那个孩子的珍视，她会恨自己恨到无法自拔，甚至会一蹶不振失去振作起来的信心和重新开始的勇气。

那一番羞辱，却是将她深埋在心底的倔犟和坚韧激发出来，她怎么都忘不掉，在初来维也纳的那段时间，她遇到再大的刁难，遇到再难以克服的难题，她只要一想到他说出的那些恶毒的话，就好像有使不完的力气，就会爆出无边的勇气，当她不敢站在台上表演的时候，她遇到人多就放不开胆怯的时候，就会在心里骂自己，林小蔓你这么不争气，你怎么给自己的孩子报仇！

她就这样挟裹着这一份“仇恨”，方才咬着牙走到今天。

小蔓心里难过至极，眼泪拼命地掉却是哭不出声来，她想要痛快淋漓地大哭一场，可是嗓子就像是被堵住了一样，一点声音都发不出来。

电话那端，隐约听到萧潇在焦急地喊她的名字，她拿起手机，轻轻挂断，平静了好一会儿才发了一条简讯过去：萧潇，我没事，谢谢你。

洗浴室的水声渐渐停了，小蔓飞快地擦干眼泪，秦慕之衣裳湿透走出来，冻得有些发抖，现在天气还有些许微寒，他的房子里没有通暖气，小蔓穿着大衣和毛衫还觉得冷飕飕的，更何况他只穿着一件单薄的衬衫。

她站起来，他看了她一眼皱起眉：“你怎么哭了？”

她一瘸一拐地往他跟前走，秦慕之被她的样子吓了一跳，赶忙把湿漉漉的双手擦干走过去扶住她："不能走还要一个劲儿地逞强！什么时候把你这一身臭毛病改掉！"

"就不改怎么了？我活了二十多年了一直都这样！你也不是今天才知道！"她抹一把眼泪，理直气壮地嚷嚷。

秦慕之拉着她坐下来，蹲在她跟前看了看她缠着绷带的脚踝，没搭理她却是改了话题："还疼不疼？"

"疼。"小蔓蹙了蹙眉又看看他湿透贴在身上的衬衫，忍不住抱怨，"你去换个衣服啊，没见过这么笨的，洗衣服跟洗了个澡似的。"

秦慕之一扯嘴唇笑起来，却是在她旁边坐下来，"我不是没干过这些活儿么？"

"也难怪，你可是含着金汤匙出生的大少爷。"小蔓刺他，秦慕之扭头看她一眼："我现在可是身无分文的穷光蛋。"

"穷光蛋怎么了？一心一意的穷光蛋，比身家亿万的公子哥儿招人喜欢多了。"小蔓轻轻说着，心里却是改了个主意，他虽然是好意，可是她却很讨厌他有话从来不说清楚的毛病，不能惯着他，他骗她，她也骗他。

他不是爱演戏吗？那就让她这个演技一流的女人，来好好地给他演上一场！

"当真？"秦慕之往她身边坐了坐，小蔓没有动，只是耳垂有些微红："当真。"

她以为他会油嘴滑舌地说点什么，可是他却是沉默了一会儿轻轻握住了她的手。

小蔓没有挣开，任他紧紧握着，他的手指很冷，冰得她哆嗦了一下，可是她仍是任他握着。

两人没有说话，电视机里播放连续剧的声音琐碎吵闹，但却带着真实平淡的幸福，她心里想，这样也挺好的，他不是金尊玉贵的大少爷，她也不是那个地位卑下任人欺负的孤女，他就是个平凡的打工仔，她就是个不为出人头地的学唱歌儿的，他们就在维也纳，不被人打扰，安静地过着这平凡的生活……

可能他要应付很多挑剔的上司，可是凭借他的能力一定还会应付得当，她可能还要被赛若琳继续欺压，可是总有一天她也能绽放出只属于她的小小花朵，囡囡可能还和她不亲近，但时间久了，他们一家三口也会其乐融融……

也许她现在还要担心每天的开销太紧张，也许他们还会有很多的烦恼，可是刚才她不是说了吗？

一个一心一意的穷光蛋，好过那个薄情花心的公子哥儿，不是么？

她忍不住扭头看他，他也正在看她，目光里有些疑惑和质询："你好像有些不对劲儿？"

小蔓立刻瞪他："你才不对劲儿！"

凶巴巴的样子，秦慕之立刻皱眉摇头："刚才看错了，这会儿看起来还是对劲儿的。"

小蔓忍不住偷偷笑了一下，秦慕之拿遥控器换台：“你爱看什么？”

小蔓就托着腮想，还没想到，她忽然听到了熟悉的歌声，诧异地往电视上一看，却是一道熟悉的身影一闪而过，秦慕之掩饰地咳嗽了一声，调到一个放动画片的台，有些尴尬地对她笑：“囡囡喜欢看这个。”

“你换回去，就换回去刚才唱歌那个！”小蔓皱眉，抓着他的手臂逼他换回去。

“看什么唱歌的啊，万一你想多了以为我对你旧情不忘……”

“你闭嘴！”小蔓气得眼泪掉得更凶，一巴掌打在他脸上，看着力道十足，落下去却并不疼，秦慕之愣了一下，小蔓却是一下子扑过去，狠狠地咬在了他的脖子上，他要挣扎，她发狠地瞪住他：“秦慕之，你今天要是敢反抗，我就跟你没完！”

她几乎是使尽了力气，恨不得将那块肉都咬下来，直到唇齿之间充斥着淡淡的血腥味，她才喘息着停下来，而秦慕之几乎把嘴唇都咬破了，一张脸铁青，脖子上一片可怖的血痕触目惊心……

她停下来，他才像是反应慢半拍一样一下子站了起来，许是疼得厉害了，捂着脖子团团转了几圈他才停下来，但是脸色却是难看到了极点。

小蔓这口恶气发作出来，心情畅快地靠在沙发上，大眼明亮忽闪闪地望着他：“我饿了，我要吃饭。”

秦慕之气得狠狠瞪她一眼，却仍是拿了手机预备叫外卖。

“我不要吃外卖。”小蔓慢悠悠地开口，伸手拖过抱枕抱在怀里，下巴支在上面，从下往上俏生生地看他，“你做给我吃。”

秦慕之一把将手机丢在沙发上：“我不会做。”他忍了几忍，没让自己发作出来，脖子疼得厉害，还在往外沁血珠子，这死女人，她肯定是属狗的！

“别瞎想了，我今年周岁25，我是属小猪的。”小蔓抿嘴一笑，大眼亮晶晶地瞄着他，终于还是没忍住，开心地笑了起来……

“你本来就是只猪！还是只好吃懒做讨人嫌的猪！”秦慕之被她的话逗笑，无奈地摇摇头，伸手把她抱了过来，他将她搂在怀里，脸贴在她微凉的头发上，好一会儿，他忽然说：“长安，我们好久没有这样说说笑笑了，有六七年了吧？”

六七年的时光，就这样一晃而过地浪费掉，此刻想起来，突然觉得惋惜。

小蔓倚在他的怀里，反手也抱住他，颇有些感慨：“我也觉得好像很久没有和你说说笑笑了，不过……我也从来没打算过和你这样。”

“那你现在为什么不拒绝？”秦慕之将她搂紧一些，心里扎着一根刺，虽则此刻有些愉悦，却仍是没有办法全心投入地快乐，他不知道她的态度为什么一天几变，也不知道她为什么反复无常，兴许下一秒，她又会想起孩子，那个和他们无缘的孩子。

他的心沉沉地往下跌，那么一丁点快乐也好像要长了翅膀飞走一样。

小蔓捶了他一下，目光却是转到他的颈边，鲜血凝固了薄薄的一层，那个形状，她忽然觉得很像她以前眼角的那一粒疤痕。

她伸手摸了摸，他疼得哆嗦了一下，她低头在那里轻轻吻了一下："是不是疼得厉害？"

"比那一刀子轻得多了。"他的声音听起来真是温柔，两个人此刻就像是热恋的爱侣，拥抱着说着暖暖情话。

"给我看看。"小蔓忽然挣出来，抬手就去解他的扣子，秦慕之想要阻拦她，她却嘟着嘴瞪他一眼把他的手打开在一边，扣子解开了几粒，就清晰看到了左胸前可怖的疤痕。

"我都怀疑你是不是练过了，真准，医生说幸好你力气小，要不然一剑穿心……唉，怎么又哭了？"

秦慕之看着面前那个小女人低着头眼泪吧嗒吧嗒地掉，心软成一片，他伸手给她擦泪："好了别哭了，我逗你呢，离心脏还远着呢，就是看着伤口吓人点，其实没事的……"

小蔓忽然扑进他的怀里紧紧抱住了他，她的泪沾在他胸前的伤上，冰凉凉的，他却是反手更紧地抱住了她："别哭，你刚才不还说要报仇一刀都不够么，要不，我再准许你补一刀？"

"你有那么好心？"小蔓狠狠抹掉眼泪，伸手把他推开，"别以为我这会儿搭理你就是把以前的事儿都忘了，你给我等着，秋后算账听没听过？到时有你好看！不比这一刀子便宜！"

秦慕之也笑起来，却是认真无比地开口道："那可说好了不许食言，我等着你，你可得来。"

"放心！这样的事，你休想逃掉！"小蔓白他一眼，又推他，"我饿死了，你给我做饭吃，快点！来这里这么久，见天地吃西餐，我都吃得要吐了，我要吃中国菜！"

"你这不是难为我吗？我只会煮方便面……"秦慕之无奈地摊摊手，"你吃不吃？"

"吃，你煮给我。"小蔓含泪一笑，眉眼弯弯，秦慕之看得心里柔软无比，没有按捺住，低头吻在了她的唇上，呢喃了一句："煮一辈子行不行？"

她还没开口，他却先笑起来："我可不打算一辈子做个厨子！再说，方便面吃不到一周不就腻了……"

他起身去厨房，小蔓坐在沙发上，她的手指轻轻抚在唇上，一辈子，她其实真的幻想过。

他洗了一点香菇，又切了点香肠，冰箱里还有几棵青菜，一并拿了出来，两袋方便面，煮出来正好两大碗，竟是香气四溢，还没端出来小蔓就觉得食指大动，待看到那一碗卖相还不错的煮面时，小蔓都忍不住夸赞了几句："还真是看不出来啊，你竟然煮面煮得不错！"

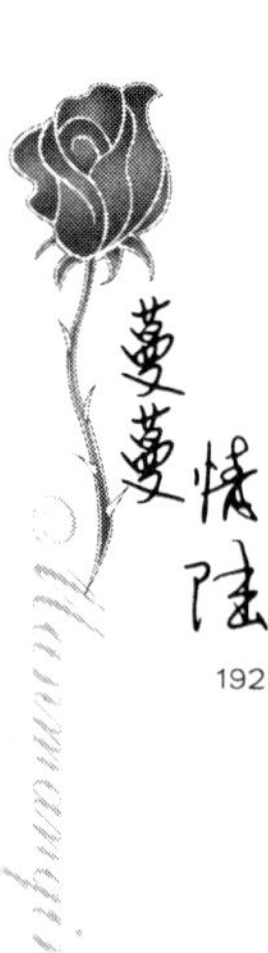

“你不知道的多着呢，吃吧。”秦慕之递给她一双筷子，两人面对面坐着，相视一笑，热乎乎地吃了起来。

“好像有点淡了。”小蔓吃了几口，忽然皱皱眉，秦慕之闻言搁下筷子：“是么？那我再去加工一下……”

“你不觉得淡吗？”小蔓挑眉看看他，忽然一伸手把他那一碗抢过来，“那我和你换着吃。”

“哎，你的都吃过了……”他刚想说他刚才在换电视频道，还没来得及动筷子呢，她明摆着是想让他吃她的剩饭！

“怎么？一碗面条你都不舍得啊！”小蔓生气，重重将筷子丢在桌子上，皱着眉毛一脸的不快。

“我又不想吃方便面了，我想吃米饭，我想吃粉蒸肉，我还想吃酸辣土豆丝，还有炸蘑菇，还有三鲜汤，还有徐记的酱鸭腿……”小蔓一边抽噎，一边报菜名，秦慕之听得忍俊不禁，眼底都盛着笑：“你怎么还和以前一样贪吃啊，我记得你以前最喜欢粉蒸肉，每次都要吃掉半盘子，然后吃完了就开始嚷嚷又要长胖了发誓下次再也不吃了，可是下次一去餐厅，你又忘得一干二净点上一大份，我还真是第一次见到这样爱吃肉的女孩子……”

他说得眉飞色舞，就像是一个父亲夸耀自己孩子才三岁就已经会背唐诗三百首了一样神采飞扬。

小蔓却是听得呆住，秀气的眉毛有些狐疑地扬起来望着他：“六七年前的事，你竟然还记得？”

秦慕之一愣，转而却是打哈哈：“那当然，我就是第一次见到女孩子这样贪吃觉得很惊奇，所以印象特别深！”

小蔓微微垂了眼帘，似乎眼底的光芒黯淡了一点：“哦，那时候的我一定很可笑吧？”

秦慕之见她似乎有些不高兴，也不知道到底怎么又惹她不高兴了，就哄道：“哪里，挺可爱的，女孩子不做作，率直爽朗，很招人喜欢的。”

“那你喜欢吗？”她的问话一下子脱口而出，秦慕之也怔住说不出话来，好像有奇怪而又微妙的感觉在两人之间缓缓流淌，房子里静悄悄的，电视上在插播旅游广告，漂亮的山水风光伴着叮叮咚咚的钢琴声，却颇有几分娴静悠远之感。

他们都没觉得那音乐打扰到彼此，就在夕阳映入窗子的余晖中看着彼此。

她身后是一扇打开的白色窗子，窗框将浅金色的阳光切割成一块一块地落进房间里，她的黑发没有烫染过的痕迹，黑亮而又顺滑，被阳光笼罩出淡淡金黄的光晕，哭得微红的眼睛，白皙的眼帘上透着粉色的微肿，她望着他，那一双黑亮的眼瞳里只装着他。

他低下头，又抬起来，心里却有难过的酸楚在一点点地蔓延，他点点头，唇角含了一点笑，很认真地看着她回答："喜欢。"

她忽然破涕而笑，像是清晨含着露珠的梨花："那……你喜欢以前的我，还是更喜欢现在的我？"她轻悠悠地问，眼波流转，直到最后才看他一眼，又装做若无其事的样子挪开……

气氛越来越不对劲儿起来，好像渐渐超出了他对事情的全部掌握和预期，他的心兀自乱成一团，正不知该如何回答之时，忽然门铃响了起来，还伴着囡囡清脆的声音："爸爸，我回来啦！"

小蔓一颤，立刻坐得端正和他拉开了距离，方才那种微妙的暧昧的感觉瞬间荡然无存，秦慕之好似松了一口气却又有说不出的失落漫上心头，而小蔓脸撇向一边，似乎神情中也有了几分的失落，秦慕之伸手在她肩上轻轻按了按："我去开门。"

小蔓点点头，"嗯"了一声。

秦慕之打开门，囡囡欢快无比地跑进来，一下看到小蔓坐在沙发上，小姑娘愣了一下，看看秦慕之又看看小蔓，大眼里明显地藏了喜悦，却扭捏地站在秦慕之身边不敢过去。

"怎么这么不懂礼貌，打招呼啊。"秦慕之揉揉女儿的小脑袋，把她的小书包摘了下来放在一边桌子上说道。

"阿姨好。"囡囡乖乖地打了招呼，黑亮的眼珠子一转，小狗一样巴巴地跑过去凑在小蔓身边，皱着眉毛很担心地问："阿姨你受伤了吗？"

小蔓见她担心地望着自己的脚，伸手摸摸她的脸摇摇头："没事儿，就是扭了一下，过两天就好了。"

"哦……那阿姨要好好休息。"囡囡像是小大人一样说道，小蔓笑起来把她搂在怀里："囡囡真乖。"

囡囡也嘻嘻嘻地笑，秦慕之看两人其乐融融的样子，心里也觉得宽慰，这段时间囡囡好像真的懂事了很多，念书不错还知道心疼他帮他做点家务，看来，小孩子过过苦日子还是有点好处的。

"你们俩待在家里看会儿电视，我出去买饭菜回来，我知道这里不远有家华人餐厅，不过味道你就不要太苛责了，不会像我们在国内那样正宗的。"

秦慕之说着，想要去取件外套，又想到没有干净的衣服换了，只好又转回来去拿钱包，拿了钱包又想起来身上没一分钱了，不由得站在那里，有些微微地尴尬。

"算了，改天再吃好了，我们还是吃泡面吧。"小蔓瞧出他的窘迫，开口解了围。

秦慕之却是看了她一眼，微微笑了一下："你第一次来，不能这样招待你，没事，我有办法的。"

他说着就要向外走，小蔓却是赶紧站起来拉住他："秦慕之，要出去买我什么时候不

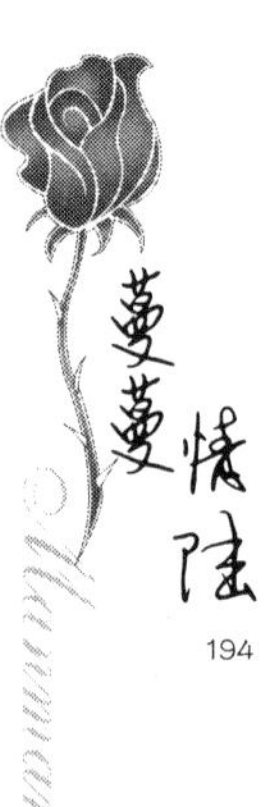

能吃呀，我就想吃你煮的东西，你煮点面给我，然后煮点甜甜的粥就可以了。”

秦慕之神色复杂地看看她，却还是轻轻地把她的手推开：“等我一会儿，我马上就回来。”

不等小蔓再说什么，秦慕之就开门快步走了出去。

“阿姨……我们今天要打牙祭了吗？”囡囡却是很开心的样子，她吃了这么一段时间的西餐和煮面也早就想换换口味了，可是爸爸总说没有钱，现在妈妈来了……

“是呀，你爸爸要给我们买好吃的了。”小蔓轻轻把小姑娘搂在怀里，囡囡也乖乖地任她抱着，好一会儿，她忽然说：“阿姨，你以后可不可以常常来呀？”

“为什么？”小蔓心弦一动，声音已经不自觉地温柔了下来。

“你常常来，爸爸高兴，那我就经常可以吃好吃的啦！”囡囡欢快地说着，一脸纯真无邪的样子。

“小馋猫……”小蔓伸手刮了刮她的鼻子，两个人都笑了起来。

秦慕之出去了一个小时才回来，回来的时候拎了两袋子的便当盒，小蔓帮着他把盒子一个个拿出来，食物的香味四溢而出，她一个个打开盒子，粉蒸肉，土豆丝，炸蘑菇，三鲜汤，酱鸭腿……

“你都买来了呀！”小蔓心里欢愉，面上却仍是装出几分无所谓来：“我也就是随口说了说……”

秦慕之温柔地看了她一眼：“这里没有徐记，我瞧这家的酱鸭腿也不错，就买了点来。”

“你不是没钱了吗？”小蔓将筷子递给囡囡，随口问了一句，秦慕之却是不自在地将左手往后缩了缩，小蔓最是眼尖，一下子就看到了他的不对劲儿，只是她没说什么，把筷子递给他，轻轻说了一句：“快点吃吧。”

小蔓早已饿坏了，囡囡更是好久没有吃过中国菜，抱着小碗头都不抬，秦慕之并不多动筷子，只是不时地将甜糯的肉片夹入她碗中，小蔓低着头没有吭声，他夹给她，她就默默地吃掉，直到一盒子的肉都快被他夹光了，她才忍不住嗔道：“我就是胃口再好，也吃不消这么多的肉呀。”

秦慕之淡淡一笑，收回筷子将剩下的菜配着米饭吃掉。

吃过饭，又和囡囡说了会儿话，小蔓就说要回去，这么晚了，她也怕顾艺声担心她。

“我送你吧。”秦慕之拿了钥匙站起来，小蔓点点头，囡囡和秦慕之一左一右地扶着她出去，又嘱咐了囡囡锁好门一个人乖乖地在家等着，秦慕之才又背了她下楼。

走到二层的时候，小蔓忽然低低地问了一句：“秦慕之，你的手表怎么不见了？”

他脚步乱了一下，随即很快稳住，依旧平稳地一步一步往楼下走：“哦，我一直都没戴。”

小蔓心里恨恨骂了一声，混蛋，你当我是白痴，还在骗我！

下了楼，秦慕之亲自把她送回她家楼下，两人又说了会儿话，这才不舍地分开。

第十四章　千里姻缘一线牵

周一。

从幼儿园出来，囡囡一路上都在哭，原本今天该是缴费的日子，幼儿园的小朋友都和爸爸妈妈一起来了学校，秦慕之也不例外，但是例外的是，这一次他没有带足够的数额。

当着认识的几个小朋友和他们的爸爸妈妈，还有幼儿园老师的面，秦慕之说出暂缓几天缴费的话之后，囡囡当场就哭了起来。

虽然老师态度很好地答应可以暂缓一周，也并没有人嘲笑他们，但是这一路上囡囡硬是没有和他说一句话。

秦慕之喊她她不理，牵她的手她也不让，一个人哭了一路，回家就躲进了自己的小卧室中，秦慕之坐在沙发上，囡囡的哭声还有摔东西的声音一并传出来，他忽然觉得有点说不出的无力。

这些日子，他还以为囡囡已经慢慢地开始学得懂事了，可要不是这一次他忽然转了念头故意拖延给她缴费，还瞧不出这孩子小小年纪已经虚荣到了这样的地步。

她已经七岁了，七岁的孩子不要求她像大孩子一样，但至少也已经过了懵懂无知的年龄，若是个懂事的孩子，看到爸爸这样辛苦地挣钱，没日没夜地工作还要照顾她的饮食生活，最起码也会心疼不再无理取闹吧，可是今天……

秦慕之只觉得头痛欲裂，出了幼儿园之后，囡囡大哭大闹地冲他发脾气，还说以后再也不要来上学了，说小朋友们都知道她是个交不起钱的穷光蛋，再也没人和她玩了，都怪他！

都怪他，是啊，他现在“没钱没势”，在囡囡的眼里，恐怕对他这个爸爸也没什么依赖了，换做以前，她何曾敢这样对他大吼大叫，这个孩子，还真是把邓华的一切都学了个十足，实在是市侩气十足！

秦慕之不知道自己是什么时候睡着的，一睁开眼时，却已经天光大亮，房子里有窸窸窣窣的声音传来，秦慕之习惯性地抬腕看表，手腕上却是空空如也，他这才清醒过来，那天小蔓过来，他已经去附近的二手店把表给卖掉了。

他坐在沙发上发了一会儿呆，囡囡拉开卧室的门走出来，小姑娘已经自己穿戴整齐背上了小书包，秦慕之觉得胸口淤塞的一团郁气这才稍稍疏散了一点。

“爸爸，我去学校了。”囡囡有些怯生生地说着，眼神忽闪着却不敢看他，秦慕之点点头，拿出钱夹给她一张钞票：“出去买点早餐吃，爸爸今天起晚了。”

囡囡接过钱，就背着书包出了公寓。

到下午放学回来的时候，囡囡已经是开心无比的样子了，好像昨天的事情根本没有发生过一样，而接下来的几天她更是一反常态的高兴，每天回来说得最多的话就是小夏老师可喜欢她了，小夏老师又表扬她了……

秦慕之隐隐觉得她有些不对劲儿，却又说不上来是怎么回事，一周转眼即过，秦慕之一大早就起来和囡囡一起去学校缴费，仍是上次那位女老师，但是态度却是热情了几十分，甚至最后还一路将秦慕之送了出来，夸赞囡囡的话更是说了足足一箩筐：“秦昭宁最乖巧懂事了，还送我那么好的礼物……”

礼物？秦慕之回去的路上有些不明所以，但转而又想，小孩子送的礼物，也不值什么，就没有放在心上。

下午回来时，囡囡带了几个小朋友回家里玩，秦慕之怕几个小孩子玩得不尽兴，就回了卧室，他躺在床上，习惯性地伸手往枕下摸去，小小的一方檀香木扁盒仍是静静地躺在那里，他心里一暖，眼底的神色已然温柔了下来……

鸳鸯搭扣闪烁着玫瑰香金色，带着久远沉静的气息，檀香木上雕刻着吉祥如意的云纹，古朴而又大方，这盒子本身就是古董，当初是和那一枚祖母绿玉镯一起买回来的，颇花了一笔大价钱，只不过，长安看到玉镯时眼底惊喜的光芒，却是万金难抵。

秦慕之想到那些前尘往事，忍不住手指一抬，将那搭扣轻轻抬起掀开了盒子，大红色锦缎之上，温润耀目的碧绿色光芒却并未耀入眼底，那盒子，竟然是空的。

秦慕之一下从床上坐了起来，怎么会不见？这个盒子没有锁，只有一个装饰作用的小小搭扣，三岁稚童都可以轻易打得开，难道是被人偷去了？可却并没有这个可能，这一带治安较好，听说近十年都没有发生过盗窃案了，而他住进来这些日子，家里也从未有过失窃的迹象……

秦慕之越想心里越乱，而客厅里，不时地传来小孩子们笑闹的声音，尤其是囡囡的声音最为响亮，俨然是孩子王的架势一呼百应。

秦慕之放下盒子缓缓地站了起来，上午幼儿园老师那些话忽然回荡在他的耳边，他仿佛一下子明白了过来。

努力地平稳了呼吸，直到自己的表情没有那么僵硬可怕了，方才拉开卧室的门，笑着招呼了一声："囡囡，你过来一下。"

囡囡正玩得满头大汗，听到秦慕之叫她就答应了一声跑过去，脆生生地问："爸爸什么事呀？我还要玩游戏呢！"

"你进来一下。"秦慕之伸手握住她的手臂，面上仍然带着笑，可是却是不容抗拒地将囡囡拉进了卧室里来。

"爸爸……"囡囡有些惶恐地看着他，秦慕之松开手闪开身子，囡囡一眼看到床上那个打开了盖子的檀香木盒，小脸顿时就变得发白，她甚至有些惊恐地后退了两步，瑟瑟发抖地望着秦慕之不敢吭声。

"爸爸盒子里放的玉镯子，你有没有见过？"秦慕之声音温和而又平静，完全没有兴师问罪的意思，只是眼底的笑容完全消去，变作浓浓的失望。

囡囡点点头，怯生生地答："见过……以前爸爸老爱看那个玉镯子，囡囡看到过。"

秦慕之点点头，退后一步坐在床上，夕阳从窗子里透进去，总带着几分的萧瑟和落寞，他微微低着头，手指在木盒的纹路上轻轻地摩挲。

他一直不开口，囡囡也不敢说话，父女两人就这样安静地一站一坐，而客厅里欢快而又无忧无虑的笑声不时地传来，却是最明显的对比。

秦慕之感觉自己就像是一下子老了几十岁一样，连说话的力气都没有，他几次都想开口，却又不知该怎样开口。

"爸爸觉得自己真失败。"秦慕之的声音有些嘶哑，他将盒子拿起来捧在怀里，像是在自言自语，"这是我送给你妈妈的东西，也是你妈妈最爱的东西，可是现在，我把它弄丢了……"

"爸爸，丢了就丢了，再给妈妈买一个不就行了么？"囡囡试探地望着秦慕之，眼底的仓皇纤毫毕露。

秦慕之微微一笑："心爱的东西，只此一样，心爱的人，也只此一个，岂是随便买一个就可以？"

"爸爸……"囡囡咬了咬嘴唇，鼓足勇气走到秦慕之的跟前，拉着他的手臂撒娇摇晃，"爸爸你不要不高兴啦，等到囡囡长大了，给妈妈再买一个更好的！"

"你真乖。"秦慕之伸手摸摸她的脸，却是忽然地话锋一转，"你送给老师的礼物老师喜不喜欢？"

囡囡咯咯咯地笑：“爸爸你怎么知道的呀？老师看到那个镯子高兴坏了，真是没见过世面，我给老师说，我们家里这好东西多得数不清呢，只是都在家里没有拿来……”

囡囡说着说着声音低了下来，到最后她紧紧地捂着嘴一脸仓皇地望着秦慕之，哆嗦着眼泪就掉了下来：“爸爸，我……”

秦慕之眼底的光芒一片破碎，他脸色煞白地坐在那里，一伸手就是一耳光，落在了囡囡的脸上。

这一耳光打出去，秦慕之自己也懵了，囡囡跌坐在地上捂着脸，已经又怕又痛得说不出话来。

“前人都说，千防万防，家贼难防！”秦慕之缓缓地站起来，指着坐在地上的囡囡，“我们秦家，竟然出了贼！还是我的女儿，我秦慕之的亲生女儿做出这样的事情来！都说，子不教，父之过，你今天成这个样子，都是我教女无方，全部过错，都只是在我一人身上而已！”

他话音刚落，忽然抬手就是一巴掌狠狠扇在自己脸上，囡囡吓得一声尖叫，眼泪凌乱而落：“爸爸……”

秦慕之不理会她，一巴掌一巴掌地往自己脸上打去，囡囡渐渐哭出声来，她从地上爬过去抱住秦慕之的腿，哭得撕心裂肺：“爸爸，爸爸你别打了，是我的错，我不该偷东西，是我不好，爸爸……你别打了，别打了爸爸……”

秦慕之的样子把她吓坏了，小小的孩子紧紧抓着他的手臂，不停地哭着哆嗦着，一脸的眼泪鼻涕。

“秦昭宁，你知不知道，爸爸有多失望。”秦慕之怔怔地跌坐在床上，囡囡不敢哭出声，跪在他腿边，可是小手仍是紧紧地抓着他的手臂。

“你想回国，尽可以回去，我也没有精力管你，你也不喜欢这边的穷日子，回去跟着你奶奶吧。”秦慕之轻轻地把囡囡推开在一边，他转过身去，将檀香木盒子重新合上握紧在手心，“我和你妈妈，这辈子都没有做过这样让人不齿的事，幸好你妈妈不知道，她若知道，一定比我伤心十倍百倍，秦昭宁……以后，我就当没你这个女儿！”

“爸爸……爸爸，囡囡知道错了，我改，我一定改……呜呜呜爸爸你别生气了……”囡囡哭得一脸眼泪，复又扑过去紧紧抱住秦慕之的手臂，秦慕之坐在那里，久久的沉默之后，他终还是将囡囡轻轻推开：“我现在不想看到你，一会儿我会给你奶奶打电话说这件事……”

“爸爸，爸爸你别不要我，爸爸……妈妈也不要我，我就只有爸爸了……”囡囡哭得伤心，看来这次是真的被吓到了，她小脸煞白，全身都在抖，小手紧紧揪着秦慕之的衣袖，可怜巴巴地望着他哭。

“你不要再说你妈妈不要你的话！我现在倒是真希望她能心狠抛弃你！你知不知道为

什么你妈妈不在你身边？这么多年，她一直都以为你死了，她想到她的女儿她就伤心欲绝，她想到自己的女儿还在襁褓里就死了她就痛不欲生，她一直没忘记自己的女儿，可是她的女儿是怎么待她的？秦昭宁，你好好想想吧！你好好想想你是怎么对你的亲生母亲的！”

秦慕之甩开她的手，转身向外走，囡囡惊得跌坐在地上哭都哭不出来，她第一次这样恐惧，从骨子里都在往外透着恐惧和害怕，从小她就知道，她亲妈妈不要她了，所以她害怕再被人抛弃一次，她讨好邓华，她嘴巴甜地讨奶奶和爸爸的喜欢，后来，她亲妈妈回来了……

她拿刀子划伤了她，也是划清界限告诉邓华，她会乖乖地做她的女儿，她害怕邓华会讨厌她对爸爸说把她给赶出去，她不想离开爸爸！再后来，她还害得妈妈流了好多血，爸爸说，小弟弟也死了……她以为亲妈妈再也不会要她再也不会搭理她了，可是那天在家里，她仍是温柔地对自己笑，好像从来都没有生气的样子，完全和邓华说的不一样……

她心里好像开始后悔，而那后悔的情绪忽然之间开始弥漫着膨胀起来，她从地上爬起来跑到外面，小朋友们应该都是被爸爸送走了，而爸爸也不知道去了哪里，囡囡站在客厅里紧紧咬着嘴唇，终于还是锁了门跑下楼，小夏老师就住在幼儿园的老师宿舍，她知道在哪里。

囡囡一边跑，脑子里还不停地回荡着秦慕之方才伤心欲绝打自己的情形，一想到爸爸那么狠地抽自己耳光，一想到爸爸说的那些话，她小小的心里就难受得只想哭，她从小到大视若英雄一般崇拜着的爸爸，竟然也会这样地伤心！

“就是这里了，维也纳最大的一家古董珠宝行。”

小夏老师一脸的不情愿，却还是带着秦慕之和小蔓赶来了这里。

一番交谈之后，店里的伙计方才说，老板将那枚玉镯送给了亲姑母，而就在昨天下午，老板和姑母飞普罗旺斯度假去了，至少七天之后才能回来。

老板不在，秦慕之和小蔓就是再心急也没有办法，出了古董行，小蔓见秦慕之一脸郁郁之色，少不得拉了他的手轻轻摇晃安慰：“你现在就是再心急也没有用，等等吧，一切还是等老板回来再说，这几天我正有很多事要忙呢，等一周后，哎呀，正好一周后是剧院的首场《图兰朵》演出，到那时我也差不多该闲下来了，我们好好商量着把这件事解决掉好了……”

秦慕之反手握住她的手，见她一脸娇俏的笑容劝他，当真也就心里舒缓下来，牵了她往家中走去，一边走却又忍不住感叹了一句：“只是可惜，你这么喜欢这一出歌剧，却不能上台演出，那个赛若琳实在是太讨厌了，要不然我……”

小蔓立刻摇头制止他：“别这样慕之，我喜欢唱歌，也渴望可以上台演出，但是我还是想凭借自己的能力得到老师的认可获得机会，若是我比赛若琳好，卡西米尔先生早就换了角，他没有换，那么就说明我不如赛若琳，还要继续努力！”

“我真不知是要说你傻，还是要为你感到骄傲。”秦慕之握了握她的手，“没想到我的小女人骨子里竟然这样有大将风度！”

“怎么，你的女人成为你的骄傲，难道不好吗？还是你非要让你的光芒遮盖住我的？”

秦慕之见她一本正经的样子，只觉得好笑：“好好好，就让你的光芒遮盖住我好了，这样以后别人再介绍我们，那可就不再是‘这是秦慕之先生，这是他的太太谢长安’，而要改成‘这是伟大的艺术家谢长安女士，这是她的先生秦慕之了’。”

“那也未尝不可！”小蔓骄傲地一抬头，纤细的下颌微微地扬起，那一张精致而又柔美到极点的容颜上，容光焕发娇艳无比，她就像是一朵含苞了许久的花，终于到了即将绽放的时刻……

“瞧把你得意的！”秦慕之爱怜地捏了捏她的鼻子，小蔓倒也撑不住哈哈笑了起来，两人站在人来人往的街头，毫不避讳地拥抱在一起……

首场演出之前的最后一次彩排，也是最重要的带妆彩排，几乎就相当于是一次实战演习，所有的演员皆已到位，铆足了劲准备着，明晚的一场演出，是很多人人生的分水岭，而今晚的彩排，却更像是一枚定心丸，若是可以顺风顺水毫无差池地结束，大家都会松口气，那天的气氛，热烈而又紧张，而她的命运，就此被改写，小蔓在很久很久以后还记得那个夜晚，永生难忘的一个夜晚。

皇家歌剧院的舞台上，灯光璀璨耀眼到了极致，小蔓的好朋友艾瑞雅有份参演，可是小蔓却连一个龙套都没有，赛若琳的影响真不是一般的大，就算是她很优秀，可是一句话，她却还是连个上台的机会都没有。

但小蔓却也没有更多的消沉，她抱着艾瑞雅的衣服在舞台下的观众席上等她，所有人都在忙忙碌碌，调试音响的声音不时就会传来，热闹得超乎寻常，她的心却是一片的平静，只是含笑望着奔波穿梭的众人。

若说没有遗憾，也太矫情了一点，只是时到今日，木已成舟，抱怨和嫉恨都没有用，唯一有用的就是强大自己，强大到你是最好的，最优秀的！

卡西米尔先生正站在舞台下，所有人都准备就绪，帷幔已经拉拢，彩排很快就要开始，正望着闪烁灯光的她忽然听到一声暴喝：“你说什么？赛若琳没有来？”

小蔓赫然回头，却看到赛若琳的贴身助理一脸惶恐地站在卡西米尔的身边，低着头不敢吭声。

卡西米尔先生显然已经大怒，一贯慈爱的面容甚至有些扭曲起来，他愤怒地不停咒骂，小蔓却是心跳一点一点地快了起来，她敏锐地意识到，她的机会，来了……

“这样不负责任的人，这样的态度，是对艺术的亵渎，是对音乐的侮辱，她不配再唱歌剧，不配做我的女主角！肯尼尔——”卡西米尔忽然扬声叫了自己的助理，然后……

他转过身来，皱纹包裹住的那一双深邃的眼眸，琥珀色的眼瞳依旧是炯炯有神，带着对艺术探索永无止境的追求，那样的光芒，就像是太阳的热源，让小蔓的周身都滚烫起来……

他隔着三四排座位望着小蔓，目光一动不动，小蔓也静静地看着他，毫不退缩，她乌黑的眼眸明亮而又透彻，她美丽的容颜在灯光下皎皎如玉，她的神色镇定而又平缓，不卑不亢，不喜不悲，那样的神情，忽然之间就打动了这个固执的老头儿。

“肯尼尔……”他忽然轻轻嘟哝了一声，旁边的小矮子助理立刻凑过来，“是的，先生。”

“林小蔓，可不可以？”他伸出手指向她，肯尼尔跟着他的手指望过去，谦卑诚恳地点头：“是的，先生，您说可以，那就是可以。”

“那就用她。”卡西米尔一锤定音，清晰的四个字响彻耳膜，就这一个瞬间，小蔓只觉得眼前似盛放了漫天的烟花一样，她腾地一下站了起来，欢喜的神情溢于言表，那样由衷而又满足的笑容真挚而又动人，阅人无数的卡西米尔先生看得出来，真心喜欢的笑容和追逐名利的笑容，根本不一样……

她的心灵之窗，干净得让他自惭形秽！

“去化妆！”卡西米尔爽朗一笑，小蔓脆生生地应了一声，放下怀中抱的衣物就往更衣室跑去，艾瑞雅得到了消息，欢喜无比地迎了过来：“我早就知道你会有这一天！”

彩排极其成功，卡西米尔大师毫不犹豫地拍板决定，第二天晚上的正式演出，由小蔓代替赛若琳上台！

顾艺声坐在三角架钢琴后，望着他这一生最心爱的女人一步一步走上梦想中的舞台，五彩云霞织就的华丽披风长长地从台阶上滑过，他缓缓地收回目光，手指高高地抬起，然后重重落下，音符绽出，如银泉乍崩……

黎明破晓，王子的强吻融化了公主冷硬狠毒的心，爱情的力量最终战胜了仇恨和原本解不开的矛盾，委婉迤逦的东方民谣《茉莉花》被恢弘的交响乐奏出，响彻了整个维也纳的天空……

帷幔层层叠叠地拉上，又层层叠叠地展开，卡拉夫王子和图兰朵公主相携而出，潮水般的掌声此时方才响起，沉浸在那个曲折动人爱情故事中、沉浸在美妙歌声中的人们，此刻才像是骤然醒悟了一样，纷纷起立鼓掌，无数的鲜花递到小蔓怀中，掌声足足持续了整整十分钟方才渐渐地平息……

“女士们，先生们，请给我们伟大的歌唱家林小蔓女士五分钟的私人时间好吗？”卡西米尔大师神采飞扬，说到这句话的时候，他甚至有些调皮地冲小蔓挤了挤眼。

“有一位中国绅士，他在今天下午特意找到了我，他告诉我说他一直爱慕林小蔓女士，而他们之间也有一段十分美好的过往，但是因为一些误会，他们分开了，而今晚，他想用自己的行动来获取她的原谅！”

“蔓，你愿不愿意接受这位绅士的歉意呢？”

卡西米尔先生满脸笑意地望着她，小蔓平复了一下起伏的情绪，目光望向台下的人山人海，她咬了咬嘴唇，有些孩子气地说了一句：“那也要看他够不够诚意了！”

又是潮水般的哄笑声，这笑声却明显充满了让人温暖的好意。

“子陆！”卡西米尔先生忽然扬声冲着台下某处喊了一声，麦克风将他的声音扩散开来，冷不丁的一嗓子把小蔓都吓了一跳！

她下意识地顺着卡西米尔的目光望过去，却看到观众自动自发地往两边散开，一条只容一个人通过的窄窄小道就被腾了出来……

小道的最尽头，一身黑色正装的秦慕之手里拿着一枝鲜红的玫瑰正站在那里静静地望着她。

小蔓只觉得鼻腔里一阵酸楚，她差一点就要哭出来，却仍是狠狠咬了一下舌尖将泪意逼了回去。

她站在高高的、金碧辉煌的舞台上，他站在舞台下，要抬起头才可以望到她，可是这一刻，他是心甘情愿的，他心甘情愿像是仰望一个女王一样，仰望着他心爱的女人。

“长安……”他开口叫她的名字，她轻轻对他颔首，却仍是站在那里没有动，也没有上前一步。

他就那样一直走到台下，整个金色大厅都静悄悄的一片，小蔓甚至听到了自己的心跳声，快得像是擂鼓一般，她的手也抖得厉害，抱在怀中的那些花束都在颤抖起来。

“我记得以前有很多人问我爱不爱你，我都不知道怎么去回答，在我的心里，也从不曾知道爱一个人该是什么样的，会有怎样的心情，或者是会有怎样的不同，七年前你离开我，我经常会感到怅然若失，可我不明白这是为什么，两年前我在墓地看到你的墓碑，那一刻我感觉整个人生都黑暗了，我开始有些明白，你之于我，到底有什么重要的意义。”

他说到这里，轻轻呼了一口气：“长安，如果现在再有人问我，你爱不爱谢长安，我一定毫不犹豫地说，是的，我爱她，但若是有人问我，你是哪一刻爱上她的，我却答不上来……也许，是她安静地坐在包厢里拒绝那些轻浮的挑逗时，也许是她平静地拒绝我送她回去的好意时，或者，也许是在某一个我未曾觉察到的清晨或者午后，她静静陪着我的那些时光中，我就已经爱上了她……

“长安……如今的秦慕之，不是秦氏呼风唤雨的总裁，也不再高高在上不可触碰，他放弃一切，远渡重洋。愿意平等地站在你的面前，认真地问你一句，秦慕之这个人，你还愿不愿意再接受他？”

她的眼泪哗哗地往下掉，却是含笑用力点头，这一生，她再也不要放开他的手……

换好衣服出来，小蔓捧着玫瑰仍是有些兴奋："慕之，我今晚怎么样？"

"内行看门道，外行看热闹，我不懂歌剧，对于什么技巧啊表演啊一窍不通，但我在底下看着，就只有一个感觉，好看，精彩，又好听！"

秦慕之揽着她，夸赞的词儿一个劲儿往外蹦，小蔓脸红扑扑的，却是一脸兴奋怎么掩都掩不住："你净瞎说，我第一次上台，哪里有这么好？"

"那是你自己不知道，不知道你自己有多么的好。"秦慕之轻轻把她搂在怀里，"可是我就是觉得你哪里都好。"

"真的呀？"小蔓心中甜滋滋的一片，她喜欢这种平等的感觉，两人比肩而站，没有谁高攀谁，没有谁配不上谁，他很优秀，她也很优秀。

"嗯。"秦慕之低头和她的额头抵在一起，静静站了一会儿，忽然开口，"我准备了红酒给你庆功，去我那里喝一杯？"

望着她的那一双眼眸里清清楚楚地写着坏心眼儿，小蔓却是舍不得拒绝："吵到囡囡怎么办……"

"她明天还要上课，我今晚去看你演出，不放心她一个人在家，就把她托付给房东太太了，她晚上住在房东太太家。"

秦慕之话还没说完，小蔓就捏着小拳头捶他，水汪汪的眼睛娇媚横生："你就是一早就算计好的，一肚子坏水早就准备做坏事了！"

"你想哪里去了？"秦慕之一本正经地握住她两只小手，故作严肃地板了脸训道，"多好个小姑娘，怎么脑子里见天都在想这样的事情……"

"秦慕之！"小蔓被他闹得直跳脚，秦慕之看她又羞又气，一双眼睛亮晶晶的，又喜又爱忍不住地把她揉在怀中上上下下地亲了一番，这才咬着她的耳朵亲昵地说："好了好了，是我不正经脑子里见天都在想这样的坏事……"

小蔓昏昏沉沉地睡了过去，而饶是秦慕之这样强壮精力充沛的人，这样一场奋战下来，也疲累得很快陷入沉睡之中，两人纵情之后交颈而眠，就算是在几乎没有意识的沉沉梦乡之中，仍是紧紧地拥着彼此……

大半夜的激烈运动之后，一向睡眠浅，几乎一丁点风吹草动都会立刻清醒的秦慕之，这一次却是被此起彼伏的手机铃声吵醒的，怀里的人犹在沉沉地睡着，似乎手机的铃声也吵到了她，她在他怀里翻个身，皱着眉头不知道咕哝了一声什么，又手脚并用地缠上了他的身体……

秦慕之被她无意识的这些动作，还有柔软缠上来的身体，弄得心都化成了一汪水，他轻轻摁了手机键，低头在她脸上亲了亲，睡梦中小蔓微微摇晃着小脑袋躲他的亲吻，秦慕之被她的模样弄得爱怜无比，轻轻拍了她的背又哄她沉沉睡过去，这才蹑手蹑脚地拿了嗡嗡震动的手机下床……

“喂，您好，我是秦慕之……”

“好，我立刻就赶过去，劳烦周女士稍等片刻，好，好的，多谢您。”秦慕之挂断电话，卧室的门却轻微地一响，他转身一看，小蔓披着睡袍凌乱着一头长发正眼带迷茫地望着他，看他回头，她就细声细气地问道：“慕之，你起来了？谁的电话？”

她的声音还带着饱睡过后的喑哑，却是分外地柔弱乖巧，他走过去搂住她把她拉回卧室，面上却是欢喜无比的神色：“古董行的那位老板和他的姑母已经从普罗旺斯回来了，刚才来了电话，要我们立刻过去一趟。”

两人很快收拾妥当出门，拦了车直奔维也纳市中心的古董行，据古董店内的那位伙计说，那位周太太在古董行附近一家名为“时光”的小咖啡屋等着他们。

出租车刚停下，小蔓一眼就看到了那家店面不大，却是分外个性的小咖啡屋，她拉了拉秦慕之的衣袖：“慕之，就是那里，我们快些过去吧。”

玻璃门轻轻推开，秦慕之挽着小蔓的手走进去，上午的时候咖啡店内生意总是不太好，这里也没有例外，小小的店内，只有几个学生模样的年轻人静静地坐在那里，微微扫视一眼，他们就看到了靠窗角落里坐着的那位头发花白的老太太。

小蔓和秦慕之对视一眼，两人点点头，径直往那里走去。

快走到老人面前的时候，老人缓缓地转过脸来往他们脸上看去，秦慕之率先开口：“请问，是周太太吗？”

老人轻轻点点头，指指对面的位子：“秦先生和林小姐是么？请坐。”

“你……你很像一个人……”老人静静看了她一会儿，忽然摘下眼镜揉了揉眼角，复又戴上眼镜仔细地审视她：“如果不是你姓林而不姓燕，我都要以为你是他的女儿……”

“姓燕？”秦慕之立刻敏锐地捕捉到这个字眼，他略一沉思，旋即问道：“您说的可是燕声？”

老人蓦地一怔，旋即却是死死盯住秦慕之，颤声询问：“你知道他？怎么可能？他都去了二十多年了……”

“周太太，您还记得二十多年前的事……那您还记不记得燕声伯父的女儿当初是去了哪里？”秦慕之心思电转，却已经恍惚明白，他找了很久的那个人，当年唯一目睹了燕声伯父女儿被人带走的那个住在燕声剧院的寡妇，正是面前这个老人！

“燕小姐……”老人微微眯了眼睛，似乎是时间过了太久，她要很努力才能够想起一切……

秦慕之不由得屏住了呼吸，而小蔓却是一脸迷茫地望着秦慕之，他们不是来讨回玉镯的吗？怎么秦慕之问起了邓华的事情来……

"您别急，慢慢地想……"秦慕之抬手招来侍者，低声吩咐换了热咖啡上来，方才轻声地对老人说道。

老人摆摆手，又按了按太阳穴，苍老的声音似乎穿透了时光，一下子将前尘往事都拉回到众人眼前："燕先生去世那天晚上，我确实见过燕小姐……"

"燕先生去世那天，燕太太就自尽殉情，当时……燕声剧院里乱成了一团，我这个老婆子虽然说潦倒不堪，无暇自顾，但救命恩人家里出了事，我又怎么能坐视不理？只可惜世人多是拜高踩低之辈，我是连剧院的大门都不得入……"

"燕先生……为何会英年早逝？"小蔓心有不解，能让人这么多年还在铭记伤怀的人，必然是超脱异于常人，而若是人中龙凤，又怎么会这么早就离开人世？

"那是燕家的私事，外人都只是隐约知道一些，我也听到一些风言风语，说燕先生和燕太太是私奔来这里的，燕太太是大家闺秀，家世显赫，燕先生却只是一介戏子，燕太太家中自然不肯，只是，没想到两人远走异乡这么多年还生了女儿，那燕太太的娘家却还是不放过他们……"

"照您的说法，燕伯父是被苏伯母的娘家人害死的？"秦慕之惊骇不已，母亲也常日为燕声伯父英年早逝伤怀不已，只是当年目睹惨剧的人，都说是演出时的意外，苏伯母受不了这个打击自杀殉情，他们也查不出个所以然，这么多年，竟也就这样不了了之……

"我不清楚，只知道燕先生去世前不久，燕太太的娘家父亲曾经来过，后来，燕先生登台时就出了事，舞台上的吊灯好端端地掉了下来，正砸在燕先生的头上，他当场就断了气……"

"怎么会这样……"小蔓只觉得心脏那里恍若是被重物狠狠砸了一下一样，忽然之间剧痛无比，她惊怔地望着老人，喃喃开口，"燕先生当场身亡，燕太太受不了这个打击也为夫殉情……他们夫妻，倒真真是情真意浓，让人叹息……"

"只可惜了燕先生夫妇的女儿，当年的燕小姐刚刚过了四周岁就父母双亡，偏生身边一个亲人都没有，燕声剧院里乱成了一团，根本无人去管那小小的孩子，我心急如焚，本就病体缠绵的身子又不争气地开始犯病，更可惜的是，我一个外人，根本插手不得燕声剧院的事，几次我要去看燕小姐，都被人赶了出来……若不然，我无论如何也会护了小姐周全……"

老人说着，摇头叹息："现在说这些，又有何用，我是没有办法回到二十多年前那个冬夜了，也没有办法再将燕小姐寻回来了……"

"这话从何说起？我听母亲说，燕小姐当晚就被苏伯母的故交邓老先生带去了香港……"秦慕之大骇，整个人却已经不受控制地微微哆嗦起来，他脸色惨白，心中翻江倒海一般，饶是之前曾经怀疑过，可是也仅仅只是怀疑，而现在，真相却好像真的快要和他们怀疑的那条线重叠……

老人闻言一下抬起头来，浑浊的眼眸中一片惊愕："怎么可能？我明明昏睡半夜醒来，还看到燕小姐在剧院的后门坐着似乎在等人的样子，我还拖着病腿出去唤她进屋来暖和暖和，但她小小的人儿却是死活不肯，只说妈妈要她乖乖坐在这里……"

秦慕之冷笑："是了，我已知晓，囡囡等的那个人就是邓先生，可是邓先生却已经带走了别人……"

"带走了别人？别人……"老人缓缓地重复着那两个字眼，忽地想起了什么似的一下子瞪大了双眸，"是了，是了！我竟然糊涂到这样的地步……"

"怎么回事？"小蔓紧紧地握住拳头，她紧张得连呼吸都不敢，愣愣地望着面前的老人，"小囡囡她等的人……一直都没有来吗？"

老人看了看秦慕之，重重叹息一声："若是按你所说，囡囡在等一个人，那么，她等的那个人必然是已经出现过，带走了另外一个人……"

"那天晚上很冷，我记得很清楚，天一冷，我就旧病复发，双腿疼得几乎都不能动弹，那天黄昏之时，囡囡一个人坐在剧院后门处，我叫了她几次，她不肯进来，我也无可奈何，后来……我看到燕声剧院收养的一个小孤女陪她在那里坐着，我就放了心，她们素日里也是经常在一起玩的。也是我身子不争气，坐不到一会儿就昏沉沉睡了过去，等我半夜再醒来时，却只看到小囡囡一个人，她身上穿着的鹅黄色小袄也不见了，正冻得发抖，而那个小孤女也已经不见了踪影，我当年不知道囡囡坐在那里要做什么，因此对那小孤女后来不见踪影的事也未曾放在心上，但今日听你一说，说燕太太的故交带走了囡囡去了香港，我才明白，许是那天晚上，那个小孤女冒充了囡囡，已经被人领去了香港……"

"你可还记得那个小孤女叫什么名字？"秦慕之的声音已经变得冷硬无比，而小蔓坐在那里却是一副呆若木鸡的神情，秦慕之忧心如焚，却也只能轻轻把她的手握在掌心。

"我老了，过去的事情几乎都忘了，那个小孤女并不起眼，我也没有什么印象，只恍惚地记得，叫什么荣华……"

秦慕之坐在那里，森然冷笑："真是好，这世上竟然有这般的人，小小年纪就有这般的算计和歹毒的心肠！"

"慕之……这到底是怎么回事？"小蔓脑子里混乱的一片，她不知道自己怎么了，明明这是别人的故事，可是在听老人讲的时候，她竟是那般地害怕，就好像是身临其境一样地害怕……

她不敢想，只觉得心口一阵一阵地绞痛，她反手紧紧握着秦慕之的手，眼泪忍不住地直往下掉："慕之……我听不明白，可我心里好难过……慕之，慕之我这是怎么了？"

秦慕之说不出安慰的话，他只能紧紧地拥着小蔓，将她瑟瑟发抖的身子紧紧地搂在怀中，他坐在那里沉默了一会儿，方才抬眸望向对面仍在默默落泪的老人："周太太，谢谢您对我们说这些……"

周太太摆摆手，又将随身带的手袋打开，取出一只绣花织锦的盒子递给秦慕之："我瞧着你们这一对小情人心中喜欢，这姑娘又极其合我的眼缘，我很喜欢她，玉镯完璧归赵，燕……林小姐佩戴起来，必然是好看的。"

"周太太，谢谢您！这玉镯之于我们两人实在是太重要了……"秦慕之心中感慨不已，却还是取出支票递过去，"请您收下……"

那老人却摆摆手颤颤巍巍地站了起来，她若有所思地又看了小蔓一眼，方才缓缓说道："当年我未能为燕先生的女儿尽一尽心，今日这个镯子就当做是我的一点心意吧，若我没有猜错，林小姐必然和燕先生有渊源……"

"周太太……"秦慕之拉着小蔓站起来，周太太却低头喃喃了一句："也是，这世上哪里还有人能有他几分的光彩，也只有他的女儿了……"

"周太太，我们不能平白占这样的便宜……"

"你们若是有心，就用这笔钱把燕声剧院好好修葺一番吧，燕先生在天上看到燕声剧院的一草一木还犹如当年，他一定也会觉得欣慰……"

秦慕之还预备再说什么，小蔓却是轻轻拉了拉秦慕之的衣袖："慕之，就按周太太说的做吧。"

小蔓眼圈微红，沉默许久，忽然轻轻说了一句："燕先生直到今日，终归是可以瞑目含笑九泉了。"

"安安？"秦慕之惊诧她的这句话，回头看她，却见她静静地低着头站在那里，眼泪如珠玉一般滚滚而落，从绝美的容颜下滑过，他心中疼痛无比，似有万千语言涌上心头，却又不知从何说起，他从来不知，他命中注定的妻子，竟然兜兜转转之后，还是她……

"我和燕先生长得有些像对不对？我的眼角那里也有一枚朱砂痣，秦太太当年看到我惊异无比，对我疼爱有加也是因为如此对不对？后来邓华带着鸳鸯佩回来，我被赶出秦家，再后来那些人莫名其妙地出现几乎将我打死，残忍地削去了我眼角的那一枚朱砂痣……这一切的一切，都是因为……我才是，我才是……"

"慕之……为什么会这样？为什么会这样？"她哭得几乎昏厥过去，只能无力地靠在他的怀中，秦慕之抱着她轻轻哄："乖，我们先回家好不好？"

"回家？"小蔓忽然怔怔地笑出声来，"我哪里还有家……这世上，和我亲近对我好的人，都死了……都死了！"

"长安……乖，我抱你回家，我还在啊，我还在你身边，我还在守着你……你不是一个人，永远都不会再是一个人了……"

爸爸……妈妈……她在梦中咿咿呀呀地喊，那一对相携而立的璧人恍然地回头，笑颜如花，疼爱地看着她，那目光是她毕生未曾感受过的暖，小小的她也笑，挥舞着胖胖的小手笑，时光好像就在一瞬间穿越回了二十多年前的那一个冬日，锣鼓齐鸣，喧天的热闹，粉雕玉琢的小人儿欢喜地在人群里穿梭嬉闹……

戏台上那人扮相俊逸，长长的水袖就那么一甩，一个秀美的亮相，一个含情脉脉的眼神，叫好声还没响起，却是天翻地覆，血如泉涌……

有人捂住了她的眼睛，她被很快抱走，到处都是尖叫声，到处都是哭喊，妈妈把她搂在怀里，将一枚温凉的玉佩塞在她的手里，急急地对她说："囡囡，拿着玉佩去剧院后门外……你要乖，乖乖地坐在那里哪里都不许去，谁喊你都不许离开，直到有一个叔叔来找你，他问你要玉佩的话，你就拿出来然后跟他走……记住了没？"

她乖乖地答应，妈妈又紧紧抱着她亲了又亲，看着她的目光中透出浓浓的不舍和心痛，只是那时候小小的她，不懂……

她懵懵懂懂地抱着玉佩，一个人往后院走，她穿鸭梨黄的小袄，红绸子的小棉裤，柔软的头发剪成童花头，齐眉刘海儿下一双眼睛水汪汪的明亮，稚气未退的小孩子左顾右盼，嬉嬉闹闹一个人欢快地走着……

她穿过长长的回廊，穿过冬日萧索的花园，穿过月亮洞，穿过雕花门，走过半月形的池塘，还捡了石子丢进水中惊跑了游鱼……她咯咯地笑，继续往前走，鹅卵石的小路很快走到尽头，她踩着台阶一步一步走上去，吱呀一声……她推开了红漆斑驳的小门，小脑袋探出去大眼骨碌碌地一转，吱呀一声……她一生的命运，就此被彻底改写……

一生一梦二十年，她看着那个四岁的孩子坐在寒天雪地的台阶上乖巧地等着她的命运降临，她仿佛听到她甜甜的笑声，穿越了二十年前的那一个寒夜，一声声没入耳中……

秦慕之紧紧地握着她的手，直到她渐渐睡得安静，他深深地凝着她的脸，一脸的湿痕要他心疼得不能自已，他轻轻地将她脸上的泪痕擦去，但是不过片刻，她的泪仍是悄无声息地涌出……

秦慕之沉沉叹口气，轻轻松开握住她的手，睡梦中，她似乎皱了眉呢喃了一声什么，但却仍是乖乖地睡着没有睁开眼，他小心翼翼地将她的手放入被子中，然后蹑手蹑脚地出了卧室。

门一关上，他一脸的温柔早已荡然无存，取而代之的却是可怖的阴霾和让人颤抖的冷冽，他们一家子，竟然就被这样一个奸诈无耻的女人玩弄在鼓掌之间整整七年！

"赵成。"秦慕之的声音穿过听筒传入赵成的耳中，死板的平静之下却是明显地暗潮汹涌，赵成心中一凛，赶忙应道："秦总，有什么吩咐？"

"立刻派人去把邓华找回来。"他简短的一句吩咐，赵成却是愣了一下，怎么突然之间又要请邓华回国，难道又出了什么事？只是他心中有疑虑，却是不敢质疑秦慕之的吩咐，立刻应了下来。

"还有，再好好查一查谢长福的事，一有情况，立刻告知我。"秦慕之说完就挂断了电话。

小蔓昏睡了一下午，直到黄昏的时候方才幽幽转醒，她醒过来躺在床上，隐约听到外面有轻声说话的声音，她闭着眼睛想了一会儿，方才慢慢想起来之前的一切，心中忍不住一酸，眼泪又要掉出来，她慌忙起身坐起来，使劲咬了咬嘴唇将泪水逼了回去。

刚欲下床，卧室的门却忽然被人轻轻推开，她抬眼一看，秦慕之手里端着一碗温热的粥站在门边，见她醒来，他赶忙进来又顺手关了门。

“醒了？饿不饿，吃点东西吧。”他在她身边坐下，放下粥碗，在她身后垫了软软的枕头。

“不想吃。”她眼圈泛红，声音凄楚，听得他心一抽一抽地疼，忍不住伸手把她紧紧抱在怀中轻柔地劝哄：“没事了安安，已经没事了……”

“我想回家……”她趴在他的怀中，他的气息温暖而又熟悉，扑入鼻端将她团团包裹起来，她的防线一瞬间崩溃，眼泪就再也没有办法控制地汹涌而出，濡湿他胸前衣襟。

“好，你想去哪里，我就带你去哪里，你要是想回家，那么我们明天收拾了行李回国，后天我就带你去扬州……”

第十五章　一慕十年长安月，漫漫情路终何止

辞掉了《图兰朵》在维也纳的后续几场演出，哪怕是卡西米尔先生亲自盛情挽留，小蔓却还是拒绝了他的好意，执意要求回国。身世的事情渐渐水落石出之后，她的精神就有些不济，总是会在晚上做噩梦哭醒过来，而演出整场歌剧，是超负荷的工作量，她的身体和精神目前都没有办法胜任。既然没有办法胜任，那就不要再去自私地霸占着那个位子，反正她已经上了那个舞台，也算是得偿所愿，够了。

飞机降落在A市的国际机场时，正是A市的清晨，离开的时候是寒冬季节，而回来的时候，却刚刚过了阳春三月，秦家的司机来接走了囡囡，秦慕之和小蔓马不停蹄地直接开车去了扬州。

燕声剧院是那个小县城最出名的一处所在了，几乎不用怎么打听就找到了那里。

整个小县城都是依山傍水的精致，那燕声剧院却更是静中取静，前有潺潺小溪穿园而过，后园却更是直接将半座小山圈入了园中，园中花草景致皆取自天然二字，毫无雕琢的痕迹，正是暮春时节，寂静的园中蝶飞莺绕，春光醉人，一过前院屏山，就见那一座梦中数次出现的戏台静静而立，一瞬间仿佛将时光拉回几十年前，这戏台上正莺啼声声不断。

他们在这里，每一天不问世事，只是相携在园中喝茶漫步，静静走过每一处风景。

到扬州后，秦慕之就给汤启勋打了个电话，拜托他走了一趟香港，虽然邓老先生去世多年，但兴许也会有蛛丝马迹留下来。

而他在扬州也让人放出了风去，说是要重修燕声剧院，还想见一见当年剧院里的旧

人，毕竟跟随燕伯父一场，他这个后辈也想尽一尽心，消息一放出去，就有许多人蜂拥而至……

一直住了十天，直到汤启勋打来电话，两人才启程回A市，随行的却还有一对老夫妻。

收拾好东西，却已经临近中午了，又在燕声剧院吃了最后一餐饭，小蔓这才依依不舍地跟他上车离开。

直到车子开出扬州，她的眼圈还红红的。

“以后随时都可以来，我陪你。”秦慕之把她抱在怀中安慰，小蔓点点头：“慕之，我真想赶紧把过去的事情都弄清楚，水落石出之后就再也不去想那些烦心事，安安心心地和你在一起过日子。”

“我不也是这样想的？”秦慕之抚着她细滑的长发，“希望这一次回去之后，一切顺利，然后我就每天专心陪着你，把我们过去浪费掉的时光都补回来。”

秦慕之搂着小蔓往房子里走，秦太太已经迫不及待地迎了出来，连带琴姐的眼圈都红红的。

“瘦了。”秦太太细细端详儿子，怎么看都看不够一样。

“妈，您看起来精神倒是不错，还是那么年轻。”秦慕之伸手挽住母亲的手臂，一句话就说得秦太太眉开眼笑，“就你会这样哄我！”

“你让安安说，我是哄你的不是？”秦慕之转脸看向身侧的小蔓，在念到那个名字的时候，声音都软了几分下来。

秦太太这才注意到他身边的小蔓，她的表情有些不自然，明显是心中不喜欢，只是想到那一次在医院里慕之的模样，终究还是忍了忍，客气地招呼了一句：“许久不见，谢小姐还好？”

小蔓淡淡一笑：“托您的福，还不错。”

秦太太就觉得有些没意思，意兴阑珊地应了一声：“那就好。”

小蔓并不曾放在心上，她原本就是不拘小节的人，就算是现在局势对她有利，翻旧账的事她也不屑于去做。

秦慕之轻轻握了握小蔓的手，看着她的目光有些抱歉，小蔓回以一个微笑，握着他的手指轻轻戳了戳他的手背，示意他安心。

三人走进客厅，邓华已经在沙发上安然静坐，她面上神色镇定，没有一丝的波澜起伏，看到他们三人进来，只是眼皮微微抬了抬，就又悠闲地看向其他地方。

“琴姐，家里来了客人，还不去上茶？”秦太太一落座，见秦慕之和小蔓紧挨着坐在一起，哪怕是心中已有算计知道已经无力回天，可仍是觉得刺眼，忍不住就扬声刺了一句，那“客人”二字又咬得重了几分，似在刻意地强调一般。

小蔓并不在意，只是嘴边笑意略略地深了深，反而是邓华，似乎是轻蔑地低低冷笑了一声。

小蔓不由得抬眼看向邓华，她的目光也正好从她的脸上滑过，小蔓静静地看了她几秒钟，忽然一笑开口："邓小姐，别来无恙啊？"

"谢小姐好。"邓华姿态优雅地伸手端起面前的杯盏，低头吹了吹茶沫，惬意地品了一口。

"说起来，我们也有二十多年的渊源了呢。"小蔓忽然轻飘飘地说了一句，邓华端着茶盏的手骤然一颤，瓷器碰撞的声音清晰传来，秦太太有些不解地看着两人，目光来回地梭巡个不停。

"谢小姐这话我不明白，我只记得第一次见到谢小姐，哦……是七年前的事了。"邓华似乎是在回忆一般微微地蹙着眉，小蔓笑意抿得更深，黑亮的眼珠含笑俏丽地睨住她，轻轻说了两个字："是么？"

邓华一下子抬眸看过来，那一瞬间她的目光锐利得吓人，似乎是要洞穿人心一般，若是抵抗力稍微弱一点，几乎就要承不住，她果然不是个等闲之辈，这些年的历练，她早已不是那个衣着寒酸从香港千里迢迢回来的怯弱女生了……

小蔓心中百转千回，可和她对视的目光依旧是云淡风轻一般的平静，她就那样含笑柔柔地看着她，却比愤怒抑或是不屑的目光更让她心惊。

邓华的心忽然有些乱了起来，为什么突然秦慕之让人把她带回来，为什么秦慕之和谢长安回国之后立刻去了扬州……她忽然恐惧起来，目光再也没有办法镇定如昔，只能在快要颤抖的那一刻讪讪地挪开……

秦慕之见状淡淡一笑："爸妈，我带了几个人来，有件事要说。"

他一摆手，那对唯唯诺诺的夫妻就被汤启勋拉到众人面前来。

老两口显然没见过这样大的阵仗，说得断断续续词不达意，好一会儿才捋直了舌头，将当年燕声剧院那一场变故，以及事后燕声剧院树倒猢狲散的凄凉惨状，以及他和几个燕声剧院的老人儿做主将燕小姐送到县里的孤儿院去，及至后来他们卷了财物，变卖了值钱东西举家搬迁离开，一一都说了出来。

"你敢保证你所说的话没有一句是假？"秦慕之等他们说完，又慎重地问了一遍。

"当然当然，这不我和老婆子的档案户籍都在汤先生那里，作不了假。"

"我再问你，你敢保证你当年送到孤儿院的燕小姐就是燕声老板的亲生女儿？"

"哎哟喂汤先生，我哪里敢造假，再说了，我可是燕老板唯一的远亲，当年燕小姐也是日日都能见到的，怎么可能认错！"

汤启勋闻言点点头，又将两张照片递过去给他："你好好看看这两张照片，你说你当年日日都能见到囡囡，那你就瞧瞧，照片上这两人都长着一颗胭脂痣，你来辨一辨真

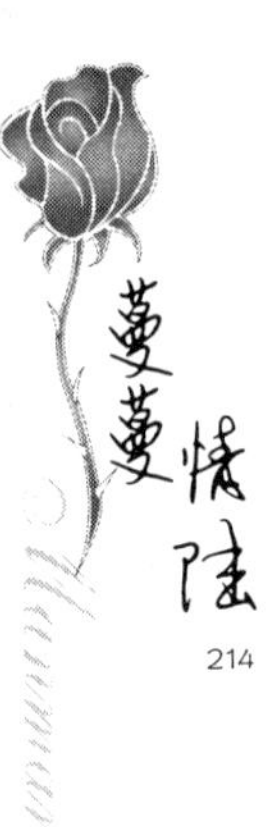

假。”

那人赶忙接过去细细看了一会儿，方才将其中一张双手递还汤启勋，赔着小心道：“汤先生，再没错的，当日燕小姐出生眼角旁就长着一枚胭脂痣，我们都很好奇，特意去瞧过的，我还记得有人私下里议论说，这枚痣的位置长得不好，正好在眼角下形同泪痣，恐怕小姐这一生都命苦……那人当时还被我狠狠骂了一通！

“汤先生您看，这照片上的这位小姐，不但长得和燕老板极像，就连这枚痣的位置都和我见过的一模一样，但这另外一张照片上的可就不太对劲了，燕小姐的痣是正在眼角下，而这位小姐却是在眉梢和眼角快相接的地方，失之毫厘谬以千里……”

“好了，有劳你跑了这一遭。”汤启勋见该说的都说得差不多，就打断了他的滔滔不绝。

邓华站在那里，闻言冷笑：“单凭一对老东西的回忆也能做证据？”

“席小姐别急。”秦慕之微微一笑，“勋哥，把你从香港那边取来的证词拿过来。”

秦慕之立刻让助手送过去，汤启勋没有接直接吩咐递给邓华：“席小姐好好看看吧，这是您当年在香港圣玛丽外科医院做的小手术的记录，虽然你在邓先生去世回香港时去医院取走了病历，但如你所说的，没有用钱办不到的事，世上也没有人能高超到做事不留一丁点的痕迹。”

邓华望着纸上清晰的一行行字，还有当年病历报告上的照片，她只觉得双腿一软，竟是差一点跌坐在地上。

下楼来那一刻，她就已经做好了不再垂死挣扎的决定，她知道秦慕之铁了心要弄死她，她就算是再有能耐也斗不过，她打定了主意，要将当年的一切都说出来，更重要的是，她还得当着这所有人的面，都仔仔细细地说一说，七年前是谁帮了她去害谢长安，事后还给她擦干净了屁股，一年多前又是谁的人害死了谢长福，这般掏心掏肺地帮她这个一出生就被抛弃的孤儿，命如草芥的席荣华！

“阿华……”秦太太脸色如雪，白得几乎连唇色都模糊了，她颤巍巍地站起来，琴姐慌忙扶住她，淌泪唤了一声：“太太，您慢点。”

“阿华，这些都是真的？”秦太太仿佛一瞬间就苍老了数十岁，甚至连一贯挺直的脊梁都佝偻了下来。

她眼圈红肿，哆嗦着看着面前的女人，她的手抖得几乎无法自持，慢慢地，慢慢地抬起来，然后一巴掌打了出去，她拼尽了力气，一巴掌挥出去就无力地靠在了琴姐的身上……

“你怎么对得起我，你怎么对得起我，这么多年……我疼你，宠你，我觉得对不起你，我拼了命地对你好补偿你，对你百依百顺，可你却把我骗得这么惨！你把我骗得这么惨！我怎么对得起我师哥，我怎么对得起我的小囡囡啊……”

秦太太发了疯一样地捶打着自己的胸口号啕大哭，琴姐吓得魂飞魄散，慌忙手忙脚乱地去拉她，又喊秦慕之和秦谨之来帮忙……

秦太太气得面如金纸，只有出气没有进气。

“妈，您没事吧，别气坏了身子！”好容易灌下去一杯温水，秦太太这才好像缓过来一口气，她挣扎着坐起来，又张牙舞爪地想往席荣华身边扑，却被琴姐狠狠抱住苦劝：“我的好太太，您先将养好了身子再做什么都不迟啊！”

“我打死这个恶毒的女人，她怎么就这样卑鄙无耻……”秦太太心痛难当，哭得几乎又要晕厥过去，她嘶哑地咒骂着，心里窝憋着那团火怎么都发泄不出来，她几乎快被怄死了！

竟然被这样一个黑心烂肺的哄骗得团团转，她怎么就猪油蒙了心，怎么就这样笨！

席荣华挨了一巴掌，半边脸几乎都肿了起来，她原本还有些窝火，却在听到秦太太这样委屈地哭骂之时，又觉得好笑起来。

她抚了抚红肿的脸，轻蔑地冷笑：“哦，当初宠我上天，现在视若洪水猛兽，秦太太您的爱还真是奇怪，随时可以来，随时可以消失，只要沾了那个身份，哪怕原本您深恶痛绝的人，您也可以立刻态度三百六十度大转将人再捧在手心里，只是……您现在就是想去示好，也得看看人家愿意不愿意接受！”

秦太太闻言大怒：“我们秦家的事，轮不到你这个下三滥、不知哪里冒出来的野种插嘴！慕之，把她赶出去，我不想再看到这个女人！”

“妈……现在还不能把她赶出去，长安七年前受伤的事，还有长安哥哥的事都和她脱不了干系……”

席荣华听到此处立刻抚掌赞成地点头：“对啊对啊，七年前的事也得查个水落石出才行啊，您说是不是啊秦太太？”

“你给我闭嘴！”秦太太气得差点倒仰，琴姐好容易劝了她坐下来，又转脸对席荣华说道：“邓小姐，您看在太太好歹这些年疼您一场的分上，就不要再说了……”

“好啊，我不说。”席荣华悠然地坐下来，一回头，却看到秦衡站在客厅的入口处。

此时正是正午，阳光分外地明媚，可是落在他的身上，却像是蒙了一层刺眼的寒霜。

“老爷回来了……”琴姐也看到了秦衡，慌忙打招呼，秦太太一时有些慌乱，怔怔地要站起来，腿却像是僵了一样半天都不能动。

秦衡慢慢地走进来，他的步伐有些沉重蹒跚，几日前他还是神清气爽精神奕奕的模样，可不过是短短一周，他的鬓发全都白了。

“爸爸。”秦慕之转身过去预备扶他，秦衡却是摆摆手，他的目光自始至终望着秦太太，一动不动。

直到走近她的身边，秦衡弯下腰蹲下来，他的视线和她的对平，静静地凝着那张脸，

许久目光都没有移开。

秦太太被他看得浑身不自在，席荣华却是扬起嘴角轻笑看着这一幕。

“爸，您怎么了？”秦慕之不明所以地问了一句，秦衡却也在这时开了口，他的声音苍老而又无力，却像是巨石一下子压在了秦太太的胸口！

“怎么会是你啊，燕如……”

秦衡重重一拳擂在坚硬的地板上，“砰”的一声闷响，像是闷锤骤然落在心口，秦太太只觉得一阵呼吸困难，面色已如金纸一般蜡黄一片。

她耳边是一阵金戈铁马的刺耳嗡鸣，眼前的一切也仿佛是蒙了一层白纱一样的模糊不清，秦衡的脸就在她的面前，却又仿佛一瞬间拉得极远，远得她怎么都触碰不到了。

“秦衡，你说什么呢？”她仿佛是笑了一下，可是那笑意却怎么看都僵硬得紧。

秦衡手撑在沙发上缓缓站了起来，秦慕之赶忙扶住他：“爸，您怎么了，您刚才的话是什么意思啊？”秦慕之不明所以，忍不住出声询问。

“吞吞吐吐吭吭哧哧，怎么，想包庇？”席荣华忽然冷蔑一笑站起身来，“不如我来说，秦太太您意下如何？”

崔燕如一张如鬼魅一般的脸骤然抬起来死死盯着她，席荣华倒是不怕，只是面上笑容依旧淡淡的：“你们不是老说什么，若要人不知，除非己莫为吗？怎么，你也怕了？怕的话当初就不要做啊，怕的话当初就不要那么心狠啊，怕的话……”

透明的玻璃骤然在她额上摔裂成碎片，一团一团的血雾弥漫而出滴滴答答地落在她裙子上，洁白的裙子上绽出一朵一朵的血花，席荣华的话倏然被打断，她怔怔地抬手捂住额头，秦太太站在那里，像是风中飞舞的一片枯叶，整个人都在剧烈地颤抖哆嗦。

她甚至还保持着将玻璃杯扔出去的那个姿势，一只保养极好的手蜷缩了手指定格在半空中，每一寸皮肉间都透着浓浓的恨意和绝望。

“妈……”秦慕之也被这突如其来的一幕震住，好一会儿他才上前轻轻拉了拉秦太太衣袖，有些惶然地低低喊了一声。

“琴姐，把席小姐先请出去，招待谢小姐和启勋在客厅坐一会儿，慕之，你跟你爸爸随我来书房。”

仿佛刚才的失控也只是一时的一般，秦太太渐渐恢复了镇定，她扫一眼秦衡和慕之，声音镇定：“这是我们秦家的事，我来说清楚最好。”

琴姐递了毛巾给席荣华，她捂住额上砸伤的伤口，听得秦太太这般一说，不由得一笑：“太太，您可得一五一十说个清楚明白，别避重就轻啊！”

秦太太冷哼一声，不屑地看了席荣华一眼：“一人做事一人当，我崔燕如没到你这样下作的地步！”

秦慕之低声安抚了小蔓几句，就随着父母进了书房，席荣华眼瞅着一行人进去，琴姐又催她出去，她甩手将染血的毛巾丢在地上，扭身向外走，走了两步又对小蔓说了一句："谢小姐好度量，竟然还能和杀兄仇人的儿子整日里恩恩爱爱地在一起！"

"你说什么？"小蔓一下站了起来，琴姐却飞快招呼了佣人过来将席荣华扯了出去。

"谢小姐，你别理她的疯话，她现在是大势已去，见谁都要咬上一口，你别理会她。"琴姐亲自给小蔓倒了一杯热茶递过去，殷殷劝道。

小蔓捧了热茶，茶香随着热气袅娜而出笼在微凉的脸上，她深深吸了一口气，轻轻点点头，心里却是暗潮汹涌，难以平静。

"谢小姐不要胡思乱想，现在事情已经水落石出尘埃落定，一切都过去了。"汤启勋见她气色不太好，就出言安慰了一句。

"谢谢您，汤先生。"小蔓轻笑了一下，汤启勋也不好再开口多说什么，其实他已经隐约感觉到了不对，譬如方才秦衡的话，秦太太的反应，还有席荣华后来那一句。

只是现在他也不知情，因此还是不要妄下结论的好。

"当年师哥师嫂出事，我没有能够及时赶回去，是我这一辈子最大的遗憾，所以，我告诉自己，为了她，我什么都可以做，只要是谁威胁到她的幸福，我都不会坐视不理，七年前的事是我找人帮的她，事后也是我善后，一年半前谢长福的事，我没有直接插手，只是她要人手，我就给了她，她要做什么，我都睁一只眼闭一只眼而已。"

秦太太一句一句平静说完，方才转过身来看着坐在沙发上的父子两人。

秦衡夹着烟的手指有些微微地颤抖，崔燕如却是惨淡一笑："现在知道我做了这样的事，秦衡你很失望对不对？"

秦衡将烟蒂摁灭在烟灰缸中，摆了摆手没有说话。

"我怎么都没想到你会糊涂到这样的地步！就算她真的是燕声伯父的女儿，她的命是命，她的幸福是幸福，别人的命就不值钱了？为了她所谓的幸福，就要用别人的鲜血和幸福来换？"

秦慕之手掌心赫然传来一阵刺痛，握在手中的玻璃杯子被他生生捏碎，碎玻璃碴混着早已冷透的水扎在手掌心，疼得难受，可他却丝毫没有感觉一样，只是愤怒地望着秦太太。

秦太太眨眨眼，觉得眼睛有些酸痛，她倔犟地抬起下颌，将眼泪逼回去："是，我是糊涂，慕之你想怎样就怎样，妈不会说一个不字，是我对不起长安……我，我对不起……"

"对不起？"秦慕之忽然震怒地一脚踹开面前的茶几，他鲜血淋漓的手指着秦太太，厉声冷笑，"怨不得我和勋哥都查不出什么来，怨不得邓华她这么有恃无恐！原来都是你在背后给她撑腰！你把她害得这么惨，她哥哥也死在你的人手里，你让我怎么面对她！你

让我以后怎么有脸和她恩恩爱爱！你让我看着她的时候怎么心安理得地去享受她毫无保留的信赖！”

“慕之……”书房的门被人轻轻推开，她墨绿色的大衣在眼前一闪，那个人就像是从云里雾里飘来一般，轻悠悠站在了他的面前。

“长安你先出去，你乖乖听话在外面等我，我这里还有点事没有解决，待会儿就出去陪你。”慕之看着她忽然出现，仿佛好一会儿才清醒地回过神来，他走过去，温柔地扶着她的肩，轻声地劝哄着将小蔓向外推去……

他推她向外走，她就像是乖巧听话的木偶人顺从地被他推着一步步往后退，只是，看着他脸的那双眼睛里一点一点地蕴出泪来，然后一行一行地往下淌。

他把她推到门边，她忽然伸手抠住木质的门框，纤细的手指捏到发白青紫，她咬紧牙关伸手推开他，力气大得他整个人都向后踉跄了几步方才站定。

她满是泪的眼睛盯着秦太太，就像是锋利的刀子一下子戳在她的心口里，崔燕如的双腿一点一点软下去，她扶着身后的墙壁，手掌在墙壁上蹭得生疼，然后整个人软软地跪坐在地上。

“安安……”秦慕之站在那里看着她，心里的恐惧，竟然迫得他一步都不敢上前。

“我哥哥是你害死的？”她沙哑地问，没有起伏，没有感情，没有温度，没有波澜，就像是问她今天天气怎么样一般的平静。

崔燕如豁然地抬起头来：“囡囡……”

“别这样喊我，你自己都不觉得恶心吗？”小蔓扶着门框的手移到墙壁上，她扶着墙，肩膀塌下来，腰也佝偻着，就像是一个老妪一样走得缓慢，她的眼睛自始至终都盯着她，一刻都没有放开，她走得很慢，可她终究还是蹒跚着走到她的面前。

“说。”她凝视着她的脸，轻轻吐出一个字。

崔燕如泪如雨下：“长安……”

小蔓忽然抬起食指贴在唇上轻轻“嘘”了一声：“秦太太，我只想听到，是，或者不是。”

崔燕如瘫坐在地上，不知过了多久，她轻轻点头：“是，终究是我的人害死了他，我认。”

“好！”小蔓忽然抚掌叫好，她有些艰难地抚着小腹直起腰来，不知怎么的，应该是快来例假的缘故吧，小腹中有些疼得难受，她的脸越发白了几分，额上也有了细汗。

“秦太太果然爽快。”小蔓勉强直起身子，再也不看她一眼，转身就向外走。

“长安，你做什么？”秦慕之见她脸色吓人却偏生步伐走得越来越快，不由得慌了神追出去。

小蔓却是丝毫不理会他，只是低头拨了一串号码：“喂，是刘警官吗？我是林小蔓，我哥哥的案子，我已经找到幕后真凶了……”

“长安！”手中的手机忽然被人抢过来，小蔓有些不敢置信地回头看秦慕之，他高大的身躯站在那里，在柚木地板上投下长长模糊的影子，他英俊如神祇一般的容颜惨白得吓人，客厅窗子里透进来的阳光恰好就落在他的身后一步远，小蔓微微笑着看着他，声音柔柔：“慕之，你这是做什么呀？”

她的口吻一如既往，就和这段时间他们和好了之后一样，但他的心像是被一只冰冷的手给狠狠地攥了起来，攥着拧着，他甚至觉得呼吸一下胸口都疼得厉害。

“别这样长安……别这样……”他不知说什么，他甚至在开口时声音都抖了起来，他摇头，他惨淡地笑着望着她，“长安，求你了，别这样……”

“别怎样？慕之……害死我哥哥的凶手找到了，我不是就应该报警吗？你忘记啦，一年半前你带我回来这里，你和我说，你对我保证，杀死我哥哥的人你不会放过，你一定会把真凶找出来，亲手把他送到监狱去，现在，不是已经找到了吗？你该履行诺言啊慕之……”

她惊讶地望着他，说这番话的时候，纯净得像是一个孩子，可他忽然发疯了一样将她的手机狠狠掼在地上，他胡乱抓着头发，眼眶血红一片，眼角却有泪淌下来：“可她是我妈！她是我妈妈！长安！”

她一下子就笑了，她笑着后退几步靠在墙上，她捂着嘴，眼泪滴在手背上，一颗一颗，冰冷无比。

“你妈妈的命很值钱，我和我哥哥，我的女儿，就活该被人害死吗？”

她轻轻地质问他，他站在那里说不出话来，她看着他低着头，地板上似乎有泪珠一颗一颗砸在上面，光滑地晕开水渍。

她忽然狠狠抹掉眼泪，眼底里却已经是一片倔犟的神色：“慕之，看来我们俩这辈子真是没缘分。”

她说完就向外走，高跟鞋踩在木质地板上，有节奏地叩叩做响，他忽然抬起头来望着她的背影，他有些控制不住地追出去：“长安，你给我点时间……我给你个交代！”

“你愿意让我送你妈妈进警察局吗？”

她不看他，只是一步一步向外走，阳光暖暖地铺在地上，这园子里一片勃勃生机，正是温暖的春末，一切都是那么美好。

“长安我求求你了长安，你别走，你别走好不好……”他死死地抱着她，她动都不能动，他的眼泪一滴一滴地落在她的颈窝里，冰凉的触感在肌肤上晕开，冷得她心都缩在了一起。

他的手指紧紧地扣在她的腰上，根根如玉，她低头，牙齿几乎要把嘴唇咬破了，她狠下心掰他的手指头，他疼得身子都在哆嗦起来，可仍是不松手，她闭上眼睛，似乎是全身

的力气都耗尽了，她听到骨头错位的咔嚓声，扣在她腰上的手骤然松开，她立刻向前跑去，她没有回头。

高跟鞋踩在圆润的鹅卵石上，忽然崴了一下，她干脆将鞋子踢掉，她跑得飞快，头发卷在风里肆意地飞舞，阳光一晃一晃地在他的眼前闪，他肩膀抽搐着，身子打摆子一样哆嗦着，胃疼得厉害，像是刀子在一寸一寸地割着他的肉，他疼得受不住，忽然身子向左侧一歪，整个人都摔在了地上……

“慕之，慕之……琴姨，快打电话叫医生……”汤启勋刚追出来，正看到秦慕之摔在地上，他忙快步跑过去，又语速飞快地吩咐了吓得面无人色的琴姨。

小蔓一口气跑出秦家的园子，她赤着脚站在路边拦车，上了出租车却又不知道该往哪里去，想了许久，报了警局的地址，车子疾驰而去，小蔓靠在车座上，她感觉手心里有点刺痛，低头一看，许是方才掰开他手指的时候用力太大，指甲戳破了掌心。

她抚了抚那细小的伤口，眼泪忽然淌了下来……

到了警局，问了值班的工作人员，知道负责她哥哥案子的那个李警官刚到办公室，小蔓立刻马不停蹄地上楼直接去办公室找他。

昨天手机被秦慕之给砸了，她并没有记住李警官的电话，而且电话里说事情也说不清楚，她就决定亲自跑一趟。

“是林小姐吧？”李警官一看到她就热情洋溢地打招呼，小蔓倒是吃了一惊，怎么李警官好似专程在等她一样。

“你昨天电话里要说的事情，我已经调查清楚了，事情是这样子的，你哥哥的案子被市局的人调走了，现在这案子不归我负责了。”

“什么时候的事？”小蔓的心顿时就沉了下来，她没有想到，秦家的动作会这样的快！

“就是昨天下午，市局的人亲自来领走了卷宗。”李警官说着，见小蔓脸色惨白一片，不由心中有些不忍，压低了声音问道，“林小姐，你是不是得罪了上头什么人？”

小蔓一下子冷笑出声：“‘杀人偿命’这四个字，看来在警察眼里也抵不过权势地位吧！”

李警官被她说得有些讪讪，不好意思地辩解道：“林小姐，我不过是个小警察，上级的命令，哪里轮得到我们这些小兵小将插嘴呢？林小姐您是个明白人，大家都不容易……”

走出警局，已经是临近中午十一点，这春末的阳光已经是分外的灿烂了。

小蔓站在路边，抬手遮在眼帘上望了望天空，晴朗的天，总是会给人温暖的希望，她不会妥协，也不会罢休，既然上天让她找到了真凶，那么，就绝对没有放过的道理！

刚走出警局不远，忽然有一辆车子戛然停在小蔓身边。

她原没当一回事，直到听到有人叫她的名字这才醒过神来，一回头，却正是秦慕之站在车边。

小蔓看了他一眼，却并没有理会，仍旧是缓步向前走。

秦慕之见她不理会他，心里说不出是什么滋味儿，父亲昨天也是无奈之举，动用了职权将谢长福案子的卷宗调走了，终究是那么多年的夫妻，夫妻二人的感情向来又是亲厚的，秦衡就算是心中对秦太太多有不满，但也不能眼睁睁看着秦太太去坐牢。

若是当真走到这样的地步，秦家一辈子的脸面也彻底毁了，他和谨之这辈子也算是没有办法抬头做人了。

其实这些秦慕之并不在意，他只是没有办法接受让母亲这么一把年纪了再去坐牢，更何况他认为，事情还有待商榷，母亲是放纵了邓华对谢长福下手，那些人也是母亲的人手，可她总归并没有坏到直接动手让人杀死谢长福，想必当初她也未料到邓华会让人对谢长福下这样狠的手……

他知道自己是在变着法地给母亲开脱，他也知道长安现在不会理会他说的这些话，但是他不愿意看着二人就这样走到分手这一步，他们之间明明还有转机。

小蔓不理他，秦慕之也就默不作声地跟在她身后，两人一前一后，隔了四五米的距离，倒是静悄悄地没有一丁点儿的声音。

她深深地吸了一口气，忽然停了脚步，他一直在低着头，她突然停下来他竟也不知道，差点撞在了她的身上去。

“你想干什么？”小蔓的声音并没有愤慨或者是不耐烦，一如既往的柔和平静，就像是前些日子他们说话儿一样。

“长安，我们好好谈谈好不好？”

小蔓轻轻摇头：“慕之，你是个聪明人，我也不想和你兜圈子，其实你心里也明白，这件事根本没有转圜的余地了。”

“放过我妈妈一次好不好？只要不让她坐牢，怎样都可以，她已经年纪这么大了……”

“如果你见我只是说这些，那么你可以走了。”小蔓硬下心转过身去。

“我知道这对于你来说很难，她做了这样残忍的事，没有道理求人原谅，可是长安，她并不是本性这样坏的啊，她也是被邓华给骗了，她这后半辈子唯一的心愿就是找到燕伯父的女儿，所以她才会被邓华牵着鼻子走……”

“我不想管她的杀人动机是什么，我哥哥已经死了，如果不是我命大，如果不是七年前我哥哥来得及时，慕之，我也死了。”

小蔓望着他静静地笑：“如果那时候我死了，那么你就不用这样左右为难了吧？邓华的谎话也不会被戳穿，你们一家人还是好端端地过日子，也许你不能和她举案齐眉，但终

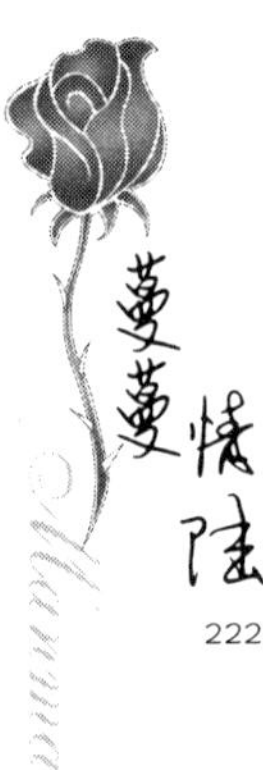

究还是可以相敬如宾的吧？

“事到如今，我怎么觉得，好像我活下来对你们秦家没有一点的好处，反而将你们好端端的生活搅成了乱麻呢？”

“长安……”

“你回去吧慕之。”

小蔓没有再多说什么，她转过身向前走去，只留给他一个倔犟的背影。

“谢长安！”他看着她快要走到岔路口，快要消失在他的眼前，终究忍不住大喊出声，她在漫天碧绿之中缓缓转过身来，秦慕之望着她，一步一步走上前。

“什么都不要管了，我们离开这里好不好？我不再做秦家的人，你也不要再念着那些仇恨，就我们两个人，我们离开好不好？”

他深深地凝着她，看着她脸上每一寸表情的变化，他紧张得不自觉地将手指紧紧攥了起来，她唇角微微地抽动，她的眼睛也湿润了起来，长长的睫毛鸦翅一样漆黑，在皎洁的脸上投下扇形的阴影，好久好久的沉默之后，她的声音像是从遥远的天际传来一般，缥缈得好像即逝的云烟……

“那些害过人的就放他们逍遥吗？”

她低低的声音，却像是烟花爆竹一样砰然在他耳边炸开，他有短暂的失聪，仿佛耳边什么都听不到了，他只能看到他面前长安的脸，熟悉到每一寸肌肤都了如指掌，却又陌生到像是从不认识。

他知道他理亏，可是他怀抱着一丝希望问她，他希望在她的心中，他秦慕之会超过仇恨的力量，可是他发现，他终究还是失败了。

“她没有直接害死你哥哥……”他有些机械地开口。

“那邓华呢？为什么到现在邓华还是没有得到她应有的报应？”

“她手里有对我妈不利的证据，如果她去坐牢，就会把一切都供出来……”

“那么然后呢？就这样放过她？你妈要保，连她也要保？秦慕之你怎么就这么自私？你怎么就能这样说出让我跟你离开这样大言不惭的话来？”

“没人要保她长安！她会比坐牢枪毙还要惨！我不会放过她，我妈也不会放过她！”

“那秦太太呢？她会怎样？会不会比坐牢枪毙还要惨？”

她步步紧逼，他感觉自己的心都要冷透了：“长安，如果你是我，你会怎么办？”

“你又能不能亲手把生养自己的母亲送到监狱去？你又能不能不顾自己身为人子，就做出这样没有一丁点儿感情的决定来？长安你要我怎么说你才明白？我妈她做的错事，与我何干？与我们两人的爱情何干？你为什么就要因为她犯的错来惩罚我？”

“慕之……那你又要让我怎么说才会明白？我看着你，心里扎着一根刺啊，我怎么和你恩恩爱爱地去过下半辈子？”

“我说了我们离开，我们离开这里……”

“离开这里就可以当做过去的一切都没有发生过？离开这里我哥哥就会活过来？慕之……说来说去，你不过是不忍心让你母亲受到惩罚，这是你身为人子的孝心，我不怪你，可是我哥哥的公道，我一定得讨回来。”

她不知道自己什么时候脸上变得湿漉漉的一片，她狠狠抹了抹眼泪，对他倔犟地笑了笑：“你今天来倒也正好，我顺便告诉你一句，我哥哥的卷宗被你们秦家调走了，既然法律维权这条路我走不通，那么我就去向媒体曝光，明天上午，A城新闻电视台，我们再见。”

她忍了泪意最后看了他一眼，狠下心转过身去。

小蔓说完，再也不做停留，也不顾他一声一声地喊，只是加快了步子向前走去，她很快走过前方的十字路口，向左边的街道走去，她走得很快，一直到走得全身都热起来，衣服几乎都被汗湿了她方才缓缓地在街边的长椅上坐下来。

她望着面前行色匆匆的众人，忽然之间不知道该往哪里去。

其实她也是方才冒出来的那个念头，说去电视台曝光这件事，也不过是脑子里的灵光一闪。

毕竟和她对立的是秦慕之，还有她心中十分敬重的秦衡，她并不愿意去电视台曝光，将整个秦家都置于水深火热之中，而刚才之所以这样对秦慕之说，也不过是希望秦家尽快给她一个交代，秦太太给她一个交代！

所谓的置之死地而后生也就是这个意思吧。

秦家这样的人家，重视名声尊严胜过一切，若是她当真要去找媒体曝光，他们必然会颜面扫地。

她并不愿意让秦家毁掉，也不愿意让秦衡和秦慕之背负坏名声，还有谨之，他们的交情一向不错，她不是个不明事理的人，毕竟冤有头债有主，父债子偿什么的，她并不信奉这一套。

她只是没有办法放过秦太太和邓华，邓华她不欲多说，这样的人没有一丁点值得别人原谅，可是秦太太，她心中其实是矛盾的。

她为燕声的“女儿”做到这样的地步，甚至连她这个旁观者都要感动了，可是她对于妨害到邓华利益的人又是这样的心狠手辣，让人不寒而栗。

你说她对，可她又错得离谱，你说她错，她却又不是为了自己。

小蔓摇摇头，心里乱得没有办法平静，她就像是在宽阔无边的大海上随波逐流一般，没有方向，没有目的，不知该往哪里去，不知怎样才可以得救。

她茫然地坐了一会儿，她看到路边有个公话亭，从钱包里翻出硬币，她握着听筒想了很久，却不知该打给谁，她所相熟的人都是秦慕之身边的人，必然没有办法给她一个公道

的答案。

耳边传来电话接通的声音，小蔓这才惊异地发觉，自己竟然打给了沈从佳。

那边没有接，很快就挂断了，小蔓心中倒是松了一口气，沈从佳这样的公子哥儿，才不会来一个电话就随便接听，他向来自负而又骄傲，就算是认识的人他不高兴了还挂电话，更何况是这样一个公话号码。

小蔓摇摇头，推开玻璃门就要出去，电话忽然响了起来，把她给吓了一跳，她下意识地接起来，刚刚“喂”了一声，那边却传来一把不耐烦却又分外熟悉的声音，几乎快把她的耳膜都刺穿了：“林小蔓，是不是你这个死女人？”

小蔓赶紧把听筒拿远了一点，有点不满地小声抱怨：“你声音小点啊，我又不是聋子。”

电话那边一下又安静了，小蔓悄悄将听筒拉近耳边，她甚至可以听到沈从佳的呼吸声轻轻传来，不知怎么的，眼睛里忽然热热的，一开口，声音却已经哽住颤抖起来：“沈从佳……我遇到一个好大的麻烦……我不知道怎么办……我想找人说说话……可我不知道打给谁好……”

她越说声音越低，渐渐带了哭腔，沈从佳一肚子火气瞬间又偃旗息鼓。

“遇到麻烦想起我了！我他妈上辈子欠你了这辈子活该做你的垃圾桶！”

他的声音有些咬牙切齿，似乎是极度地不耐烦，极度地嫌恶，极度地不情愿……可不知怎么的，她一点也不害怕，反而觉得心里暖融融的。

“沈从佳……对不起嘛。”她含着眼泪扑哧笑出来，有些狗腿地拍马屁，“就算你是垃圾桶，也是全世界最帅的垃圾桶……”

“在哪呢？”

那边似乎低笑了一声，慢悠悠说出了三个字。

小蔓挂断电话，就坐在路边的长椅上等沈从佳，两地距离并不算远，沈从佳开车顶多也就两个小时。

沈从佳来得很快，她上车没说一会儿话就睡着了，许是太累了，她睡得很香甜，连一个梦都没有，整个人似乎都放松了下来，身子蜷缩在座位上，看起来乖乖的。

沈从佳将车子停在了路边，他仔细看着她熟睡的容颜，只是就算是在睡梦中，还是愁容满面的样子，如果在秦慕之的身边，她一定不会是这样的吧？

沈从佳想起维也纳的那个夜晚，她欢喜地跑到秦慕之身边的样子。

她对他笑过，也开心地和他谈天说地过，甚至两人也嬉闹疯打过，可是像那天晚上那样，他却没有见过。

他知道她心里只有秦慕之，那么多年过去了还忘不掉，那么以后也必然还是忘不掉的。

这一次不知道他们之间出了什么问题，但是沈从佳却是清楚地知道，就算是小蔓和秦慕之分开了，他也不会乘虚而入，或者说不计一切地陪在她身边等到她被感动的那一天。

是的，他爱她，可是他不会让自己爱得那么低贱。

他宁愿一辈子看不到她想着她，也不会陪着她去等着念着另一个男人。

他是骄傲的，自负的，哪怕是面对，可能这辈子唯一爱的一个女人，他竟然还是自尊心泛滥到不容许自己有一刻的卑微。

“林小蔓？”

沈从佳轻轻喊她的名字，她睡得很沉，一点反应都没有。

沈从佳就无声地笑了笑，他的目光温柔至极，笑容淡得似乎立刻就要消失了。

“睡得真香啊，不过这样挺好的，你就听不到了……”

他轻轻说着，握着她的手送到唇边，白皙的手指根根纤长笔直，柔韧如玉，他低头吻上去，唇在她手背上贴了很久，方才低低说了那么一句：“你还是永远都不要知道的好……只有我一个人知道就可以了，林小蔓，我爱你。”

回A市之后，小蔓去了一趟医院，从医院出来，她一个人在街边坐了很久，之后，终于还是做了一个决定。

做出这个决定之后，她哭了很久，可是心里却一下子轻松了起来，哥哥在天上也会原谅她的对不对？

她不是一个够狠的女人，所以她没有办法对自己孩子爸爸的母亲痛下杀手。

小蔓决定回维也纳，而离开之前，她仅仅用公话给萧潇打了一个电话。

沈从佳得知她的决定之后，并没有阻拦，只是很轻松地说他正好要出差一段时间，就没有办法送她了。

小蔓微笑着给了他一个拥抱。

他不知道，那一句话，她听到了。

车子平稳地开向机场，小蔓似乎在车子上睡着了，行到半途，她被刺耳的警笛声吵醒，睁开眼来有些恍惚，司机一脸庆幸地对她说：“真险，就离了几十米……”

她有些懵懂地向后望去，警戒线拉了起来，许是出了车祸，司机又欷歔说道：“开的宾利，幸好是有钱人，不然这撞坏了几辆车可怎么赔啊！”

小蔓的心忽然就抖了一下，“停车，师傅，停车！”

司机不明所以，却还是停下了车子，小蔓拉开车就跳下去，她像是疯了一样向人群簇拥的地方冲去……

他一身的血，被人从变形散架的车子里抬出来，小蔓只感觉眼前一阵一阵的白光在闪，她蹲在地上，全身颤抖，眼泪一颗一颗地往地上落，渐渐地，哭声压抑不住，她终究

号啕大哭起来……

他一直都没有醒来。

秦衡请了最好的美国脑科专家来A市，他住在重症观察室整整一周了，只是仍然在昏迷，会呼吸，有心跳，每一处器官都渐渐恢复正常，就是没有睁开眼睛。

小蔓就一直守着他，从每天早晨一睁开眼她就守着他。

她给他擦脸，擦手，每天都给他擦一次身子，然后换上干净柔软的睡衣，她还笨手笨脚地学着给他刮胡子，这家伙，一直都在偷懒睡觉，可是每天早晨她去看他，都能看到冒出来的胡楂呢。

“你还偷懒，就这样天天睡懒觉哈。”小蔓轻轻给他把脸擦干净，收走了毛巾，这才在他身边坐下，她将脸贴在他手臂上，他的肌肤仍是那样坚硬有力，温暖地熨帖在她的脸上。

“慕之……那个混蛋医生竟然说，说什么你现在是植物人，我当时就骂他了，哪个植物人会像你这样帅？会这样强壮？心跳像敲鼓一样呢！再说了，你不过是累了睡了几个月，一定会醒过来的！对啦，东子和萧潇也准备结婚了……乔策被霍简真给吃掉了……你意外吧？我也很意外呢！这两人还商量着要结婚呢……不过，大家都说要等你醒了，然后我们一起举行婚礼……”

她的眼泪又缓缓地涌了出来，将他胸前都打湿了，他的呼吸平稳，就像是工作间隙累了睡着了一样。

是温暖的九月，这一会儿外面的阳光正好，小蔓走过去将窗子打开了，微风立时就吹了进来，暖暖的，舒服极了。

肚子里的宝宝也六个多月了，他一直都在睡，睡了四个多月，霍彦东说他比睡美人还能睡，小蔓就每天都去亲他，可他怎么都不肯醒过来。

“今天阳光真好，我们晒晒太阳吧？”小蔓将他的床摇高了一些，又把落地窗的窗帘完全拉开，阳光漫洒进来落在他的脸上，温暖而又迷人，她忍不住低头亲了亲他好看的嘴唇，轻轻在他耳边低喃：“今天又长帅了一点，要赶紧醒过来啊，不然老婆要跟别人跑了……”

不知是不是她的错觉，她好似看到他的睫毛微微动了动，但也许是这微风吹拂的缘故吧。

小蔓轻轻笑了笑，拉了舒服的单人沙发摆在他的床边，又随手拿了几本书，这些书都是她回秦家去他书房里拿的，都是他平时最喜欢的。

她还发现了很多小秘密，比如，他竟然留着那么多她的小东西，那些爱吃的糖果，巧克力。比如，电脑上的待机画面是他们的合照，怪不得谨之说照片曝光了，原来是这家伙偷偷留了起来，还不让她知道。

这样的感觉很奇怪，多年以后你回到曾经住过的地方，发现你爱的那个人，把和你有关的一切都留着，零零碎碎的都珍藏着，你翻看的时候，就会不由自主地想起以前在一起的那些小片段，哪怕是几乎忘光的小事，也会一下子想起来……

多于感动之外的，更是一种从心底里透出来的温暖，仿佛这一生漫长的时光，都抵不过携手的那一刻。

“时七雄中，唯有齐为大秦最后所灭。野史传闻，齐有公主，封号长安，秦王嬴政甚为慕之，缱绻情丝，斩之不断，故不肯以雷霆之军踏公主家园。然国之大敌，酣眠枕畔，终至朝野震动，齐君暴怒，指其祸水，误国殃民，公主啼泪整夜，以三尺白绫悬倾国容颜，以妙龄之年长赴永乐，尸骨无存……秦王闻之大恸，挥师而下，从此天下一统，而千古一帝独坐高位之上，再思长安，终不可得，长日郁郁，不得展颜，后于盛年崩卒……”

她轻轻读完，然后将书合上放在一边，灿烂的阳光下，风吹动书页，一页页地翻转，呼啦啦地响。

她低头看他，唇边带着浅浅的笑意：“慕之，我可不要做那个可怜的长安公主，你也不准做嬴政，咱俩这辈子，只能一生一世一双人，你听清楚了没有？”

她握住他的手，贴在脸上，不知是不是错觉，他的指尖似乎在微微地动，她愣住，睁大了眼睛，他的眼睛里有泪水缓慢地淌出来，她久久不能动，好一会儿，她才一下子转过脸，欢喜的泪水肆意涌出……

她看到窗外阳光正好，正适合谈一场轰轰烈烈的恋爱。